LIZ FLANAGAN

DRACHEN TOCHTER

LEGENDEN DER LÜFTE

Aus dem Englischen von
Bettina Münch

VON HACHT

MIX
Papier aus verantwortungsvollen Quellen
FSC® C083411
www.fsc.org

Deutsche Erstausgabe
1. Auflage 2020

Aus dem Englischen von Bettina Münch
Die Originalausgabe erschien 2018 unter dem Titel
Legends of the Sky DRAGON DAUGHTER bei David Fickling Books,
Oxford, Great Britain
Lektorat: Alexandra Rak, Hofheim am Taunus
Cover-Illustrationen: Angelo Rinaldi 2018
Innenillustrationen: Paul Duffield 2018

Satz: Dörlemann Satz, Lemförde
Druck und Bindung: CPI Books GmbH, Leck
ISBN 978-3-96826-000-6

www.w1-vonhacht.de
www.instagram.com/vonhacht_verlag

Für meine Töchter, die ich liebe und bewundere.

ARCOSI
und die umliegenden Meere
SARTOLA
ARCOSI
PALAST
SCHATTENVIERTEL
GÄRTEN
DRACHENHALLE
PALASTHOF
PALASTTOR
GELBES HAUS
HAUPTSTRASSE
HAINE
STADTMAUER
LAGERHÄUSER
STADTTOR
MARKT
SEEMAUER
DOCKS
UFERTEMPEL
HAFEN
N
W
E
S

ERSTER TEIL

1. KAPITEL

Am Tag, als die Drachen nach Arcosi zurückkehrten, versteckte sich Milla in einem Apfelsinenbaum. Mit derselben Beharrlichkeit, mit der ihr die Zweige in den Rücken stachen, ihr die Arme zerkratzten und die schwarzen Locken zerzausten, ignorierte sie alle, die nach ihr riefen. Sie war klein genug, um komplett im dichten grünen Blattwerk zu verschwinden, was den Baum zwischen dem Hauptteil des Gelben Hauses und seinem Küchentrakt zu einem idealen Versteck machte.

Wenn sie den Kopf drehte, konnte sie über die Gartenmauer auf die Dächer der Stadt hinabsehen und die Schiffe zählen, die sich dem Hafen näherten. Sie atmete den heißen Geruch von Arcosi ein, dieser rastlosen Stadt, die sie liebte: staubige Steine, übel riechende Straßenrinnen, fauligen Fisch, Salz, Gewürze und Blüten.

Das Versteck ermöglichte Milla die erste Pause an diesem Tag. Das Zittern in ihren Beinen und ein leichtes Schwindelgefühl verrieten ihr, dass sie eine Mahlzeit verpasst hatte. Sie streckte die Hand aus und pflückte eine sonnenwarme Apfelsine, schälte sie mit ihren schmutzigen Fingernägeln und saugte den Saft aus dem Fruchtfleisch, bis er ihr übers Kinn lief. Dann schleuderte sie das Beweisstück über die Gartenmauer.

Allmählich fühlte sie sich besser. Sie war sicher, dass ihr niemand mit Absicht zu viel Arbeit aufbürdete. Bloß rief jeder, der das jüngste Dienstmädchen sah, sofort: »Milla! Es gibt Arbeit für dich!«, ohne zu ahnen, dass ein halbes Dutzend anderer bereits das Gleiche getan hatte. Für Milla war es eine Frage der Ehre, niemals Nein zu sagen oder zuzugeben, dass sie zu müde war. Sie machte sich nützlich. Unentbehrlich. Sie würde nie wie eine streunende Katze auf der Straße landen. Denn in diesen merkwürdigen Zeiten, in denen die Soldaten des Herzogs Tag und Nacht durch die Straßen streiften und sich Gerüchte schneller verbreiteten, als ein Habicht fliegt, fühlte sich die Stadt an wie ein großes Tier, das ausgehungert aus einem langen Schlaf erwachte. Mit ihren zwölf Jahren wusste Milla, dass jeder Mensch einen sicheren Ort brauchte. Einen Platz, an den er gehörte.

In diesem Moment hörte sie Stimmen näher kommen. Sie riefen ausnahmsweise nicht ihren Namen.

Zwei Gestalten blieben fast direkt unter ihr stehen. Milla erkannte Lanys, das zweite Dienstmädchen, und einen seltsamen Mann, der einen dunkelblauen, salzverkrusteten Umhang trug und ihn weit über das Gesicht gezogen hatte. Wahrscheinlich hatte Lanys am Tor aufgepasst, während die Wachen beim Brunnen eine Pause einlegten.

»Warten Sie. Ich hole meinen Herrn – wenn Sie mir das Erkennungszeichen geben wollen?« Lanys war vorsichtig. Alle wussten, dass man nicht jeden x-beliebigen Reisenden zum Tor hereinlassen durfte. Nicht in diesen Zeiten.

»Hier, nimm. Aber gib es nur Nestan.« Die tiefe Stimme des Fremden zitterte. Und sein Akzent? Milla konnte ihn nicht zuordnen, was selten vorkam. Seine Aussprache klang ein wenig ungeübt, die lang gezogenen Vokale des Norländischen, der offiziellen Sprache auf der Insel Arcosi, waren ihm nicht vertraut.

»Bitte, nehmen Sie Platz.« Lanys wies auf die steinerne Bank neben dem Springbrunnen. »Wenn ich zurückkomme, bringe ich Ihnen eine Erfrischung.«

Doch der Fremde setzte sich nicht.

Milla hätte fast aufgeschrien, als er mit der Hand in das Geäst neben ihrem linken Fuß griff. Die Hand war tiefbraun und faltig wie ein Pfirsichkern. Sie umklammerte eine merkwürdig geformte Packtasche, wie ein Futtersack für ein Maultier, nur kleiner. Ohne aufzusehen, hängte der Mann die Tasche an ebenjenen Ast, auf dem Milla saß. Er schaute dabei immer wieder über die Schulter und merkte nicht, dass in dem ausgewählten Versteck ein Mädchen kauerte.

Milla starrte die Packtasche an: Sie hatte vier tiefe Beutel aus gewebter Seide, von denen jeweils zwei auf einer Seite des breiten Asts herabhingen. Sie waren rundlich ausgebeult, als enthielten sie Wasserkrüge. Milla hatte noch nie etwas Schöneres gesehen als diese Tasche, sie fühlte sich von ihr angezogen wie eine Motte vom Licht einer Kerze. Vorsichtig stupste sie gegen einen der Beutel – er war fest und gut gepolstert – und versuchte zu erraten, was er enthielt. Was musste so dringend versteckt werden? Edelsteine? Gift? Feuerpulver? Hastig zog sie die Hand zurück und vergewisserte sich, dass die Packtasche nicht hinunterfallen und sie mitsamt dem Apfelsinenbaum in ein Häufchen Asche verwandeln würde.

Plötzlich drang eine neue Stimme zu ihr, sodass sie vor Schreck fast vom Baum fiel. Milla war bekannt für ihr gutes Gehör, aber diese Person musste Federn unter den Füßen haben, wenn sie sich so leise anschleichen konnte.

»Wo ist sie?«, zischte die neue Stimme so leise und drohend, dass Milla die Worte kaum verstand. »Gib sie mir.«

Wer war das? Sie spähte durch die dunkelgrünen Blätter.

Eine Hand in einem Handschuh presste dem Mann im Umhang ein Messer an die Kehle.

»Auf der Stelle!«, sagte der Neuankömmling. Er war ganz in Schwarz gekleidet und trug eine schwarz-goldene Maske, als wäre er auf dem Weg zur Abendveranstaltung im Palast.

Der erste Mann antwortete nicht. Stattdessen rammte er dem Angreifer den Ellbogen in die Rippen und versuchte sich loszureißen. Für einen kurzen Moment blitzte auf der Innenseite seines Handgelenks eine merkwürdige Tätowierung auf: ein Kreis mit einer Art Vogel darin.

Der maskierte Fremde war schneller. Sein Messer bohrte sich in den Hals des Mannes. Ein dünner Blutfaden lief die Klinge hinab.

Milla machte sich bereit, vom Baum zu springen – wenn sie genug Schwung hatte, konnte sie vielleicht beide von den Füßen fegen –, da hörte sie in der Ferne die wütende Stimme ihres Herrn: »… meine Tochter weiß genau, dass wir nach Sonnenuntergang im Palast erwartet werden …«

Milla umklammerte den Ast so fest, dass ihre Knöchel weiß hervortraten. Sie sollte springen. Sofort. Aber nicht eines ihrer Glieder gehorchte ihr.

»Lassen Sie mich nach Lady Tarya suchen, während Sie

zum –« Lanys Worte brachen abrupt ab. Sie und Nestan mussten den bogenförmigen Eingang zum Hofgarten erreicht haben.

Milla hörte ein leises Klirren, als Nestan sein Schwert zog. Seine Kriegsverletzungen mochten ihn etwas langsamer machen, trotzdem würde Milla bei einem Kampf nicht gegen ihn wetten. Sie reckte den Hals, um durch die Blätter zu schauen.

Der Maskierte wandte sich den beiden zu und zerrte den wehrlosen Mann mit sich.

Dieser keuchte trotz der Klinge am Hals: »Niemals!«

Das war sein letztes Wort.

Später war Milla froh, dass der Angreifer mit dem Rücken zu ihr gestanden hatte.

Sie sah immer noch vor sich, wie es plötzlich blutrot gegen den Terrakottatopf spritzte. Hörte den Körper schwer zu Boden sacken. Sah das verschwommene Schwarz, als der Mörder floh.

Lanys schrie gellend auf, was die Wachen aus dem Küchengarten lockte.

»Ergreift ihn! Ein schwarz gekleideter Mann, maskiert, mit einem Messer!«, rief Nestan ihnen zu. »Schnell! Er entwischt uns.«

Milla hörte das Trampeln der Stiefel, als die Wachen des Hauses die Verfolgung aufnahmen und zum Tor hinausrannten. Sie hörte Nestan herankommen, das metallische Kratzen, mit dem sein Schwert wieder in die Scheide fuhr.

Mit fest zusammengekniffenen Augen klammerte sie sich an ihren Ast und konzentrierte sich nur darauf, zu atmen und sich nicht zu übergeben. Das erforderte ihre ganze Kraft. Sie hatte schon viele Hafenschlägereien erlebt oder mitbekommen, wie die Soldaten des Herzogs Stadtbewohner davonschleiften. Aber noch nie hatte sie mit angesehen, wie jemand ermordet wurde. Sie hätte es verhindern können. Warum hatte sie nicht gehandelt, als sie die Gelegenheit dazu hatte? Stattdessen hatte sie sich wie eine Maus versteckt. Und jetzt war ein Mann tot.

Milla öffnete die Augen und atmete bebend ein.

»Er wusste es«, sagte Nestan wie zu sich selbst.

Milla beobachtete ihn durch eine Lücke im Blattwerk.

Er starrte auf die größer werdende tiefrote Pfütze vor seinen Füßen und drehte mit der Linken unentwegt eine Münze zwischen Fingern und Daumen. »Er wusste, dass ich kommen würde, wenn er mir diese Münze schickt. Jetzt werden wir nie erfahren, welche Nachricht es wert war, dafür zu sterben.«

»Er ... er ... er kannte das Passwort«, stotterte Lanys. »Deshalb ... deshalb habe ich das Tor geöffnet.« Ihr rotbraunes Haar leuchtete in der Sonne, als sie auf die Knie sank, und ihre Hände flatterten wie auffliegende Tauben. »Ich weiß nicht, wie der maskierte Mann hereingekommen ist ...«, flüsterte sie. »Es tut mir leid.«

»Ja, das ist das eigentliche Rätsel. Der Mörder wusste genau, wann meine Wachen heute Pause machen. *Ich frage mich ...«* Nestan verstummte.

Milla war eine treue Dienerin: Sie sollte ihrem Herrn erzählen, was der Fremde im Baum versteckt hatte. Etwas, das so wertvoll war, um dafür zu töten. Etwas, das wertvoll genug war, um dafür zu sterben. Aber ihr fehlten ausnahmsweise die Worte. Ihr Mund war wie ausgetrocknet, in ihrer Kehle stieg es sauer auf, ihr Magen rumorte. Sie saß zitternd auf ihrem Ast und klammerte sich fest.

Einer der Wachmänner, die die Verfolgung aufgenommen hatten, kam in den Hof zurückgeeilt. »Wir haben ihn verloren, Herr. Es ist zwecklos zwischen all den Leuten.«

Wie klug der Mörder war! Heute fand der Jubiläumsball des Herzogs statt: Auf den Straßen der Stadt wimmelte es von Feiernden in festlicher Kleidung, und alle waren maskiert. Es war ein Ding der Unmöglichkeit, den Mann wiederzufinden, begriff Milla.

Nestan unterbrach seine Grübeleien. »Macht das hier weg, bevor es die Zwillinge zu sehen bekommen«, sagte er mit einem Fingerschnipsen zu Lanys und dem Wachmann. »Und verdoppelt die Wachen am Tor.« Während er hinkend davonging, rief er: »Wo stecken meine Kinder überhaupt? Isak? Hat irgendjemand Tarya gesehen?«

Lanys stand auf und stolperte ihrem Herrn hinterdrein, beide verschwanden im kühlen Inneren des Hauses. Der Wachmann bückte sich, hob die Leiche des verhüllten Mannes an und schleifte ihn fort, nur eine leuchtend rote Spur auf den Steinplatten blieb zurück.

Wie konnte der Ball des Herzogs wichtiger sein als das Leben eines Mannes, das vor ihren Augen ausgelöscht worden war?, fragte Milla sich benommen.

Die merkwürdige Packtasche hing schimmernd am Ast. Sie rief nach ihr wie ein süßes, verlockendes Lied. Zitternd streckte Milla einen Finger aus und berührte die Seide. Solange das ganze Haus in Aufruhr war, würde sie die Tasche lassen, wo sie war: Lanys würde sie ihr doch nur auf der Stelle wegnehmen.

»Ich komme später zurück«, sagte sie und sprang vom Baum.

Ihre Knie gaben nach, sie taumelte, fing sich wieder und blinzelte die Sterne fort, die vor ihren Augen tanzten.

Einen Augenblick lang starrte sie auf das Blut und machte sich bewusst, dass das hier real war. Es war wirklich geschehen. Und sie fragte sich, ob jemand diesen Toten vermissen würde. Wieder wurde Milla übel. Wie beengend ihr Leben doch war! Ihre Pflichten zogen sich wie eine Schlinge um sie zusammen.

Sie tat das Einzige, was in ihrer Macht stand: »Es tut mir leid«, wisperte sie dem Blut des Mannes zu. »Ich passe auf deine Tasche auf, das verspreche ich dir.«

Dann lief sie los, um die Zwillinge daran zu erinnern, dass sie sich beeilen mussten.

2. KAPITEL

Ein Blick nach Westen zeigte Milla, dass ihr nicht viel Zeit blieb. Die untergehende Sonne stahl dem Meer die Farbe, bis es blassblau war wie ein Starenei.

Wenn die Zwillinge zum Ball des Herzogs zu spät kamen ... Wenn Nestan glaubte, dass alles ihre Schuld wäre ... Milla rannte, obwohl ihr immer noch die Beine zitterten. Sie sauste über den polierten Boden von Nestans Lieblingsraum, mit den nach Südwesten ausgerichteten riesigen Bogenfenstern, durch die der Herr auf seine Schiffe und Lagerhäuser hinabblicken konnte.

Lanys war mit einem großen Wasserkrug und einer Hand voll Lumpen auf dem Weg nach draußen. Ihr Gesicht, so weiß wie geronnene Milch, spiegelte Millas eigenen Schrecken.

»Wo hast *du* denn gesteckt?«, fauchte Lanys giftiger als sonst. »Die Zwillinge müssen sich fertig machen, aber ich habe für den Herrn etwas Dringendes zu erledigen, also musst du dich darum kümmern. Warum hat er dich noch mal hier angestellt?« Selbst inmitten des Grauens brachte Lanys es fertig, ihr eins auszuwischen.

»Ich suche die Zwillinge ja schon!« Milla war es gewohnt, ihre Gemeinheiten zu ignorieren. Es drehte sich ihr fast der Magen um, als sie begriff, welchen Auftrag Lanys erledigen musste. »Hast du sie gesehen?«

»Tja, ich dachte, Isak wäre auf dem Übungsplatz.« Lanys legte den Kopf schief und lauschte. »Aber mit wem schimpft der Herr dann oben …?«

Milla wartete nicht länger. Sie sprang, immer zwei Stufen auf einmal nehmend, die Treppe hinauf und folgte den lauten Stimmen. Vor Isaks Zimmer presste sie sich an die Wand und spähte durch die offene Tür.

»Und das sagst du mir jetzt?« Isaks Stimme war kaum wiederzuerkennen. Sie klang heiser vor zurückgehaltenen Tränen. »Du kannst doch nicht einfach …«

Milla hörte, wie er ein Schluchzen unterdrückte. Weinte er wegen des toten Mannes? Sie schob sich näher heran.

Steif und leicht zusammengekrümmt stand Isak mit dem Rücken zu seinem Vater am Fenster. Sein Atem ging seit seiner Krankheit im letzten Jahr immer noch keuchend und seine Augengläser waren verrutscht. Er nahm sie ab: Zwei kleine runde Glasscheiben, die mit einem Draht verbunden waren, der auf die Nase gesetzt wurde. Nestan hatte die ungewöhnliche Konstruktion von einer langen Reise mitgebracht und Isak trug sie die ganze Zeit. Jetzt leerte er eine kleine Glasphiole mit seiner Arznei, fuhr sich mit der Hand übers Gesicht und setzte seine Gläser wieder auf.

Während Millas Herz immer noch Purzelbäume schlug, entschied sie, das zu tun, was sie am besten konnte: zuhören.

»Besser?« Nestan musterte seinen Sohn Isaks angestrengte

Atmung beruhigte sich allmählich. »Ich habe es dir gesagt, sobald alles eingefädelt war. Und ja, ich *kann*. Genau das ist der springende Punkt.« Nestan wurde lauter. Er streckte die Hand aus, als wollte er Isak am Arm packen. Überlegte es sich dann aber anders und rieb sich stattdessen über den Bart. Es klang wie ein Kratzen.

Milla wurde selbst im schwülwarmen Korridor plötzlich kalt, sie schlang die Arme um den Leib. Was hatte er arrangiert? Es musste sehr wichtig sein, wenn selbst Nestan, der mit distanzierter Ruhe eine Leiche betrachten konnte, aufgewühlt wirkte. Millas Gedanken wanderten zurück zu dem ermordeten Mann und seiner geheimnisvollen Packtasche. Sie stellte sich vor, wie die Tasche dort hing und auf sie wartete. Dann schob sie den Gedanken beiseite und lauschte dem Ende von Nestans nächstem Satz.

»… ich will euch geben, was ich nicht hatte. Was ich mir erarbeiten musste. Warum begreifst du das nicht?«

»Vielleicht, weil ich nicht du bin?«, sagte Isak keuchend. »Weil ich etwas anderes will? Und das wüsstest du auch, wenn du dir die Mühe machen würdest, mit mir zu reden.«

Milla zuckte zusammen, doch es stimmte. Nestan war entweder auf Reisen oder sehr beschäftigt, er suchte nur selten die Gesellschaft seiner Zwillinge. Deren Mutter Vianna war vor zehn Jahren gestorben. Seitdem hatten die beiden mehr Freiheiten genossen als andere Kaufmannskinder, bis Nestan das schließlich aufgefallen war und er andere Saiten aufzog. Er hatte ihnen einen Unterrichtsplan aufgebrummt, den beide hassten.

»Womit habe ich nur so ein verzogenes Kind verdient? Begreifst du denn nicht, welches Glück du hast? Das ist keine Strafe, Isak!«, brüllte Nestan seinen Sohn an.

»Wirklich? Komisch, genau so fühlt es sich an. Wie eine Strafe dafür, dass ich nicht der Sohn bin, den du haben wolltest!« Isak fuhr herum. Er hatte die Sonne im Rücken, daher konnte Milla seinen Gesichtsausdruck nicht erkennen. »Ich sehe doch, wie du uns anschaust – deinen kränklichen Sohn und deine draufgängerische Tochter –, als würdest du uns am liebsten gegeneinander austauschen.«

Nestan schnappte nach Luft, als hätte man ihn geschlagen.

Milla hielt sich erschrocken den Mund zu. Isak brüllte nie. Er war still. Ironisch. Lustig. Gutmütig. Durch seine laute Stimme wirkte dieser Tag noch unwirklicher und entsetzlicher als ohnehin schon.

Kaum eine Handbreit voneinander entfernt, starrten sich Vater und Sohn in die Augen. Der dreizehnjährige Isak war fast so groß wie Nestan.

»Tarya wird das ganz genauso sehen, wenn du ihr erzählst, was du mit *ihr* vorhast. Wir sind keine kleinen Kinder mehr. Wir sind nicht deine Schoßhündchen, die du züchten und verschachern kannst. Nimm dich in Acht, Vater. Sonst stellst du vielleicht eines Morgens fest, dass wir das Nest verlassen haben.«

Nein, nein, nein! Tarya und Isak durften das Nest nicht verlassen! Was redete er da? Milla schüttelte den Kopf und versuchte vergeblich, aus den Einzelteilen dieses Streits schlau zu werden.

»Willst du mir drohen?« Nestans Stimme wurde leise. Er rückte noch näher an Isak heran, eine Hand wanderte zum Schwert an seinem Gürtel.

»Ich fasse es nicht«, sagte Isak entrüstet. »Willst du etwa mit dem Schwert auf mich losgehen? Wir wissen ja alle, wie gut das in dieser Stadt funktioniert.« Seine Stimme troff vor Bitterkeit. »Dabei bist du nicht einmal Soldat, jedenfalls nicht mehr. Wir haben ohnehin nur dein Wort darauf, dass du es jemals warst. Wahrscheinlich bist du im Suff vor einer Schänke gestürzt und hast dir dabei das Bein verletzt.«

Nestan starrte ihn an.

»Ach, vergiss es. Ich gehe jetzt.«

»Das kannst du nicht. Wir müssen zum Palast. Du weißt, wie viel davon abhängt ... Das darfst du nicht aufs Spiel setzen!«

Isak schob sich an seinem Vater vorbei und ging aus dem Zimmer.

Milla legte ihm die Hand auf den Arm. »Warte!«, sagte sie leise, doch er lief wortlos die Treppe hinab, während Milla vergeblich die Hand nach ihm ausstreckte.

Aus dem Zimmer drang ein Geräusch. Nestan taumelte rückwärts und sackte in Isaks Sessel zusammen. Mit beiden Händen umklammerte er sein linkes Bein, das vor Jahren nach einer Verletzung steif geblieben war, und kämpfte leise fluchend gegen einen Krampf an.

Dann rannte Milla die Treppe hinab. Von Isak war nichts mehr zu sehen. Dafür stand Lanys mit weit aufgerissenen Augen draußen und entsorgte das rot gefärbte Wasser aus ihrem Krug und den fleckigen Lumpen. »Was ist los? Was hast du jetzt wieder angestellt?«

»Wo ist er hin?«, stieß Milla hervor. Der Geruch des blutgetränkten Wassers stieg ihr in die Nase. Sie würgte und musste aufpassen, um sich nicht an Ort und Stelle zu übergeben.

»Raus.« Lanys zeigte zum Haupttor, wo nun vier Wachen postiert waren. »Aber …?«

Milla blieb keine Zeit, ihr alles zu erklären. Statt Isak nachzulaufen, wirbelte sie herum und nahm die Abkürzung durch die Küche, wo Josi, die Köchin, fluchte wie ein Seemann.

»Tut mir leid, Josi«, rief Milla atemlos. »Ich erkläre es dir später!« Am liebsten hätte sie die Arme um Josis breite Mitte gelegt und ihr schluchzend berichtet, was sie in der letzten Stunde erlebt hatte. Sie sah den toten Mann immer noch vor sich: die Lache aus dickem rotem Blut, die immer größer und größer wurde.

Stattdessen befahl sie ihren Füßen weiterzulaufen. Sie durchquerte den Küchengarten und sprang über Skalla, den dicken Hauskater, ohne auf sein Fauchen zu achten. Die Hühner flatterten erschrocken auseinander und gackerten empört.

Die Olivenhaine erstreckten sich auf steilen Terassen nach Westen, und die Ziegen, die dort angebunden waren, hörten auf zu grasen und starrten Milla mit ihren gelben Augen an. Über einen alten, knorrigen Olivenbaum kletterte sie auf die Mauer des Übungsplatzes. Es würde ihr nicht einfallen, unangekündigt durch das Tor einzutreten – auf die Art konnte man schnell einen Finger verlieren.

Sie hielt kurz inne, um zu verschnaufen. Wieder sah sie den toten Mann vor sich und diesmal war die Übelkeit stärker. Sie drehte sich um und erbrach sich über die Mauer des Übungsplatzes. Keuchend spuckte sie kräftig aus, ehe sie sich mit dem Ärmel ihrer Tunika den Mund abwischte. Hoffentlich würde niemand die wässrige, orange gefleckte Pampe entdecken. Dann konzentrierte sie sich wieder auf ihre Aufgabe.

Auf dem von Mauern umgebenen Platz kämpften zwei Menschen. Ihre Schwerter klirrten. Beide trugen Helme und ein Lederpolster, das Brustkorb und Oberschenkel schützte. Richal Finn, Nestans Anführer der Wache, lieferte sich einen Zweikampf mit seinem besten Zögling. Dieser war Finn fast ebenbürtig. Das wusste Milla nur zu genau, denn sie hatte sich einmal überreden lassen, Finn zu vertreten, als der keine Zeit hatte. Ihre blauen Flecken sprachen für sich. Heute wurden Finns Hiebe geschickt abgewehrt, umgangen und erwidert.

Milla hob die Hand und wies mit dem Kopf nach hinten, um Finns Aufmerksamkeit zu erregen und ihn daran zu erinnern, was in diesem Moment die eigentliche Aufgabe seines Schützlings war. Es funktionierte.

Finn kniff konzentriert die Augen zusammen. Dann erkannte er seine Chance und schlug mit einem schnellen Sprung seinem Gegner das Schwert aus der Hand, das klirrend gegen die Steinmauer flog.

»Das reicht für heute«, sagte er. »Euer Vater braucht mich, mein *Herr.*« Er nahm den Helm ab, unter dem ein gebräunter Schädel mit lichter werdendem Haar zum Vorschein kam, dann verbeugte er sich kurz und schlüpfte an seinem Schützling vorbei. Auf dem Weg nach draußen hob er den Kopf und begegnete Millas Blick mit seinen tiefblauen Augen. Er schien sie zu mustern, irgendetwas zu überprüfen.

Milla dankte ihm mit einem Nicken. Finn war kein Dummkopf. Er unterrichtete beide Zwillinge schon seit mehr als zehn Jahren. Er wusste genau, was vor sich ging. Nach den neuen Unterrichtsregeln durfte nur noch Isak das Kämpfen erlernen. Aus Treue und Zuneigung zu den Zwillingen gab Finn vor, sich daran zu halten. Sollte Nestan ihn zur Rede stellen, konnte er behaupten, von nichts gewusst zu haben.

Finn erwiderte Millas Nicken und ging davon.

»Was? Aber wir haben doch gerade erst angefangen, Finn! Du bist zu spät gekommen!«, rief sein Schützling, verblüfft über das abrupte Ende der Stunde, und ging ihm mit ausgebreiteten Armen nach. Dann entdeckte die behelmte Gestalt Milla, die wie eine Katze auf der Mauer hockte. »Was tust du da oben, Milla?«

»Es ist Zeit, wir müssen uns beeilen!« Milla sprang auf den Platz hinunter und begann den ledernen Harnisch aufzuschnallen. Wenn sie sich auf alltägliche Dinge konzentrierte, wurde sie ruhiger. Selbst das Zittern ihrer Beine konnte sie auf diese Weise fast ausblenden. Und den Ruf der seidenen Packtasche auch. »Ich soll dich für den Ball ankleiden! Was hast du ausgerechnet heute hier unten verloren?«

Der Krieger zog den ledernen Helm vom Kopf, und eine zerzauste Masse blonder Locken fiel um das wunderschöne Gesicht von Tarya Thornsen – die als ihr Bruder Isak verkleidet war.

»Tut mir leid. Ich weiß, wie wichtig dieser Tag ist – wirklich! Ich habe einfach die Zeit vergessen. Ich wollte dir keinen Ärger machen. Aber ich musste etwas Dampf ablassen, bevor ich mich den ganzen Abend wie eine perfekte Dame benehme. Jetzt kannst du mich mit Perlen und Seide behängen, ich werde ganz brav sein – versprochen!«

»Das Problem ist nur, dass Isak gerade weggelaufen ist. Er hat deinen Vater angeschrien.«

»Isak? Bist du sicher?«, fragte Tarya. Und dann, ein wenig sanfter: »He, was ist los? Du siehst schrecklich aus.«

»Nichts«, log Milla, die den Kopf senkte und an einer steifen Schnalle zerrte. Dafür war jetzt keine Zeit. Außerdem hatte sie dem Blut eines toten Mannes ein Versprechen zugeflüstert. Für Milla waren Versprechen bindend.

»Also gut, lass den Harnisch, ich kann gut in diesen Sachen laufen. Wenn wir Isak noch rechtzeitig finden wollen, müssen wir uns beeilen.«

3. KAPITEL

»Bilgendreck!«, fluchte Tarya. »Warum ausgerechnet jetzt? Er hat wirklich ein Gespür für den richtigen Zeitpunkt, mein lieber Bruder!«

Eigensinnig war Nestans Beschreibung für seine Tochter. *Starrköpfig* nannte Isak seine Zwillingsschwester. *Hitzig* würden die Dienstboten vielleicht sagen und dabei die Augen verdrehen. Milla würde andere Begriffe wählen: *Treu* würde sie sagen. Und *mutig*.

Taryas Augen waren so blau wie der allmählich dunkler werdende Himmel über ihnen. »Zum üblichen Platz, oder?«

Milla nickte. Sie wussten beide, dass sich Isak an Bord eines Schiffes am wohlsten fühlte, oder, falls das nicht ging, am Hafen.

»Hoffentlich schaffen wir es vor Sonnenuntergang dorthin und wieder zurück. Wenn wir zu der blöden Zeremonie des Herzogs nicht pünktlich kommen, wandern wir womöglich alle auf die schwarze Liste.«

»Du bleibst hier«, sagte Milla schnell. »Ich geh allein. Du musst dich fertig machen. Ich habe dir das rosa Seidenkleid aufs

Bett gelegt …« Bei der Vorstellung, zum Hafen hinunter- und wieder zurückzulaufen, wurde ihr schwindlig vor Erschöpfung, aber sie biss die Zähne zusammen. »Außerdem werden Patrouillen unterwegs sein und du kennst nicht alle Abkürzungen.« Milla bewegte sich in den gewundenden Straßen von Arcosi wie eine Katze, sie kannte jede Gasse und jeden geheimen Weg.

»Nein, ich mache das!«, sagte Tarya. »Er ist schließlich mein Zwillingsbruder. Und es ist meine Familienehre, die auf dem Spiel steht. Außerdem zitterst du wie Espenlaub und hast Erbrochenes auf deiner Tunika. Bist du krank?«

»Mir geht es gut, das ist bloß Apfelsine«, log Milla erneut. Heute Abend wollte sie auf keinen Fall zurückgelassen werden. Also richtete sie sich auf und bezwang das Zittern in ihren Beinen.

»Na schön«, schnaufte Tarya. »Dann erzählst du mir eben nicht, was los ist! Aber lass mich wenigstens mitkommen. Mich und mein freundliches Schwert?« Mit hochgezogenen Augenbrauen klopfte sie auf den Knauf ihrer Waffe. Dank des abgebrochenen Kampfs mit Finn sprühte sie immer noch vor Energie.

»Na schön«, sagte nun auch Milla. »Komm mit.« Sie lotste Tarya auf die Mauer des Übungsplatzes, führte sie in einem Halbkreis um das Haus herum und zeigte ihr die hervorstehenden Steine, über die sie auf die zwei Stockwerke tiefer liegende nächste Straßenebene hinunterklettern konnten. »Aber wir müssen den kürzesten Weg nehmen.«

»Warum kenne ich diesen Geheimzugang zu unserem eigenen Haus nicht?«, fragte Tarya, die Milla hinterherkletterte.

Normalerweise war es ein leichter Abstieg, aber Millas Beine zitterten immer noch, deshalb rutschte sie mit dem linken Fuß ab und hing nur noch an den Fingerspitzen. »Jetzt kennst du ihn. Komm, wir müssen uns beeilen.« Das letzte Stück ließ sie sich hinabfallen, kam leichtfüßig auf und hastete in eine schmale Gasse.

Milla blieb in den dunklen Hintergassen. Ohne ihren Helm erkannte man in Tarya zu leicht die Tochter ihres Vaters. Fast die halbe Stadt hatte irgendwann für Nestan gearbeitet, und er besaß in jedem Viertel treue Freunde, die sie womöglich anhielten und fragten, warum Tarya nicht zum Palast, sondern in die entgegengesetzte Richtung lief.

»Warte!«, sagte Milla, als sie sich der Hauptstraße näherten, die sich wie eine zusammengerollte Schlange um die Insel wand. »Hier müssen wir rüber«, erklärte sie Tarya. Milla nahm sie an der Hand und lief die breite, gepflasterte Straße entlang, wobei sie sich viel zu ungeschützt fühlte. Sie gesellten sich zu den Leuten in Festtagskleidung: Manche eilten zum Ball in den Palast hinauf, andere hinunter zum Straßenfest am Kai.

»Alles in Ordnung. Wir haben jedes Recht, spazieren zu gehen«, sagte Tarya und reckte stolz den Kopf. »Zwei Freundinnen, die die Abendluft genießen ... Was gibt es daran auszusetzen?«

Milla warf ihrer Freundin einen Blick zu. Glaubte Tarya das wirklich? Sie sagte nichts, hoffte aber, dass sich die schöne Illusion ihrer Freundin nicht schon bald zerschlagen würde.

Im nächsten Moment rief eine Männerstimme die Worte, vor denen Milla sich gefürchtet hatte: »Patrouille! Tretet zurück.«

Der Lärm marschierender Stiefel hallte von den hohen Häusern auf beiden Seiten der Straße wider.

Milla zog Tarya mit sich, drückte sich gegen eine Häuserwand und presste Arme und Beine an den Leib. Neben ihr stürzte eine junge Mutter nach vorn, um ihre kleine Tochter von der Straße zu zerren. Sie zog sie eng an die Brust und schimpfte: »Dass du mir nicht wieder wegläufst. Wenn du Soldaten siehst, bleibst du ganz dicht bei mir, verstanden?«

Das kleine Mädchen begann laut zu weinen.

Die Soldaten marschierten unbeirrt im selben Tempo auf sie zu, obwohl sie einen steilen Hügel bezwangen. Die Gesichter starr geradeaus gerichtet, kamen sie schweigend näher, nur das Trampeln ihrer Stiefel und das metallische Klirren ihrer Schwerter und Schilde waren zu hören. Während Milla den Soldaten entgegenstarrte, versuchte sie die Männer als Individuen zu sehen. Sie wusste, dass auch sie nur Menschen waren – dieser junge Kerl mit dem sonnenverbrannten Hals, der stämmige ältere Mann mit dem buschigen Bart –, trotzdem wirkten sie in diesem großen Pulk wie etwas anderes: etwas, das mächtiger und beängstigender war als normale Menschen.

Die Soldaten waren nun fast gleichauf. Noch einen Moment, dann wären sie vorbei. Solange sich niemand rührte oder ihnen Grund gab –

»Halt!«, befahl der Anführer. »Kontrollposition einnehmen.« Die Männer blieben wie angewurzelt stehen. Sie drehten sich um, traten zur Seite und blockierten die gesamte Straße. »Bürger! Zeigt eure Papiere!«

Milla fluchte leise und flehte in einem hastigen Stoßgebet um einen Einfall. Wenn sie nicht schnell einen Ausweg fand, saßen sie in der Falle.

Die Frau neben ihr seufzte und tastete unter ihren Umhang.

»Schon wieder. Das ist das dritte Mal heute. Als hätte man auch nur für einen Fehltritt Zeit, wenn sie einen unentwegt überprüfen.«

Die Soldaten waren wie eine menschliche Barriere, die sich die Hauptstraße entlangarbeitete, sie kontrollierten Papiere und forderten die Menschen auf, ihren Namen, ihre Adresse und ihre familiäre Herkunft nachzuweisen.

»Was sollen wir tun? Ich habe keine Papiere mitgenommen«, zischte Tarya und umklammerte das Heft ihres Schwerts. »Ich wusste ja nicht, dass ich aus dem Haus gehen würde. Wenn sie uns jetzt verhaften, schaffe ich es nie zum Ball, und unsere Familie kommt mit Sicherheit auf die schwarze Liste.«

»Norländer auf der schwarzen Liste? Niemals …«, sagte Milla, die sich dafür verfluchte, dass sie so hastig aufgebrochen waren. Sie vergaß ihre Papiere sonst nie.

»Das kommt durchaus vor!«, sagte Tarya. »Die Familie meiner Freundin hat alles verloren.«

»Lasst mich los! Lasst mich gehen! Ich habe nichts getan«, protestierte ein junger Bursche, als zwei Soldaten ihn an den Armen packten. Er war kaum älter als Isak, eine Flut dunkelbrauner Haare fiel ihm über die Augen.

»Kein Identitätsnachweis? Das ist ein Verstoß gegen das Gesetz des Herzogs, wie Sie sehr wohl wissen, mein *Herr.*« Das letzte Wort betonte der Hauptmann höhnisch.

»Ich hatte meine Papiere in der Tasche. Sie müssen herausgefallen …« Als er begriff, was das bedeutete, begann der Junge zu flehen. »Ich kann Ihnen zeigen, wo ich wohne. Sie können meine Eltern fragen! Wir können uns die Auslösegebühr nicht leisten. Bitte!«

»Führt ihn ab!« Der Hauptmann sah nicht einmal hin, als seine Männer den Jungen fortzerrten, der sich wehrte und seine Unschuld beteuerte. Mit fordernd ausgestreckter Hand wandte er sich bereits dem nächsten verängstigten Bürger zu.

Milla schaute an der Frau vorbei. Es waren nur noch vier Leute vor ihnen, ehe die Soldaten sie erreichten. Sie suchte in allen Richtungen nach einem Fluchtweg. Da! Zwischen den Häusern gab es einen winzigen Spalt, der gerade breit genug war, um sich hindurchzuzwängen. Nicht zum ersten Mal pries Milla die ursprünglichen Bewohner von Arcosi, die die Stadt mit einem Netz aus geheimen Schmugglerwegen und versteckten Durchgängen überzogen hatten.

»Hier entlang!« Milla packte Taryas Arm und zerrte sie rückwärts in den Spalt, in dem eine winzige Gasse im Zickzack zu einer steilen steinernen Treppe führte, die man zwischen die Häuser gequetscht hatte. »Wenn wir uns beeilen, können wir der Patrouille ein Schnippchen schlagen und sie auf dem Rückweg umgehen.« Ihre Schritte dröhnten auf den ausgetretenen Stufen und sie erreichten taumelnd den Hafen.

»Da ist er!« Tarya legte noch einen Schritt zu und überholte Milla.

Wie vermutet lehnte Isak an der Hafenbrüstung und ließ den Neuankömmling nicht aus den Augen, der vor ihm vertäut war: ein schlanker Schoner mit zwei Masten, auf dem die Entladearbeiten noch in vollem Gange waren. Möwen schrien und zankten sich um einen ausgekippten Zuber mit Fischabfällen von den Marktständen, die sich im oberen Bereich der Kaianlage entlangzogen.

»Isak, was soll das werden?« Tarya verschwendete keine Zeit

mit einer Begrüßung. Als er keine Antwort gab, verwandelte sich ihr Ärger in Sorge. »He, was ist los? Ist alles in Ordnung?«

Isak drehte sich um und musterte seine Schwester von oben bis unten. Die untergehende Sonne spiegelte sich in seinen Augengläsern. »Als was bist du denn verkleidet? Als Kampf-Vogelscheuche? Damit wirst du auf dem Ball des Herzogs ganz sicher alle Aufmerksamkeit auf dich lenken.«

Dutzende Boote lagen hinter Isak in den schützenden Armen der Hafenmauer: die Flotte der Fischer von Arcosi und die höher aufragenden Kaufmannsschiffe. Als Milla über den rechten Arm der Hafenmauer blickte, versank ein letzter heller Sonnenstrahl ebenso schnell im Meer wie eine Münze in einer Tasche. »Die Sonne geht unter. Beeilt euch!«

»Dann hast du es also nicht einfach nur vergessen?«, stellte Tarya fest, die mit beiden Händen ihre Locken durchkämmte und trockene Blätter und Stängel herausschüttelte. »Ich habe nämlich nicht zum Spaß den ganzen Monat damit zugebracht, Tänze zu üben, und dir dabei geholfen, diesen Eid auswendig zu lernen. Und jetzt beeil dich, oder wir kommen zu spät und müssen den Rest unseres kläglichen Lebens bedauern, dass wir den Herzog beleidigt haben.«

»Seit wann ist dir das so wichtig?«, keilte Isak aus. »Was hast du davon? Ich wüsste nicht, dass du dich in letzter Zeit an irgendwelche Regeln gehalten hättest, außer du hattest Lust dazu ...«

»Hört auf! Was ist los mit euch?« Milla stellte sich zwischen die Zwillinge. So etwas machten sie sonst nie. Sie traten füreinander ein. Immer. Milla wollte ihnen so gern erzählen, was sie gesehen hatte, aber die beiden waren zu erregt und die Zeit lief ihnen davon. »Seht nur! Die Sonne geht unter. Für so etwas bleibt uns keine Zeit!«

»Ich komme ja«, sagte Isak. »Gut gemacht, ihr kleinen Ziegenhirtinnen …«

Das saß. »Wir hätten es auch lassen können.«

»Tut mir leid«, murmelte Isak, ohne sie anzusehen.

Tarya nahm Isaks Hand. »Bleib einfach dicht hinter mir.« Sie machte auf dem Absatz kehrt und marschierte zurück zur Schmugglertreppe. »Eine Patrouille ist unterwegs hierher, der sollten wir besser nicht in die Arme laufen.«

Als Milla ihnen nacheilte und das Schiff passierte, das gerade angelegt hatte, blieb sie noch einmal stehen. Sie packte einen der Jungen, die Kisten ausluden, am Ärmel: »He, habt ihr einen Passagier mitgebracht?«, fragte sie leise. »Einen alten Mann in einem dunkelblauen Umhang, der eine große seidene Packtasche dabeihatte?«

»Ja, bin froh, dass wir die beiden los sind. Die haben uns Unglück gebracht. Wind aus Osten. Wen wundert's, haben sich die ganze Fahrt über benommen wie verschreckte Katzen«, murmelte der Junge, als er sich von ihr losmachte.

Die *beiden*?, wunderte sich Milla. Mit wem war der ermordete Mann gereist? Und wo war diese Person jetzt?

4. KAPITEL

Milla lotste die Zwillinge über die Schmugglertreppe nach Hause und scheuchte sie nach oben, damit sie sich umzogen. Nestan marschierte, auf einen geschnitzten und mit einer silbernen Spitze versehenen Gehstock gestützt, vor dem Haupttor auf und ab. Als Milla und die fein gekleideten Zwillinge schließlich auftauchten, fuhr er herum. Richal Finn lehnte in der feierlichen Aufmachung eines Schwertträgers an der Mauer, seine kurzen Haare glänzten nass, als hätte er eben noch den Kopf in den Brunnen getaucht.

»Wo habt ihr gesteckt?«, fragte Nestan leise.

Milla kannte diesen Ton. Niemand antwortete. Alle drei standen regungslos da, umklammerten ihre Masken und versuchten, wieder zu Atem zu kommen.

Nestan nahm sie der Reihe nach prüfend ins Visier. Tarya trug ihr schönstes Kleid aus rosa Seide. Milla hatte ihre blonden Locken mit einem Band aus Glasperlen hastig zu einem hohen Knoten aufgesteckt und ihr die Perlenkette ihrer Mutter umgelegt. Isak stand steif und resigniert da. Er sah gut aus, schien sich in seinem cremefarbenen Seidenhemd und dem vornehmen Anzug aber nicht sehr wohlzufühlen. In der geschlossenen Faust hielt er eine weitere Phiole mit seiner Arznei.

Milla strich ihr purpurfarbenes Kleid glatt. Heute Abend mussten selbst die Dienstmädchen fein herausgeputzt sein, deshalb hatte sie sich eines von Taryas abgelegten Kleidern geliehen. Es war das schönste Kleid, das sie je getragen hatte, ebenso wie die dazugehörigen Schuhe, die ihr nicht ganz passten. Genießerisch strich sie über den seidigen Stoff.

Mit einem vorsichtigen Seitenblick sah sie zu Nestan und betete, dass sie seiner Überprüfung standhalten würden. Isak und Tarya mussten auf dem Ball erscheinen. Milla nicht. Er konnte sie mit einem Fingerschnippen durch Lanys ersetzen.

Das würde Lanys gefallen, die ständig mit Richal Finn flirtete.

»Du siehst gut aus, Tarya«, sagte Nestan schließlich. »Die Perlen stehen dir.«

Isak richtete sich auf, weil er ebenfalls einige anerkennende Worte erwartete.

»Isak? Mach uns dort oben keine Schande.«

Isak sackte vor Enttäuschung zusammen.

»Dein Vertrauen in mich ist wirklich beruhigend«, murmelte er leise.

»Pst«, flüsterte Tarya. »Er hat das nicht so gemeint.«

»Hat sich aber so angehört«, sagte Isak verkniffen. Er sah ganz unglücklich aus, aber Nestan schien es nicht zu bemerken. Er presste stumm die Kiefer zusammen. Neben Nestans üblichem Schwert zeichneten sich unter seinem schönsten Umhang aus mitternachtblauem Samt die schwachen Umrisse einer nicht ganz so üblichen zusätzlichen Klinge ab.

Der Anblick von Nestans zusätzlicher Waffen bescherte Milla abermals ein flaues Gefühl im Magen. Aber wenn er sich entschlossen hatte, die Zwillinge heute Abend nicht zu beunruhigen, und ihnen den Mord verschwieg, dann musste sie mutig genug sein, seinem Beispiel zu folgen.

Wie immer, wenn sie aufgeregt war, flogen ihre Finger zu der goldenen Schmuckmünze an ihrem Hals. Ihrem einzigen wirklichen Besitz.

Sie zeichnete die Kontur des Motivs nach, das in das abgewetzte Metall eingestanzt war: ein fliegender Drache unter einem Vollmond.

»Wir sind spät dran«, sagte Nestan kurz angebunden und wandte sich ab.

Sie hatten bestanden! Milla würde tatsächlich zum Palast mitgehen. Ein Lächeln umspielte ihre Lippen und verschwand, sobald ihr der tote Mann wieder einfiel. Sie schwor sich, in der Nähe der Zwillinge zu bleiben und auf sie achtzugeben.

»Fertig?« Tarya tänzelte die Stufen hinab, nahm den freien Arm ihres Vaters und drückte ihn, um ihre Atemlosigkeit als Aufregung zu tarnen.

»Ich bin schon eine ganze Weile fertig«, erwiderte er kühl. »Jetzt setzt eure Masken auf und lasst uns gehen!« Nestan bedeutete den Wachen, das Tor zu öffnen.

Es war dunkel und der Mond stand tief über dem Horizont: Fast ebenso rund und voll wie eine Perle war er. In dieser Nacht brauchten sie keine Lampen. Von den ärmsten Behausungen unten am Seewall bis hinauf zum Palast der vier Winde auf dem obersten Hügel von Arcosi brannten Laternen, Fackeln und Lagerfeuer und ließen die ganze Stadt wie eine Geburtstagstorte leuchten. Milla sah auf die lichterfüllten Straßen hinab und fragte sich, wo ihre anderen Freunde in diesem Moment sein mochten. Wahrscheinlich hatten sie sich am Kai versammelt. Thom würde ungeduldig auf der Hafenmauer hocken und auf das Feuerwerk warten. Rosa hatte kleine Gewürzkuchen gebacken und wollte sich für das Straßenfest eine Flasche süßen sartolischen Wein vom Verkaufsstand ihrer Eltern *borgen*.

Aber Milla war hier und gesellte sich zum Pulk der vornehmsten Familien von Arcosi, die alle in Samt und Seide gekleidet waren, vor Gold und Juwelen nur so strotzten und pailletten- und federbesetzte Masken trugen. Millas Blick schweifte umher, bis ihr von all dem Glitter und Glanz fast schwindlig wurde. Dann zuckte sie zusammen. Ihre Schuhe scheuerten an den Fersen und erinnerten sie daran, dass sie ein Spatz war, der versuchte, sich unter die Pfauen zu mischen.

»Ist alles in Ordnung?«, fragte Isak, aufmerksam wie immer. »Ist irgendwas passiert?« Er bot Milla seine Hand an und sah freundlich besorgt zu ihr hinab.

Was, wenn sie einfach alles hinausposaunen würde? *Jemand ist direkt vor meiner Nase ermordet worden. Ich habe es nicht verhindert und jetzt ist ein Mann tot. Er hat etwas Wertvolles versteckt, aber das habe ich deinem Vater nicht gesagt.*

Milla wollte ihn nicht beunruhigen. Er musste gelassen bleiben, um auf dem Ball des Herzogs seine Rolle zu spielen. »Nein«, sagte sie sanft, stützte sich aber zumindest für ein paar Schritte dankbar auf seinen Arm, um nicht länger zu humpeln.

Eine stattliche Norländerin in einem bauschigen roten Satinkleid starrte verblüfft über die Schulter. Ihre Augen wanderten von Millas kurzen schwarzen Locken über die goldbraune

Haut und ihr purpurnes Kleid – das nicht mehr der neuesten Mode entsprach, aber immer noch edel aussah – bis hinunter zu ihren geborgten Schuhen.

Milla wusste, dass sie eine merkwürdige Erscheinung abgab, die Außenstehende häufig verwirrte. Als Taryas Gefährtin hatte sie vieles aufgeschnappt: Sie wusste, wie man kämpfte, tanzte und dass man als feine Dame die Vokale elegant in die Länge zog, wie die Norländer es taten. Dennoch würde es immer Leute geben, die sie nach dem ersten Eindruck beurteilten.

Als sie nun den missbilligenden Blick der Frau auf sich spürte, wappnete sie sich gegen den unvermeidlichen Kommentar.

»Lässt der Herzog heute jeden rein?«, fragte die Frau laut. »Ich dachte, es wären nur Norländer geladen?«

Nestan sagte nichts, trat aber absichtlich zwischen Milla und die Frau, um ihr die Sicht zu verstellen.

Mit brennenden Wangen löste sich Milla von Isak und zeigte nach vorn: »Sieh mal! Wir sind da!«

Viele Leute legten angesichts der hohen, glatten Steinmauern, die vor ihnen aufragten, staunend den Kopf in den Nacken und rissen Mund und Augen auf: Aus nächster Nähe wurde der tägliche Anblick zu etwas Majestätischem. Zu zehnt nebeneinander wanderte die Menge durch das prachtvolle, von zwei Wachtürmen flankierte steinerne Eingangstor, das sich als Bogen über ihren Köpfen spannte. Milla sah sich unter den Gästen um, starrte jeden schwarz gekleideten Mann an, fixierte jede schwarz-goldene Maske und verglich sie mit der des Angreifers aus dem Garten. Doch es war hoffnungslos. Es gab zu viele. Sie würde niemals die richtige wiedererkennen; wahrscheinlich hatte er seine Kleider ohnehin längst gewechselt. Trotzdem konnte sie ihre Unruhe nicht abschütteln, solange sie wusste, dass sich ein Mörder unter ihnen befand.

Auf dem Palastgelände wurden aufgeregte Stimmen laut, wie das Gezwitscher von tausend Starenvögeln.

»Los, kommt, ihr zwei. Ist das nicht wunderschön?« Tarya nahm sie an den Händen und zog sie über die breiten Wege, die von akkurat beschnittenen und mit Öllampen behängten Linden gesäumt wurden. Sie durchschritten von Jasmin umrankte Laubengänge inmitten prunkvoller Rosengärten, welche die laue Nacht mit ihrem Duft erfüllten.

»Oh, seht nur!« Milla zeigte auf den Palast und vergaß für einen Moment ihre Wachsamkeit. Von Lichterketten erhellt, die aussahen wie vom Himmel gefallene Sterne, wirkte der Palast der vier Winde schöner, als sie es sich je vorgestellt hatte.

Das Hauptgebäude wurde von steinernen Bögen getragen, die an den Brustkorb eines riesigen Tieres erinnerten. An jeder Ecke ragte ein hoher Turm empor, von denen einer nach Norden, einer nach Osten, einer nach Süden und einer nach Westen zeigte. Sie reichten bis hoch in den Nachthimmel und verströmten aus Dutzenden Fenstern ihr Licht. Auf dem gefliesten Hof, bis hin zu den Stufen des Palasts, prangte das Mosaik eines gewaltigen schwarzen Feuer speienden Drachen.

Milla blieb stehen. Sie konnte kaum glauben, dass sie wirklich hier war. Bilder von Drachen fanden sich in Arcosi überall – auf dem Türsturz fast jedes einzelnen Hauses –, doch in dieser Größe hatte sie noch keines gesehen.

Die Menge wurde in das Gebäude neben dem Palast gelenkt.

»Das muss die Drachenhalle der alten Könige sein!«, flüsterte Isak, während sie Nestan und Finn durch die riesige Flügeltür folgten. Als Isak zu dem mit Mosaikfliesen dekorierten Deckengewölbe hinaufstarrte, zog er die Nase kraus, damit seine Augengläser nicht herunterfielen.

»Du meinst, eine Art Stall, aber für Drachen?«, fragte Tarya, die sich staunend umsah.

»Der schönste Stall, den ich je gesehen habe«, sagte Milla, deren Blick von den verblassten alten Wandgemälden und -teppichen angezogen wurde, die an den geschwungenen Wänden hingen. »Seht mal!« Sie zeigte auf den Wandbehang, der ihnen am nächsten war: ein fliegender Drache mit einer Reiterin auf dem Rücken, deren lange schwarze Haare wehten.

»Das ist eine Frau!«, sagte Tarya triumphierend. »Sieht aus, als hätten sie nicht alles verkehrt gemacht, wer immer sie auch waren ...«

»Das sind nur Legenden ...« Isak klang skeptisch.

»Es gab sie wirklich. Sie haben genau hier gelebt, in unserer Stadt.« Milla kannte die alten Lieder und Legenden, und sie hatte die Nistplätze der Drachen gesehen, die in die bröckelnden Mauern des alten Hauptplatzes eingelassen waren, aber das hier war etwas anderes, es war ein anschaulicher Beweis. Zum hundertsten Mal wünschte sie sich, früher gelebt zu haben, zur Zeit der Drachen.

Sie sah sich um und versuchte sich vorzustellen, wie es wohl gewesen war, als hier echte Drachen lebten, doch die Drachenhalle war in einen Ballsaal verwandelt worden. Dutzende im Raum verteilte Feuerschalen spendeten Wärme, Lilien in hohen Kristallvasen verströmten ihren Duft, und an einer Längsseite des Raums reihten sich zahllose Tische aneinander, die mit köstlich duftenden Speisen beladen waren. Es gab gebratenes

Lamm, glänzend schwarze Oliven, deftige Getreidesalate, die mit Granatapfelkernen, Koriander und Rosinen garniert waren, geräucherten Fisch, warme Brotlaibe frisch aus dem Ofen und Millas Lieblingsessen: gebackene Pfirsiche, aus denen noch der Saft herausquoll. Milla lief das Wasser im Mund zusammen, was ihr in Erinnerung rief, wie lange sie schon nichts mehr gegessen hatte.

In diesem Moment ertönte eine Fanfare und ein Herold rief: »Macht Platz für Seine Gnaden, Herzog Olwar Refarson!«

Zuerst kam Reihe um Reihe die Leibgarde, alle in der schwarzen Festlivree des Herzogs. Das dunkle Dröhnen der stampfenden Stiefel übertönte Millas Gedanken. Sie schwankte und griff Halt suchend nach Taryas Hand.

Die Leibgarde stand stramm und bildete eine Gasse. Alle drehten sich erwartungsvoll um.

Milla wollte endlich den Herzog sehen, von dem sie so viel gehört hatte, und blinzelte den Schwindel fort.

Drei Menschen durchschritten das Spalier der Garde und zogen alle Blicke auf sich: der Herzog, die Herzogin und ihr Sohn.

Die drahtigen weißblonden Haare des Herzogs standen ihm wie eine Krone zu Berge und ließen ihn noch größer wirken. Er lächelte und die Menge seufzte. Die Augen des Herzogs waren vom blassesten Blau, das Milla je gesehen hatte, sein Gesicht war faltig, aber immer noch attraktiv.

Die drei bestiegen ein kleines Podest, das von goldenen Seilen begrenzt und von brennenden Messingfackeln erhellt wurde.

»Willkommen zu meinem fünfzigsten Jublіläum.« Herzog Olwar schien im Lichtkreis der Fackeln golden zu leuchten. Er nickte in die Menge hinab, als wären die Menschen dort alle seine Kinder und nicht nur der hoch aufgeschossene dunkelhaarige junge Mann an seiner Seite.

»Das ist bestimmt sein Sohn Vigo«, flüsterte Tarya Milla hinter vorgehaltener Hand zu.

»Findest du ihn auch so gut aussehend, wie alle behaupten?«, fragte Milla sie neckend. Diese Menschen mit eigenen Augen zu sehen, gab ihr das Gefühl, in ein Märchen oder einen Traum hineinspaziert zu sein.

»Weiß ich noch nicht«, sagte Tarya zögernd.

»Hmm, das würde ich schon sagen«, meldete sich Isak neben ihr zu Wort, als handele es sich um eine knifflige Mathematikaufgabe, die gelöst werden wollte.

Als hätte er sie gehört, fiel Vigos neugieriger Blick auf die Zwillinge.

Tarya und Isak steckten die Köpfe zusammen und kicherten, bis Nestan sie streng ermahnte.

Als Vigos Mutter das Kichern hörte, lächelte sie freundlich zu ihnen hinab. Herzogin Serina war beliebt in der Unterstadt. Alle wussten, dass sie ihr eigenes Vermögen besaß, mit dem sie überall in der Stadt Heilende und Hebammen bezahlte. Es wurde sogar erzählt, dass sie Kranke selbst behandelte. Die tanzenden Lichter fielen auf ihre aufgedrehten, tiefschwarzen Zöpfe und die weiße Lilie hinter ihrem Ohr. In ihrem orangefarbenen Kleid war Serina ein leuchtender Farbfleck in einem Meer aus schwarzen Uniformen.

Der Herold trat vor und räusperte sich nervös. »Zu Ehren seines fünfzigsten Geburtstags wird Seine Gnaden vom heutigen Tag an den Namen Erster Drachenfürst von Arcosi tragen«, verkündete er.

»Drachenfürst?«

»Hat er *Drachen* gesagt?«

Die Versammelten summten wie ein Bienenschwarm.

Milla grub die Fingernägel in ihre feuchten Handflächen, um gegen die Hitze und das betäubende Hungergefühl anzukämpfen, das sie plötzlich überkam. Doch es war zu spät. Die Welt verschwamm vor ihren Augen zu einem Ozean aus bunten Punkten. Sie griff nach Taryas Hand, als wäre sie am Ertrinken.

5. KAPITEL

»Milla! Was ist mit dir?« Tarya stützte sie. »Ist dir nicht gut?«

Sie durfte nicht in Ohnmacht fallen, nicht auf dem Ball des Herzogs. Sie war hier, um Tarya zu helfen, und nicht umgekehrt. Milla kämpfte gegen den Schwindel an, beugte sich vor und schüttelte den Kopf, um den Nebel zu vertreiben. »Alles in Ordnung«, flüsterte sie. »Mir ist nur zu heiß.« Ihr Gesicht und ihr Nacken fühlten sich klamm an, ihr purpurnes Kleid schwer und feucht. Sie atmete in tiefen Zügen und zwang sich, den Worten des Herzogs zu lauschen.

»Heute ist nicht nur mein Geburtstag«, sagte dieser. »Wir feiern heute Abend auch fünfzig Jahre in Arcosi. So lange ist es her, seit unsere Ahnen und Urahnen Hunger und Seuchen in den Norlanden entflohen und wohlbehalten diese Gestade erreichten. Fünfzig Jahre, seit unsere Gebete erhört wurden und wir Arcosi fanden, das auf uns wartete: unsere Zuflucht, leer wie eine verlassene Muschel, die auf ihren Einsiedlerkrebs wartet …«

Sie alle kannten diese Geschichte: das Märchen von Arcosi.

Tarya wandte sich zu Milla. »Ich wette, den interessanten Teil lässt er aus … den, wie seine Familie im Palast gelandet ist!«

»Psst!«, sagte Milla, die sich hastig umsah, ob das jemand mitbekommen hatte. Das war Unterstadtgerede, die Sorte, für die man verhaftet werden konnte. Alle wussten, dass sich auf den ramponierten, windgepeitschten Schiffen vor fünfzig Jahren keine Adligen befunden hatten. Herzog Olwars Vorfahren waren schlicht und einfach jene gewesen, die den Mund am weitesten aufgemacht, am härtesten gekämpft und sich den schönsten Teil der verlassenen Inselstadt unter den Nagel gerissen hatten.

»Warum? Es weiß doch jeder, dass er im Gegensatz zu seiner Frau kein echter Adliger ist«, zischte Tarya zurück. »Sie musste ihn bloß heiraten, um den Frieden zu besiegeln.«

»Nicht jetzt. Und nicht hier …«, fauchte Isak seiner Schwester mit zusammengebissenen Zähnen zu. »Die Wachen schauen schon!«

»Warum?«, wiederholte Tarya. »Das ist die Wahrheit!«

Wieder drückte Milla ihre Hand und hoffte, dass sie die Botschaft verstand. Es war ein schmaler Grat zwischen Furchtlosigkeit und Leichtsinn, und sie war es gewohnt, dass Tarya sich darüber hinwegsetzte, aber heute Abend stand zu viel auf dem Spiel.

Nestan drehte sich um und funkelte die Zwillinge an. Wie ein Habicht sah er aus mit seiner dunklen Maske.

»Wir haben die alte Stadt wieder mit Leben gefüllt«, erklärte der Herzog gerade. »Und unsere Bemühungen stehen unter einem guten Stern. Unsere Schiffe werden mehr und unser Wohlstand nimmt zu. Unsere Kinder wachsen ohne Furcht auf.«

Manche vielleicht. Milla fühlte sich unbehaglich, diesem goldenen Herzog in Gedanken zu widersprechen. Tarya unterdrückte ein Gähnen.

»Zu Ehren dieses Tages – meines Geburtstags und der Ankunft unserer Vorfahren – mache ich mir das Symbol von Arcosi, der Geburtsstätte der Drachen, zu eigen.«

Bei diesem magischen Wort wurde es totenstill. Milla hielt den Atem an.

»Ich mache dieses stolze Bildnis von Arcosis Vergangenheit zu meinem Wappen. Die Drachen sind tot, auf rätselhafte Weise verschollen, genau wie die früheren Bewohner dieses Ortes …« Die Stadt war zwar voller Bilder der verschollenen Drachen: auf Schnitzereien und Statuen. Aber nicht eine dieser verwitterten Gravuren lieferte einen Hinweis darauf, wohin sie verschwunden waren.

»Wir gedenken ihrer. Wir ehren sie.« Der Herzog machte ein bekümmertes Gesicht. »Doch jetzt sind *wir* die Kinder dieser Stadt.« Seine Miene hellte sich auf. »Wir sind die Kinder der Drachen. Und *ich* bin der Drachenfürst.«

Bei diesen Worten erschollen Dutzende Trompeten, Schauspieler traten ein und trugen vier auf Holzstangen balancierende riesige Papierdrachen, die von innen leuchteten und dadurch lebendig wirkten. Die Menge raunte begeistert.

Die Farbenpracht war überwältigend. Einer war so blau wie eine Pfauenfeder, einer so gelb wie Eidotter, einer so rot wie das Blut, das an diesem Tag vor Millas Augen vergossen worden war, und einer so grün wie ein frisches Blatt im Frühling. Die Papierdrachen breiteten die Flügel aus und flogen mit geschmeidigen Schwüngen um den Herzog herum, sodass ihre Schatten über die hohen Wände tanzten. Milla sah, wie die Armmuskeln der jungen Puppenspieler arbeiteten.

Schließlich klatschte der Herzog in die Hände, die Drachentänzer hielten inne und versammelten sich um ihn. »Bitte«, befahl Olwar, »genießt die Unterhaltung und das Feuerwerk. Anschließend werde ich den Treueeid der jungen Männer entgegennehmen. Und danach lade ich euch hier in meinem Heim zu Speise, Trank und Tanz ein. Heute Abend stehen dem Volk von Arcosi meine Türen offen!«

Die Menge hatte gebannt gelauscht und zugesehen. Die Menschen lächelten und hoben die Hände, um zu applaudieren. In diesem winzigen Moment des Schweigens ertönte ein merkwürdiges Geräusch: ein hohes, schrilles Wehklagen.

Gehörte das zum Programm?

Das breite Grinsen des Herzogs erlosch.

»Du bist *nicht* der Drachenfürst!«, schrie eine Frauenstimme, so greinend und laut wie eine Katze in der Nacht.

Wer sprach da? Milla sah sich um, die Menge hielt den Atem an.

Auf einen Wink des Herzogs rückten die Leibgardisten von ihm ab und schoben sich lautlos zwischen die Besucher, um die unentdeckte Sprecherin zu suchen.

»Ihr seid Diebe! Eindringlinge! Diese Stadt gehört euch nicht!«

Es war, als würden alle zu Stein erstarren, die gesamte Schar der norländischen Edelleute.

»Behaltet eure Papierdrachen! Etwas anderes als das werdet ihr nie kennenlernen.«

Alle standen regungslos da und lauschten.

»*Wir* sind die Kinder der Drachen. Diese Stadt gehörte *uns* ...« Die Frau sprach mit dem gleichen Akzent wie der ermordete Mann. »Unsere Leute wurden versklavt. Sie starben auf der Flucht. Diese Steine tragen unser Blut. Unsere Geister spuken um eure Betten. Hört ihr sie nicht?«

»Findet sie!«, brüllte der Herzog jetzt. Abgesehen von den roten Flecken auf seinen Wangen war sein Gesicht noch blasser als sonst.

Ohne auf die Zwillinge zu achten, schob sich Milla nach vorn. Sie hatte die Sprecherin entdeckt: eine alte Frau mitten in der Menge.

Die Frau breitete die Arme aus und schritt, scheinbar ohne jede Angst, im Kreis herum. Ihre grauen Haare waren von silberweißen Strähnen durchzogen und zu einem losen Knoten aufgebunden, der den Blick auf goldene Kreolen an ihren Ohren freigab. Ihre Haut war tiefbraun, ihr Gesicht so verwittert wie ein Stück Treibholz. Aufrecht und stolz stand sie da, selbst als die Wachen näher kamen.

Auf der Innenseite ihres Arms entdeckte Milla die gleiche schwarze Tätowierung wie jene, die sie an dem Mann im blauen Umhang gesehen hatte. Und der Stoff ihres Kleides? Auch er glich dem des toten Mannes. Waren sie die beiden Reisenden auf dem Schiff, das vorhin angelegt hatte?

Als die Wachen die Menschen mit den Ellbogen zur Seite drängten, um zu ihr zu gelangen, sprach die Frau schneller: »Wir wurden von hier fortgerissen. Aber ich bin in meine Heimat zurückgekehrt. Und ich bin nicht die Einzige. Eure Tage hier sind gezählt, ihr werdet sehen ...«

Ihre Stimme gewann immer mehr an Stärke, sie wurde laut

und klar, sodass niemandem auch nur eine Silbe entging: »Wir kommen nach Hause. Die Drachen von Arcosi werden zurückkehren! Und sie werden *niemals* euch gehören!«

Dann setzte die Frau ihre Kapuze auf und zog sich in den hinteren Teil der Halle zurück.

»Eine Belohnung für die Ergreifung dieser Frau!«, rief der Herzog. »Wohin ist sie gegangen?«

Milla beobachtete die suchenden Wachen und hielt den Mund.

Als die Frau an ihr vorüberging, begegneten sich ihre Blicke. Die glänzenden braunen Knopfaugen fixierten Milla, die den Blick nicht abwenden konnte.

Er ist tot! Jemand hat deinen Freund getötet. Du bist in Gefahr! Am liebsten hätte Milla die Frau festgehalten und ihr erzählt, was sie gesehen hatte, aber ihr Mund schien voller Sägemehl zu sein, sie bekam keinen Ton heraus.

Die Frau senkte für einen kurzen Moment den Blick und richtete ihn auf die goldene Schmuckmünze an Millas Hals. Sie atmete laut ein und ihre Augen weiteten sich. Überraschung, Freude, Angst: All diese Gefühle spiegelten sich wie Wolkenschatten auf dem Meer in schneller Folge in ihrem Gesicht.

Milla wurde heiß unter der Maske.

Die Frau zog sich zurück, ließ Milla aber nicht aus den Augen, als versuchte sie, ihr etwas mitzuteilen.

Neugierig geworden, wen diese Frau anstarrte, sahen sich die Menschen nach Milla um. Diese senkte den Kopf. Sie war froh, dass die purpurne Maske ihr Gesicht bedeckte, und wich langsam zurück. Dann drehte sie sich um, riss die Maske herunter und schob sie in die Tasche ihres Kleides, damit niemand sie daran erkannte. Sie erreichte das Podest mit der herzoglichen Familie und umrundete es verstohlen. Hoffentlich bemerkte sie niemand!

Herzogin Serina stand neben ihrem Mann und sprach leise auf ihn ein. Mit ihrer reinen goldbraunen Haut, den hohen Wangenknochen und den ausdrucksvollen Augen, die im gedämpften Licht schwarz wirkten, war sie selbst mit sorgenvoller Stirn atemberaubend schön.

»Warum rufst du die Wachen nicht zurück?«, fragte sie den Herzog. »Diese Frau sah alt aus. Sie war allein. Sie ist keine Bedrohung für uns.«

»Meine Liebe.« Herzog Olwars Stimme war beherrscht und sehr leise. Er starrte auf die Herzogin hinab. »Lass es gut sein. Lass die Wachen sich darum kümmern …«

Milla stand am hinteren Rand des Podests, nah genug, um zu sehen, dass die Fingerknöchel des Herzogs weiß wurden, als er den Arm seiner Frau umklammerte.

Plötzlich bemerkte Milla aus den Augenwinkeln eine winzige Bewegung. Während alle anderen durch die Wachen abgelenkt wurden, die die Menge durchkämmten, hatte die alte Frau das hintere Ende der Halle erreicht. Ihr tiefblauer Umhang war im Dunkeln kaum zu sehen. Sie zog einen Wandbehang zur Seite und verschwand hinter dem Bilderteppich.

Niemand sonst sah sie entkommen.

Milla spürte, wie ihr die Worte *Da ist sie. Sie entkommt!* die Kehle hinaufstiegen. Doch dann erinnerte sie sich an den strahlenden Glanz des Wiedererkennens in den braunen Augen der Frau und schwieg.

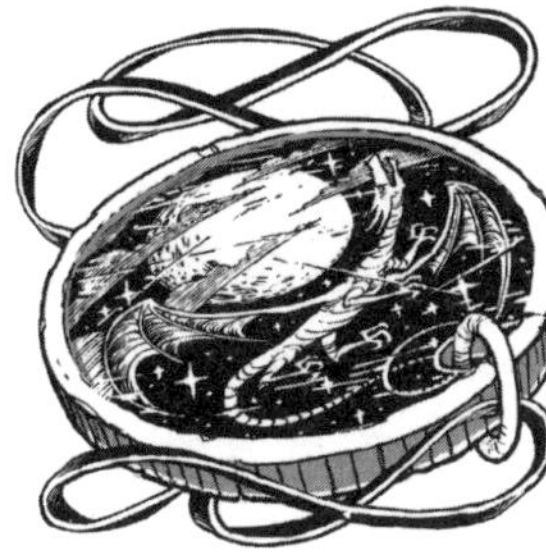

6. KAPITEL

Die Unterbrechung hatte die Planungen durcheinandergebracht. Draußen vor der Halle begann das Feuerwerk. Milla hörte das Heulen und Zischen, mit dem die Raketen zum Himmel hinaufschossen. Die Menschen schwärmten durch die großen Türen der Drachenhalle, um dem Spektakel beizuwohnen: Funkelnde goldene Blüten explodierten in der Luft und gingen schimmernd über der Insel nieder. Von der Menschenmasse mitgerissen, die in den Garten hinausströmte, geriet Milla ins Stolpern.

Die Menschen schoben ihre protzigen Masken zurück, um besser sehen zu können. Dahinter kamen geschockte Mienen mit einem starren, aufgesetzten Lächeln zum Vorschein. Selbst die goldenen, grünen und scharlachroten Lichter des Feuerwerks änderten nichts daran. Herzog Olwars Gesicht war wie versteinert. Anspannung und Beklemmung machten sich breit.

Milla fand Tarya und Isak wieder.

»Wer war diese Frau?«, flüsterte Tarya im Lärm des Feuerwerks. »Hat sie wirklich *Drachen* gesagt?«

»Bestimmt hat sie bloß in Symbolen gesprochen, wie der Herzog, oder?« Milla war immer noch wie benebelt vor Hitze und Hunger.

»Wie hat sie das mit den Menschen gemeint, die hier früher gelebt haben?« Die Vorstellung schien Isak zu entsetzen. Er schob seine Augengläser nach oben. »Es kann doch nicht sein, dass sie zurückkommen!« Sein Atem ging wieder flach und schnell.

»Atme mit mir, Isak. Komm, wir setzen uns hier hin.« Tarya legte ihm die Hand auf den Rücken und holte in tiefen, langsamen Zügen Luft, was er nachahmen sollte. »Schon viel besser.« Die Konzentration und die Sorge um ihn standen ihr ins Gesicht geschrieben.

»Na ja, irgendjemand muss die Stadt ja erbaut haben. Und dann verschwunden sein«, sagte Milla. »Was habt ihr denn gedacht?«

»Die Frau war wütend. Aber wir können doch nichts dafür!«, sagte Isak zwischen abgehackten Atemzügen. »Wie auch? Die Stadt war leer, als unsere Leute hier ankamen. Und wir sind hier *geboren*.« Er beugte sich vor und legte einen Finger auf seine Augengläser, damit sie an Ort und Stelle blieben. Während er über die Palastgärten aufs Meer hinausstarrte, das die letzten Funken des Feuerwerks als kleine Lichtpunkte zurückwarf, wurden seine Atemzüge ruhiger. »Das hier ist unser Zuhause. Was vorher passiert ist, ist nicht unsere Schuld.«

»Wo stecken diese Menschen jetzt?«, fragte Tarya, die immer noch den Arm um ihren Bruder gelegt hatte. »Wenn die Stadt ihnen gehört, warum kommen sie nicht her und holen sie sich zurück?«

»Sie hat nicht gesagt, dass wir schuld sind«, mischte sich Milla ein. »Nur, dass Menschen gestorben sind. Von Schuld hat sie nichts gesagt –«

»Wen kümmert schon die Schuldfrage, was ist mit den *Drachen*?«, unterbrach Tarya sie. »Sie hat gesagt, dass sie wiederkommen! Man hat doch jahrelang gesucht ...«

Die nächste Ankündigung eines nervösen Herolds ersparte Milla weitere Fragen.

»Die jungen Männer von Arcosi werden nun vor dem Drachenfürsten ihren Eid ablegen!«

»Jetzt?«, fragte Isak. »Ich bin noch nicht bereit, Tarya.« Der Herzog hatte sich aus Anlass seines Geburtstags eine komplizierte Eidesformel ausgedacht und alle würden zuhören.

Tarya half Isak beim Aufstehen und nahm seine Maske. Dann rückte sie seine Gläser zurecht und strich sein Hemd glatt. »Du schaffst das. Du kennst den Text. Wir können ihn alle auswendig, vorwärts, rückwärts und im Schlaf. Stimmt's?«

Isak lächelte matt. »Stimmt.«

»Viel Glück!«, rief Milla.

Er nickte unsicher und nahm seinen Platz in der Reihe ein.

Milla ging mit den anderen Angestellten ans Ende der Halle. Die norländischen Dienstmädchen hielten Abstand und sahen hochnäsig auf sie herab, doch Milla ignorierte ihr Getuschel. Sie ließ Isak nicht aus den Augen.

Er legte seinen Eid tadellos ab, blieb sogar ein wenig länger auf dem Podest und plauderte mit Herzog Olwar. Als er anschließend mit einer Zinnmedaille um den Hals, in die der Umriss eines Drachen aus schwarzer Emaille eingearbeitet war, an seinen Platz zurückging, war er voller Energie. Das war Olwars Gabe: Er zog die Menschen an. Er war ihre Sonne und alle wandten seinem Licht die Gesichter zu.

Milla beeilte sich, den Zwillingen mit Speisen beladene Teller zu bringen, wobei sie unterwegs diskret selbst ein paar Bissen aß, damit sie Josi sagen konnte, dass ihr Essen wesentlich besser war. Trotzdem schmeckte es köstlich und sie fühlte sich gleich ein wenig kräftiger. Nachdem die Gäste gespeist hatten, traten die Palastmusikanten auf, und schon bald war die alte Drachenhalle von Musik erfüllt.

»Zeit für den Tanz ...« Tarya starrte sehnsüchtig zum polierten Tanzboden hinüber, der mit einem weiteren Feuer spuckenden schwarzen Drachen dekoriert war. »Aber du solltest lieber kein Risiko eingehen, Isak, und dich ausruhen. Wir schauen einfach nur zu.«

»Mir geht es wieder gut. Wir tanzen nur diesen einen Tanz«, sagte er und schluckte. »Es ist der Ball des Herzogs. Ich bin es ihm schuldig. Er war sehr freundlich, als er mit mir gesprochen hat. Habe ich dir erzählt, dass er mich zum Segeln eingeladen hat?«

»Ja, schon drei Mal.« Tarya verdrehte die Augen, lächelte aber.

»Hier, kannst du meine Gläser festhalten, Milla?«

Also schaute Milla mit Isaks Augengläsern und Taryas Schal und Fächer in der Hand zu, während sie mit dem Fuß unauffällig im Takt wippte. Die Zwillinge waren die besten Tänzer, stellte sie voller Stolz fest. Sie beobachtete Isak mit einem blonden Mädchen in einem silbernen Kleid und mit funkelnden Diamanten um den Hals. Er bewegte sich geschmeidig und perfekt im Takt, und was er dem Mädchen auch sagte, brachte sie zum Lachen. Niemand würde glauben, wie viel ihm das abverlangte.

Nun wirbelte Tarya vorbei: Sie ging das Tanzen mit der gleichen Energie an wie alles andere. Milla musste unwillkürlich lächeln.

»Sie ist wunderschön«, ließ eine Stimme an ihrem Ohr sie zusammenschrecken. Dort stand ein hochgewachsener junger Mann mit einer grünen Federmaske und einem dazu passenden grünen Seidenjackett, das von Silberfäden durchzogen war.

»Ja, und das ist längst nicht alles ...«, erwiderte Milla stolz.

»Davon habe ich gehört.« Er stand so nah, dass ihn niemand sonst verstehen konnte. »Und das ist gut. Ich könnte eine Herausforderung gebrauchen.« Er zog die norländischen Vokale so vornehm in die Länge, dass er klang wie der Herzog.

»Sie werden es schon merken, wenn Sie mit Tarya Thornsen tanzen.« Wahrscheinlich war er der Nächste auf Taryas Tanzkarte, auch wenn Milla der hungrige Blick nicht gefiel, mit dem der Fremde ihre Freundin auf der Tanzfläche verfolgte. »Außerdem ist sie keine gewöhnliche Kaufmannstochter. Sie spricht drei Sprachen, ist geübt im Bogenschießen, geschickt mit dem Langschwert und vermag einen Kurzdolch besser zu werfen als ihr Vater. Sie kann Heiltränke brauen, maßstabsgerecht zeichnen und ist unterhaltsamer als alle anderen in diesem Raum!« Als Milla Luft holte, glühten ihre Wangen. So viel hatte sie gar nicht sagen wollen.

»Es wird immer besser.« Der hoch aufgeschossene junge Mann schob sich die Maske auf den Kopf und sah lächelnd zu ihr hinab.

Milla blieb der Mund offen stehen. Es war Vigo, der Sohn

des Herzogs. Seine verzogen-gelangweilte Art und die träge Geschmeidigkeit seiner Bewegungen erinnerte sie an Skalla, den Küchenkater. Er war wesentlich größer als Milla, hatte kurzes, dunkel gelocktes Haar und sehr grüne Augen, was seine katzenhafte Erscheinung noch unterstrich.

»Und du gehörst auch dazu, kleine Wildkatze?«

Sie beschloss blitzschnell, ihn zu behandeln wie alle anderen auch. Ansonsten würde sie einfach nur dastehen und glotzen wie ein Goldfisch, und die Wachen würden kommen und sie wegführen.

»Nein«, fauchte Milla, ehe ihr einfiel, »Euer Gnaden« hinzuzufügen. Aus den Gerüchten, die in der Stadt die Runde machten, wusste sie, dass Vigo gern ein Auge auf hübsche Mädchen warf und dass diese im Allgemeinen nichts dagegen hatten.

Sie sah zu ihm auf und versuchte, seine Worte und seine Miene zu deuten. Aus seinen grünen Augen sprach echtes Interesse und noch etwas anderes, eher Verächtliches. Hielt er Tarya für unter seiner Würde? Dann fiel ihr etwas auf. »Warum tragt Ihr die Drachenmedaille nicht, wie die anderen?«

»Hast du gehört, dass ich meinem Vater die Treue geschworen habe?«

»Nein, Euer Gnaden.« Milla entdeckte Herzog Olwar in der Menge. Isak hatte aufgehört zu tanzen und unterhielt sich angeregt mit ihm.

Vigo senkte die Stimme und sagte auf Sartoli: »Ich mag das Pech gehabt haben, als sein Sohn auf die Welt gekommen zu sein, aber das heißt nicht, dass ich damit zufrieden bin. Auch wenn er hin und wieder durchaus eine gute Idee hat«, murmelte er, ohne Tarya aus den Augen zu lassen. »Bitte entschuldige mich«, sagte er dann und schlüpfte durch die Menge zur Tanzfläche.

Dort tippte er Taryas Tanzpartner auf die Schulter. Sich charmant entschuldigend, nahm er Taryas Hand und verbeugte sich vor ihr. Milla war zu weit weg, um zu hören, was er sie fragte, aber Tarya nickte.

Vigo und Tarya begannen zu tanzen.

Die anderen Paare bemerkten die neuen Tänzer und machten ihnen Platz. Der Tanz kam den beiden entgegen: Er war schnell und kompliziert und verlangte absolute Kontrolle. In perfekter Übereinstimmung wirbelten sie schneller und schneller über die Tanzfläche.

Milla beobachtete die beiden mit wachsendem Unbehagen. Ohne die vorgeschriebenen Tanzschritte zu vernachlässigen, baute Vigo Bewegungen ein, die Tarya überraschen sollten. Sie ließ sich von ihm führen, hielt Schritt und fügte ihrerseits Ausschmückungen hinzu. Was ohnehin bereits einem Wettkampf geähnelt hatte, wurde nun zu einer Art Duell, bei dem beide Tänzer die formalen Vorgaben des Tanzes aufs Äußerste ausreizten.

Tarya hielt sich sehr gerade und aufrecht. Vollkommen eins mit der Musik, drehte sie bei jedem Richtungswechsel genau im richtigen Moment den Kopf und warf das Bein in die Luft, so weit es ihr Kleid zuließ.

Vigo beugte sie nach hinten, und für einen kurzen Moment widersetzte sie sich, stürzte fast, dann gab sie nach und legte sich mit ihrem ganzen Gewicht in seinen Arm.

Milla konnte die Augen nicht abwenden.

Tarya funkelte Vigo an. Lächelnd wie ein zufriedener Kater sah er zu ihr hinab und schürzte die Lippen.

Eine dralle Frau mit vom Wein geröteten Wangen sagte: »Na, wenn er sich für die entscheidet, ist es wenigstens eine Norländerin.« Sie senkte die Stimme zu einem Flüstern: »Nicht wie seine Mutter ...«

»Still! So etwas sagt man nicht!«

»Warum nicht?«, fragte die Frau. »Das denken alle. Außerdem wird es allmählich Zeit, dass er sich verspricht. Und Nestans Tochter würde eine schöne Mitgift einbringen.«

Nestan würde Vigo Taryas Hand niemals versprechen, nicht ohne vorher mit ihr darüber zu reden! Dennoch wurde Milla bei diesen Worten das Herz ganz schwer. Die Frau hatte recht. Wenn der Herzog seine wachsende Armee finanzieren wollte, dann hätte Nestan das Geld dafür. Milla kannte die Gerüchte. Nestan hatte Olwar im letzten Krieg das Leben gerettet – und dabei fast sein eigenes verloren. Danach hatte Olwar ihm Schuldgeld bezahlt. Mithilfe dieses Goldes hatte Nestan seine ersten Schiffe gekauft und jetzt war sein Vermögen beispiellos.

Aber ein Verlöbnis? Es würde Isaks wütende Worte gegen seinen Vater erklären.

Milla musste Tarya warnen, schnell, bevor sie die Neuigkeiten von jemand anderem erfuhr. Mir fällt schon irgendeine Ausrede ein, dachte sie und machte einen Schritt nach vorn.

Zu spät.

Tarya und Vigo standen sich mitten auf der Tanzfläche reglos gegenüber. Seine Lippen bewegten sich.

Tarya fuhr zurück und entriss Vigo ihre Hände.

Die zuschauende Menge hielt hörbar den Atem an.

Tarya wirkte wütend. Als sie die auf sie gerichteten Blicke bemerkte, setzte sie ein gezwungenes Lächeln auf und fächelte sich mit der Hand Luft zu: »Tut mir leid, vergebt mir, Euer Gnaden. Ich brauche frische Luft.« Sie floh aus der Halle.

Als Milla sich umdrehte, um ihr zu folgen, entdeckte sie Nestan. Er hob den Kopf, begegnete ihrem Blick und sah für einen kurzen Moment schuldbewusst aus. Was hatte er getan?

Milla holte Tarya im Garten ein. Sie legte ihr die Hand auf die Schulter, spürte ihre erhitzte Haut unter der hauchdünnen Seide ihres Ärmels.

»Lass mich in Ruhe –«, brauste Tarya auf, als sie herumfuhr. »Ach, du bist es. Dich habe ich nicht gemeint.« Ihr Gesicht verzerrte sich. »Milla …«

Auf Taryas Wangen schimmerten Tränen, die im Mondlicht silbern glänzten. Milla breitete die Arme aus.

Tarya zog sie an sich und schluchzte in ihre Locken. »Vater hat ihm meine Hand versprochen … *ihm*!« Dann hob sie den Kopf, wischte sich übers Gesicht und schüttelte mit einer ärgerlichen Bewegung die Tränen ab. »Und Vigo hat es genossen, mir das mitzuteilen. Was für ein arroganter, blasierter, verzogener …«

Dann stimmte es also. So sah Nestans Plan für seine Tochter aus – über den er und Isak vor ein paar Stunden gestritten hatten. »Ist schon gut, schhh!« Milla hielt Tarya fest und suchte nach tröstenden Worten, die sich aber selbst in ihren Ohren hohl anhörten. »Wir finden einen Weg. Es wird alles gut.«

»Ich werde das nicht machen«, sagte Tarya. Jetzt schien die Wut die Oberhand zu gewinnen. »Du sagst immer zu mir, dass man eine Wahl hat, Milla, und das hier ist meine.«

»Wie meinst du das? Was ist deine Wahl?«

»Und wenn ich an meinem Hochzeitstag von der Palastmauer springe, *ihn* ... heirate ... ich nicht.«

Milla hielt Tarya in den Armen, starrte zum runden Mond hinauf und fragte sich, wie ihre Welt sich an einem einzigen Tag so verändern konnte. Ihr Geheimnis brannte immer noch in ihrem Innern, doch sie schwieg weiter. Einstweilen.

7. KAPITEL

Kurz vor Sonnenaufgang kehrten sie nach Hause zurück. Der Himmel verfärbte sich zu einem dunstigen Blau und selbst Tarya taumelte gähnend durch das Tor des Gelben Hauses. Milla hatte sie überredet, auf die Tanzfläche zurückzukehren – »Komm schon, Tarya! Zeig's ihm. Zeig allen, was Mut heißt!« –, und dort war sie die ganze Nacht geblieben, ohne auf Vigos Blicke zu achten.

Obwohl Milla völlig erschöpft war, blieb sie wach und wartete, bis alle anderen eingeschlafen waren. Ihre Pritsche war in einer Ecke der Diele im ersten Stock untergebracht, für den Fall, dass Tarya nachts nach ihr rief. So leise wie möglich zog sie wieder ihre Tunika und Hose an. Dann schlich sie mit gespitzten Ohren die Haupttreppe hinab. In der Eingangshalle blieb sie vor dem Mosaik von Vianna stehen; Milla wurde das Gefühl nicht los, dass die Hausherrin sie von dem Porträt aus missbilligend betrachtete. Außer tiefen Atemzügen, sägendem Schnarchen und entfernter Musik von den Feiern unten in der Stadt war nichts zu hören.

Erst dann schlich sie in den Garten hinaus.

Es wurde Zeit, die Wahrheit über die Packtasche herauszufinden. Es fühlte sich seltsam an, etwas ausschließlich für sich selbst zu tun, etwas, von dem nur sie allein wusste. Aber falls diese Tasche etwas Gefährliches enthielt, war es besser, wenn nur eine Person Schaden nahm. Sollte sie hingegen Edelsteine enthalten, nun, dann boten sie einen Ausweg für Tarya, Isak und sie selbst.

Milla zog sich auf den Apfelsinenbaum und arbeitete sich durch die Blätter und Zweige zu der kleinen grünen Höhle vor. Möglicherweise das letzte Mal, dachte sie. Ihr Versteck fühlte sich nicht mehr nach einem sicheren Zufluchtsort an.

Sie löste die Packtasche vom Ast und streifte sie sich über den Kopf. Zwei der gepolsterten Beutel reichten ihr hinten bis zu den Schulterblättern, die anderen beiden lagen vorn auf ihrem Brustkorb. Sie waren leichter als gedacht. Es schwappte keine Flüssigkeit darin herum, stattdessen spürte Milla in jedem einzelnen Beutel eine seltsam konzentrierte, träge Dichte. Die Packtasche war wunderschön: Auf die Tragriemen war mit Goldfäden ein Muster aus Blättern oder Flammen gestickt. Die Beutel glänzten jeder in einem anderen satten Farbton: Karmesin, Eisblau, Schlüsselblume und Moos. Allein die Packtasche war mehr wert, als Milla je besessen hatte, vom Inhalt ihrer Beutel ganz zu schweigen.

Milla schob ein paar Zweige beiseite, um etwas mehr Licht in ihr Versteck zu lassen. Dann packte sie die Tasche und mühte sich mit zitternden Fingern, einen der geschnitzten Elfenbeinknöpfe aus seiner winzigen Schlinge zu lösen. Schließlich stand die Klappe des blauen Beutels offen. In diesem Moment drangen die ersten Sonnenstrahlen durch das Geäst und besprenkelten Milla mit ihrem Licht.

Sie hielt den Atem an. Wann entzündete sich Feuerpulver? Genügte ein Sonnenstrahl? Sie schickte ein Gebet in den blassen Morgen und senkte den Kopf.

Eingebettet in den mit Samt ausgeschlagenen Beutel lag ein glattes, glänzendes Etwas. Es war gewölbt und von einem hellen Türkis mit dunkelgoldenen Einsprengseln, die an die ersten Regentropfen auf einem Stein erinnerten. Vorsichtig schob Milla die Finger hinein und hob das Etwas heraus. Das Ding war glatt und eiförmig und größer als ihre beiden Hände. Ungläubig starrte sie es an. War das echt? Für ein Vogelei war es mit Sicherheit zu groß. Vielleicht ein Schmuckgegenstand?

Sacht klopfte sie mit dem Fingernagel dagegen: Es klang weder hohl noch massiv, eher wie irgendetwas dazwischen. Es könnte ein seltener Vogel sein. Vielleicht ein Adler, mit dem der Herzog auf die Jagd gehen konnte?

Als sie sich vorbeugte und das Ei mit den Lippen berührte, stellte sie fest, dass es sich überraschend warm und leicht feucht anfühlte. Es war nicht aus Stein. Es schien voller Kraft zu sein. Wach und lebendig. Kribbelnde Erregung jagte ihren Rücken hinauf, als ihr ein unglaublicher Gedanke kam.

Die alte Frau auf dem Ball hatte davon gesprochen, dass Drachen nach Arcosi zurückkehren würden. Und ein Mann war getötet worden. Wenn das hier Dracheneier waren, würde dies erklären, warum.

Dracheneier?

Das konnte nicht sein. Sie war übermüdet. Sie träumte. Sagte Josi nicht immer, ihre Fantasie würde mit ihr durchgehen?

Männer waren auf der Suche nach Dracheneiern bis ans Ende der Welt gesegelt, in den Kampf gezogen und gestorben. Und keiner hatte auch nur ein Gerücht über die Sichtung eines Dracheneis mit zurückgebracht.

Es musste sich um einen Schatz handeln. Einen Edelstein. Lapislazuli vielleicht oder Quarz?

Doch Millas Herz sagte etwas anderes.

»Hallo, du da«, flüsterte sie, obwohl sie sich lächerlich vorkam, mit dem Ding zu sprechen. Dennoch fühlte sie sich unerklärlich davon angezogen. Während die Dämmerung in den Tag überging, saß sie da und wiegte es an ihrer Brust, als berge es den Herzschlag ihres eigenen Lebens.

Schließlich fiel sie vor Erschöpfung fast vom Baum. Widerstrebend schob sie das blaue Ei zurück in die Geborgenheit seines Beutels. Dann öffnete sie die anderen Beutel und sah nach: drei weitere Eier, jedes von einer anderen Farbe, genau wie die Beutel selbst: gelb, rot und grün.

Milla wusste, dass sie geradewegs zu Nestan gehen und ihm erzählen sollte, was sie gefunden hatte. Eine gute Dienerin würde so handeln. Er würde wissen, was es mit den Eiern auf sich hatte. Er würde wissen, was zu tun war. Doch dann würde sie auch zugeben müssen, dass sie dort gewesen war – dass sie den Mord mit angesehen und nichts unternommen hatte. Was, wenn er ihr Vorwürfe machte? Sie war so müde, dass sie keinen klaren Gedanken mehr fassen konnte.

Sie würde die Zwillinge fragen, beschloss sie mit einem Gähnen. Sobald sich eine Gelegenheit ergab. Wenn Tarya sich beruhigt hatte, würde Milla sie um Rat fragen.

Einstweilen hatte sie ein Versprechen zu halten, das sie einem

Toten gegeben hatte. Ein neuer, tiefer Beschützerinstinkt erwachte in ihr. »Ich werde auf euch aufpassen!«, wisperte sie. Was auch immer sie sein mochten, Milla konnte sie nicht aufgeben. Das wusste sie ebenso sicher wie ihren eigenen Namen.

Milla kletterte langsam und mit einer Hand den Baum hinab, damit sie die Packtasche auf ihrer Schulter möglichst nicht erschütterte. Sie hatte einen Arm um die vorderen Beutel gelegt und schützte die Eier wie ein Neugeborenes. Ihr Herz klopfte heftig unter dem gepolsterten Stoff, als sie sich durch den Garten stahl. So leise wie Skalla, wenn er Feldmäusen nachstellte, schlich sie um das Küchengebäude herum. Die Räucherkammer grenzte an die Rückseite des Schornsteins vom großen Küchenherd. Milla zog den ledernen Vorhang beiseite, mit dem die Holztür abgedichtet wurde, und schlüpfte hinein.

Der Rauch drang ihr sofort in die Kehle: scharf, dicht und leicht beißend, mit einem Aroma von Fisch und Käse. Sie streckte die Hand aus und tastete sich im Dunkeln an den schweren Fischkörpern vorbei zu dem großen Salbeibündel, das sie gestern dort aufgehängt hatte. Sie nahm es ab, hängte die Packtasche nach oben und das Salbeibündel anschließend wieder davor.

»Hier seid ihr sicher.« Wer kam schon in die Räucherkammer und schaute in die trübe, rauchige Wärme hinauf? Und selbst wenn jemand auf die Idee käme, war praktisch nichts zu sehen.

Dann wankte Milla taumelnd zu ihrer Pritsche. Dort lag sie, starrte an die Decke und versuchte sich darüber klar zu werden, was sie tun sollte, bis die Erschöpfung schließlich die Oberhand gewann und sie in einen leichten Schlaf fiel.

8. KAPITEL

Milla träumte von Blau. Tiefem, endlosem Blau, wie das Meer. In ihrem Traum sauste sie über blaues Wasser. Sie flog durch diesige blaue Luft, wurde angehoben und gehalten von Bläue. Musik gab es auch in ihrem Traum. Sie sang, laut und klar. Die gleichen immer wiederkehrenden Töne, die auf- und abstiegen. Wie ein Echo kehrte die Melodie zu ihr zurück. In ihrem Traum war sie so glücklich wie noch nie in ihrem Leben. Freude durchströmte sie wie heißes Sonnenlicht. Und das alles lag nur an –

»Milla! Wo steckt sie bloß? Sie ist zu spät!« Lanys wütende Worte schwebten die Treppe hinauf.

Ganz in der Nähe sang Isak, zum ersten Mal seit Tagen: Vielleicht erklärte das die Musik in ihrem Traum.

Milla rappelte sich auf und floh über die steile Hintertreppe nach unten. Immer noch schlaftrunken, lief sie hinaus, um nach den Eiern zu sehen. Blinzelnd sah sie zum strahlend blauen Himmel und wollte sich am liebsten in ihren Traum einwickeln und dieses vollkommene Gefühl noch ein wenig länger festhalten. Sie spitzte die Lippen und pfiff, um die Melodie einzufangen, ehe sie verblasste. Die fünf schwermütigen Töne ... Zu spät, sie waren fort.

In der schummerigen Räucherkammer holte sie jedes einzelne Ei aus seinem Versteck. Sie begrüßte sie nacheinander, verharrte beim blauen ein wenig länger und untersuchte alle auf irgendwelche Beschädigungen, ehe sie die Eier wieder sorgfältig versteckte. Als sie hinaus ins Freie trat, blinzelte sie ins Licht der späten Morgensonne. Ihre Gedanken sausten im Kreis.

Ihr Blick fiel auf das Küchenfenster und sie wurde schlagartig wach. Drinnen standen Nestan und Josi in einer engen Umarmung. Dann trat er zurück und strich Josi zärtlich über die feuchte Wange.

»Wo bist du gewesen?«, fragte Lanys in dem Moment.

Milla schrak schuldbewusst zusammen und fuhr herum. »Ich habe nur nach den neuen Käselaibern gesehen«, log sie und verriegelte den Eingang der Räucherkammer.

»Hier, nimm. Das Frühstück ist deine Aufgabe. Nur weil du in den Palast durftest, brauchst du nicht auf dumme Gedanken zu kommen.« Lanys funkelte Milla böse an und drückte ihr ein Tablett mit schmutzigem Geschirr in die Hand.

Zu überrumpelt, um zu antworten, nahm Milla es entgegen.

Selbst ihr Schweigen machte Lanys wütend.

»Nur zu, faulenze, so viel du willst. Du weißt, was letzte Nacht bedeutet, oder? Wenn die Zwillinge fort sind, brauchen sie keine zwei Dienstmädchen mehr. Sie haben dich auf der Straße aufgelesen und dort wirst du auch wieder landen, wart's nur ab«, zischte Lanys, ehe sie ins Haus zurückmarschierte.

Völlig erschöpft taumelte Milla mit dem schweren Tablett in Richtung Küche.

»Alles in Ordnung, Milla?« Nestan kam ihr entgegen und sah genauso besorgt aus, wie Milla sich fühlte. »Hast du überhaupt geschlafen?«

Milla murmelte irgendetwas Unverständliches.

»Du solltest besser reingehen ...« Nestan tätschelte ihren Arm und ging.

Also trat Milla in die Küche und stellte das Tablett ab.

Josi stand mit dem Rücken zu ihr am Arbeitstisch, die kurzen schwarzen Haare hatte sie hinter die Ohren geschoben. Sie schlug mit einem Hackbeil auf eine Lammkeule ein, die eine solch grobe Behandlung eigentlich nicht nötig hatte. Über Josis Kopf baumelten Bratpfannen, zwei Hasen, die darauf warteten, gehäutet zu werden, ein geflochtener Strang Zwiebeln und ein paar Stängel frisch gepflücktes Basilikum, das die Luft mit seinem intensiven Duft erfüllte.

Allein in der Küche zu stehen, half Milla, sich besser zu fühlen. Wenn das Gelbe Haus ihr Zuhause war, dann war die Küche sein Herz. Angezogen von der Wärme und den unwiderstehlichen Düften, die den ganzen Tag aus dem Fenster drangen, kamen früher oder später alle hierher. Josi mochte für ihre Launen berühmt sein, aber sie war es ebenso für ihre Kochkunst und ihre guten Ratschläge.

»Josi?«, fragte Milla, bemüht, sie nicht zu erschrecken. Sie sprachen immer auf Sartoli miteinander, schwenkten aber sofort ins Norländische um, sobald jemand zur Tür hereinkam.

Mit einem lauten Knall grub sich das Hackbeil in das Holzbrett.

»Was ist los?« Milla erschrak, als sie die Tränen entdeckte, die Josi übers Gesicht liefen. Sie hatte sie noch nie weinen sehen. Sie hatte auch Nestan und Josi noch nie so zusammen gesehen. Ihr war, als würde sich der Boden unter ihren Füßen bewegen.

»Nichts – sind bloß die Zwiebeln!«, erwiderte Josi brüsk, als sie das Fleisch in den Topf warf und scheppernd den Deckel darauflegte.

Von wegen. Milla erhaschte einen Blick auf die Zwiebeln. Die waren mit Thymian und Knoblauch gründlich angedünstet und verursachten schon lange keine Tränen mehr.

»Warum bist du überhaupt auf den Beinen?«, wollte Josi wissen. »Ich habe Lanys aufgetragen, das Frühstück zu servieren, damit du dich ausruhen kannst.« Sie fuhr sich mit der Schürze über das Gesicht.

»Ich weiß.«

»Du meinst, du wolltest dich bei mir bedanken«, sagte Josi streng, doch ihre dunklen Augen blickten warm und funkelten wieder vor Leben. Dann bemerkte sie Millas Gesichtsausdruck. »Was ist los?« Sie ging zu ihr, legte Milla die Hände auf die Schultern und sah sie prüfend an.

»Ach, Josi«, begann Milla, die spürte, dass eine ganze Flut von Worten aus ihr herauszubrechen drohte: über den Mord, die Eier, den Ball des Herzogs letzte Nacht. Wie gern würde sie Josi um Rat fragen. Die Worte drängten regelrecht auf ihre Zunge. Sie musste etwas über den Mann erfahren, der direkt vor ihrer Küchentür ermordet worden war.

Doch dann erstarrte sie. Wenn Josi jetzt zu Nestan gehörte, änderte das alles. Dann waren sie nicht mehr gleichgestellt. Josi würde bald die Dame des Hauses sein. Die Leute heirateten ständig außerhalb ihrer Kreise: Selbst der Herzog hatte das getan. Die Mutter ihres Freundes Thom war Sartolanerin, sein Vater Norländer. Aber Nestan und Josi ... das hatte Milla nicht kommen sehen. Also schluckte sie ihre Worte hinunter wie bittere Arznei. Was sie Josi erzählte, würde direkt bei Nestan landen; Nestan würde es dem Herzog berichten, und ehe der Tag vorüber war, würde man diesem die Packtasche und ihren wertvollen Inhalt übergeben.

»Alles wird gut, mein Kätzchen.« Josi nahm Milla in den Arm. »Du kannst es mir erzählen.«

Aber Milla machte sich los. Nichts erschien ihr mehr sicher. Sie setzte sich auf einen kleinen Schemel beim Feuer. Skalla, der Küchenkater, kam und miaute, bis er auf ihren Schoß springen durfte. Geistesabwesend strich sie über sein schwarzes Fell.

»Hier.« Josi reichte ihr einen mit Ziegenkäse bestrichenen Kanten Brot, außerdem eine Schüssel warme Milch, in die sie Honig und Muskatnuss gerührt hatte.

Getröstet von dem guten Essen und Skallas behaglichem Schnurren, starrte Milla in die Flammen und tauchte das Brot in die Milch.

»Erzählst du mir jetzt, was los ist?«, versuchte Josi es noch einmal. »Geht es um Lady Taryas Verlöbnis?«

Milla nickte. Das war erst einmal sicheres Terrain. »Lanys hat gesagt, wenn Tarya in den Palast zieht, brauchen sie keine zwei Dienstmädchen mehr. Was passiert dann mit mir? Wird Nestan« – sie flüsterte die Worte – »mich entlassen?«

»Führt Lanys hier den Haushalt?«, fauchte Josi.

»Nein.«

»Warum hörst du dann auf sie? Lanys ist einfach nur eifersüchtig. Du und Tarya seid seit dem Tag befreundet, an dem du hier ankamst, und nichts kann das ändern. Du wirst hier immer ein Zuhause haben.«

Josis Worte wärmten Milla wie die Hitze des Feuers. Sie ließ Skalla die Krümel von ihren Fingerspitzen lecken und musste lächeln, als seine kleine raue Zunge über ihre Haut schabte.

»Was passieren wird«, sagte Josi, »das weiß ich, ehrlich gesagt, auch nicht.«

»Jemanden wie mich werden sie im Palast vermutlich nicht haben wollen, oder?«, fragte Milla. »Aber wenn Tarya verheiratet ist, wird sie mich trotzdem brauchen.«

»Das wird sie, Liebes, das wird sie«, stimmte Josi ihr zu. »Aber etwas brauchen oder es zu bekommen, sind zwei völlig verschiedene Dinge, wie wir beide wissen.« Sie begann, pudriges Mehl in eine Schüssel zu schütten.

Wie dumm von mir, dass ich nicht selbst daran gedacht habe, was eines Tages geschehen könnte, dachte Milla. »Aber ... aber wenn Tarya geht, gehe ich dann auch? Ich will dich nicht verlassen, Josi!« Die Dinge veränderten sich so schnell, dass ihr fast schwindlig wurde.

Milla kannte nur das Leben und die Arbeit hier in diesem Haus. Bei den Zwillingen war das anders: Die Erinnerungen an ihre Mutter verblassten allmählich, genau wie das wunderschöne Mosaik von Vianna, das in der Eingangshalle eine ganze Wand einnahm. Und so wie das Porträt hin und wieder aufgefrischt wurde, damit die Farben lebendig blieben, so hielten die Geschichten über Vianna die Erinnerung an sie wach.

Milla hatte keine Erinnerungen an etwas anderes. Keine Geschichten. Keine Mutter.

Schlagartig fiel ihr ein, wie die alte Frau sie letzte Nacht angestarrt hatte. Sie nahm die Kette mit ihrer Schmuckmünze in die Hand und rieb das von der Haut erwärmte Gold an ihrer Unterlippe, spürte die winzigen Umrisse des Drachen und des Mondes. Lanys Worte hafteten noch schmerzhaft frisch in ihrem Gedächtnis. »Wo hat die Mutter der Zwillinge mich gefunden, Josi?«

Josis Stimme wurde weicher: »Es tut mir leid, mein Kätzchen, das wissen wir nicht. Deine Geschichte ist mit Vianna gestorben«, sagte sie, während ihre Hände emsig Fett in das Mehl kneteten.

»Und wann war das? Wie alt bin ich genau?«

»Das weißt du doch alles«, sagte Josi, ohne Milla anzusehen. »Wir haben dich damals auf zwei geschätzt, also bist du jetzt zwölf. Nächstes Frühjahr wirst du dreizehn.«

»Aber ein richtiger Geburtstag ist das nicht. Ihr habt ihn bloß erfunden.«

»Er hat sich richtig angefühlt«, sagte Josi, den Blick stur nach unten gerichtet.

Milla beobachtete sie aufmerksam. Was verschwieg Josi ihr? »Dann könnte also jeder mit mir verwandt sein?« Darüber hatte sie schon viel nachgedacht. Sie stellte sich eine reiche Familie aus Sartola vor, mit dunkeläugigen Brüdern und Schwestern, die aussahen wie sie. Oder die Familie eines Seemanns, die bei jedem Wetter auf dem Meer war. Oder einen Clan von Händlern, deren Mitglieder die Welt bereisten, Tauschhandel trieben und Gewürze, Seide und Keramiken mit nach Hause brachten.

»Möglicherweise«, sagte Josi. »Aber warum willst du das wissen? Du hast einen Platz zum Schlafen und Menschen, die für dich sorgen. Das ist mehr, als andere haben. Reicht dir das nicht?«

Früher hatte Milla diese Geschichten geliebt, weil sie glaubte, sie verbänden sie mit Josi, den Zwillingen und Nestan. Doch an diesem strahlenden Morgen, am Tag nachdem sich alles verändert hatte, war es plötzlich nicht mehr genug.

Milla wollte mehr wissen.

9. KAPITEL

Als Josi sie zum Markt schickte, hätte Milla sich am liebsten geweigert.

Nein!, hätte sie fast gerufen. *Ich kann die Eier nicht allein lassen.* Sei nicht lächerlich, ermahnte sie sich. Bist du etwa eine brütende Henne? Sie gehören dir nicht und womöglich schlüpft nie etwas aus ihnen. Dennoch zog sich ihr beim Gedanken an die vier Eier schmerzhaft das Herz zusammen.

Aus den Regalen im Vorratsraum nahm Milla zwei Körbe und die verschlissenen Pergamente mit den Stempeln, mit denen sie sich ausweisen konnte. Um ihre vor Erschöpfung gereizten Augen vor der Sonne zu schützen, band sie sich ein Tuch um den Kopf.

Da fiel ein Schatten in den Raum und Milla wirbelte erschrocken herum. Bestimmt war der Mörder von gestern zurückgekommen, um sie zu holen!

»Ganz ruhig, Milla«, sagte Richal Finn. »Was ist los?« Robust und verlässlich wie immer, stand er im Eingang.

»Tut mir leid! Bin heute ein bisschen hibbelig.« Erleichtert legte sie ihm die Hand auf den Arm. »Bin bloß müde wegen gestern Nacht.«

»Ein merkwürdiger Abend«, stimmte er ihr zu. »Aber keine Sorge, hier bist du sicher.« Dann fragte er: »Und was ist jetzt mit Lady Tarya und dem Sohn des Herzogs?« und klang dabei fast ein wenig, als wollte er tratschen.

Milla musterte ihn verblüfft. Das sah Finn gar nicht ähnlich. Wollte er sie oder Tarya kontrollieren? »Es wird schon werden. Sie braucht nur ein bisschen Zeit, wart's nur ab.« Sie drehte sich um und überquerte dann mit Finn an ihrer Seite den Hof.

Lanys stand in der Tür und machte ein neidisches Gesicht, als sie Milla so unbeschwert mit Richal Finn plaudern sah. Milla entschied sich, sie nicht zu beachten.

»Meinst du, sie kommt später auf den Übungsplatz?«, fragte er. »Vielleicht sollte ich mir eine dickere Rüstung zulegen, wenn sie ihren Ärger an mir auslassen will, hm?«

»Mach dich auf eine Abreibung gefasst, Finn.« Bei dieser Vorstellung musste Milla unwillkürlich lächeln. »Besser du als ich. Ich werde einen kühlen Schlauch Bier im Brunnen bereithalten. Ist das recht?«

»Dank dir, Milla. Gehst du hinunter in die Stadt? Dann komme ich ein Stück mit dir. Ich will ohnehin in die Richtung«, sagte Finn, als er das Tor öffnete.

»Gern.« Sie war froh, Finn an ihrer Seite zu haben. Er war groß, ruhig und anspruchslos. Kaum waren sie auf der Hauptstraße, begegneten sie auch schon einer Patrouille.

»Papiere!«, raunzte der vorderste Wachmann, als er Milla erreichte. Dann sah er Finn und mäßigte seinen Tonfall etwas.

»Hast du eine Genehmigung für den Aufenthalt in der Oberstadt?«

Wie anders sie doch mit Richal Finn umgingen, weil er ein Norländer war! Auch wenn Milla nichts über ihre Familie wusste, war für jedermann ersichtlich, dass sie keine norländischen Ahnen hatte, daher wappnete sie sich für eine weitere Befragung.

»Ja.« Sie holte ihre Papiere heraus und zählte erschöpft die Fakten auf: »Ich arbeite für die Familie Thornsen. Norländer der zweiten Generation. Wohnhaft im Gelben Haus.« Es war eine tägliche Geduldsprobe, aber heute war sie völlig durcheinander vor Müdigkeit. Urplötzlich verspürte sie den verrückten Drang, ihre Vermutungen laut herauszuposaunen: *Ich habe Dracheneier gefunden! Die Drachen kehren zurück! Sie sind bereits hier!*

Die Leute würden schreiend herbeilaufen und rufen: *Wo? Wir wollen die Drachen sehen!* Und Milla wäre inmitten der erwartungsvollen, gierigen Gesichter eingequetscht. Die Wachen würden sie fortzerren, damit der Herzog höchstpersönlich sie verhören konnte.

Sie blinzelte und der Tagtraum verschwand. Mehr war es nicht: ein Traum. Eine Einbildung. Ein Hirngespinst.

Die Wachen winkten sie durch, und Milla rief Finn einen Abschiedsgruß zu, als sich ihre Wege beim Markt am belebten Kai trennten.

Händler priesen ihre Ware an. Ihre wiederkehrenden Rufe erfüllten die Luft wie Vogelgesang. Milla hörte Gezänk und Geschacher auf Norländisch, Sartoli und in Dialekten, die sie nur erraten konnte. Sie sah Bewohner der Seideninseln mit ihren hübschen Jacken und bunt bedruckten Röcken; Händler aus dem tiefen Süden mit dicken Goldarmbändern, die matt in der Sonne glänzten. Die Insel Arcosi war ein Juwel, hier kreuzten sich alle Handelswege. Deshalb war ihr Markt auch stets voller Schätze. Dort fand man kunstvollen goldenen Schmuck, würzige Spezereien, kostbare glasierte Keramiken und feinste Lederarbeiten. Ein Seemann hatte einen zahmen Vogel mit blutroten Federn auf der Schulter; mit einem seiner gelben Knopfaugen beobachtete er Milla, als sie an ihm vorbeischlüpfte.

Sie erreichte den Hauptteil des Platzes. Mit halb geschlossenen Augen atmete sie tief ein und genoss den vertrauten Geruch des Marktes: süße Zimtkrapfen, die zu ihrer Linken in einer großen Pfanne brieten; starker, dunkler Kaffee, der an einem Stand zu ihrer Rechten in einem großen Metalltopf köchelte; die warmen Ausdünstungen der Packesel, die geduldig im Schatten warteten. Doch als sie die Augen wieder aufschlug, bemerkte sie, dass irgendetwas nicht stimmte. Die Menschen standen in Gruppen dicht beieinander und blickten sich unbehaglich um.

Es waren zu viele Wachleute da, die sich auf dem Markt ausbreiteten wie verschütteter Kaffee. Die Zahl der schwarzen Uniformen übertraf das bunte Durcheinander aus normalen Kleidern bei Weitem.

Milla ging schneller und eilte zum Stand ihrer Freundin Rosa. Als sie sich durch die Menge schob, drehte sich einer der Wachleute um. »Warum so eilig?«, fragte er und stellte ihr ein Bein.

Milla konnte nicht ausweichen und stolperte. Ihre Körbe flogen davon, sie stürzte und schürfte sich im Kies die Hände auf.

Erhitzt und beschämt spuckte sie den Staub aus und kam mühsam auf die Beine.

»He! Du Rüpel. Hast du nichts Besseres zu tun?« Rosa war zur Stelle und half Milla, aufzustehen und sich den Dreck von der Tunika zu wischen.

Der Wachmann grinste zufrieden über Millas Sturz.

»Lass es gut sein, Rosa, das ist die Sache nicht wert«, zischte Milla. Sie hatte schon erlebt, dass Menschen für weniger geschlagen und verhaftet wurden.

Aber Rosa brüllte so laut, dass alle stehen blieben und hinschauten: »Ach, jetzt verstehe ich, du kannst wohl ein Mädchen nur so auf dich aufmerksam machen, was?«

Die Marktbesucher kicherten amüsiert.

Der Wachmann wurde knallrot. Mit schmalen Augen starrte er Rosa an.

Entsetzt sah Milla, wie er nach seinem Schwert griff.

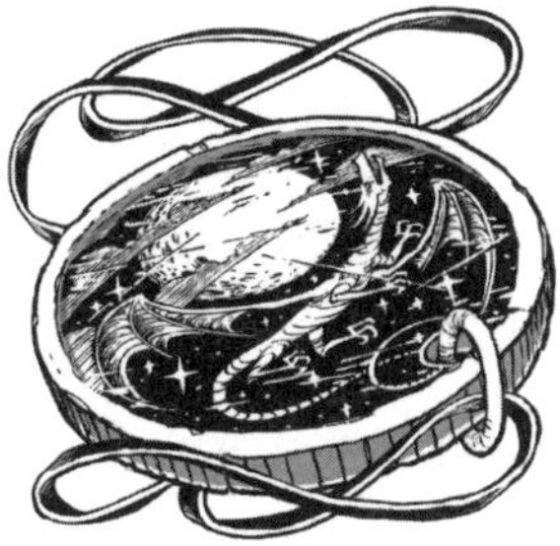

10. KAPITEL

Milla überlegte blitzschnell. Sie streckte den Arm aus und kitzelte einen der angebundenen Maulesel mit dem rauen Griff ihres Korbs an der Hinterhand. Der Maulesel trat aus und stieß einen hohen Weinkrug um, der sich in den Staub ergoss wie Blut. Die Standbesitzer begannen zu schimpfen, Stimmen wurden laut, Hände fuchtelten durch die Luft. In dem ganzen Tumult achtete niemand mehr auf die beiden Mädchen.

Milla zerrte Rosa hastig durch die Menge zu ihrem Stand. »Du solltest dich nicht mit ihnen anlegen.« Sie wusste, dass Rosas Familie die Auslösegebühr nie aufbringen könnte, falls man sie verhaftete.

»Ich bin es leid! Für wen halten die sich? Einem norländischen Dienstmädchen würde er nie ein Bein stellen. Hast du dir wehgetan?«

»Es geht mir gut, wirklich!« Milla schenkte ihren schmerzenden Händen keine Beachtung und vergewisserte sich mit einem Blick über die Schulter, dass ihnen niemand folgte. »Aber danke.«

Jetzt, wo sie in Sicherheit waren, umarmten sie sich.

»Wie geht's dir? Wie war es gestern Abend?«, wollte Milla wissen.

Mit einem breiten Grinsen hievte sich Rosa auf den hölzernen Tresen des Verkaufsstands ihrer Familie, wo Obst, Käse und vom Festland importierter sartolischer Wein angeboten wurden. »Du hättest runterkommen sollen – wir haben dich beim Straßenfest vermisst …«

»Hast du *wirklich* Wein mitgenommen?«, wisperte Milla. »Ich habe es gewusst!«

»Ich habe ihn geteilt«, sagte Rosa und gab sich schuldbewusst. »Hat mir zu ein paar neuen Freunden verholfen, die Flasche. Und das waren nicht nur Langeweiler.« Als sie Milla von ihrem Abend berichtete, musste die zum ersten Mal an diesem Tag lachen.

»Ich wünschte, ich wäre dabei gewesen …«

»Haben sie dich wieder zu Hause gelassen?« Wie ein Schatten wanderte die Sorge über Rosas schönes herzförmiges Gesicht. Sie hatte große braune Augen, die immer zu lachen schienen, und ihre fest geflochtenen Zöpfe standen zu beiden Seiten unter ihrem roten Tuch hervor.

»Sag mir zuerst, was das hier zu bedeuten hat«, forderte Milla sie auf und wies mit dem Kopf zu den Soldaten des Herzogs. »Was erzählen die Leute? Was ist los?« In Arcosi flossen die Gerüchte wie Quellwasser bergab in die Unterstadt und nahmen dabei immer mehr an Fahrt auf. Rosa war stets auf dem Laufenden.

»Hast du es denn noch nicht gehört? Es heißt, der Herzog hätte auf seinem wunderbaren Ball unerwarteten Besuch bekommen, und jetzt herrscht Weltuntergangstimmung.« Sie erzählte Milla eine übertriebene Version des Auftritts der alten Frau im Palast. »Das ist der Fluch von Arcosi, sagt Vater, genau wie in den alten Zeiten.«

»Welcher Fluch? Das ist doch Unsinn. Bis gestern Abend hat kein Mensch je behauptet, Arcosi wäre verflucht.« Milla schauderte. Sie wollte nichts von Flüchen wissen. Nicht heute.

»Aber vom Vermächtnis des verrückten Königs hast du gehört? Rufus, der letzte Herrscher im Alten Arcosi. Der mit seinem Drachen den Krieg gegen Sartola gewonnen hat und dann verschwunden ist?«, hakte Rosa nach. »Die Geschichte kennt jedes Kind.«

»Ich arbeite für Norländer, die erzählen sich andere Geschichten.« Milla sah die Soldaten von einem Stand zum nächsten ziehen. »Dann suchen sie also nach ihr? Der alten Frau vom Ball?« Sie erinnerte sich, dass der Herzog eine Belohnung für ihre Ergreifung ausgesetzt hatte.

»Ach was, sieh sie dir doch an. Die suchen nach etwas sehr Kleinem, etwas, das in die Kisten passt.«

Milla stieg das Blut ins Gesicht. Sie suchten bestimmt nach den Eiern.

Während ihr Herz aufgeregt klopfte, sah sie mit an, wie die Soldaten den Verkaufsstand gegenüber durchwühlten. Hatten sie schon das Gelbe Haus durchsucht? Milla umklammerte die Griffe ihrer Körbe und widerstand dem Drang, nach Hause zu laufen und nachzusehen. Hoffentlich bemerkte niemand ihre glühenden Wangen.

»Schau nur, wie nett sie mit den norländischen Händlern umgehen.« Rosa schickte den Soldaten einen leisen Fluch hinüber. »Ich wette, bei uns wird es schlimmer. Das geht den Sartolanern immer so, selbst wenn wir in der Überzahl sind. Besonders dann …«

»Ich bleibe bei dir«, sagte Milla. »Und um deine Frage zu beantworten, nein, sie haben mich nicht zu Hause gelassen. Ich war da …«

»Was? Du hast den Herzog gesehen?« Rosa fiel fast vom Holzbrett des Marktstandes. »Wie ist er so? Und sein Sohn – sieht er gut aus?« Sie legte Milla die Hand auf den Ärmel und lächelte versonnen: »Ich habe ihn letztes Jahr gesehen. Er hat wunderschöne Augen …«

Milla vernachlässigte die Soldaten einen Moment lang, weil sie an Vigo dachte und sofort auch an Tarya. Wenn es zu dem Verlöbnis käme, würde man auch über Tarya so reden. Jedes Kleid, jede Geste, jedes Wort würde kommentiert werden, bis sie irgendwann mehr und gleichzeitig weniger war als ein echter Mensch. Wie würde Tarya mit diesen prüfenden Blicken leben können?

Rosa beobachtete sie und missdeutete ihr Zögern. »Also gut, wenn du es mir nicht erzählen willst –«

»Nein, nein«, sagte Milla schnell. »Ich musste nur an etwas denken, was Vigo gesagt hat …«

»*Vigo?* Ach, sind wir schon beim Vornamen? Du hast doch nicht wirklich mit ihm gesprochen?«

Milla nickte und bemerkte, wie Rosas Miene sich veränderte.

»Na, wenn du dort warst, muss ich dir das alles ja gar nicht erzählen!«, fauchte sie gekränkt. »Wenn du das nächste Mal im Palast mit dem Sohn des Herzogs tanzt, vergiss nicht, wer deine wahren Freunde sind …«

»Ich habe nicht mit ihm getanzt«, wollte Milla gerade antworten, als sie von den Soldaten des Herzogs unterbrochen wurde, die bei ihnen ankamen.

Einer der jüngeren Männer nahm ungeschickt den Deckel von einer Obstkiste und ließ ihn dann fallen.

»He!«, rief Rosa. »Vorsicht! Du zerquetschst die Früchte!«

Der Hauptmann verpasste dem jungen Mann eine Ohrfeige und knurrte: »Hast du die Befehle des Herzogs vergessen? Die Fracht ist zerbrechlich. Wer sie kaputt macht oder versteckt, der bezahlt mit seinem Leben, kapiert?«

Der bezahlt mit seinem Leben? Millas Mund wurde so trocken wie sonnenheißer Sand. Der Herzog wollte diese Eier also unbedingt. Wahrscheinlich hatte der Mörder für ihn gearbeitet und ihm alles berichtet. Womöglich durchsuchten sie genau in diesem Moment das Gelbe Haus. Wer würde mit dem Leben bezahlen, wenn sie die Eier dort fanden?

Sie leckte sich die trockenen Lippen. »Nach was suchen Sie denn?«, fragte Milla mit rauer Stimme.

»Hüte deine Zunge, mein Fräulein. Das geht dich nichts an!«, fuhr der Mann sie an und murmelte im Weggehen etwas über Sartolaner.

Der jüngere Soldat fing Millas Blick auf. Auch er war kein Norländer: Da die Armee des Herzogs beständig wuchs, war man gezwungen, für die niederen Ränge auch Männer anderer Herkunft aufzunehmen. »Tut mir leid!«, formte er tonlos mit den Lippen und eilte dem Älteren nach.

»He, und was ist mit den Pfirsichen? Ihr könnt mir doch nicht einfach das Obst verderben und dann davonlaufen!«, rief Rosa ihnen nach. »Meine Eltern drehen durch.« Sie sprang auf den Boden und sammelte die verstreuten Früchte auf.

»Sieh sie dir an, sie sind ganz zerquetscht. Ich wette, heute holen wir nicht mal die Miete für den Stand rein. Das ist so ungerecht. Irgendwann«, sagte sie empört, »nicht mehr lange, werde ich etwas dagegen unternehmen.« Die Schürze voller staubiger Pfirsiche, stand Rosa vorsichtig auf und starrte voller Groll über den Markt. »Wirklich. Ich schwör's!«

Die schattige Seite des Marktes war für die Stände der Norländer reserviert: Die kühleren Temperaturen schützten ihre Waren. Milla hätte auch dort einkaufen können – Nestans Papiere erlaubten es –, doch sie hielt Rosa die Treue. Sie wusste, wie hart die Zeiten waren. Milla hatte Rosa noch nie so verbittert erlebt, es fehlte nicht viel und sie rastete aus.

»Josi braucht jede Menge Sachen, pack die Pfirsiche einfach dazu, sie kann sie heute Abend einkochen«, sagte Milla und gab Rosa ihre Liste. »Danke, Rosa.« Sie bemühte sich, ihre Stimme möglichst normal klingen zu lassen. »Du weißt, dass ich gestern Abend gern bei euch gewesen wäre, nicht?« Das stimmte weitgehend. »Dann sehen wir uns nächste Woche, ja? Versprochen?« Milla hatte jede zweite Woche einen halben Tag frei, den sie immer mit Rosa und Thom verbrachte.

Sie küsste ihre Freundin auf beide Wangen und eilte, an jedem Arm einen Korb, zur Schmugglertreppe, um weiteren Patrouillen aus dem Weg zu gehen. Als sie den belebten Kai entlangging, schallte ein gellender Pfiff durch die Luft.

»Milla!« Thom Windlass stand neben dem dicken Tau, mit dem die *Delfin*, das Fischerboot seines Vaters, festgemacht war. Sein breites, hübsches Gesicht strahlte bei ihrem Anblick.

»Thom!« Milla konnte nicht anders, als zurückzustrahlen.

»Hallo, Fremde! Wo warst du gestern Nacht?«

Während sie Thom mit dem funkelnden Meer im Hintergrund anlächelte, wurde für einen kurzen Moment die Erinnerung an ihren Traum wieder lebendig: an das Gefühl von Freiheit und jene flüchtige Melodie. Dann verschwand sie wieder und ließ Milla voller Sehnsucht zurück.

»Ich war mit den Zwillingen im Palast.« Sie wies den Hügel hinauf. »Aber egal. Warum fahrt ihr erst um diese Zeit raus?« Als sie die leeren Kisten bemerkte, die er gerade eingeladen hatte, neckte sie ihn: »Bist wohl spät dran nach gestern Abend?«

»Du machst wohl Witze, Milla. Wir fahren schon zum zweiten Mal raus. Vater würde nie ausschlafen. Er kann nicht anders, als vor der Dämmerung aufzustehen.« Thom sah müde aus. Er hatte dunkle Ringe unter den großen braunen Augen. »War trotzdem ein tolles Fest. Und erst das Feuerwerk! Hast du es von dort oben gesehen?«

»Klar. Aber warum fahrt ihr heute zweimal raus?« Milla wusste, dass Simeon Windlass ein hart arbeitender Mann war, trotzdem stimmte hier etwas nicht.

»Der Wind ändert sich. Vater meint, ein Sturm zieht auf. Der erste in diesem Herbst, und ein großer dazu. Wir werden für ein paar Tage nicht aus dem Hafen kommen, also müssen wir doppelt ran, bis er sich zusammenbraut.«

»Dann lasse ich euch mal fahren«, sagte Milla. *»Mögen euch die Winde günstig und die Wellen gnädig sein«,* fügte sie den alten Segensspruch der Seeleute hinzu. Sie stellte ihre Körbe ab und suchte in einem von beiden. »Hier, Rosa hat mir diese Pfirsiche obendrauf gelegt – fang!«

»Danke«, sagte Thom. »Nimm dich in Acht vor dem Sturm.« Es war typisch für ihn, zuerst an sie zu denken, obwohl er derjenige war, der den Sturm draußen zu spüren bekam.

»Jetzt, Thomsen!«, rief Simeon, der mit den Vorbereitungen fertig war.

Thom beeilte sich, seinem Vater zu gehorchen. Er löste das schwere Tau, schlang es sich lose um den Arm und sprang dann über die größer werdende Lücke zwischen Kai und Boot. Mit seinen langen Beinen überwand er sie mühelos.

»Wann kommt er?«, fiel Milla auf dem Weg zur Treppe ein. »Wie lange dauert es noch, bis der Sturm losbricht?«

Simeon schaute zum Himmel. »Morgen bei Tagesanbruch ist er da.«

»Glückliche Heimkehr euch beiden!«

Mit dem Pfirsich zwischen den Zähnen nickte Thom zum Abschied, während er gleichzeitig die Taue verstaute.

Milla sauste zur Treppe. Sie drehte sich noch einmal um, als die *Delfin* das gewaltige Hafentor passierte, wo das Meer mit einem Mal rauer wurde und das Boot hin und her warf. Es erklomm eine Welle und verschwand im Tal der nächsten.

Dann wandte sie ihrem Freund den Rücken zu und lief los. Hoffentlich hatte niemand ihr Geheimnis entdeckt. Die Worte des Hauptmanns gingen ihr nicht aus dem Kopf: *der bezahlt mit seinem Leben, der bezahlt mit seinem Leben.*

Sie hörte erst auf zu rennen, als sie die Räucherkammer erreichte. Ohne nachzudenken, ließ sie die Körbe fallen und stürmte geradewegs hinein, um nach dem Rechten zu sehen.

Seufzend strich sie zärtlich über die Packtasche. »Hallo, du, wie geht es dir?«, flüsterte sie, als sie den blauen Beutel öffnete.

Sie sang dem blauen Ei die halb erinnerte Melodie aus ihrem Traum vor und drückte sich in der Räucherkammer herum, bis man draußen nach ihr rief und sie zurück an die Arbeit musste.

11. KAPITEL

Der Sturm traf Arcosi spätnachts, genau wie Thom und Simeon es vorhergesagt hatten. Milla schreckte aus dem Schlaf, als der Regen auf das Dach hämmerte.

Die Eier! Was, wenn sie nass wurden?

Sie hatte gestern bestimmt ein Dutzend Mal nach ihnen gesehen. Nun tappte sie mit bloßen Füßen durch das dunkle Haus. Als sie die Eingangstür öffnete, riss der Wind sie ihr fast aus der Hand. Milla fluchte unterdrückt und konnte gerade noch verhindern, dass die Tür gegen die Wand schlug und das ganze Haus wach wurde. Kurz darauf nahm sie in der samtenen Dunkelheit der Räucherkammer die Tasche mit den Eiern vom Haken und legte sie sich um den Hals. Sie waren trocken und in Sicherheit.

Es war riskant. Dennoch schmiegte sie ihren Körper an die Tasche und verbrachte die Nacht mit den Eiern. Die Träume kehrten wieder.

Sie war zurück in dem perfekten Blau, sauste mit flatternden Haaren durch den Nebel. Sie sang die fünf Töne: auf und ab. Dann warf sie den Kopf nach hinten und lachte, dass ihr der Wind den Atem nahm. Als sie nach unten sah, berührten ihre Hände kalte blaue Hornschuppen …

Milla fuhr abrupt aus dem Schlaf. Keuchend richtete sie sich auf. Die Tasche war noch da.

»Guten Morgen«, wisperte sie, als sie sich hinabbeugte, um mit der Fingerkuppe das blaue Ei zu streicheln. »Zum Glück seid ihr nicht dort draußen, mitten in diesem Sturm. Ihr bleibt schön hier drinnen, dann kann euch keiner finden.«

Die Eier waren warm, möglicherweise sogar wärmer als gestern, was Milla komisch vorkam. Wegen des Sturms hatte sie das Feuer in der Räucherkammer verglimmen lassen. Aber vielleicht speicherten die Eier die Hitze?

»Wünscht mir Glück«, sagte sie leise zu den Eiern. »Ich sitze heute mit den Zwillingen und ihrem Vater im Haus fest und ihre Stimmung ist so düster wie der Himmel dort draußen.

Tarya läuft Sturm gegen ihr Verlöbnis – keine Ahnung, wie lange sie das durchhalten wird. Und Isak redet mit niemandem mehr, was sogar noch schlimmer ist.«

Sie wiegte die Eier behutsam und summte dabei gedankenverloren die Melodie vor sich hin. »Nestan hat beiden gegenüber ein schlechtes Gewissen. Das macht ihn wütend, also schreit und schimpft er und wir müssen alle springen …

Außerdem sieht es so aus, als wäre dieser Mörder einfach entkommen. Niemand hat ihn seither gesehen. Aber keine Bange, ihr seid hier sicher. Zumindest sind die Soldaten noch nicht aufgetaucht, um hier zu suchen.«

Immer weiter flüsterte sie und erzählte den Eiern alles, was ihr durch den Kopf ging. Es fühlte sich gut an, endlich offen mit jemandem zu sprechen, selbst wenn dieser Jemand nicht antwortete. Milla konnte sich kaum noch daran erinnern, wie ihr Leben vor der Entdeckung der Eier gewesen war. Es kam ihr vor, als wären sie schon immer da gewesen. Irgendwo in ihrem Hinterkopf drängte die Notwendigkeit, zu entscheiden, was mit ihnen geschehen sollte, doch sie achtete nicht darauf.

In der Küche, auf der anderen Seite der Räucherkammer, regte sich etwas. Josi war wach und hängte den Wasserkessel an seinen Haken über dem Feuer.

»Auf Wiedersehen, Eier«, sagte Milla. »Bis bald.« Als wäre alles wie immer und sie würde sich nicht mit jeder Faser ihres Körpers danach sehnen, dort im Dunkeln bei den Eiern zu bleiben, ging sie gähnend in die Küche. Sie hatte noch nie etwas Eigenes besessen, um das sie sich kümmern konnte.

Wahrscheinlich war das der Grund, warum Milla von früh bis spät an die Eier dachte. Bei jedem Atemzug. Mit jedem Herzschlag.

Kaum hatte Milla die Räucherkammer verlassen, drang tief aus der Packtasche eine Antwort: *Tock! Tock! Tock!*

Milla machte Feuer, schleppte Wasser, wusch Wäsche und wrang sie zum Trocknen aus. Sie bereitete das Frühstück zu, wusch die Teller ab, hackte Holz und legte Scheite nach. Trotzdem war es noch mitten am Vormittag, als die Soldaten des Herzogs eintrafen.

Milla war mit einer Hand voll Hühnereier, die sie im Stall eingesammelt hatte, auf dem Weg zur Küchentür, als Finn das Tor öffnete und die Soldaten hereinmarschierten: sechs hochgewachsene Männer in der schwarzen Livree des Herzogs.

Das war's. Sie hatten sie gefunden. Sie wussten über die Packtasche Bescheid. Alles schien in Zeitlupe abzulaufen: Die Hühnereier fielen ihr aus den Händen, die leuchtend gelben Dotter platschten nass und schmierig auf die Bodenfliesen.

»Milla? Alles in Ordnung?« Finn legte ihr freundlich die Hand auf den Arm.

Die Soldaten versperrten das Tor. An eine Flucht war nicht zu denken. »Die Zwillinge«, krächzte sie mühsam. Blieb ihr noch Zeit, sich zu verabschieden, ehe man sie verhaftete? Sie rannte zur Treppe.

Tarya spielte mitten auf ihrem zerknüllten Bett Schach gegen sich selbst, sprang aber auf, als Milla hereinstürmte. »Was ist los? Du siehst aus, als hättest du ein Gespenst gesehen!«

Auf Millas Brust lag ein Felsbrocken, der sie am Sprechen hinderte. Stattdessen schlang sie die Arme um Tarya und umarmte sie ein letztes Mal, während ihr die Tränen aus den Augen quollen.

»He! Was ist?«

Lanys klopfte an die Tür. »Ihre Gnaden, die Herzogin Serina, und Vigo Refarson sind gekommen, um Lady Tarya zu besuchen …«

Wie von einer Biene gestochen, machte Tarya sich los.

Erleichterung durchflutete Milla. Die Soldaten waren nicht wegen der Tasche mit den Eiern hier! Sie waren nicht gekommen, um sie, Milla, zu holen. Doch die Erleichterung schwand, als ihr klar wurde, dass sie gekommen waren, um Tarya zu holen. Vielleicht noch nicht gleich, aber sicher bald. Laut schniefend fuhr sie sich mit dem Ärmel über die Augen.

»Nein! Nicht hier!« Tarya lief hektisch auf und ab. »Ich kann nicht mit ihm sprechen, Milla.« Sie hatte die Augen vor Bestürzung weit aufgerissen und ihre Haare standen wie zerrupfte Federbüschel vom Kopf. Als sie an einem niedrigen Tischchen vorbeiging, blieb ihr Nachthemd an einem Teller hängen und riss ihn mit einem Knall zu Boden.

Milla stürzte hin, um die Scherben aufzusammeln, ehe Tarya auf sie trat, und kam im Nu zu sich: Sie hatte eine Aufgabe, hier und jetzt. Tarya brauchte sie.

»Schhh, halt still, du tust dir noch weh.« Milla verlor keine Zeit mehr. Sie zog ein Kleid aus Taryas Kleidertruhe. »Hier, zieh das an.« Dann befestigte sie ein scharlachrotes Tuch auf Taryas Schultern und flocht ihr dichtes Haar neu. »So wird es gehen.« Milla fasste Tarya an den Schultern. »Er ist mitten im Sturm hergekommen, um dich zu sehen. Du kannst ihn nicht warten lassen. Bist du bereit?«

»Na, ich wette, er ist in einer Kutsche gekommen – er wird sich schon keine nassen Füße geholt haben.« Doch dann reckte Tarya das Kinn, drückte die Schultern durch und stellte sich kerzengerade hin. »Ich bin so bereit wie nur möglich. Du lässt mich doch nicht allein, Milla?«

»Bestimmt nicht.«

Sie gingen hinunter in Nestans Lieblingszimmer; draußen vor den hohen Fenstern tobte der Sturm. Riesige Wellen warfen sich mit ihren weißen Schaumkronen gegen die Insel und krachten, erbost darüber, dass sie draußen bleiben mussten, gegen die Hafenmauer. Serina und Vigo waren in ihren Umhängen aus Samt und Seide tatsächlich vollkommen trocken. Sie saßen auf den guten Stühlen, während Lanys ihnen Getränke servierte. Nestan und Isak beäugten Tarya beim Hereinkommen, als wäre sie ein Fässchen Feuerpulver und Vigo hielte eine Fackel in der Hand.

Nestan stand auf und räusperte sich. »Ah, hier ist meine Tochter, Lady Tarya.«

Als die formale Begrüßung beendet war, fragte Serina: »Und das ist …?« Sie lächelte Milla an.

»Ach ja. Das ist Milla«, sagte Nestan. »Die Zofe und Gefährtin meiner Tochter. Sie ist schon fast ihr ganzes Leben bei uns.«

Lanys funkelte Milla bei dieser ausführlichen Vorstellung wütend an.

Milla war dankbar für die freundliche Begrüßung. Sie ignorierte Lanys' Blick und das verflixte kleine Wort – *fast*. Wann würde sie je erfahren, woher sie kam? Doch sie wollte sich nicht schon wieder den Kopf darüber zerbrechen und reichte unter den Anwesenden einen Teller mit Josis berühmtem Mandelkuchen herum.

Nach einer Weile versiegte das Geplauder. Herzogin Serina erhob sich und fragte: »Darf ich gehen und Ihre Köchin zu ihrem Kuchen beglückwünschen? Ich hätte gern das Rezept.«

Nestan bot der Herzogin seinen Arm an: »Natürlich, Euer Gnaden, es wäre mir eine Freude, sie Euch vorzustellen.« Sie verließen das Zimmer.

Isak richtete hüstelnd seine Gläser und stand ebenfalls auf.

»Entschuldigt mich bitte. Ich muss noch … etwas … Wichtiges überprüfen. Lanys, hilfst du mir?« Er zog sich ebenfalls zurück und starrte Lanys so lange an, bis diese ihm folgte.

Tarya sprang auf, wobei sie Vigo den Rücken zukehrte. »Wage es ja nicht!«, formte sie tonlos mit den Lippen in Millas Richtung. »Verlass mich nicht!«

Milla sah Tarya in die Augen und nickte kurz, dann ging sie in die Ecke, um das Tablett mit den Getränken aufzuräumen.

»Also«, sagte Vigo, der nun ebenfalls stand, »ich glaube, ich habe mich auf dem Ball nicht ganz klar ausgedrückt. Es ist nämlich so …«

»Nein, Ihr wart sehr klar«, sagte Tarya ruhig.

Oh-oh, dachte Milla. Sie kannte diesen Ton: leise wie eine Katzenpfote, kurz bevor die Krallen ausgefahren werden und einem die Wange zerkratzen. *Sag's ihm! Sag ihm, dass du ihn nicht heiraten willst, dann können wir weiter zusammenbleiben.*

»Es ist nämlich so, ich dachte, wir könnten vielleicht anfangen … äh … etwas Zeit miteinander zu verbringen. Und uns … kennenlernen. Bevor …« Jedes Wort schien ihm Mühe zu bereiten.

Tarya lachte, doch es war kein freundliches Lachen. »Du bist nicht besonders gut in so etwas, wie?« Sie musterte ihn neugierig. »Hast du eigentlich irgendwelche Freunde? Ich meine, Leute, die *nicht* dafür bezahlt werden oder sich vor deinem Vater fürchten oder dich in die Heiratsfalle locken wollen?« Sie zählte die Punkte an ihren Fingern ab.

Milla warf einen Blick auf den Sohn des Herzogs. Wie er das wohl aufnahm?

Vigo wurde rot, aber die Farbe, die sich nun auf seinen bronzefarbenen Wangen ausbreitete, ließ ihn nur noch besser aussehen. »Das ist wohl kaum meine Schuld. Ich habe einen Vetter in Sartola, Luca – er ist mein Freund. Und dann war da noch Jonas, der Sohn des Stallmeisters, aber seine Familie kam auf die schwarze Liste. Ich glaube, sie leben jetzt in der Unterstadt.«

»Du *glaubst* es? Hast du dich denn nie vergewissert?«, fragte Tarya.

»Hätte ich das tun sollen?«

»Ein Freund hätte es getan.«

»Na, egal, und was ist mit dir? Welche Freunde hast du?« Vigo drehte den Spieß um.

»Ich habe keine Freunde«, sagte Tarya schlicht. »Ich habe Isak und Milla. Mehr brauche ich nicht.«

»Und wo ist da der Unterschied zu mir?«, bohrte Vigo nach.

»Wir kennen uns schon ein Leben lang, nicht wahr, Milla?«

Milla nickte vorsichtig.

»Ja, aber sie arbeitet hier, oder? Deshalb kann sie dir gar nicht widersprechen. Nicht wirklich. Nicht, ohne ihre Anstellung aufs Spiel zu setzen.«

Tarya stutzte und machte ein nachdenkliches Gesicht. »Du sagst es mir doch, oder, Milla? Wenn du findest, dass ich im Unrecht bin. So wie eben erst!«

»Ja, natürlich.«

»Siehst du!«, sagte Vigo. »Genau das meine ich – sie wird niemals sagen, dass du dich irrst. So ist das bei uns. Deshalb sind wir so ... einsam.« Er war jetzt aufrichtig und tat Milla fast ein bisschen leid. »Ich rede mit meiner Mutter, meinem Vetter und meinen Pferden. Alle anderen sagen mir bloß das, was ich ihrer Meinung nach gern hören will.«

Tarya trat aufmerksam näher.

»Du hast Pferde? Wie viele?«

»Zwei. Für mein altes Pony bin ich inzwischen zu groß, aber den neuen Junghengst, einen Fuchs, reite ich gerade zu. Reitest du auch?«

»Wenn ich kann. Meine schwarze Stute Greti. Es ist so gemein, dass wir auf dieser Insel immer nur im Kreis reiten können wie gefangene Ratten. Irgendwann möchte ich in Sartola ausreiten und über die Ebenen galoppieren! Hast du das schon mal gemacht?«

»Ja! Wenn wir meinen Onkel besuchen.«

»Wie ist das?« Tarya wurde ganz lebhaft, als sie sich über das Reiten unterhielten.

»… du kannst die Reitwege des Palasts benutzen«, sagte Vigo, »wenn wir erst verheiratet sind –«

»*Wenn wir …?*« Tarya wich abrupt zurück.

»Ja, du kannst Greti mitbringen und –«

»Ach, kann ich das? Moment mal«, sagte Tarya kühl. »Du hast meine Antwort doch noch gar nicht gehört. Eigentlich hast du nicht einmal richtig gefragt. Oder glaubst du, ich werde auch eine von denen, die dir nur sagen, was du hören willst?« Jetzt legte sie richtig los, und das mit voller Lautstärke. »Ich fürchte, Ihr irrt Euch, was mich angeht, Euer Gnaden. Ich treffe meine eigenen Entscheidungen. Ich werde nicht stillschweigend tun, was man von mir verlangt. Weder jetzt noch irgendwann!« Damit stürmte Tarya geradewegs zur Tür hinaus, lief die Stufen hinab, an den versammelten Wachen vorbei und durch das Tor auf die Straße.

»Entschuldigt mich, Euer Gnaden, ich muss ihr nach.« Milla knickste kurz und stürzte Tarya hinterher.

Doch als sie kurz in Vigos Gesicht blickte, wirkte er keineswegs wütend über Taryas Ausbruch. Er sah begeistert aus. Und erleichert.

12. KAPITEL

»Tarya!« Milla lief mit zusammengekniffenen Augen und gesenktem Kopf durch den Regen und wurde von den Windböen fast umgeweht. Die Straßen von Arcosi waren leer, das Wasser strömte nur so an ihr herunter. Es dauerte nicht lange, bis Milla vollkommen durchnässt und durchgefroren war, doch sie folgte Taryas wehendem roten Schal, den sie immer wieder erspähte. Ihre Freundin lief geradewegs in den nördlichen Teil der Inselstadt. Dort gab es einen schmalen Bezirk aus verlassenen Häusern, die niemand bezogen hatte. *Das Schattenviertel* wurde er genannt, weil dort selten die Sonne hinkam. Die Leute erzählten sich, dass der Ort verwunschen war.

Tarya lief voraus und schlüpfte in den Garten einer der verlassenen Villen.

»Tarya, warte!«, schrie Milla. »Warte auf mich! Wo willst du denn hin?« Sie folgte ihr durch einen brüchigen Torbogen in einen von Mauern umgebenen Garten. Zu ihrer Rechten ragte ein Haus auf. Einst vornehm und einladend, wirkte es nun düster und abweisend. Unkraut und Efeu wucherten aus einem offenen Fenster. Milla sah einen Vogel durch ein gezacktes Loch im Dach in das Gebäude fliegen.

»So, so, ein verwunschenes Haus ist also weniger furchteinflößend als der Herzogssohn?« Isaks Stimme ließ Milla erschrocken zusammenzucken. »Klingt ganz nach meiner Schwester.«

»Oh, Isak, du bist auch hier! Ich habe dich gar nicht gehört.« Bei dem Gedanken, dass er ihr gefolgt war, war es Milla mit einem Mal nicht mehr ganz so kalt. »Ich glaube, sie ist dort reingegangen. Lass uns ein trockenes Fleckchen suchen.«

Isaks Wangen waren gerötet, die Augengläser beschlagen und seine Haare klatschnass. Trotzdem grinste er sie an. »Komm, wir suchen sie.« Er hielt ihr seine Hand hin.

Milla ergriff sie und genoss die Wärme seiner Finger.

Die beiden gingen tiefer in den Garten hinein. Tarya stand mit durchnässtem Kleid und Schal da und strich mit den Händen über die kunstvollen Gravuren im uralten Mauerwerk. »Hallo, ihr zwei. Kommt und schaut euch das an. Hier sind Drachen!«

»Wo?«, fragte Milla umgehend.

»Hier, schaut! Sie sind wunderschön.«

Milla lief zu ihr und berührte die in Stein gemeißelten Bilder – die stolz aufgerichteten Hälse und gewaltigen Flügel –, ohne auf den Regen zu achten, der ihr in die Ärmel lief.

»He, dieses hier ist das Erste. Ein Drache, der auf seinen Eiern sitzt«, rief Isak sie zu dem Wandbild, das am weitesten von dem verfallenen Haus entfernt war. Er nahm seine Gläser von der Nase, um genauer hinzusehen, und rieb sie an seinem nassen Hemd trocken.

Milla betrachtete das Steinrelief eingehend. Ihr Herz begann zu pochen. Was war mit ihren Eiern? Stammten sie womöglich von einem Drachen? Während sie das Bild studierte, zeichnete sie mit den Fingern sacht die Umrisse nach. »Auf was sitzt er noch?« Unter den Eiern befand sich eine Art Nest, das aus kleinen runden Objekten bestand. »Kieselsteinen?« Vielleicht sollte sie für ihre Eier ein Nest bauen – vielleicht brauchten sie das?

»Nein, erinnerst du dich nicht? Drachen lieben Gold. So wird es zumindest in den alten Liedern erzählt«, sagte Isak.

Milla senkte die Hand. Hier war der Beweis: Wenn es wirklich Dracheneier waren, waren sie nicht für jemanden wie sie bestimmt. Dracheneier brauchten Gold. Sie brauchten eine Drachenhalle, einen Palast. Womöglich schadete sie ihnen, indem sie sie ausgerechnet in einer Räucherkammer versteckte. Sie könnten absterben und dann wäre sie an allem schuld.

»Gold! Das kann nicht sein. Das ist viel zu viel …« Tarya wandte sich dem nächsten Bild zu. »Seht mal, hier schlüpft ein Junges!«

Dieses Wandbild zeigte eindeutig die beiden Hälften eines Dracheneis und den Umriss eines Babydrachen.

Millas Hand wanderte wieder zurück und streichelte das Relief. Würden auch aus ihren Eiern Junge schlüpfen? Wie sollte sie die Tiere dann verstecken? Mit was sollte sie die Kleinen füttern? Plötzlich überkam sie das Verlangen, Tarya und Isak auf der Stelle von den Eiern zu erzählen. Ihnen würde etwas einfallen. Sie konnten ihr helfen, sich um sie zu kümmern.

Der Drang, ihr kostbares Geheimnis mit ihnen zu teilen, wurde immer stärker, und sie nahm ihren ganzen Mut zusammen. »Kommt, setzen wir uns ein wenig hin.«

Sie fanden eine geschützte Stelle unter zwei ausladenden Apfelbäumen und kauerten sich eng aneinander.

»Gemütlich«, sagte Tarya ironisch.

»Immer noch besser, als zu Hause zu sein«, sagte Isak. Er sah blass aus, aber sein Atem ging ruhig und leise.

Milla wollte gerade anfangen. Sie holte tief Luft.

»Also«, kam Isak ihr zuvor, »was hat der Sohn des Herzogs gesagt, dass du schreiend in den Sturm hinausgerannt bist?«, fragte er so behutsam, als wäre Tarya ein verängstigtes Fohlen.

»Nein. Du zuerst.« Tarya stieß ihren Bruder an. »Jetzt sind wir allein. Erzähl uns, was Vater dir neulich Schreckliches mitgeteilt hat. Du hast seitdem kaum noch den Mund aufgemacht.«

»Er wird mich nach eurem Verlöbnis wegschicken«, sagte Isak in einem Atemzug und starrte dabei unverwandt auf seine nassen Stiefel, als könne er es nicht ertragen, seine Schwester dabei anzusehen.

Bei dem Wort *Verlöbnis* zuckte Tarya zusammen. »Er will uns *beide* loswerden?«

Der Wind zerrte an Millas Haaren. Alles veränderte sich rasend schnell. Sie fühlte sich so leicht und unbedeutend wie eine Pusteblume, also könnte dieser Sturm auch sie davonwehen.

»Nein«, flüsterte Isak. »Er glaubt, es sei das Beste für uns. Er glaubt, er tue das Richtige. Er hat noch nie gewusst, was die Menschen wirklich brauchen.«

»Wohin?«, fragte Milla. »Wohin schickt er dich?« Vielleicht war es nicht weit. »Vielleicht kann Thom uns zu dir bringen, wenn er fischen fährt?«

»Zu den Seideninseln«, sagte Isak. »Zwei Wochen mit dem Schiff.«

»O nein!«, jammerte Milla. Ihre Träume lösten sich auf wie in Sand gemalte Bilder.

»Du darfst von hier weggehen!«, sagte Tarya fast ein wenig neidisch.

»Und du darfst bleiben!«, rief Isak. »Das Problem ist«, sagte er dann, »dass er sich sogar für großzügig hält: weil er mir die Chance bietet, von seinem Partner dort draußen die Geschäfte zu lernen. Er hält mich für undankbar und deshalb ist er auch so wütend auf mich. Sein Sohn ist eine Enttäuschung auf ganzer Linie.«

»Warum darf ich nicht auch mitkommen? Er kann dich doch nicht einfach wegschicken«, jammerte Tarya, die sich bei ihm unterhakte. »Ich brauche dich an jedem Tag und nicht nur mit viel Glück vielleicht zweimal im Jahr.«

Ich auch, dachte Milla. *Ich brauche euch beide. Ihr seid auch* meine *Geschwister!* Sie hakte Isak auf der anderen Seite unter und drängte sich zitternd an ihn. Trotz ihrer durchnässten Kleider drang die Wärme seines Körpers zu ihr durch. Zu dritt schmiegten sie sich aneinander, als fürchteten sie, jeden Moment auseinandergerissen zu werden.

»W-w-wann?«, zwang Milla sich zu fragen. »Hat er gesagt, wann du ihm versprochen werden sollst, Tarya?« Sie musste wissen, wie viel Zeit ihnen noch blieb.

»Das Verlöbnis ist schon im nächsten Frühjahr, dann wird alles unterzeichnet und besiegelt, und die Hochzeit findet statt, sobald ich sechzehn werde«, sagte Tarya gepresst. Aus ihrem Zopf hatte sich eine Haarsträhne gelöst und ringelte sich über ihre Wange. Sie kniff die Augen zusammen und legte die Stirn in Falten. »Glaubt bloß nicht, dass ich dann noch hier bin! Ich würde sofort mit dir tauschen, Isak – du darfst davonsegeln.« Sie klang wehmütig. »Dir gewährt man Freiheit, einen eigenen Beruf. Wahlmöglichkeiten …«

»Das stimmt nicht«, unterbrach Isak. »Nicht ich habe das gewählt, sondern Vater. Ich verstehe nicht, worüber du dich beklagst«, fuhr er fort. »Du darfst hierbleiben, du kannst Vater weiter sehen und Milla.«

Milla drückte seinen Arm.

»Begreifst du denn nicht?«, sprach er weiter. »Du wirst eines Tages Herzogin sein! Du wirst im Palast leben. Du bist diejenige, die Freiheit und Wahlmöglichkeiten hat.«

»Es ist bloß … Ich hätte nie gedacht, dass er mich zwingen würde, jemanden zu heiraten.« Taryas Stimme blieb unverändert, doch auf ihren Wangen glänzten Tränen. »Er behandelt mich nicht wie seine Tochter. Ich bin ihm bloß nützlich, wie eine Bootsladung Getreide, mehr nicht. Er hat es mir noch nicht einmal vorher gesagt! Hat sich rausgeredet, dass er warten wollte, bis ich Vigo begegne, als ob ich mich dann verzückt darauf einlassen würde.«

»Bei mir war es nicht anders.« Isak klammerte sich jetzt an den Arm seiner Schwester.

Plötzlich kamen Milla Zweifel. Kalte Angst sickerte in ihre Gedanken, dunkel wie die Farbe von Tintenfisch. Sie war es gewohnt, Augen und Ohren offen zu halten. Sie hatte gelernt, Menschen einzuschätzen. Sie hatte Nestans Gesicht gesehen, als er sich mit Isak stritt – er machte sich Sorgen. Er rechnete mit Unheil. Was wusste Nestan, dass Isak unbedingt mit dem Schiff fortgeschafft und Tarya hinter Palastmauern in Sicherheit gebracht werden musste?

»Du und ich«, fuhr Isak fort. »Ich meine, ich habe mir immer gewünscht zu reisen. Aber doch nicht so. Nicht so weit fort. Und nicht ohne dich.« Er drehte sich zu Milla um. »Und ohne dich.«

»Ich will das auch nicht«, stieß Milla hervor, ohne den Zwillingen von ihren Befürchtungen zu erzählen. »Ich will nicht zurückbleiben. Wenn ich mich aufteilen könnte und eine Hälfte von mir mit …«

»Ich werde dich nicht verlassen«, sagte Tarya matt.

Der Wind heulte stärker, als machte er sich über sie lustig. Sie blieben, wo sie waren, lauschten dem Regen und klammerten sich aneinander.

Milla rührte sich als Erste. Links neben Tarya sah sie etwas glänzen. Steif und nass stand sie auf.

»Hast du das verloren? Ich glaube –« Sie bückte sich und tastete über den Boden.

»Was ist das?«, fragte Isak.

»Keine Ahnung.« Milla drehte die Faust. Sie hielt etwas Hartes, Kühles, Schweres in der Hand und rieb es an ihrer Tunika, um den Schmutz zu entfernen. Als sie das Ding in die Höhe hielt, funkelte es. Eine Münze. Eine goldene Münze mit einem eingestanzten Namen und dem Porträt eines Königs.

Sie las ihn laut vor. »Rufus? War das nicht der verrückte Herrscher? Meine Freundin Rosa hat mir von ihm erzählt.« Ein kalter Schauer überlief sie, als zöge ein gewaltiger Schatten über sie hinweg.

»Sieht aus wie Gold«, sagte Tarya. »Aber alt, von früher.«

»Pass gut darauf auf«, riet Isak. »Du hast sie gefunden, Milla. Jetzt gehört sie dir.«

Als Milla die Münze zwischen den Fingern drehte, verstärkte sich das eisige Gefühl in ihrem Inneren. »Ich will sie nicht«, sagte sie fest und ließ die Münze wieder fallen. »Sie bringt Unglück. Das Alte Arcosi war verflucht.« Sobald sie die Münze losgelassen hatte, fühlte sie sich besser.

Tarya sprang auf und nahm die Münze. »Und wenn wir einfach fortgehen würden?«, sagte sie. »Sobald sich der Sturm gelegt hat?« Sie lief unruhig hin und her und rieb mit dem Daumen über das Metall.

»Wir haben kein Geld«, sagte Isak.

»Nein, aber wir könnten dieses Gold dafür nutzen und wir könnten arbeiten«, sagte Tarya, wobei sie vergaß, dass sie noch keinen Tag in ihrem Leben gearbeitet hatte. Ihre Stimme klang hoffnungsvoll und zerbrechlich zugleich. »Wenigstens wären wir zusammen. Wir alle drei.«

Taryas Worte legten sich wie eine Decke um Milla. Sie waren der Beweis, dass man ihr vertraute. Dass sie eine Rolle spielte: nicht nur als Dienerin, sondern als Freundin. Es war Zeit, eine Entscheidung zu treffen. Sie war nicht machtlos. Nicht mehr. Sie räusperte sich und sagte: »Wir können nicht fort.«

»Und was sollen wir dann tun?«, fragte Isak. »Du bist doch immer diejenige, die weiß, wie es weitergeht, Milla.«

Die Zwillinge blickten sie erwartungsvoll an.

Milla sah von Tarya zu Isak und wieder zurück. Sie würde es ihnen sagen. Sie musste ihnen vertrauen, so wie Tarya ihr vertraute. Wenn die beiden wirklich ihre Familie waren, musste sie es ihnen beweisen.

Millas Magen zog sich zusammen. Ehe sie es sich anders überlegen konnte, begann sie leise und schnell zu sprechen. »Also, es ist etwas passiert. Das alles verändert hat. Am Tag des Balls hat ein Mann in eurem Garten eine Tasche versteckt.«

»Und?«, fragte Tarya ungeduldig. »Was für eine Tasche?«

»Sie enthielt vier große Eier.« Milla deutete sie mit den Händen an. »Und er wurde dafür umgebracht.« Milla beschrieb ihnen, was an jenem Tag geschehen war.

»In unserem Garten?«, unterbrach sie Isak, der plötzlich aschfahl wurde. »Bist du sicher?«

»Ich habe es mit angesehen«, sagte Milla und blickte in ihre erschütterten Gesichter.

»Aber warum hast du nichts gesagt?«, fragte Isak fassungslos. »Ein Mann ist getötet worden. Das ist grauenhaft!«

»Ich wollte euch an dem Abend keine Angst einjagen. Ihr hattet genug andere Sorgen.«

»Ist das dein Ernst, Milla?«, flüsterte Tarya, an ihren Arm geklammert. »Wer würde so etwas tun? Wir müssen ihn finden!«

»Euer Vater hat es versucht …«

»Wenn du von Eiern sprichst … die so groß sind«, sagte Isak gedehnt, »dann meinst du doch nicht … sind das etwa …?« Er wies mit dem Kopf auf die Wandbilder.

»Drachen!«, hauchte Tarya mit funkelnden Augen.

»Zuerst dachte ich, es wären vielleicht kostbare Edelsteine.« Milla stammelte jetzt. »Aber das stimmt nicht, sie sind *lebendig*. Da bin ich mir sicher. Es könnten Vögel sein … aber diese Farben! Sie sind blau und grün und rot und gelb. Ich kenne keine Vogeleier in solchen Farben.« Sie atmete tief durch. »Was sollten sie sonst sein?«

Die Zwillinge schwiegen. Sie mussten das Ganze erst einmal sacken lassen.

»Und sie sind immer noch da?«, fragte Isak. »In unserem Haus befinden sich also gerade Dracheneier?«

»Zeig sie uns!«, sagte Tarya.

»Das mache ich. Ich wollte nur auf den richtigen Zeitpunkt warten, um es euch zu sagen. Aber ihr versprecht mir, es für euch zu behalten?«

Die beiden nickten feierlich.

»Versprochen«, flüsterte Tarya eifrig.

»Versprochen«, sagte auch Isak.

Als die beiden ihr Versprechen abgaben, fröstelte Milla. Sie hatte das Gefühl, die ganze Welt würde zuhören und wäre Zeuge.

»Lasst uns nach Hause gehen, dann zeige ich sie euch«, schlug Milla vor. Also rannten sie zum Gelben Haus zurück und schlichen sofort zur Räucherkammer.

»Wartet hier.« Milla öffnete die Tür und schlüpfte hinein. Sie tastete in der Dunkelheit herum, begierig darauf, die Tasche zu finden, ihre Gesichter zu sehen und Pläne zu schmieden. Ihre Hände griffen nach oben.

Etwas war anders.

»Nein!«

Milla war, als würde sie von einer hohen Klippe stürzen und mit einem Ruck erwachen. Nur dass der Albtraum immer noch andauerte.

»Sie sind weg! Die Eier sind weg!«

ZWEITER TEIL

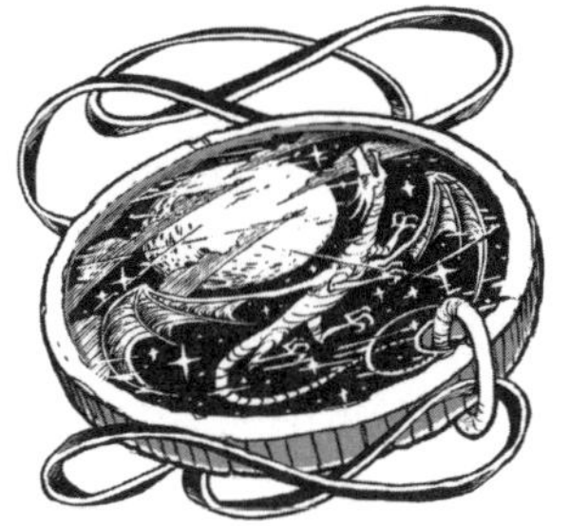

13. KAPITEL

Die Eier waren tatsächlich verschwunden. Verzweifelt durchsuchte Milla die ganze Räucherkammer, aber sie blieben unauffindbar. Sie stolperte zu den Zwillingen, doch die mussten zu ihrem Vater, der sie in sein Studierzimmer gerufen hatte.

Als Isak sich zum Gehen wandte, sah Milla ihm ins Gesicht. Er wirkte unruhig und betreten. Er glaubte ihr nicht.

Sie ging zurück in die Räucherkammer und suchte weiter, die Tränen liefen ihr über das Gesicht.

»Milla!«, rief Josi sie aus der Küche zu sich.

Milla unterdrückte ein Schluchzen und fuhr sich mit dem Ärmel über die Wangen. Ihre Haare waren noch nass, sie würde so tun, als kämen die Tränen vom Regen.

»Bring deinem Herrn dieses Tablett. Er hat die Zwillinge zu sich gerufen, um ihnen einige Neuigkeiten mitzuteilen. Als hätten sie noch nicht genug –« Josi verstummte, als sie Millas Gesicht sah. »Was ist los?« Sie stellte das voll beladene Tablett ab, um ihr die Stirn zu fühlen, und schnalzte missbilligend mit der Zunge. »Du bist kalt wie Schnee und nass bis auf die

Knochen. Hab ich dir nicht gesagt, dass du dich noch erkälten wirst?«

Milla war innerlich wie erstarrt. Immer wieder dachte sie an jenen Schreckensmoment, als sie zu den Eiern hinaufgetastet und nichts gefunden hatte. Jemand hatte sie genommen. Ihr Herz fühlte sich so roh und verwundet an wie die Fleischstücke, die Josi gerade klein gehackt hatte.

»Es ist nichts«, murmelte sie. »Ich kümmere mich um die Getränke.«

Milla nahm das Tablett. Sie merkte kaum, dass ihre Hände zitterten und die Becher klirrend aneinanderstießen. Vielleicht hatte der Herr die Eier. Sie würde es bald herausfinden.

»Sieh zu, dass du gleich zurückkommst und dich aufwärmst«, rief Josi ihr nach.

Als sie lautlos die Tür zum Studierzimmer aufdrückte und eintrat, sah sich Milla hastig um, entdeckte aber keine Spur von der Packtasche. Nestan saß hinter seinem Schreibtisch, Tarya und Isak ihm gegenüber, Lanys stand daneben. Selbst von der Tür aus war zu spüren, wie steif und angespannt die vier waren.

Nestan wusste von den Eiern! Ganz bestimmt. Die Atmosphäre im Raum war so aufgeladen wie die Luft kurz vor einem Unwetter. Als die Tür hinter ihr zufiel, schauten alle erschrocken auf.

Lanys grinste kurz höhnisch, was sie im nächsten Moment mit einer falschen Ernsthaftigkeit übertünchte.

Also steckte Lanys dahinter, wurde Milla schlagartig klar. Sie grollte ihr seit Jahren, weil sie eifersüchtig auf Millas Freundschaft mit den Zwillingen war.

»Warum, Milla?«, fragte Nestan anklagend. »Warum hast du das vor uns geheim gehalten?«

Milla ließ das Tablett scheppernd zu Boden fallen. Die Becher zerbrachen in spitze Scherben, die Zinnflaschen liefen aus, Rotwein und Wasser flossen auf dem Steinboden zu einer dunklen Pfütze zusammen, zu einem schmutzigen Fleck aus Schuldgefühlen.

»Lass es liegen«, befahl Nestan, als sie Anstalten machte, die Scherben aufzusammeln. »Das hier ist wichtiger. Komm her.« Er presste die Hände aneinander. In der dunklen Jacke mit dem hohen Stehkragen wirkte er sehr finster.

Wo waren die Eier? Milla trat neben den Schreibtisch. Ihr Herz hämmerte und ihr Mund war wie ausgetrocknet.

»Lanys hat mir die Tasche gebracht«, sagte Nestan gefährlich leise. »Die Zwillinge haben mir den Rest erzählt.«

So viel zu ihrem Versprechen.

Lanys musste bemerkt haben, dass sie öfter als nötig in die Räucherkammer gegangen war. Milla verfluchte ihre Unvorsichtigkeit.

»Sie haben erzählt, dass du den Mord mit angesehen und die Eier gefunden hast?« Nestans Wut war nicht flammend, sondern weiß glühend und kontrolliert. Was alles noch schlimmer machte.

Milla nickte.

»Und trotzdem hast du sie die ganze Zeit versteckt?«

Milla konnte sich nicht rühren.

»Ich hoffe, du hast eine gute Erklärung dafür, uns so zu betrügen.«

»Ich … ich weiß nicht.« Nestans Worte waren wie Ohrfeigen. Es hatte sich nicht angefühlt wie ein Betrug. »Ich wollte niemanden betrügen. Ich wusste nicht, was das für Eier waren.«

»Tatsächlich?« Seine Stimme wurde lauter. »Ein Mann wurde wegen einer Tasche mit Eiern ermordet, und du hast nicht erraten, um was es sich dabei handelt?«

Dann stimmte es also: Es waren Dracheneier. Milla streckte Halt suchend die Hand aus.

»Ich wollte einfach auf sie aufpassen.« Sie schaute Nestan in die Augen und erwiderte seinen Blick, um ihm zu zeigen, dass sie die Wahrheit sagte.

Lanys unterdrückte ein Kichern.

»Aufpassen? Für wessen Zwecke?«, wollte Nestan wissen. »Hast du den Mörder gesehen?«

»Er war maskiert. Ich konnte ihn kaum verstehen. Aber er hat Norländisch gesprochen …«

»Kennst du ihn?« Und noch ehe Milla antworten konnte, kam Nestan ein weiterer Gedanke. »Hat dich jemand dafür bezahlt?«

»Nein! Natürlich nicht!«, schrie Milla seiner Anschuldigung entgegen. »Es war schrecklich! Ich habe doch gesagt, dass der Mann, der es getan hat, eine Maske trug. Ich weiß nicht, wer das war. Hinterher hatte ich Angst. Ich habe nicht nachgedacht. Und dann mussten wir alle schnell zum Ball.«

»Was wolltest du mit ihnen machen?«, feuerte Nestan schon die nächste Frage ab. »Sie verkaufen?«

»*Nein!* Das wollte ich nicht. Das konnte ich nicht. Ich wollte gar nichts mit ihnen machen.« Milla begriff, wie dumm ihre Hoffnung gewesen war, die Eier dauerhaft zu verstecken. »Sie waren hier. Ich habe sie gehütet. Auf sie aufgepasst.«

»Ich weiß, wo du dich herumtreibst«, sagte Nestan jetzt wieder leiser. »Du gehst ständig in die Unterstadt. Wer hat dich bezahlt? Für wen arbeitest du?«

»Für Sie! Ich schwöre es.« Milla kamen die Tränen. »Sicher, ich kenne Leute aus der Unterstadt. Aber ich bin loyal – fragen Sie Josi! Fragen Sie Finn!« Nestans Zweifel erschütterten sie zutiefst.

Nestan funkelte sie weiter an. »Du lebst schon fast dein ganzes Leben in meinem Haushalt, Milla. Ich dachte, ich könnte dir vertrauen.«

Milla starrte ihn durch ihren Tränenschleier an. Hinter seinem Zorn lag noch etwas anderes, doch sie war zu aufgelöst, um es zu entschlüsseln.

»Das können Sie. Sie können mir vertrauen.« Milla flehte jetzt. »Bitte!« Diese ganze Unterhaltung war so unwirklich wie ein Albtraum. Sie spürte, wie Tarya ihre Hand nahm. Es war das Erste, was ihr Halt gab.

»Ist schon gut, Milla.« Tarya drückte ihre Hand. »Sie hat uns doch von den Eiern erzählt. Sie wusste nicht, worum es sich handelt. Sie sagt die Wahrheit, Vater. Im Gegensatz zu dir.« Angriffslustig setzte sie Millas Verteidigung fort: »Warum hast du uns nicht erzählt, dass in unserem Zuhause jemand ermordet wurde?«

Milla war immer noch nicht ganz wieder bei sich, aber Taryas Vehemenz rührte sie.

»Ich hoffte euch damit zu schützen«, fauchte Nestan.

»Und vielleicht hat Milla genau das Gleiche getan, als sie die Eier schützen wollte«, feuerte Tarya zurück. »Sie hat sie versteckt, na und? Sie waren hier doch sicher, oder nicht?«

»Warum wir?«, meldete sich nun Isak zu Wort, der die Stimme heben musste, um sich bei dem Geschrei Gehör zu verschaffen. »Ich verstehe nicht, warum der Mann entschieden hat, die Eier zu uns zu bringen statt zum Herzog.«

»Weiß der Teufel!«, brüllte Nestan. »Ich habe die Nachricht des Boten schließlich nicht zu hören bekommen, bevor er starb. Aber es steht außer Frage, dass wir die Eier unverzüglich zum Herzog bringen müssen.«

»Nein, das dürfen Sie nicht tun!«

»Nicht?«, sagte Nestan leise, als würde er seinen Ohren nicht trauten.

»Es gehört mir!«, rief Milla inbrünstig, ehe sie sich zurückhalten konnte. »Es braucht mich, wollte ich sagen.« *Das blaue … Nur das blaue.*

Lanys lachte laut auf.

»Wie war das?« Nestan starrte Milla so durchdringend an, dass ihr ganz anders wurde.

»Ich, ich weiß auch nicht.« Verzweifelt suchte sie nach den richtigen Worten für diesen tiefen inneren Drang, die Eier zu beschützen. »Es tut mir leid, ich hatte einfach das Gefühl … ich müsste mich um sie kümmern. Ich kann es nicht erklären, aber ich will ihnen nicht schaden. Bitte! Sie dürfen die Eier nicht fortgeben!«

»Ich muss sie dem Herzog übergeben«, sagte Nestan bestimmt.

»Warum?«, wandte Tarya ein.

Nein! Nicht dem Herzog! Olwar darf die Eier auf keinen Fall bekommen. Milla betete, dass Nestan auf seine Tochter hören würde.

Stattdessen fluchte ihr Herr, schnaufte ungeduldig und legte ihnen dann klipp und klar dar: »Er ist der Herrscher dieser Stadt und Befehlshaber der Armee. Isak und ich haben ihm öffentlich die Treue geschworen. Unsere Familien sind im Begriff, sich durch eine Heirat miteinander zu verbinden. Außerdem wisst ihr, wie er ist, wenn es um Drachen geht. *Seit Lanys mir die Eier gebracht hat*«, sagte er mit einem harten, bitteren Unterton in der Stimme, »ist unser aller Leben keinen Pfifferling mehr wert, wenn wir dem Herzog die Eier nicht schnurstracks übergeben.«

Milla wurde übel bei dem Gedanken.

»Können wir nicht wenigstens eines behalten?«, schlug Tarya vor. »Sag einfach, es wäre zerbrochen.«

Ja!, bettelte Milla im Stillen. *Nur das blaue. Bitte!*

»Und was tun wir, wenn ein Junges schlüpft? Denk die Sache zu Ende, Tarya.«

Bei der Vorstellung, dass die Jungen schlüpfen könnten, ohne dass sie dabei war, wurde Milla plötzlich von Angst gepackt.

»Wir könnten sie verstecken und auf die Seideninseln bringen«, schlug Isak vor.

»Ausgeschlossen«, sagte Nestan brüsk. »Sie müssen hier schlüpfen.«

»Warum?«, fragte Isak herausfordernd.

»Was ist los mit euch beiden?« Nestan ignorierte die Frage und wurde lauter. »Wir bringen sie schnurstracks zum Palast. Der Zeitpunkt ist günstig – wir sind heute Abend zu einem Festmahl eingeladen, bei dem dein Verlöbnis mit Vigo bekannt gegeben werden soll.«

»Und wann wolltest du mir das mitteilen?« Tarya stand auf,

der schwere Stuhl schabte mit einem unangenehmen Quietschen über die Steinfliesen.

»Heute!« Nestans Wut brach sich schließlich Bahn. »Damit du keine Zeit hast, dich in einen solchen Zustand hineinzusteigern.«

»Du hast kein Vertrauen in mich«, warf Tarya ihm vor.

»Dann verdiene es dir!«, brüllte Nestan so laut, dass sogar Tarya zusammenzuckte.

»Erfülle deine Rolle. Und was dich angeht, Milla: Du kannst gehen, während ich die Sache noch einmal überdenke.«

Milla schluchzte auf. Sie hielt sich den Mund zu, weil sie nicht vor allen anderen weinen wollte. Blind vor Tränen rannte sie aus dem Zimmer.

»Ich gehe ihr nach«, sagte Lanys.

Im Korridor hielt Lanys sie mit einem Ruck am Ärmel fest und warf sie so heftig gegen die Wand, dass dabei fast ihre Tunika zerriss.

»Du bist erledigt«, zischte Lanys geifernd. »Jetzt bin *ich* die Nummer eins, so wie es von Anfang an hätte sein sollen.«

Milla wollte sich abwenden, doch Lanys hielt sie fest.

»Ich bin schließlich eine norländische Dienstmagd. Und du bloß eine Diebin.« Ihre Augen waren zu Schlitzen verengt, ihr sommersprossiges Gesicht vor Wut verzerrt.

Wie ein Messer bohrten sich die gehässigen Worte in Milla. Sie bog Lanys Finger auf, riss sich los und rannte vor allen davon.

14. KAPITEL

Es war schwierig, gleichzeitig zu rennen und zu weinen, aber Milla konnte nicht anders. Sie musste fort. Nestans enttäuschter Blick und Lanys' Hass ließen sie nicht los. Würden die Zwillinge für sie eintreten? Die vielen Tage, Monate, Jahre harter Arbeit – was waren sie angesichts dieses einen Fehlers wert? Angesichts dieses *Betrugs*, wie Nestan es genannt hatte? Schließlich ging ihr die Luft aus. Sie beugte sich vor, stützte die Hände auf die Knie und weinte ihren Schmerz heraus, während der Regen sie durchweichte.

Sich um die Eier zu kümmern, hatte ihr einen neuen Grund gegeben, aufzuwachen. Ihnen galt ihr erster und ihr letzter Gedanke am Tag. Milla hatte noch nie etwas besessen, das so sehr ihre Fürsorge erfordert hatte. Und jetzt waren sie fort.

Sie schluchzte lauter.

Tarya würde bald Vigo heiraten und in den Palast ziehen. Milla würde sie nur noch aus der Ferne sehen, aus der Menge heraus, an Festtagen. Und Isak würde auf die Seideninseln fahren, um den Beruf seines Vaters zu erlernen. Wahrscheinlich würde er erst im Jahr darauf auf einen Besuch zurückkommen: hochgewachsen, gebräunt, verändert.

Und die Eier? Die Vorstellung, dass die Drachen ohne sie schlüpften, bereitete ihr körperliche Schmerzen. Sie wusste nicht, warum. Sie wusste nur, dass der Verlust ihr unendlich wehtat.

Als sie den Kopf hob und sich umsah, fand sie sich im Schattenviertel wieder, in der Nähe des verfallenen Hauses mit dem Garten. Sie musste allein sein – kein Wunder, dass ihre Füße sie hierhergetragen hatten. Ihre Zähne klapperten und allmählich begann sie vor Kälte zu zittern. Sie musste schnellstens einen Unterschlupf finden.

Milla durchquerte den überwucherten Garten des verfallenen Hauses. Groß und einschüchternd ragte es vor ihr auf. An der Vorderseite befanden sich ein riesiges Sonnenmosaik sowie ein bröckelnder Schriftzug. *Villa Dorato* stand dort. Vorsichtig legte Milla die Hand auf die holzgetäfelte Eingangstür und drückte sie langsam auf. Mit einem tiefen Stöhnen gaben die rostigen Angeln nach.

Milla trat ein und blieb in der dunklen Eingangshalle stehen. Es roch feucht und modrig und nach noch etwas Schlimmerem, als würde irgendwo etwas Totes verrotten. Ihre Augen gewöhnten sich an das Dämmerlicht. Sie erkannte einen verfallenen Treppenaufgang, das schlanke, geschwungene Geländer, das unter einer Schlingpflanze erstickte. Von beiden Seiten der Halle gingen Türen ab. Milla schlich auf Zehenspitzen nach rechts und spähte in einen Raum: Ein zerbrochener Fensterladen ließ Tageslicht herein. Es war ein Speisezimmer mit einem Tisch und sechs Stühlen. Vor dem staubigen Tisch blieb sie stehen.

Was war hier geschehen? Im Alten Arcosi war dieses Haus

sicher das Heim einer alteingesessenen, wohlhabenden Familie gewesen, bevor sie plötzlich fliehen mussten oder ihnen noch Schlimmeres zugestoßen war.

Das Haus war das perfekte Versteck. Wie ein verletztes Tier brauchte Milla einen dunklen Ort, um ihre Wunden zu lecken. Hier würde sie niemand suchen.

Der Wind blies durch die Fensterläden, die zerschlissenen Vorhänge flatterten. Milla schauderte. Wer weiß, worauf sie noch stoßen würde. Trockene Knochen, zu Staub zerfallenes Fleisch ...

In diesem Moment hörte sie ein Geräusch: ein Rascheln, das sofort verstummte.

Milla schrie überrascht auf und schämte sich sofort dafür. *Komm schon, Milla, hab keine Angst. Es gibt keine Geister. – Ach ja, so wie es keine Drachen gibt?*

Falls ihr etwas zustieße, würde niemand je davon erfahren. Sie könnte spurlos vom Antlitz der Erde verschwinden. Würde zu einer der Verschollenen werden. Einfach nur zu einem weiteren Geist dieser Insel.

Milla zwang sich, auf das Geräusch zuzugehen. »Hallo?«

Ein kühler Windzug strich wie ein gespenstischer Atem über ihren Nacken.

»Wer ist da?« Im hinteren Teil des Hauses entdeckte sie eine weitere Tür und stieß sie auf. »Wo bist du?«, flüsterte sie heiser.

Auf dem eisernen Feuerrost einer riesigen Kochstelle brannte ein Feuer. Auf einem Steintisch lag ein Hackbrett und darauf ein frisch geschälter Apfel und ein Messer. »Hallo?« Milla nahm das Messer in die Hand.

Plötzlich hörte sie ein Geräusch: wildes Flügelschlagen. Erschrocken wirbelte sie herum, rannte zurück in die Halle. Das ist nur eine Krähe, die im Dach nistet, sagte Milla sich. Hatte sie den Vogel nicht vorhin erst gesehen? Doch ihre Furcht ließ sich nicht mehr unterdrücken. Sie stellte sich vor, dass die Menschen, die hier einst gelebt hatten, sich wie Gespenster um sie drängten. Ihre geisterhaften Hände strichen über Millas Haare und flehten um Gerechtigkeit.

Ihre Angst wuchs, ihr Herz schlug schneller.

Etwas berührte ihre Schulter.

Milla schrie auf.

Als sie sich umdrehte, stand ihr die alte Frau vom Ball des Herzogs gegenüber, die genauso verängstigt aussah, wie Milla sich fühlte.

Einige Zeit später saßen sie zusammen am Feuer.

»Was machst du hier?« Milla sprach Sartoli, weil sie annahm, dass die Bewohner des Alten Arcosi es ebenfalls gesprochen hatten. »Ich habe dich auf dem Ball des Herzogs gesehen.«

»Ich bin nach Hause gekommen«, erwiderte die Frau auf Sartoli und kauerte sich in ihren Umhang. Sie wirkte immer noch verängstigt und hatte nichts mehr von der leidenschaftlichen Widerspenstigkeit der Ballnacht an sich. Vielleicht war sie in ihrer Einsamkeit krank geworden. Sie schien Milla nicht wiederzuerkennen, was dieser seltsam vorkam, bis ihr einfiel, dass sie auf dem Ball eine Maske getragen hatte.

»Wo ist dein Zuhause? Meinst du Arcosi?«, fragte Milla. Das Gleiche könnte sie sich auch fragen. Hatte sie nach dem heutigen Tag überhaupt noch ein Zuhause? »Oder hat dieses Haus deiner Familie gehört?«

»Beides.« Mehr wollte die Frau offensichtlich nicht verraten.

Das war ihr alter Familiensitz? Milla sah sich um. In der Ecke stand eine abgewetzte gepolsterte Bank und daneben ein Stapel Brennholz.

Heute Nacht würde Milla diejenige sein, die um Obdach bat. Weiter konnte sie nicht denken. Ohne die Dracheneier lag ihre Zukunft wie ein dunkler, sternenloser Himmel vor ihr. Sie schauderte und rückte näher ans Feuer. »Wie heißt du? Ich bin Milla vom Gelben Haus.« Da sie keine Familie besaß, war dies der Name, der in ihren Papieren stand.

»Kara.« Mit runden, ernsten Augen starrte die Frau Milla an. Die goldenen Kreolen in ihren Ohren glänzten im Feuerschein.

»Der Herzog lässt dich suchen. Wer dich findet, soll dich zu ihm bringen«, erzählte Milla. »Aber keine Sorge, das werde ich nicht tun!«, fügte sie hastig hinzu, als Kara sie erschrocken ansah.

»Hier wird mir nichts passieren«, erklärte Kara, auch wenn es mehr wie eine Frage klang.

»In jener Nacht ... hast du davon gesprochen, dass Drachen nach Arcosi zurückkehren. Hast du die Dracheneier mitgebracht? Du und dieser Mann? Der –« Milla hielt inne. Sie wusste nicht, ob diese Frau über den Mord im Bilde war.

Das Schweigen zog sich unangenehm in die Länge. Kara war wie erstarrt. Wie konnte Milla sie dazu bringen, ihr zu vertrauen? Sie holte ihre Schmuckmünze hervor und zeigte sie der alten Frau. »Die hast du schon einmal gesehen. Kennst du sie?«

Der Anblick der Münze wirkte wie ein Zauber, er veränderte alles. Kara wurde lebendig.

»Woher hast du die?«, fragte sie scharf. »Gehört sie dir?«

Sie beugte sich vor, packte Milla am Kinn und drehte ihr Gesicht ins Licht des Feuers.

»Ja, sie gehört mir. Es ist das Einzige, was ich besitze.« Milla wischte ihre Hand fort. Es gefiel ihr nicht, dass die Frau sie musterte wie eine junge Ziege auf dem Markt. »Ich habe sie, solange ich denken kann.«

»Die Eier? Was weißt du von ihnen, Kind?« Wieder schoss Karas Hand vor, diesmal packte sie Milla so fest am Arm, dass diese zusammenzuckte. »Hat er sie zu dir gebracht?«

»Zu mir?« Milla schluckte. »Ich habe sie gesehen«, sagte sie dann und wurde von einer Welle der Scham erfasst. »Aber jetzt sind sie weg. Es tut mir leid. Ich habe versucht –«

»Wo?« Kara drückte ihren Arm so sehr, dass es wehtat. »Wo sind sie hin?«

»Nestan hat sie genommen«, sagte Milla. »Jetzt sind sie vermutlich im Palast. Sie sind weg, ohne mich.« Ihre Stimme zitterte wie eine Flamme im Luftzug. »Und ich weiß nicht, ob ich sie wiedersehen werde …«

»Warum hast du das nicht gleich gesagt? Beeil dich, Kind, Beeil dich! Warum hast du sie aus den Augen gelassen?« Karas Stimme war so zornig, dass für irgendwelche Zweifel kein Raum blieb. »Die Jungen werden bald schlüpfen. Heute Nacht ist Vollmond – du musst dabei sein …«

»Wa-was? *Warum ich?* Woher willst du das wissen?« Ein Dutzend weiterer Fragen brannten Milla auf der Zunge.

»Genau dafür haben wir sie nach Hause gebracht. Sie schlüpfen bei Vollmond und das bedeutet: heute. Dir läuft die Zeit davon. Geh! Geh auf der Stelle. Schnell! Finde die Eier und lass sie nicht mehr aus den Augen!«

»Jetzt gleich?« Milla rang um Worte. Sie war aufgeregt, verwirrt und völlig durcheinander. »Was soll ich denn tun?«

»Geh zu den Eiern!« Kara erteilte ihr eine wahre Flut von Anweisungen. »Hör zu: Ohne lebende Eltern müssen sich die Jungen schnell binden, deshalb musst du im Raum sein. Eines von ihnen wird dich auswählen. Geh zu ihm, wenn es schlüpft. Sprich mit ihm, wärme es, füttere es mit Fleisch und gib ihm zu trinken. Die Jungen müssen warm gehalten werden. Es wird alles gut. Aber nun geh. Dir bleibt nicht viel Zeit. Beeil dich!« Ihre Dringlichkeit ging in Verzweiflung über. »Und sage kein Wort von alldem. Zu niemandem.«

»Also gut, ich werde gehen. Ich werde schweigen.« Karas Worte brannten strahlend und klar in Millas Geist, trieben sie an und zeigten ihr den Weg zu ihrem Herzenswunsch.

Dann blieb sie stehen und sah sich noch einmal nach Kara um, die dort am Feuer kauerte. Sie konnte sie in diesem Sturm nicht allein lassen. »Aber was ist mit dir?«

»Was soll mit mir sein? Dafür ist keine Zeit!«

»Ich werde tun, was du verlangst, das verspreche ich, aber du musst mit mir kommen. Ich muss dich zuerst ins Warme und in Sicherheit bringen. Hier kannst du nicht bleiben. Es ist zu gefährlich, solange die Männer des Herzogs nach dir suchen.«

»Du darfst keine Zeit verlieren!«, drängte Kara.

Milla schüttelte störrisch den Kopf. »Ich gehe nicht ohne dich.«

»Du verstehst das nicht!« Kara schien vor Ungeduld fast zu platzen. »Oh, also gut.«

Sie gingen zusammen in den Sturm hinaus. Milla war froh

über das schlechte Wetter, das dafür sorgte, dass alle anderen drinnen blieben – auch die Wachen. Der Wind zerrte an ihren Haaren und Kleidern, doch in Millas Kopf ging es nicht weniger stürmisch und wild zu.

Standen die Jungen wirklich im Begriff zu schlüpfen? Auch ohne Karas Drängen brannte sie darauf, zu den Eiern zu gelangen. Doch in diesem Aufzug konnte sie nicht vor dem Palast auftauchen: Man würde sie niemals hineinlassen. Während sie sich stolpernd von der Villa Dorato entfernten, nahm in Millas Kopf allmählich ein Plan Gestalt an.

Beim Gelben Haus brachte sie Kara geradewegs in die Küche.

Nass und atemlos stürmten sie zur Tür hinein. Josi ließ vor Schreck ein Glas mit einlegten Pflaumen fallen. Rubinroter Saft und das rosa Fruchtfleisch verteilten sich auf dem ganzen Steinboden.

»Tut mir leid!«, brach es wie eine Sturmflut aus Milla heraus. »Das ist Kara. Kannst du sie bitte verstecken?«

Es wäre nicht das erste Mal, dass Josi einen Flüchtling vor dem Herzog und seiner Vorstellung von Gerechtigkeit versteckte. Milla hatte immer getan, als merkte sie nicht, wenn die hintere Speisekammer plötzlich nicht mehr betreten werden durfte. Sie hatte das sartolische Geflüster überhört, dafür gesorgt, dass Lanys der Küche fernblieb, und nach ein oder zwei Tagen waren die unsichtbaren Gäste wieder fort.

»Die Soldaten des Herzogs suchen auf der ganzen Insel nach ihr.« Sie sah Josi in die Augen: Sie wussten beide, was das bedeutete. »Kara wird es dir erklären. Ich muss los, zum Palast ... Bitte, ja?«

Josi sagte kein Wort, sie wirkte geschockt. Mit einem stummen Nicken schob sie Milla den Teller hin, von dem sie gerade gegessen hatte.

Milla nahm ihn und rannte nach oben. Sie schlüpfte in Taryas abgelegtes purpurnes Kleid und den dazu passenden Umhang, dann sammelte sie all die Dinge auf, die Tarya vergessen hatte: Schal, Perlenkette und Fächer. Sie nahm das Essen, das Josi ihr gegeben hatte – einen Kanten Brot und ein Stück Hühnerfleisch –, und aß ein wenig davon. Es war so trocken, dass sie sich in ihrer Hast fast daran verschluckte, daher stopfte sie es für später in die Tasche ihres Kleides. Sie nahm eine Glasphiole mit Isaks Arznei vom Regal und zog den Stopfen heraus, dann sog sie den Duft von Ingwer und Honig ein, um herauszufinden, ob sie frisch war. Isak vergaß seine Arznei ständig. Aus diesem Grund hatte Nestan Hausangestellte: damit sie an die kleinen Dinge dachten. Wenn es draußen feucht wurde oder bei Stress und Aufregung brauchte Isak seine Arznei.

Heute Abend würde er sie mit Sicherheit benötigen.

15. KAPITEL

Durch eine Lücke in den Sturmwolken schob sich der Vollmond: Er leuchtete prall und hell, tauchte die ganze Insel in Schwarz und Silber und wies Milla den Weg.

Heute Nacht schlüpfen die Jungen! Heute Nacht schlüpfen die Jungen! Nur dieser eine Gedanke kreiste in Millas Kopf, er pulsierte im Rhythmus ihres Herzschlags. Er war stärker als die Angst, stärker als ihre Sorge um Nestans Reaktion oder das Rätsel um Karas Worte. Er trieb sie an, den ganzen steilen Weg hinauf, an zwei Kontrollstellen vorbei, bis vor das Tor des Palasts. Riesige eisenbeschlagene Torflügel ragten ganz eindeutig verschlossen über ihr auf. Der Wind peitschte ihr die Haare in die Augen, sie band sie in einem Knoten zusammen, reckte das Kinn und streckte sich nach dem Klingelzug.

»Ja?« In der riesigen Eichenholztür ging ein kleines Fenster auf.

Milla konnte das Gesicht des Wachmanns vor dem dunklen Hintergrund kaum erkennen. Sie nahm ihren ganzen Mut zusammen, holte ihre Stimme aus der Tiefe ihres Bauches und ahmte Tarya nach, wenn sie besonders herrisch auftrat. »Ich muss hinein! Meine Herrin ist wegen des Verlöbnisses hier und sie braucht mich.«

»Ach, wirklich, tut sie das? Nun, das bezweifle ich.«

Milla zuckte nicht mit der Wimper, sie würde sich nicht anmerken lassen, wie sehr es schmerzte, immer auf den ersten Blick abgetan zu werden. Sie musste die Männer davon überzeugen, dass sie mehr war, als es den Anschein hatte. Heute Nacht stand zu viel auf dem Spiel, sie durfte nicht versagen!

»Wer ist das?«, fragte eine neue Stimme hinter dem ersten Mann.

»Wieder so ein kleiner Vielfraß aus der Unterstadt. Die schleichen ständig herum und hoffen, dass irgendwo etwas für sie abfällt. Achte nicht auf sie.«

»Lady Tarya Thornsen wird nicht erfreut sein, wenn sie erfährt, dass man ihre Zofe draußen im Sturm aufgehalten hat«, sagte Milla mit ihrem besten norländischen Akzent betont langsam. »Jede Sekunde, die ihr mich warten lasst, lasst ihr auch sie warten. Ihr wisst schon, dass sie die nächste Herzogin von Arcosi wird, oder? Sehr klug ist das nicht.«

»Lass mich sehen.« Der zweite Mann kam ans Tor.

Milla schluckte. Wenn er sie jetzt fortschickte, war alles verloren. Sie konnte diese Mauern nicht hinaufklettern. Die Jungen würden ohne sie schlüpfen und sie würde Kara ihr Versagen eingestehen müssen. Dann gehörten die Drachen dem Herzog und Nestan würde sie fortschicken. Ihre Ängste schaukelten sich immer weiter hoch. Sie stellte sich ein einsames Leben vor, wie sie in Ruinen schlief, nach Essensresten suchte und Thom und Rosa um Arbeit anbettelte. *Nein!* Obwohl ihr Herz so heftig klopfte, dass sie sicher war, der Mann müsste es trotz des Sturms hören, sah sie zu ihm auf und nahm einen weiteren Anlauf.

»Guten Abend, mein Herr«, sprach sie den neuen Wachmann an. »Folgendes: Meine Herrin hat es sich anders überlegt und mich zurückgeschickt, um ihre Lieblingskette zu holen. Wenn ich sie ihr nicht bald bringe, drohen mir Schläge«, log sie und riss die Augen auf. Sie suchte unter ihrem Umhang und hielt die Perlen in die Höhe. »Hier! Sehen Sie?« Der Wachmann betrachtete den Beweis. »Bitte lassen Sie mich durch, dann kann ich meiner Herrin die Kette noch vor dem Abendessen anlegen und alles ist gut«, sagte sie ernst. »Außerdem habe ich die Arznei vom edlen Herrn Isak dabei.« Sie kramte die Glasphiole hervor und hielt auch sie in die Höhe.

Der Wachmann zögerte, er machte ein finsteres Gesicht und schien im Begriff, sich abzuwenden.

»Warten Sie!«

Millas Hand fuhr zu ihrer Kette, die sie schon ein Leben lang trug. Ihre Finger streichelten das goldene Metall mit dem eingravierten Drachen unter dem Vollmond. Ihr einziger Besitz. Die einzige Spur zu ihrer Familie. Ihr wurde übel bei dem Gedanken, sie herzugeben. Sie brachte es nicht über sich.

Der Wachmann machte den Haken vom Fenster los.

Ihr blieb keine Zeit, sie hatte keine andere Wahl.

»Bitte warten Sie!« Milla schloss die Augen und gab sich einen Ruck. Widerstrebend löste sie die Kette. Sie starrte auf die goldene Münze in ihrer Hand, die im Mondlicht aufleuchtete, hielt sie ein letztes Mal an ihre Lippen.

Dann schloss sie die Finger und streckte den Arm aus. »Nehmen Sie das«, zwang sie sich zu sagen. Die Münze war ihre einzige Verbindung zur Vergangenheit, die nun wie ein Tau gekappt wurde. Für die Zukunft setzte sie ihre Vergangenheit aufs Spiel.

»Für Ihre Umstände, mein Herr«, sagte Milla mit zusammengebissenen Zähnen und blinzelte die Tränen fort, als sie ihm die uralte goldene Schmuckmünze übergab.

»Lass sie durch.« Mit einem Zwinkern schloss der Wachmann die Faust um die Münze. »Sie hat recht: Nestan und seine Kinder sind gerade erst im Palast angekommen. Lass sie durch, aber begleite sie den ganzen Weg, hörst du?«

»Vielen Dank, mein Herr.« Milla neigte schüchtern den Kopf, lauschte auf die zurückfahrenden Riegel und die schweren Torflügel, die über das Kopfsteinpflaster schleiften. Auf der anderen Seite warteten zwei weitere Wachmänner. Sie schenkte auch ihnen ein Lächeln, aber ebenso gut hätte sie eine steinerne Wand anlächeln können.

Mit raschen Schritten durchquerten sie das Gelände. Beim letzten Mal war Milla in Begleitung geladener Gäste gewesen, Teil der juwelengeschmückten Menge. Diesmal fühlte sie sich wie eine Gefangene. Die Wachmänner führten sie durch eine riesige Eingangshalle und die gewaltige geschwungene Treppe hinauf, bis in den großen Festsaal des Palasts.

Sie blinzelte ungläubig. Was für eine Fülle, was für ein Glanz: Dutzende goldene Kandelaber, ein langer, mit schneeweißem Leinen gedeckter Esstisch voller Gläser und Kristall, eine riesige Schale mit Fuß, die von roten Trauben überquoll.

Nestan und die Zwillinge standen, von Richal Finn flankiert, vor dem riesigen offenen Kamin. Alle waren vornehm herausgeputzt.

»Milla!«, rief Nestan aus, der sich mit beiden Händen auf seinem Stock abstützte.

War er zornig oder erleichtert? Milla konnte es nicht sagen.

»Milla? Was machst du hier?«, rief Tarya und kam zu ihr herüber.

Milla spürte, wie eine behandschuhte Hand ihren Arm umschloss. »Du wirst also erwartet, ja?«, knurrte ein Wachmann.

Ihr blieben nur Sekunden, bis man sie hinauswerfen würde. Ihre Augen huschten durch den Raum. Am Feuer stand ein seltsamer vergoldeter Tisch. Er war wie ein Kompass geformt, vier blätterförmige Auswüchse wiesen in die verschiedenen Himmelsrichtungen und direkt in der Mitte gab es eine kleine Wasserschale. Auf jedem Blatt lag ein dickes Kissen. Und darauf jeweils eines der Dracheneier: blau, rot, grün und gelb.

Die Eier waren unversehrt.

Zu beiden Seiten des Tisches standen stämmige Palastwächter mit einer tödlich aussehenden Pike in der Hand und mit Langschwert und Wurfmesser am Gürtel.

So weit hatte ihr gewagtes Unterfangen funktioniert. Jetzt spielte Milla ihre beste Karte aus. »Ich habe Ihre Perlenkette geholt.« Mit einem kurzen Händedruck übergab Milla Tarya die Kette. »*Wie Sie es gewünscht haben*, Herrin«, fügte sie hinzu. »Und die Arznei für Ihren Bruder …« Milla ging zu Isak und übergab ihm die Glasphiole.

»Vielen Dank, Milla«, sagte Isak, der sie vorsichtig aus ihren zitternden Händen nahm.

»Gerade rechtzeitig, wie ich sehe«, sagte Nestan trocken.

»Du wolltest Milla doch sicher für ihre schnelle Rückkehr danken«, sagte Isak. Er trank einen Schluck von seiner Arznei und stellte sich dann so dicht neben Milla, dass der Wachmann ihren Arm freigeben musste.

»Ja! Was wären wir bloß ohne sie?«, rief Tarya geistesgegenwärtig. »Schnell, legst du mir bitte die Perlen um?« Sie hob ihre dichte Lockenpracht an und wandte Milla den Rücken zu.

Mit feuchten, zitternden Fingern friemelte Milla am Verschluss der Kette.

»Das wäre dann alles«, entließ Nestan die beiden Wachen.

Als ihre Schritte hinter der Tür verhallten, seufzte Milla erleichtert.

»Geht es dir gut?«, flüsterte Tarya, während sie ihre Kette zurechtrückte. »Wohin bist du verschwunden? Ich habe mir solche Sorgen gemacht! Es hat sich nicht richtig angefühlt, ohne dich hierherzukommen, aber ich wollte bei den Eiern bleiben und für dich auf sie aufpassen.« Dann fügte sie hastig hinzu: »Das heißt aber nicht, dass ich das Verlöbnis akzeptiere! Sie können mich nicht dazu zwingen.«

»Es geht mir gut«, flüsterte Milla ihr mit bebender Stimme ins Ohr, damit es sonst niemand hörte. »Du wolltest doch einen Plan, richtig? Halte dich bereit: Ich werde ein Ablenkungsmanöver brauchen. Wenn es funktioniert, treffen wir uns später in dem verfallenen Haus, ja?«

Tarya drehte sich mit verschwörerisch blitzenden Augen um und nickte. »Ich sage Isak Bescheid.«

Gefolgt von Serina und Vigo, stolzierte in diesem Moment der Herzog durch einen Bogengang am anderen Ende des Festsaals.

»Freunde, Freunde, Freunde!«, begrüßte Olwar Nestan und die Zwillinge mit einem breiten Lächeln. Seine blassen Augen glitten über Milla und Finn hinweg. Als Bedienstete waren sie für ihn unsichtbar.

»Kann es etwas Vollkommeneres geben?« Herzog Olwar strahlte vor Glück: ein Mann, der das, was er am innigsten ersehnte, in seinen Händen hielt.

Milla fiel auf, dass Serina und Vigo nicht lächelten, und fragte sich, was sie im Gegensatz zu ihr wohl wussten.

»Nestan, alter Freund, ich danke dir nochmals für dieses so überaus passende Geschenk«, erklärte Olwar. »Am Tag, an dem unsere Familien ihre Vereinigung feiern, feiern wir nun auch die Rückkehr der Drachen nach Arcosi. Das ist ein Zeichen: Wir sind gesegnet! Ihr beide seid gesegnet!«

Er wandte sich um und wies auf Vigo und Tarya, die nun betreten nebeneinanderstanden und unter seinem Blick ganz unruhig wurden. Er begann ihnen laut zu applaudieren, bis Nestan, Isak und Serina mit einfielen. Das Geräusch klang hohl und hallte in dem großen Saal wider.

»Setzt euch! Lasst uns essen und diesen bedeutenden Tag feiern!«, sagte der Herzog.

Die Zeit wurde langsam knapp. Milla und Finn würden jeden Augenblick fortgeschickt werden und sie müsste die Eier zurücklassen. Aber sie hatte Kara versprochen, bei ihnen zu bleiben. Nur wie?

Vigo verbeugte sich vor Tarya. »Wollen wir?« Er wies auf die Plätze am anderen Ende des Tisches. Die Eier lagen direkt hinter ihnen.

Milla eilte an Taryas Seite und tat, als würde sie ihr die Haare richten. Sie warf einen schnellen Blick auf die Wachen: Sie starrten wie zwei Statuen geradeaus.

Dann beobachtete sie den Herzog, wartete darauf, dass er die Eier aus den Augen ließ. Sie brauchte ein Ablenkungsmanöver, ein zerbrochenes Glas, das aus Versehen umgestoßen wurde.

Sie streckte die Hand aus ...

Tarya hob den Kopf und lächelte Milla an – und ihr Plan löste sich in Luft auf.

Diebstahl verstieß gegen alle Regeln der norländischen Gastfreundschaft. Wenn sie dieses Ei stahl, würden Tarya, Isak und Nestan den Palast nicht mehr verlassen. Man würde sie verhaften. Auf die schwarze Liste setzen. Und sie würden alles verlieren, was sie besaßen: ihr Haus, ihre Schiffe, ihr Vermögen.

Es war so ungerecht! Milla besaß überhaupt nichts. Trotzdem durfte sie nicht einmal das blaue Ei behalten.

Nicht, wenn es Taryas Leben zerstörte.

Sie zog die Hand vom Tisch fort. Sie brauchte einen neuen Plan, und zwar schnell.

Knack!

Es klang, als würde etwas sehr Zartes zerbrechen.

Nestan sah auf sein Glas hinab.

Serina überprüfte die Fenster.

Isak schaute über seine Augengläser zu Tarya.

Nur Milla hatte sich schon den Eiern zugewandt. Sie ging näher heran und sah es als Erste.

Knack! Da war es wieder.

Jetzt wurde auch der Herzog auf Milla aufmerksam. »Scher dich weg von dort!«, brüllte er.

Die Wachen überkreuzten ihre Piken und drängten sie zurück.

»Wenn du sie beschädigt hast ...«, donnerte Olwar.

»Nein!«, schrie Milla. »Es schlüpft!«

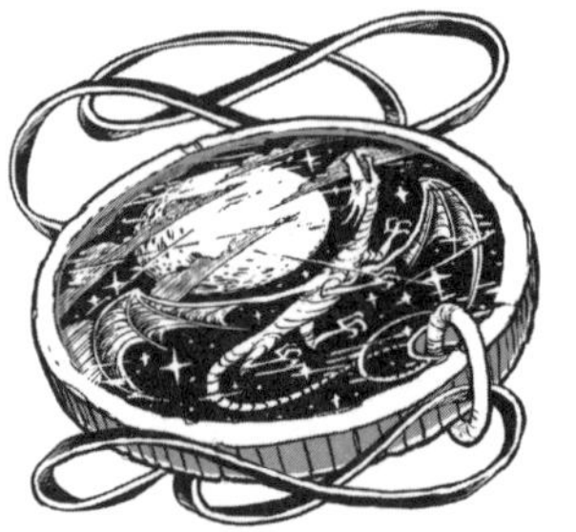

16. KAPITEL

Beim blauen Ei war es so weit.

Aufgeregt drängten alle nach vorn.

»Bleibt zurück!«, brüllte der Herzog, der sich direkt vor die Eier schob.

»Nein!«, schrie Milla. Sie musste dabei sein, das Verlangen brannte wie Feuer in ihr.

Die Wachen zerrten sie vom Tisch fort. Das war verkehrt, das durfte nicht sein. »Nein!« Sie verdrehte den Hals, um zum blauen Ei hinüberzusehen. Seine glatte Schale wies nun einen großen, zickzackförmigen Riss auf.

»Lasst mich los!«, rief Milla und versuchte ihre Arme zu befreien. »Ich muss dabei sein! Vorsicht! Erschreckt es nicht!«

»Schafft sie hier raus.« Mit einer schroffen Kopfbewegung wies Olwar zur Tür.

»Euer Gnaden.« Nestan hinkte hinüber und legte dem Herzog die Hand auf den Arm. »Sie ist meine Dienerin. Überlasst das mir.«

»Lasst Milla los!«, rief Tarya. »Sie gehört zu uns. Sie muss bei uns bleiben. Bitte, Vigo? Kannst du nichts unternehmen?«

»Vater?«, versuchte Vigo sein Glück, doch der Herzog starrte die Eier an und ließ sich von niemandem mehr ablenken.

Milla stemmte die Füße auf den Boden, doch die Wachen packten sie nur noch fester.

»Nein! Bitte!«, flehte sie. »Wartet.« Gegen ihren Willen wurde sie weggezerrt, obwohl sie sich auf jedem Zentimeter des Wegs wehrte. *Krk!* Ein winzig kleiner Knubbel kam zum Vorschein, der ein gezacktes Stück Eierschale von der Größe ihres Daumennagels beiseiteschob.

»Es schlüpft«, rief Milla. Sie wehrte sich mit aller Kraft, was nur dazu führte, dass man ihr noch mehr wehtat. »Lasst es mich sehen! Kann ich es nicht einfach nur ansehen?«, flehte sie die Wachen vergebens an. Milla verrenkte förmlich ihren Hals.

Von kurzen Ruhepausen abgesehen, machte der kleine Drache gute Fortschritte. *Knack!* Wieder fiel ein größeres Stück Schale ab.

Sie waren jetzt fast bei der Tür. Es fehlten nur noch wenige Schritte. »Ich will dich nicht verlassen!«, schrie Milla und betete, dass das kleine Wesen sie hörte.

Dann schaukelte das Ei auf einmal, rutschte und hielt kurz inne. Im nächsten Moment brachen die beiden Hälften der Eierschale auseinander.

»Ohh! Halt, wartet! Seht doch!« Vigos Worte ließen alle verharren.

Selbst die beiden Wachen blieben stehen und starrten zum Tisch.

Auf dem Kissen lag ein nasses, erschöpftes Drachenjunges

neben den Schalen seines Eis und piepste leise. Sein feuchter Körper schimmerte in einem tiefen Blau.

Milla ging das Herz auf, als sie das kleine Wesen sah. Die Farbe des winzigen Drachen setzte etwas in ihr frei: Sie kannte diese Farbe. Es war das Blau aus ihren Träumen. Das hier war ihre Bestimmung.

Ehe sie begriff, was sie tat, spitzte Milla die Lippen und pfiff. Es war eine Folge aus fünf kurzen Tönen, die an- und dann wieder abstiegen. Die Melodie aus ihrem Traum. Laut und klar schwebte sie durch den Raum.

Das Drachenjunge hörte sie. Es hob den kleinen Kopf und lauschte. So erschöpft und schwach es auch war, hörte es Milla und antwortete mit einem heiseren *Ii-ii-ii-ii-iip!*, als versuchte es, das Lied nachzuahmen.

Wieder pfiff Milla die Töne aus ihrem Traum.

Das blaue Drachenjunge erwiderte sie. Alle wurden Zeuge.

»Ich bin hier. Siehst du!« Herzog Olwar stupste den kleinen Drachen an.

Doch als das Junge sich unbeholfen aufzurichten versuchte, schaute es einfach an ihm vorbei. Seine schuppenbedeckten Füße schienen für den schwachen Körper zu groß zu sein, der von einem feuchten, höckrigen Etwas auf dem Rücken niedergedrückt wurde. Beim nächsten Versuch, zu Milla zu gelangen, fiel es fast vom Tisch.

»Passt auf, dass er nicht hinfällt!«, warnte diese. »Lasst mich los. Seht ihr denn nicht, dass er mich braucht?«

Auf Herzog Olwars fast unmerkliches Kopfnicken hin ließen die Wachen Millas Arme los. Sie schoss durch den Raum. Die anderen traten zurück und ließen sie durch.

Diesmal stolperte das Drachenjunge beim Vorwärtstaumeln über seinen Schwanz. Dann richtete es sich auf und schnickte seinen Schwanz nach hinten, der über die gesamte Länge mit winzigen blauen Höckerchen bedeckt war. Das Junge stand jetzt aufrecht und starrte Milla mit leuchtenden Augen und ohne zu blinzeln an: zwei grüne Juwelen mit senkrechten schwarzen Schlitzpupillen. Es war völlig auf sie fixiert.

Milla und der Drache sahen einander an und die Welt fügte sich neu zusammen.

Milla hatte das Gefühl, als schaute er ihr direkt in die Seele, und sie erwiderte seinen Blick. Ohne den leisesten Zweifel wusste sie, dass dieser Drache ihr gehörte. Sie liebte ihn. Sie würde für ihn leben und sterben. Nichts in ihrem Leben hatte sich je so richtig oder so mächtig angefühlt. Zwar konnte sie vor lauter Tränen nichts mehr sehen, aber sie lächelte so breit, dass ihr nächster Pfiff misslang.

Das Junge senkte den Kopf und fiel in sich zusammen. Milla zog es das Herz zusammen und ihr Lächeln erstarb. Sie pfiff erneut und erinnerte sich an Karas Worte zu Beginn des Abends. Sie musste das Junge füttern! Hatte sie nicht noch Fleisch und Brot in der Tasche? Sie suchte danach, während sie, ein wenig schneller jetzt, abermals pfiff.

»Hier, mein Kleiner.« Sie hielt ihm einen bleichen Fetzen Hühnerfleisch hin.

Der Drache reckte sich, zog behutsam das Fleisch aus ihren Fingern und verschlang es. Sein ganzer Körper war etwa so lang wie Millas Unterarm.

Hastig holte sie noch mehr Fleisch aus ihrer Tasche. Immer abwechselnd pfiff und fütterte, fütterte und pfiff sie, ganz und gar auf diesen wiederkehrenden Vorgang konzentriert, denn sie spürte, wie der Drache von Minute zu Minute stärker wurde.

Schließlich war das Junge satt. Sein kleiner Bauch war von dieser ersten Mahlzeit kugelrund. Mit einem kleinen Seufzer legte es sich nieder.

Als Nächstes regte sich die feuchte, dunkle Masse auf seinem Rücken und erwachte flirrend zum Leben. Zwei Flügel mit straff gespannten, leuchtend blauen Flughäuten öffneten sich. Wie bei einer Fledermaus saß am unteren Ende jedes Flügels eine kleine Klaue. Der Drache schlug einmal mit den Flügeln und faltete sie dann wieder zusammen. Dann begann er sich auf bezaubernd unbeholfene Weise zu putzen, wobei er immer wieder das Gleichgewicht verlor. Anschließend watschelte er zu der eingelassenen Wasserschüssel im Tisch, tauchte das Schnäuzchen hinein und trank in tiefen Zügen, ehe er sich zurücklehnte.

Als Milla die Hände ausstreckte und das kleine Wesen aufhob, schmerzten die Stellen, wo die Wachen ihre Arme umklammert hatten. Der kleine blaue Drache war leicht und kühl. Er trocknete allmählich, fühlte sich aber immer noch ein wenig klamm an. Milla setzte ihn sich in den Nacken. Sein Kopf ruhte in der Mulde zwischen ihrem Hals und der linken Schulter, wo ihn ihre nackte Haut wärmte. Eine Klaue in den purpurnen Stoff ihres Kleides gehakt, schmiegte sich der Drache in die Kuhle ihres Schlüsselbeins. Schließlich rollte er sich zusammen und schlief friedlich ein.

Erst dann schaute Milla auf.

Alle im Raum starrten sie an: gebannt und mit offenem Mund. Sie waren sprachlos.

Vigo war perplex; Isak begeistert; Olwar außer sich.

Milla legte schützend die Hand auf ihren Drachen, was das kleine Wesen auf ihrer Schulter veranlasste, mit einem verschlafenen Fiepen zu protestieren.

»Bring ihn her. Gib ihn mir«, befahl der Herzog.

Die Welt schien stillzustehen. Alle rissen die Augen auf.

In diesem Moment veränderte sich Millas Leben grundlegend.

Entweder war sie eine gute Dienerin.

Oder sie hielt ihren Drachen fest.

»Nein«, sagte sie. Sie würde nicht gehorchen. »Nein, nein, nein.« Sie war es nicht gewohnt, dieses Wort auszusprechen. Es flog aus ihrem Mund wie flatternde schwarze Flügel, ein Krähenschwarm, der den ganzen Raum ausfüllte und das Licht verdunkelte.

Blinzelnd kam sie in dieser neuen Realität zu sich. Dann sagte sie entschlossen und bestimmt: »Er braucht Schlaf, Euer Gnaden. Er wird hungrig sein, wenn er aufwacht. Wir brauchen mehr Hühnerfleisch.«

Der Herzog machte eine Bewegung, als wollte er ihr das Drachenjunge entreißen. Hielt dann aber inne. Sein Blick glitt zu den verbliebenen drei Eiern, die immer noch wartend dalagen. Über sein Gesicht huschte ein Zweifel, der ihn wie ein Fremder aussehen ließ.

»Mehr Hühnerfleisch!«, befahl er und jemand lief aus dem Raum. Dann: »Er?«

»Ja«, sagte Milla fest. »Der Drache ist ein Männchen.« Sie wusste es mit der gleichen untrüglichen Gewissheit, mit der sie sich an die fünf Töne erinnert hatte. Genau wie sie wusste, dass sie zusammengehörten. Und sie wusste noch etwas:

»Er heißt Ignatio.«

Iggie knurrte leise zur Antwort.

17. KAPITEL

Wahrscheinlich wäre es nicht gut ausgegangen für Milla und Ignatio, hätte sich nicht das nächste Ei bewegt. Aber so funkelte der Herzog Milla nicht länger wütend an, sondern schob sich stattdessen nach vorn, um sich neben das rote Kissen zu stellen. »Lasst mich durch.«

Zitternd schlich Milla näher ans Feuer. Die Hand schützend auf ihren Drachen gelegt, sagte sie: »Schlaf, Iggie, schlaf.«

Wie zuvor wurde auch das rote Ei von innen aufgehackt, bis der Spalt groß genug war und der Drache herauskrabbeln konnte. Er lag erschöpft da, seine Seiten hoben und senkten sich.

Herzog Olwar ahmte nach, was Milla getan hatte, er pfiff und summte mit verzweifeltem Eifer. Dann beugte er sich tief über das Kissen: »Drache! Hörst du mich, Drache?«

Doch das kleine Wesen senkte den Kopf. Es hatte die Farbe von frischem Fleisch, aber sein Glanz verblasste ein wenig und wurde eher rosa. Sein Atem ging langsamer.

Tarya rief den Namen des Drachen. Es war ein zweisilbiger Schrei, ein hoher Ton, gefolgt von einem tiefen. »Heral!«

Milla gab sich Mühe, nicht allzu breit zu grinsen, als der Drache auf Tarya reagierte. Er bewegte sich und versuchte zitternd aufzustehen.

Der rote Drache und Tarya starrten einander an. Die Luft zwischen den beiden schien sich zu verdichten und zu pulsieren. Dann stieß der rote Drache einen Laut aus, der Taryas Ruf wiederholte.

Tarya hatte Tränen in den Augen.

»Das glaube ich nicht«, rief Herzog Olwar. »Was ist los mit diesen Viechern? Ich stehe direkt vor ihnen.«

Als ein Diener einen mit Hühnerfleisch beladenen silbernen Teller hereinbrachte, nutzte Tarya die Gelegenheit. Sie nahm den roten Drachen behutsam in die Hände und hob ihn vor ihr Gesicht. Ihre Nasenspitzen berührten sich. Tarya sprach unentwegt flüsternd auf das Drachenjunge ein. Dann trug sie Heral zum Feuer und griff nach einem Stück Fleisch.

Heral knurrte und riss es ihr aus den Fingern.

Tarya schluchzte, sie lachte und weinte vor Stolz und Begeisterung.

Der Herzog zuckte die Achseln und wandte sich wieder zum Tisch. »Sind immer noch zwei übrig«, sagte er, als er sich die Enttäuschung aus dem Gesicht wischte. Fürs Erste jedenfalls schien er die Entscheidung der Drachen zu akzeptieren.

Als Nächstes folgte das grüne Ei. Dieser Drache war stärker als die beiden anderen, er richtete sich unverzüglich auf und zischte dem Herzog ins Gesicht. Mit unbestreitbarer Aggressivität breitete er die Flügel aus und schlug zweimal damit, sodass ein kleiner Windstoß entstand.

Der Herzog trat erschrocken zurück.

Vigo stand neben ihm. Fasziniert von der Entschlossenheit des Drachenjungen, lachte er auf.

Der Kleine neigte lauschend den Kopf in seine Richtung.

Zwischen den beiden knisterte es.

Vigo lachte ein zweites Mal. »Gefällt dir das?«, fragte er, streckte langsam die Arme aus und öffnete die Handflächen.

Der grüne Drache blinzelte mit seinen Bernsteinaugen und neigte den Kopf, dann kletterte er auf Vigos Hände und rollte sich dort, schnurrend wie eine Katze, zusammen.

»Sie m-m-mag mich!«, stotterte Vigo verblüfft; glühende Begeisterung ließ seine sonst fast überhebliche Selbstsicherheit dahinschmelzen. »Hallo, Petra.« Er war wie ein kleiner Junge an seinem Geburtstag.

Damit blieb noch ein Ei übrig. Das gelbe Ei lag regungslos auf seinem goldenen Kissen. Ein Ohr an das blasse Oval gepresst, lehnte Herzog Olwar tief über dem Tisch.

»Dieser hier muss meiner werden! Ich kann ihn hören.« Er nahm das Ei in beide Hände und setzte sich damit in einen geschnitzten Stuhl neben dem offenen Kamin. »Mach schon. Ich bin bereit!« Bebend vor Ungeduld saß er da und starrte auf das Ei.

Millas Herz zog sich zusammen. Das war nicht der richtige Weg. Sie hatte keine Ahnung, *woher* sie das wusste, es war einfach so. Wenn ein Drache und ein Mensch sich ansahen und das Band zwischen ihnen entstand, wurde für sie alles anders. Das hatte sie selbst gespürt. Sie war jetzt ein anderer Mensch. Als Iggie geschlüpft war und sie erwählt hatte, hatte sie sich verwandelt.

Ihre Hand lag immer noch schützend auf Iggies schlafendem

Kopf. Mit jeder verrinnenden Sekunde liebte sie ihn mehr. Sie schickte Kara ein stummes Dankeschön für ihre Anweisungen. »Danke«, flüsterte sie dann Iggie zu. »Danke, dass du mich erwählt hast.«

Schließlich beobachtete sie den Herzog, dessen Gesicht vom Schein der Flammen erhellt wurde. Er grinste vor sich hin, während er mit glänzenden Augen wartete.

Das Ei begann sich zu bewegen, es schaukelte sacht in seinen Händen. Aus dem Innern drang ein sehr schwaches *Tock*, schwächer als das der anderen Drachen. Ein winziges Stück Eierschale löste sich, die Membram dahinter blieb intakt. Dann wurde es wieder still im Ei. Die Sekunden verstrichen.

»Steckt es fest?«, fragte Milla. Iggie wachte auf, hob den Kopf und erstarrte. Sie spürte, wie seine Klauen sich festkrallten.

»*Mraa*«, sagte er, als wollte er sie warnen.

»Was ist los mit dem Ei?«, fragte der Herzog. Mit einem Anflug von Panik stand er auf. »Der Drache muss raus, er braucht Luft.« Der Herzog ging zum Tisch hinüber, hob das Ei und schlug es auf die polierte Holzoberfläche.

»Nein!«, riefen Milla, Vigo und Tarya wie aus einem Mund. Ihre Drachen zuckten zusammen.

Doch es war zu spät. Das Ei zerbrach mit einem dumpfen Knacken.

Der Herzog zog es auseinander und schnickte mit den Fingern kleinere Eierschalenstücke davon. Er hob einen leblosen, blutüberströmten Körper an. Der Drache hatte die dunkle rotgoldene Farbe von feuchtem Buchenlaub. Und rührte sich nicht.

Er durfte nicht tot sein! Die anderen waren doch auch alle unbeschadet geschlüpft! Milla klammerte sich an diesen Gedanken, um nicht zu verzweifeln, doch die Bedenken gewannen langsam die Oberhand.

Olwar starrte auf das Junge; die Hoffnung in seinem Gesicht verwandelte sich in Verzweiflung und dann in Zorn. Er ließ den Körper auf das gelbe Kissen fallen und stürmte aus dem Saal, ehe irgendjemand etwas sagen konnte.

Serina eilte ihm nach. Kurz darauf hörten sie lautes Gebrüll und das Poltern eines schweren Gegenstands, der durch den Bogengang geschleudert wurde.

Milla legte schützend beide Hände über ihr Junges, als sie den Herzog toben hörte. Vigo und Tarya taten das Gleiche und schoben ihre Stühle näher ans Feuer.

Nestan und Finn standen beisammen und unterhielten sich leise, wobei sie die Tür nicht aus den Augen ließen.

Isak ging zu dem vierblättrigen Tisch hinüber und hob den leblosen Drachen sanft auf. Dann gesellte er sich zu den anderen ans Feuer und sank auf die Knie. Er legte den kleinen goldenen Körper in seinen Schoß und begann ihn sanft zu streicheln, immer mit einem Finger nach dem anderen. Im Licht der tanzenden Flammen glänzten die Schuppen wie die eines Goldfisches und verwandelten Isaks Augengläser in kleine Sonnen.

Dann begann Isak für das Junge zu singen, ein zu Herzen gehendes Klagelied, süß und traurig und beruhigend, alles auf einmal. Seine Stimme war rau und sanft, nur hin und wieder brach er ab, um zu husten.

Millas Augen füllten sich mit Tränen, sie weinte um das Leben, das keine Chance gehabt hatte, seinen Anfang zu nehmen, um all die Schönheit und das Potenzial, das nun verloren war. Dabei streichelte sie Iggie voller Mitgefühl.

Plötzlich begann Iggie, sich zu regen. Er streckte sich und purzelte von ihrer Schulter. Sie fing ihn mit den Knien auf, doch er reckte mit aufgeregtem Zirpen den Hals.

»Was? Was ist los mit dir?«, flüsterte Milla. »Bist du auch traurig?«

Aber er wirkte nicht traurig. Er wandte ihr den Kopf zu und sah dann wieder nach vorn, als weise er auf den goldenen Drachen. Ungeduldig trippelte Iggie auf der Stelle.

»Willst du näher heran? Isak, ich glaube, er sagt mir … Kann ich es ihm zeigen?«, fragte sie, während sie mit frisch erwachter Hoffnung näher rückte.

Ohne seinen Gesang zu unterbrechen, nickte Isak und machte ihr Platz. Milla kniete sich hin und hob Iggie an, damit er den Körper des goldenen Jungen sehen konnte.

Iggie hob den Kopf und stieß einen leisen, pfeifenden Ruf aus, in dem die Töne aus Isaks Lied widerhallten.

In diesem Moment erstarrte Isak. Er zog die Hände weg und rührte sich nicht mehr.

»Sie … sie hat sich *bewegt*. Ich habe es gespürt!« Isak beugte sich hinab. »Komm, meine Kleine, komm!«

Iggie beugte sich so weit nach vorn, dass Milla befürchtete, er würde von ihrem Schoß fallen. Wieder stieß er seinen pfeifenden Ruf aus.

Die anderen beiden Drachen, die sich immer noch vom Schlüpfen erholten, hoben nun ebenfalls den Kopf und sahen aufmerksam zu.

Milla starrte den vierten Drachen an und wünschte sich mit aller Macht, dass es wahr wäre. Ein Fuß des goldgelben Drachen zuckte. Dann schlug er wie ein Fisch auf dem Trockenen mit dem Schwanz. Schließlich hob er den Kopf und öffnete ein grünes Auge.

Isak beugte sich über ihn und sprach sanft auf den Drachen ein.

Dieser starrte ihn regungslos an und hörte zu.

Der Diener, der den Teller mit dem Hühnerfleisch hielt, kam näher.

Isak nahm ein Stück, steckte es sich selbst in den Mund und kaute es kräftig durch. Als es weich genug war, nahm er es wieder heraus und verfütterte es behutsam an den kleinen Drachen, der auf seinen Knien lag. Er nahm das Futter, ohne aufzustehen, und verschlang es. Dann machte er die Augen wieder zu und ruhte sich aus.

Isak sang weiter, doch diesmal klang sein Lied nicht mehr traurig, sondern hoffnungsvoll, voller Kraft und Leben.

Der kleine Drache öffnete die Augen, und diesmal schaffte er es, aufzustehen.

»Leuchtender Stern, Belara die Tapfere«, taufte Isak sie und lobte seinen Drachen.

Dieser breitete die Flügel aus, schlug damit, akzeptierte den Namen – und ihn.

Milla strahlte so sehr, dass ihre Wangen wehtaten. Sie blickte von Vigo zu Isak und Tarya. Sie fühlte sich schwindlig, atemlos, wie berauscht. Dann schaute sie zur Tür, die der Herzog hinter sich zugeschlagen hatte.

Vier Drachen waren geschlüpft und keiner von ihnen hatte Olwar gewählt. Milla hatte nicht die leiseste Ahnung, was er als Nächstes tun würde.

DRITTER TEIL

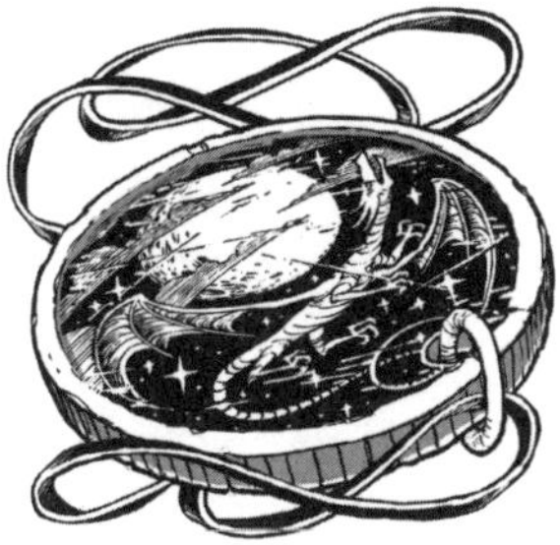

18. KAPITEL

Vier Drachen waren in dieser Vollmondnacht geschlüpft. Sie hatten vier Gefährten gewählt und sich mit ihnen verbunden.

Fast ungläubig starrte Milla ihren Drachen an und sog den Anblick in sich auf. Ihre Finger strichen über den kleinen blauen Körper, um sich jede Einzelheit einzuprägen: seine winzigen Klauen, die kühlen, glatten Flanken, die Zacken auf dem Rücken seines Schwanzes, die gewölbte Brust, die sich wärmer anfühlte als der Rest von ihm.

»Ich bin so froh, dich kennenzulernen, Iggie!«, sagte sie. »Endlich. Du warst die ganze Zeit in diesem Ei und ich wusste es nicht einmal. Aber ich habe von dir geträumt.« Das wusste sie jetzt. »Hast du auch von mir geträumt?«

Iggie kroch an ihrem Brustkorb hinauf und hörte ihr zu. Er riss die grünen Augen weit auf.

»Das blaue Ei mochte ich immer am liebsten.« Und nun fühlte es sich an, als hätte sie ihn schon immer gekannt. Milla konnte sich kaum noch erinnern, wie das Leben früher gewesen war, vor Iggie.

Er hob den Kopf und krächzte leise.

»Hast du mich gehört, als du im Ei warst?«, fragte Milla, die das Gesicht zu ihm hinabbeugte. »Hast du dein Lied wiedererkannt?«

Er hob den Kopf und so zart wie ein Nachtfalter berührte er mit der Nasenspitze Millas Nase.

Zwischen ihnen brannte eine lodernde, reine Flamme der Liebe, die mit jedem Herzschlag stärker wurde. Sie wuchs und wuchs, bis sie den ganzen Raum erfüllte, die ganze Insel, die ganze Welt. Eine neue Sonne, die Milla bis ins Mark wärmte.

»Warte, bis wir nach Hause kommen!«, sagte Milla. »Ich kann es kaum erwarten, dich Josi vorzustellen. Was Rosa und Thom wohl sagen werden, wenn sie dich sehen? Du wirst ihnen ordentlich Gesprächsstoff liefern!« Sie stellte sich ihr gemeinsames Leben vor. »Wenn ich arbeite, kannst du auf meiner Schulter sitzen. Wir sind ein Gespann …« Mit Iggie zusammen würde alles schöner werden.

Iggie hörte ihr zu, nahm ihre Worte in sich auf. Dann kroch er zurück zu seinem ersten Ruheplatz und legte, den Körper an ihren Nacken geschmiegt, den Kopf in die Kuhle ihres Schlüsselbeins.

Milla hielt ihn vorsichtig fest. Und wenn er sich nun erkältete oder krank wurde? Er wirkte so zerbrechlich. So klein. Wie eine schwarze Wolke schoben sich die Sorgen vor die Sonne.

Tarya, Isak und Vigo saßen im Kreis um den offenen Kamin und unterhielten sich über ihre Drachen. In ihren Mienen erkannte Milla die gleiche Mischung aus Freude und Furcht.

Tarya fing ihren Blick auf. »Was ist da gerade pasiert? Oh,

Milla!« Sie sprang auf, um zu ihr zu laufen und sie mit einem Arm an sich zu drücken, während sie mit der anderen ihren roten Drachen festhielt.

»Macht Platz für mich!«, sagte Isak, der mit Belara auf der Schulter zu den beiden trat.

Vigo blieb betreten im Hintergrund.

»Komm schon! Worauf wartest du?«, rief Tarya ihm zu.

Die vier bildeten einen Kreis und umarmten sich lachend, während ihre Drachen sich mit kratzigen Stimmen zuriefen, die klangen wie Feuerstein auf Stahl.

Schließlich setzten sie sich wieder hin und ließen die Drachen, die inzwischen ein wenig abenteuerlustiger geworden waren, vor ihren Füßen spielen.

»Und was machen wir jetzt? Ich meine, es fühlt sich an, als hätte Belara mich ausgewählt. Aber wird er zulassen, dass ich sie behalte?«, fragte Isak, die Augen auf die Tür gerichtet, durch die Olwar hinausgestürmt war.

»Natürlich hat Belara dich ausgewählt: Sie gehört dir und du gehörst ihr.« Milla war dankbar, dass er diese Frage gestellt hatte. Wie sollten sie sich widersetzen, falls der Herzog beschloss, einen Drachen für sich zu behalten? Sie hatten zwar einander, er aber eine Armee.

»Ich würde gegen jeden kämpfen, der versucht, mir Heral wegzunehmen«, sagte Tarya scharf.

Milla sah die drei an. Für sie war es anders: Sie waren es gewohnt, alles zu bekommen, was sie wollten, Befehle zu erteilen, Gehorsam zu erwarten. »Diese Drachen haben uns gewählt und alle hier können es bezeugen.« Sie versuchte sich an den genauen Wortlaut von Kara zu erinnern. »Der Herzog kann mir Iggie also nicht wegnehmen, nicht ohne ihm wehzutun. Er würde doch einem Drachen nicht wehtun, oder?«

Milla beschloss, Kara nicht zu erwähnen, noch nicht. Ihre schmerzenden Arme erinnerten sie daran, wie die Wachen mit Gefangenen umgingen. Zuerst musste sie zuhören und lernen, ehe sie Kara Gefahren aussetzte.

»Mein Vater wird das wohl einsehen müssen«, sagte Vigo. »Schließlich hat er dir Iggie nicht gleich weggenommen.«

»Aber da hatte er noch drei weitere Chancen«, erwiderte Milla, die hoffte, dass Vigo recht behielt. Er wurde ihr allmählich symphatischer, auch wenn sie sich in seiner Gegenwart immer noch ein bisschen schüchtern fühlte.

»Wir werden das nicht zulassen, Milla«, sagte Tarya. »Es sind unsere Drachen.«

»Woher sollen wir wissen, was sie brauchen? Es ist eine riesige Verantwortung.« Isak beobachtete Belara und schob nervös seine Augengläser zurück. Dann zog er die Glasphiole aus seiner Brusttasche und trank den Rest seiner Arznei.

»Ich glaube, sie werden es uns sagen!« Tarya sah zu, wie Heral ein riesiges Stück Hühnerfleisch abriss.

»Aber es gibt so vieles, was wir nicht wissen«, gab Isak zu bedenken. »Wir wissen nicht einmal, warum sie die letzten Drachen sind. Was ist damals schiefgegangen? Das müssen wir herausfinden!« Er blickte von einem zum anderen und wurde drängender: »Versteht ihr denn nicht? Wie sollen wir sonst verhindern, dass es wieder passiert? Wenn wir versagen, verlassen sie uns vielleicht. Oder sie sterben.«

Während seine Worte ihre Wirkung entfalteten, herrschte erschrockenes Schweigen.

»Die Leute rätseln ständig darüber, was den früheren Bewohnern des Alten Arcosi und den letzten Drachen zugestoßen sein mag«, sagte Tary schließlich. »Dass es weder ein Feuer noch ein Erdbeben gewesen sein kann, weil alles intakt zurückgelassen wurde. Dass es keine Hungersnot gewesen sein kann, weil sie Lebensmittel dagelassen haben, und auch keine Seuche, weil die sich bestimmt bis nach Sartola ausgebreitet hätte …« Tarya ging sämtliche Möglichkeiten durch.

»Ich weiß nicht, worüber die Leute reden. Ich bekomme hier oben nichts mit«, sagte Vigo leise.

»Meine Freundin Rosa hat von einem verrückten König erzählt. Rufus. Wisst ihr etwas über ihn?«, fragte Milla. »Er hat gegen Sartola gekämpft …«

»Über diesen Krieg weiß ich Bescheid. Das tun alle Sartolaner. Meine Mutter hat dafür gesorgt, dass ich die Geschichte ihres Landes kenne.«

Tarya wandte sich an Vigo, und Milla fiel auf, wie viel Mühe sie sich gab, höflich und geduldig zu sein. Die Lage zwischen ihnen hatte sich verändert. Nach der vergangenen Nacht standen sie alle vier auf derselben Seite. »Aber du lebst im Palast. Dann musst du doch etwas über die Leute wissen, die hier früher gelebt haben?«

Vigo schüttelte den Kopf. »Ich kenne die Geschichte von Sartola, aber was hier geschehen ist, weiß niemand.«

»Und dieses ganze Zeug?« Tarya wies um sich herum.

Milla betrachtete den eleganten Raum, die hohen Fenster, die mit Blattgold verzierte Decke. Sie gehörte nicht hierher. Aus Angst, etwas kaputt zu machen, wagte sie kaum, irgendetwas anzufassen. Sie rechnete ständig damit, dass ihr jemand befahl, sich fortzuscheren oder die schmutzigen Teller vor ihren Füßen wegzuräumen.

»Ich meine, das gehörte doch ihnen, oder?«, sagte Tarya gerade. »Das alles hat dem alten Volk gehört. Den Arcosi, den letzten Drachenreitern. Die Norländer hatten gar nichts, als sie hier ankamen, weil nichts die Reise überstanden hatte. Also muss es doch irgendwelche Hinweise geben?«

»Wir müssen sie um ihretwillen finden«, pflichtete Isak seiner Schwester bei. »Was, wenn es irgendetwas mit den Drachen zu tun hat? Womöglich wurden sie krank? Vielleicht haben die Drachen die Menschen getötet?«

»Das würden sie nicht tun!«, sagte Tarya. »Aber vielleicht war es umgekehrt!«

»Ich will damit nur sagen, dass wir unvoreingenommen bleiben müssen. Aber wir brauchen etwas, das uns weiterhilft. Wenn sie alles zurückgelassen haben, muss es irgendwo Bilder, Karten oder alte Schriftrollen geben.«

Milla hatte bis jetzt geschwiegen. Aber hier gab es eine Aufgabe zu lösen. Und das liebte sie. »Hat Euer Vater ein Studierzimmer? Wo bewahrt er seine Papiere auf?«, fragte sie Vigo.

»Nicht dass ich wüsste ... Nein, warte.« Er machte ein nachdenkliches Gesicht. »Das Zimmer im Nordturm hält er immer verschlossen. Niemand darf es betreten.«

»Wollen wir es uns ansehen?«, fragte Milla.

»Ich habe doch gesagt, dass es verschlossen ist.«

»Ich, äh, kann gut mit Schlössern umgehen«, sagte Milla, die spürte, wie ihr die Röte in die Wangen stieg. Hatte sie wirklich gerade vorgeschlagen, in die Privaträume des Herzogs einzubrechen?

»Das können wir doch nicht machen!«, wandte Isak ein.

»Nicht? Ich dachte, wir haben gegenüber unseren Drachen eine Pflicht. Ich werde alles für Heral tun«, sagte Tarya trotzig. »Seht nur, es wird schon hell. Wir sollten gehen, bevor alle aufwachen.«

»Lasst uns einfach nachsehen. Daran ist nichts Schlimmes«, stimmte Vigo ihr zu. »Ich nehme das auf meine Kappe.«

Tarya warf ihm einen aufrichtig interessierten Blick zu. Dann lächelte sie ihn strahlend an.

Vigo errötete und murmelte: »Schlechter als ohnehin schon kann er gar nicht von mir denken.«

Milla sah ihn verwundert an. Es war das zweite Mal, dass er auf diese Weise von seinem Vater sprach.

»Kommt mit, ich zeige euch den Weg«, forderte Vigo sie auf.

Kurz darauf standen sie vor der Tür des Turmzimmers. Sie war aus schwerem Holz mit einem Rundbogen. Milla strich mit der Hand über die polierte Oberfläche und packte den eisernen Türknauf. Verschlossen.

»Tarya«, sagte sie, als sie sich bückte, um das Schloss in Augenschein zu nehmen, »kannst du mir zwei deiner Haarnadeln geben?«

Sie setzte sich Iggie auf die Schultern, damit sie beide Hände frei hatte, bog eine Nadel zurecht, verdrehte das Ende der anderen und schob beide vorsichtig ins Schlüsselloch.

Diesen Trick hatte ihr Josi beigebracht. Milla war nie auf die Idee gekommen, sie nach dem Grund zu fragen, fiel ihr nun ein.

»Ich finde wirklich, wir sollten nicht …«, setzte Isak an.

»Wie machst du das?«, fragte Vigo. »Kannst du mir das auch beibringen?«

»Pst! Ich muss mich konzentrieren, Euer Gnaden«, sagte Milla und schloss die Augen, um allein auf die Mechanik des Schlosses zu achten.

»Ich denke, das mit der Gnade hat sich erledigt«, sagte er. »Nenn mich Vigo.«

Millas Finger wurden feucht vor Anstrengung; sie wollte lieber nicht darüber nachzudenken, was geschehen würde, wenn der Herzog sie auf frischer Tat ertappte. Mit einem Klicken gab der letzte Stift des Schlosses nach. Sie drehte den Knauf und öffnete die Tür.

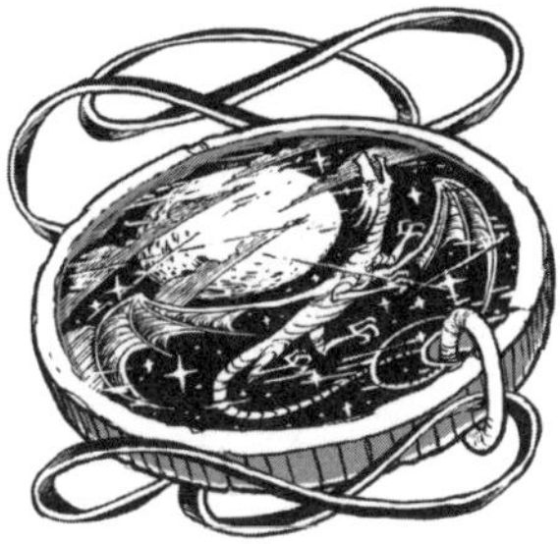

19. KAPITEL

Die schwere Tür schwang nach innen auf und gab den Blick auf einen großzügigen, vollkommen runden Raum mit schmalen Fensterschächten frei, die den Turm bis hinauf zum Dach mit schwachem Licht erfüllten. Milla legte den Kopf in den Nacken, was Iggie auf seinem Ruheplatz auf ihren Schultern mit einem verschlafenen Fiepen quittierte. Das Turmzimmer war mit geschwungenen Regalen ausgekleidet, die bis in die Turmspitze hinaufreichten. Das Dachgebälk war mit Schnitzereien von Drachen, Vögeln und Fischen verziert.

Alle standen da und staunten.

»Du hast richtet vermutet«, sagte Milla zu Vigo.

»Ich kann es nicht glauben!«, erwiderte dieser mit großen Augen. »Ich hatte keine Ahnung, was sich hier befindet …«

Milla entdeckte einige seltsame Holzleitern mit vier Beinen, auf denen man hinaufsteigen und Schriftrollen oder Bücher aus den oberen Regalfächern herunterholen konnte. Sie ging zum nächststehenden Regal und zog ein Buch heraus. Es war ein schwerer, in Leder gebundener Foliant, der einen in feiner

Handschrift verfassten Text enthielt. Sämtliche Seiten waren mit wunderschönen, flammenartigen Illustrationen verziert.

»Oh, in diesem hier sind Drachen, seht nur!« Sie hielt ihn den anderen hin. Dann fuhr sie mit dem Finger langsam über die Seite und las den in einer Art altertümlichem Sartoli verfassten Text vor. »Das muss die Sprache der Alten Arcosis gewesen sein.« Sie machte eine Pause, während sie sich in dem lichten, stillen Raum umsah. Welche Geheimnisse mochten sie zurückgelassen haben? »Heilmittel gegen … einen Frühlingsschnupfen. Ah! Es geht um Heilkunst. Das ist gut, womöglich brauchen wir das.«

Die anderen folgten ihrem Beispiel. Während die Sonne aufging und es im Zimmer immer heller wurde, ging jeder zu einem anderen Regal und holte einige Bücher herunter, um nach Wissenswertem über Drachen zu suchen.

Als Milla einen weiteren Band herauszog, fiel ihr ein Zettel entgegen. Sie legte das Buch vorsichtig beiseite und hob den Zettel auf. Er war kleiner als ein Blatt Papier, nicht mehr als ein Fetzen, auf dem mit runder, geschwungener Schrift etwas geschrieben stand. »He, hört euch das an. Ich glaube, das ist ein Gedicht.«

Dann las sie vor:

Wenn die Winde des Passats aus Osten wehen,
kehren die Drachen ein letztes Mal zurück.
Soll das Nest nicht für immer vergehen,
müssen Mauern fallen für Frieden und Glück.

Die Tochter des Sturms, als Dritte geboren,
Trägt das Zeichen der See bei sich verborgen.
Wenn die vierte Jahreszeit ihren Glanz verloren,
Erhält sie den Schlüssel für ein leuchtendes Morgen.

Milla lief ein Schauer über den Rücken.

»Das klingt wie eine Prophezeiung, nicht wie ein Gedicht«, sagte Vigo nachdenklich. »Liest du es noch einmal vor?«

Das tat Milla.

»Glaubt ihr, es geht um unsere Drachen?« Tarya lachte laut auf. »Hörst du das, Heral? Du bist so bedeutend, dass man dich vorhergesagt hat.«

»Ich hoffe nicht. Es klingt ein bisschen unheilvoll«, erwiderte Milla. »Dieser Teil über das Nest, das für immer vergehen kann …« Sie vergewisserte sich, dass Iggie noch atmete.

»Keine Sorge, das ist bloß ein Gedicht«, sagte Isak. »Und falls dir Prophezeiungen Angst machen sollten, auf Arcosi herrscht doch gerade ein wunderbarer Friede. Also gibt es nichts zu befürchten.« Damit wandte er sich erneut der Handschrift zu, die er gerade las.

Milla begegnete Vigos Blick. Er zuckte lächelnd die Achseln und widmete sich wieder seinem Buch.

Als die anderen beschäftigt waren, faltete Milla den Zettel zusammen und schob ihn in ihren Ärmel. Die Worte schienen wichtig zu sein. Sie schwor sich, sie später auswendig zu lernen, ganz gleich wie lange sie dafür brauchte.

»Wenn es darin um eine Gefahr für dich geht«, flüsterte sie Iggie zu, »dann will ich das wissen, damit ich dich beschützen kann.«

Er wachte nicht auf, daher wandte sie sich dem nächsten Buch zu.

Alle waren so konzentriert, dass sie es gar nicht mitbekamen, als Herzog Olwar, gefolgt von Nestan und Finn, hereinkam.

»Hier sind sie – wir haben sie gefunden!«, rief Olwar über die Schulter. »Was macht ihr hier?«, fragte er. »Und wie seid ihr hereingekommen?«

Milla sprang auf und ließ vor Schreck das Buch fallen, in dem sie gelesen hatte. Es landete mit einem lauten Knall auf dem Boden. Eine Hand auf den schlafenden Iggie gelegt, der immer noch auf ihren Schultern lag, wich sie vor dem Herzog zurück.

Wortlos scharten sich die vier zusammen. Die Zwillinge stellten sich neben Milla, und Vigo mit seinem grünen Drachen Petra auf der Schulter trat ganz nach vorn.

»Wir müssen wissen, wie wir uns richtig um die Drachen kümmern. Das kannst du uns kaum vorwerfen!«, wandte sich Vigo mit erhobener Stimme an seinen Vater. »Warum hast du mir hiervon nie etwas erzählt? Das ist so typisch für dich, das Beste einfach für dich selbst zu behalten …«

»Es gibt so vieles, was wir über sie lernen müssen, Euer Gnaden«, meldete sich Isak diplomatisch zu Wort, der Belara unter seiner Jacke versteckte. »Dieses Archiv ist grandios.« Er hörte sich anders an, sehr einschmeichelnd und bemüht. »Bestimmt deckt es sämtliche Aspekte der Drachenkunde ab!«

Milla sah verwundert zu, wie Isak den Herzog zu beschwichtigen suchte. Dann begriff sie: Isak liebte Bücher. Er war in einer Bibliothek wie ein hungriges Kind in einer Bäckerei.

»Das stimmt. So ist es«, erwiderte der Herzog. Dann hob er

das Buch auf, das Milla fallen gelassen hatte, stellte es zurück ins Regal und tätschelte den ledernen Buchrücken.

»Natürlich mache ich euch keinen Vorwurf, Vigo.« Der Herzog kam näher. Er sah aus, als hätte er ebenfalls nicht geschlafen. Im schwachen Licht der Morgendämmerung wirkte sein Gesicht ganz grau. »Natürlich müsst ihr sie studieren. Ich wollte euch genau dasselbe vorschlagen.« Er lächelte, doch seine Augen blieben kühl.

Isak machte ein Gesicht, als hätte man ihm ein Festmahl angeboten.

Milla fragte sich, was die Worte des Herzogs zu bedeuten hatten.

»Ihr seid in meinem Palast herzlich willkommen«, fuhr dieser fort. »Drachen brauchen Platz, Wärme und Nahrung – wo sonst sollten sie also leben? Die Drachenhalle wurde genau aus diesem Grund errichtet. Und ihr habt das Archiv bereits gefunden, das ich euch zeigen wollte …«

»Wir dürfen hierbleiben? Vielen Dank, Euer Gnaden«, sagte Isak.

Milla sah, wie Nestan und Richal Finn sich bei den Worten des Herzogs einen kurzen Blick zuwarfen.

Sie hatte Mühe, alldem zu folgen. »Aber … m-m-meine Arbeit … mein Zuhause … Was ist damit?«, stammelte sie. Sie fühlte sich unbeholfen und dumm, wenn sie mit dem Herzog sprach.

»Es hat sich alles verändert. Du hast jetzt eine neue Arbeit.« Herzog Olwar streckte die Hand an Vigo vorbei nach Milla aus. »Und ein neues Zuhause.«

Milla wagte nicht, sich zu rühren. Iggies Kopf ruhte in

ihrer Handfläche, mit der anderen Hand stützte sie seinen Schwanz.

»Egal, was andere denken mögen …«, versuchte der Herzog es noch einmal. *»Dieser Drache …«* Er streckte einen Finger aus und berührte Iggies Rücken.

Milla leckte ihre trockenen Lippen. »Iggie, Euer Gnaden.«

Der gierige Blick des Herzogs gefiel ihr überhaupt nicht, aber sie blieb standhaft, auch wenn es sie in seiner Nähe am ganzen Körper kribbelte. Seit letzter Nacht hatte sich so viel ereignet, aber dieser Moment war der unwirklichste von allen. Sie stand hier und sprach mit dem Herzog darüber, was ihr Drache brauchte.

»Also gut. Iggie. Er hat dich gewählt.« Der Herzog sprach jedes Wort so langsam und deutlich, als wäre sie ein kleines Kind. »Willst du, dass er die beste Betreuung bekommt?«

»Ja, natürlich, Euer Gnaden«, flüsterte sie.

»Dann muss er hierbleiben. Wo sonst können wir die Drachen zu ihrem eigenen Schutz verstecken?«

»*Verstecken?* Aber –«, setzte Milla an, die ihren Traum, Iggie Josi, Thom und Rosa vorzustellen, wie Meeresdunst dahinschwinden sah. Stattdessen würde sie hier im Palast leben, inmitten von all diesem Luxus. »Ich meine, danke«, hauchte sie.

»Es ist vollkommen klar, dass die Drachen hierbleiben müssen«, sagte Olwar. »Und die Drachen brauchen euch. Also bleibt ihr auch hier.«

»Ist das wirklich alles so klar, Olwar?«, meldete sich Nestan zu Wort. Er ließ Richal Finn stehen und ging zu Milla und den Zwillingen hinüber, wobei sein Stock leise auf den polierten Boden klopfte. »Wir danken dir für dein großzügiges und gastfreundliches Angebot, aber das sind meine Kinder und sie sind freie Bürger von Arcosi, will ich meinen.«

»Vergebt mir, Euer Gnaden«, sagte Tarya, mit einem Seitenblick auf ihren Vater. »Ladet Ihr uns ein, im Palast zu bleiben? Oder wollt Ihr damit sagen, dass wir ihn nicht mehr verlassen dürfen?«

Nestan legte seiner Tochter neben Herals rotem Rücken sanft die Hand auf die Schulter, um ihren Worten Nachdruck zu verleihen.

Offensichtlich nicht daran gewöhnt, infrage gestellt zu werden, funkelte Olwar Tarya an. Er räusperte sich mit einem tiefen, kehligen Husten. »Wie ich bereits sagte, hat sich über Nacht alles verändert, ob es uns gefällt oder nicht. Und wenn wir die kostbaren Drachen beschützen wollen, die man in unsere Obhut gegeben hat, müssen wir uns auch ändern.«

»Gegeben?«, rief Tarya, ehe sie sich darauf besann, mit wem sie sprach. »Es tut mir leid, Euer Gnaden, hat mein Vater es Euch nicht gesagt? Jemand ist für diese Eier gestorben. Jemand hat sein *Leben* gegeben, damit diesen Eiern nichts geschieht.«

»Und das hat sich praktischerweise auf dem Anwesen zugetragen, auf das du so ungeduldig zurückkehren möchtest, Nestan«, sagte der Herzog mit seidenglatter Stimme. »Vielleicht hast du für die Drachen ja andere Pläne? Vielleicht war das von Anfang an so?« Er ging einen Schritt auf Nestan zu und dann noch einen, sodass sie sich direkt gegenüberstanden und die Anspannung zwischen ihnen greifbar war. »Hat jemand dieses mysteriöse Opfer mit eigenen Augen gesehen?«

Milla blinzelte. Statt Nestan und den Herzog, die sich Auge in Auge gegenüberstanden, sah sie wieder den Mann mit dem

Umhang vor sich, der vornübergebeugt in einer Pfütze aus Blut saß.

»Vielleicht hast du die Eier ja auf einer deiner Handelsreisen erworben und vergessen, sie zu erwähnen?«, unterstellte der Herzog.

Milla schob das Kinn über Iggies Kopf, als könnte sie ihn so vor dem Schlagabtausch beschützen.

»Natürlich nicht. Habe ich sie nicht unverzüglich zu dir gebracht?«, erwiderte Nestan barsch, ohne den Blick von Herzog Olwar abzuwenden. »Habe ich dir Anlass gegeben, meine Loyalität in Zweifel zu ziehen?«

Olwars Blick glitt unwillkürlich zu Nestans Bein hinunter und er wurde rot.

Nestans Verletzung erinnerte alle Welt ständig an dessen unverbrüchliche Loyalität gegenüber dem Herzog und an den hohen Preis, den diese Loyalität von Nestan gefordert hatte.

»Frag mich nicht, warum der Mann beschloss, die Eier bei uns abzuliefern«, fuhr Nestan fort. »Wahrscheinlich hat er damit gerechnet, die ursprünglichen Bewohner meines Hauses vorzufinden. Und es gibt *tatsächlich* einen Zeugen. Habe ich recht, Milla?«

Sie schrak zusammen.

»Ist das wahr?« Richal Finn riss überrascht den Kopf herum und starrte sie an. Milla schaute mit brennenden Wangen zu Boden und hoffte, dass niemand den Rest der Geschichte erwähnen würde. Dass sie die Eier versteckt hatte, würde dem Herzog nicht gefallen.

»Nun, dann sollten wir dir vielleicht danken, dass du die Eier gefunden und sie in ihr wahres Zuhause zurückgebracht hast.

Dahin, wo die Drachen hingehören. Und wo sie bleiben werden.« Olwars Stimme wurde eisig.

»Nun gut«, sagte Nestan zu Olwar, »aber ich vertraue darauf, dass du sie beschützt. Sie alle: die vier Kinder ebenso wie die Drachen. Sollte *irgendetwas* geschehen ... *egal wem*« – er warf einen schnellen Blick auf Milla –, »mache ich dich persönlich dafür verantwortlich.«

»Nestan, alter Freund.« Olwar schlug plötzlich einen gänzlich anderen Ton an, so als hätten sie sich nicht gerade noch angeknurrt. Er trat vor, um Nestan die Hand zu schütteln. »Wir sind doch jetzt eine Familie. Darum brauchst du mich gar nicht erst zu bitten.«

Milla flüsterte Iggie zu: »Hörst du das, mein Schatz? Wir bleiben hier.« Während sie zur Decke des Bibliothekturms hinaufsah, zu den goldenen Lichtstrahlen, die im schrägen Winkel durch die Fensterschächte hereinfielen, strich sie mit den Fingerspitzen sanft über seine Schuppen. Sie kam sich vor wie eine Märchenprinzessin, die in einem neuen Leben erwacht. Irgendwo tief in ihrem Innern blieb ein winziges Unbehagen zurück, wie ein Stachel in der Sohle ihres Schuhs. Wie eine Erbse unter der Matratze. Sie entschloss sich, es nicht zu beachten. Die Drachen gehörten hierher. Und sie konnte doch sicher ebenfalls lernen, hierherzugehören, oder?

Sie musste es versuchen, Iggie zuliebe.

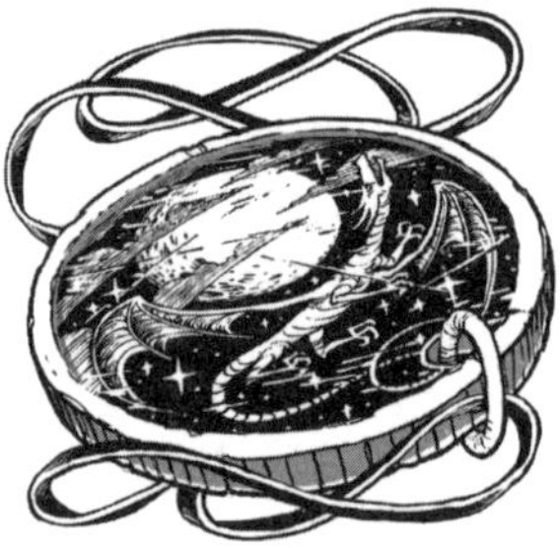

20. KAPITEL

Milla wurde aus ihrem Traum gerissen. Wie ein frisch geangelter Fisch aus dem Meer kam sie keuchend an die Oberfläche.

»Autsch!«

Sie hatte geträumt, in Josis Küche zu sitzen, wo sie Kaffee mit Zimt trank, der süß und bitter zugleich schmeckte. Der Traum verblasste und zurück blieb ein schwacher Nachgeschmack von Heimweh.

Iggie saß auf ihrer Brust und pikste ihr mit den Krallen in die Haut. Mit seinen grünen Augen blinzelte er sie an.

»Iggie!«, murmelte Milla verzückt und meinte fast, immer noch zu träumen.

Ihr Drache war perfekt. Seine blauen Schuppen glänzten. Sie waren fast quadratisch, mit einem etwas dunkleren Rand, und erstreckten sich wie ein wunderschönes, kunstvolles Mosaik über seinen Rücken. Seine Flügel waren von gleichmäßig dunklem Saphirblau und schimmerten wie gefaltete Seide. Wieder setzte er behutsam die Klauen ein.

»Ich bin wach. Hör auf.« Als Milla zu ihm aufsah, beugte

er sich zur Seite und zog die Überreste eines halben Brathähnchens heran. »Oh, danke, Iggie. Hast du mir das Frühstück gebracht?« Milla lachte hell auf. »Du wirst immer stärker. Das Ding ist fast so groß wie du!«

Er bewegte den Schwanz hin und her und zischte voller Stolz.

Bei seinem Anblick weitete sich ihr Herz vor Liebe. Wenn sie ihn ansah, ihn berührte, mit ihm zusammen war, fühlte sich alles richtig an. Sie fühlte sich stärker und glücklicher als jemals zuvor in ihrem Leben, als gäbe es eine Art Kraft, die zwischen Iggie und ihr hin- und herfloss.

»Hast du denn keinen Hunger? Friss du das Fleisch. Ich glaube, ich esse lieber Brot.« Sie setzte sich auf, zerkleinerte das Fleisch und fütterte Iggie. Als er knurrte und die kleinen Stücke schüttelte, ehe er sie verschlang, musste sie lächeln. »Schau dich nur an, wie groß und stark du wirst. Füttere ich dich etwa zu viel? Na, du wirst es mir nicht verraten, nicht wahr, du gieriger Drache?«

Iggie legte ihr lediglich die Klaue auf die Hand und bettelte um weiteres Futter.

Milla hätte gern mehr über Drachen gewusst. Wie eine Kompassnadel, die nach Norden strebt, verlangte es sie, alles Wissen zusammenzutragen. Außerdem sehnte sie sich danach, Kara wiederzusehen und sich zu bedanken. Sie konnte es kaum erwarten, ihr Iggie vorzustellen. Was sie wohl sagen würde?

Iggie hörte mit dem Fressen auf und unterbrach ihre Gedanken mit einem Niesen. Gelenkig und bereits erstaunlich flink sprang er von ihrem Bett.

Vor einer Woche waren sie in die Drachenhalle gezogen, denn es hatte sich herausgestellt, dass die kleinen Drachen alles zerschlugen, was nicht irgendwo befestigt war. Milla gewöhnte sich schneller an die Bequemlichkeiten ihres neuen Lebens, als sie es für möglich gehalten hätte. Sie zog die Vorhänge ihrer Koje zurück und sprang Iggie hinterher.

In der Mitte der Halle stand ein riesiger, zylinderförmiger Ziegelofen, der an eine Radnabe erinnerte. Er brannte Tag und Nacht und wurde von einer spiralförmigen Sitzstange für die Drachen umgeben. Die hohe Hallendecke war mit bunten Steinfliesen verziert.

Es gab zwei Eingänge: Die großen Flügeltüren des Haupteingangs standen offen, damit die Sonne hereinströmen konnte, und die Geheimtür lag hinter einem Wandbehang versteckt. Milla hatte sie am Tag ihres Einzugs ausfindig gemacht, es aber niemandem erzählt, sonst hätte sie eingestehen müssen, dass sie in der Nacht des herzoglichen Balls mit angesehen hatte, wie Kara durch sie entkommen war. Das behielt sie zu ihrem eigenen Besten für sich. Aber woher hatte Kara von der Geheimtür gewusst?

»Guten Morgen, Milla.« Isak und Vigo tranken Kaffee: Der Duft musste sich in ihren Traum geschlichen haben.

»Morgen.« Milla lächelte breit in ihre Richtung und bediente sich aus einem Korb voller frischer Brötchen. Sie waren noch warm und Milla hatte den Teig nicht einmal selbst kneten müssen. Oder das Holz hacken und den Ofen anfeuern. Dankbar biss sie hinein.

Tarya gesellte sich mit einem Gähnen zu ihnen.

»Was ist los?«, fragte Milla, sobald sie das Gesicht ihrer Freundin sah. Tarya wirkte schon seit Tagen rastlos, wie ein angebundenes Tier, das die Grenzen seiner Kette austestet. »Ist was mit Heral?«

Aber Heral döste friedlich vor sich hin, sein rotes Maul lag auf Petras grünem Rücken.

»Heral geht es gut. Mir geht es gut. Ich will nicht undankbar klingen.« Tarya sah hastig zu Vigo hinüber. »Das alles ist wirklich wunderbar.«

Milla konnte kaum glauben, mit welcher Geschwindigkeit der Herzog alles organisiert hatte: die Bauarbeiter, Zimmerleute, Schneider. Alle wurden auf Verschwiegenheit eingeschworen und zur Sicherheit doppelt entlohnt. Milla strich mit der freien Hand ihre blauseidene Nachtwäsche glatt: Sie staunte noch immer über deren Qualität.

»Es ist nur ...« Tarya verstummte. Sie fuhr sich durch die goldenen Locken. Das Leben im Haus hatte ihre Sonnenbräune in einen bleichen Cremeton verwandelt, außerdem hatte sie dunkle Augenringe, weil sie Nacht für Nacht aufstand, um Heral zu füttern.

»Vermisst du deinen Vater?«, fragte Milla sanft und nahm sie kurz in den Arm. »Mir fehlt Josi. Ich habe gerade von ihr geträumt.«

»Ja, das muss es sein. Es geht mir gut«, sagte Tarya steif. »Hört nicht auf mich.« Geistesabwesend griff sie nach einem Brötchen und zupfte es auseinander.

Milla sah zu, wie Iggie auf die Stange kletterte und seinen blauen Hals um Belaras goldenen wand. *»Prrt?«,* begrüßte er Belara mit freundlich aufgestellten Ohren.

»Hallo, Iggie«, sagte Isak. »Seht sie euch an. Sie sind Freunde, meint ihr nicht?«

Milla sprach mit vollem Mund: »Hm, hm. Ich glaube, Belara mag er am liebsten.«

»Na, dein Iggie hat eben einen guten Geschmack«, sagte Isak.

Milla und Isak plauderten unbekümmert über die neuesten Kunststücke ihrer Drachen. Milla gefiel es, dass sie Isak immer wieder zum Lachen brachte, wenn sie nachahmte, wie Iggie Hühnchenstücke stibitzte.

Isak breitete die Arme aus, als wären es Flügel, und sauste hinter ihr her.

Milla imitierte Iggie und ging auf ihn los, bis sie kichernd in die Sägespäne fielen.

In diesem Moment fiel aus dem offenen Eingang der Drachenhalle ein Schatten auf den Boden.

»Guten Morgen«, sagte Herzog Olwar in lautem, missbilligendem Ton.

»Euer Gnaden!« Isak hörte auf zu lachen. Er sprang auf, holte seinen Drachen von der Stange und ging mit Belara im Arm hinüber, um den Herzog zu begrüßen.

Wenn er einen Schwanz hätte, würde er damit wedeln wie ein Welpe, der seinem neuen Herrn gefallen will, dachte Milla. Sie rappelte sich ebenfalls auf und wischte die Sägespäne von ihren Nachtkleidern.

»Wie geht es ihr heute?«, erkundigte sich der Herzog bei Isak.

»Es geht ihr gut. Seht nur.« Isak hob Belara in die Höhe. Der goldene Drache hatte lange, elegante Ohren und seine grünen Augen waren mandelförmiger als Iggies. Auf einmal wandte Belara den Kopf ab, als verströme der Herzog einen schlechten Geruch.

Milla musste sich auf die Unterlippe beißen, um nicht laut zu lachen.

»Wie oft hast du sie letzte Nacht gefüttert?«, fragte der Herzog weiter.

»Drei Mal, Euer Gnaden. Ihr Appetit wird jeden Tag größer …« Während die anderen warteten, besprachen Isak und der Herzog jede Einzelheit von Belaras Ernährung.

»Gut gemacht, Isak«, sagte Herzog Olwar schließlich und legte ihm anerkennend die Hand auf die Schulter.

Isak sah begeistert aus, Belara hingegen versteckte sich hinter seiner Schulter, um der herzoglichen Inspektion zu entgehen.

Tarya schnaubte. Dann begegnete sie Vigos Blick und die beiden schüttelten sich vor unterdrücktem Lachen.

Der Herzog fuhr mit finsterer Miene herum.

»Ihr hört mir jetzt alle zu. Das hier ist eine ernste Angelegenheit und nicht zum Lachen.« Olwars Blick glitt durch den Raum und verharrte auf jedem einzelnen Drachen. »Diese Drachen sind das Einzige, was für euch jetzt zählt. Vergesst alles andere. Ihr seid nicht zum Spaß hier«, sagte er und funkelte dabei besonders Milla an, »sondern für die Drachen. Hier wartet Arbeit auf euch.«

Alle standen da wie schuldbewusste Kinder, die man mit den Fingern im Honigtopf erwischt hatte.

Aber der Herzog hatte keine Ahnung. Niemand musste Milla erklären, dass sie sich um Iggie zu kümmern hatte: Es war für sie ebenso selbstverständlich wie Atmen. Sie beugte sich hinab und strich Iggie mit einem Finger über den leuchtend blauen Kopf. Diese Liebe war so neu und so mächtig, dass sie ihr Angst machte. Die Gefühle, die in ihr aufstiegen, und die damit einhergehende Gewissheit waren stärker als alles, was sie bisher gekannt hatte. Sie würde für Iggie kämpfen. Ja, sie würde sogar töten, um ihn zu verteidigen. Und schon jetzt wusste sie ohne jeden Zweifel, dass sie notfalls ihr Leben für ihn geben würde.

»Das wissen wir, Euer Gnaden«, sagte Isak. »Sobald die Drachen satt sind, gehen wir wieder in die Bibliothek –«

»Moment«, wandte Vigo ein. »Mit welchem Recht darfst du uns erklären, was für unsere Drachen am besten ist?«

Milla hielt den Atem an, als Vigo seinen Vater herausforderte; in Taryas Blick dagegen lag so etwas wie Bewunderung.

»Sind sie es denn nicht wert?«, fauchte Herzog Olwar zurück. »Bist du so leichtsinnig und undankbar, dass du das Leben deines Drachen aufs Spiel setzen würdest? Was, wenn Petra krank wird? Woher willst du wissen, was dann zu tun ist?«

»Natürlich sind sie es wert. Natürlich werden wir weiterlesen.« Vigo wurde lauter. »Aber wir trödeln hier nicht herum. Wir sorgen für sie. Füttern sie. Spielen mit ihnen – brauchen sie das nicht auch?«, fragte er zuletzt.

»Hast du das in irgendeiner Schrift gelesen?«, erwiderte Olwar herablassend.

»Was, wenn die Schriften nicht alle Antworten haben?«, entgegnete Vigo. »Was, wenn du uns zur Abwechslung mal zutrauen würdest, dass wir wissen, was sie brauchen?«

»Ich nehme an, sie brauchen, dass auch du dich in den Sägespänen wälzt?«, fauchte Olwar. »Ohne auf sie zu achten.«

Das war gemein! Milla hatte Iggie nicht vernachlässigt – sie hatte ihn gerade erst gefüttert!

»Zieht euch an und geht an die Arbeit.« Der Herzog wandte sich um und marschierte hinaus.

Lange Zeit schwiegen sie.

Schließlich legte Tarya Vigo die Hand auf den Arm, woraufhin er zusammenzuckte. Sie lächelte ihm aufmunternd zu, obwohl sie sich sicher über die Einmischung seines Vaters immer noch ärgerte.

»Es ist doch nur, weil ihm die Drachen am Herzen liegen«, sagte Isak schließlich.

»Ich weiß, es tut mir leid.« Milla seufzte. Der Gedanke an die Bibliothek schüchterte sie ein. »Ich werde meinen Teil leisten. Es ist nur« – sie schämte sich, das zuzugeben –, »ich kann einfach nicht so schnell lesen wie ihr.«

»Es ist ziemlich mühsam«, sagte Isak. »Viel zu langsam.«

»Und das sagst ausgerechnet du? Du bist der Schnellste von uns allen!«, widersprach Tarya ihrem Zwillingsbruder mit einem gewissen Unterton in der Stimme, der Milla aufhorchen ließ. Störte es Tarya etwa, ausnahmsweise einmal nicht selbst die Beste zu sein?

»Trotzdem«, beharrte Isak. »Es wird Jahre dauern, alle diese Bücher durchzuarbeiten. Wir sollten weitermachen.«

Milla sah zu den Drachen, die in der Wärme des Ofens auf ihrer Sitzstange dösten. Karas Ratschläge bezüglich der Eier waren so klar und eindeutig gewesen, womöglich wusste sie über Drachen mehr als ein verstaubtes altes Buch. War sie immer noch im Gelben Haus oder bereits von der Insel geflohen? Ein Gespräch mit Kara könnte genau die Abkürzung sein, die sie brauchten.

Aber selbst wenn sie sich noch bei Josi versteckte, gab es weiterhin ein Problem: Wie sollte Milla es einrichten, Kara zu treffen, ohne die Soldaten des Herzogs geradewegs zu ihr zu führen?

»Wir sollten Schwerpunkte setzen. Wir müssen mit den

wichtigsten Fragen anfangen.« Vigo reichte Tarya einen Becher Kaffee und erntete dafür ein erschöpftes Lächeln. Er zählte die Fragen an den Fingern auf. »Woher sind sie gekommen? Was ist mit ihren Eltern geschehen? Was brauchen sie zum Überleben?«

»Ja, wir müssen die Sache eingrenzen. Gäbe es doch nur jemanden, der uns das alles sagen könnte«, meinte Isak. »Oder uns zumindest zeigen könnte, wo wir nachsehen sollen.«

Kara würde es wissen. Kara könnte ihnen alles erklären. Milla sah zu ihren drei Freunden – und den vier Drachen. Wenn sie vorsichtig um ihr Geheimnis herumlavierte, konnte sie sich ihren Freunden und gleichzeitig auch Kara gegenüber loyal verhalten.

»Es gibt vielleicht jemanden«, begann sie. »Erinnert ihr euch noch an die alte Frau, die den Ball des Herzogs unterbrochen hat?« Sie erzählte ihnen eine abgespeckte Version ihres Treffens mit Kara am Abend bevor die Jungen geschlüpft waren. Den genauen Wortlaut und die Tatsache, dass sie Kara zu Josi gebracht hatte, ließ sie weg.

»Der Herzog sucht nach ihr! Wir sollten ihm Bescheid sagen. Er kann seine Männer ausschicken. Die bringen sie direkt hierher!«, platzte Isak heraus.

Milla starrte ihn an. Als Norländer verstand Isak nicht, wie die herzoglichen Soldaten mit anderen Menschen auf Arcosi umsprangen und was Kara drohte, wenn man sie fand.

»Äh, vielleicht rede ich besser zuerst mit ihr?« Sie gab sich Mühe, in Isaks Gegenwart keine Kritik am Herzog zu äußern. »Sie hat schließlich nichts verbrochen.«

»Sie hat den Ball des Herzogs ruiniert – in der Nacht hat

sie allen mitgeteilt, dass die Drachen zurückkehren«, erinnerte sich Tarya. »Moment, hat *sie* die Eier etwa nach Arcosi gebracht? Gehört sie zu dem Mann, der ermordet wurde?«

»Kann mir mal jemand sagen, um was es hier geht?« Vigo klang völlig verwirrt.

Milla holte tief Luft und erzählte ihm, was sie über den ermordeten Mann wusste, der die Eier zum Gelben Haus gebracht hatte. »Den Rest muss ich mir genau wie ihr zusammenreimen. Ich vermute, dass Kara mit ihm zusammen gereist ist. Ich habe ihr noch gar nicht erzählt, dass er tot ist. Dafür war keine Zeit.«

»Und wo ist sie jetzt?«, fragte Isak. »Wird sie die Drachen zurückverlangen?«

Milla stand Vigo gegenüber. Er sah ihr in die Augen und schüttelte fast unmerklich den Kopf.

»Ich weiß auch nicht genau«, log sie Kara zuliebe. »Lasst mich nach ihr suchen. Ich werde herausfinden, was sie weiß. Und keine Sorge: Die Drachen gehören uns.«

»Nein! Du kannst ihr nicht vertrauen«, wandte Isak ein. »Wir müssen sie sofort zum Herzog bringen.«

»Was hast du eigentlich ständig mit dem Herzog?«, wollte Tarya wissen. »Du schmeichelst dich schon die ganze Woche bei ihm ein. Nein, schon seit dem Ball!«

»Warum auch nicht?«, fauchte Isak seine Schwester an. »Der Herzog hat mir in dieser Woche mehr zugehört als unser Vater das ganze Jahr!«

»Das stimmt nicht«, widersprach Tarya.

»Dir ist das nie aufgefallen, weil du sein Liebling bist. Ich bin bloß sein missratener Sohn.«

Mit Tränen in den Augen fuhr Tarya zurück. Milla sah, wie getroffen sie war – Isaks Worte enthielten ein Körnchen Wahrheit. Tarya war Nestan sehr ähnlich und sie sprachen tatsächlich mehr miteinander.

»Hört auf. Er liebt euch beide!«, sagte Milla. »Mehr als alles andere.«

Isak atmete tief durch und sammelte sich. »Wie auch immer. Warum sollten wir Herzog Olwar nicht vertrauen? Seht euch nur an, was er alles für uns getan hat.«

Darüber hatte Milla sich auch schon gewundert. Warum war der Herzog so großzügig zu ihnen? Vielleicht wartete er nur auf den richtigen Moment, um einen Drachen zu stehlen? Sie war bloß ein Dienstmädchen, gewiss würde er es zuerst auf Iggie absehen.

Als hätte Isak ihre Gedanken erraten, fügte er hinzu: »Er hat mir sein Wort gegeben, dass er uns die Drachen nicht wegnehmen wird …«

»Und warum?«, fragte Vigo angespannt. »Will er es nicht oder kann er es nicht?«

»Er kann es nicht!«, erklärte Tarya mit Nachdruck. »Ich habe gestern spätnachts etwas darüber gelesen. Deshalb bin ich auch so müde. Wenn man einen Drachen von seinem Gefährten trennt, grämt er sich zu Tode«, erklärte sie. »Wenn ihr ursprünglicher Gefährte stirbt, gehen sie nur sehr selten eine neue Bindung ein. Aber eben nicht immer. Erzähl das deinem Herzog, Isak. Und sorge dafür, dass er auf keine dumme Gedanken kommt.«

Alle schwiegen erschrocken.

Milla bückte sich und hob den schlafenden Iggie von der

Stange, um ihn an ihre Brust zu drücken. »Keine Sorge, Iggie. Niemand wird dich mir wegnehmen, versprochen.«

Darüber hinaus musste sie dafür sorgen, dass ihr selbst nichts zustieß. Sein Leben konnte davon abhängen.

Iggie hob verschlafen den Kopf und blinzelte. Ihre Stimmung erahnend, rieb er leise gurrend seinen kühlen, geschuppten Kopf an ihrem Kinn.

»Iggie, mein Iggie«, sagte sie innig. »Du gehörst zu mir. Dich darf sonst niemand haben!«

Eine Weile sprachen die vier nur mit ihren Drachen.

»Also schön, dann geh und suche deine geheimnisvolle Frau«, sagte Isak schließlich. »Aber sorge dafür, dass sie uns alles erzählt! Was hat sie mit den Eiern zu schaffen? Warum wurden sie jetzt hierhergebracht? Und was hat sie damit gemeint, dass die Alten Arcosis zurückkommen – wollen sie auf der Insel einfallen?«

»Vergiss nicht, dass wir ihr all das verdanken«, erinnerte Milla ihn. »Ich werde sie nicht verhören – wir sollten ihr danken. Aber wenn es ihr gut genug geht, werde ich sie fragen, was den letzten Drachen zugestoßen ist und auf was wir achten müssen.«

»Ich komme mit dir«, sagte Tarya, die bereits aufstand.

»Nein, lass mich allein gehen«, beharrte Milla. »Ich nehme Iggie mit, aber ich brauche euch drei, um mir hier den Rücken frei zu halten. Ihr habt den Herzog gehört«, fügte sie hinzu. »Bitte, ja?«

Die Zwillinge sahen sich lange an. Manchmal waren sie so im Einklang, dass alle anderen ausgeschlossen waren. Die beiden tauschten etwas aus: eine Frage und eine Entschuldigung.

»Schön«, sagte Tarya schließlich mit einem Seufzen. »Falls du an unserem Haus vorbeikommst, sag Vater, dass er uns morgen besuchen soll. Er will uns beide sehen, Isak, egal was du denkst.«

»Wir halten dir den Rücken frei«, sagte Vigo. »Aber du musst dich beeilen, bevor mein Vater etwas merkt.«

»Komm.« Tarya nahm Millas Hand. »Ich helfe dir, dich fertig zu machen.«

Sie alle hatten eine kleine Umkleidekabine neben ihren Kojen und mehrere Garnituren mit Kleidung in der Farbe ihres Drachen. Tarya schloss für Milla die Knöpfe ihres langen blauen Kleides, das ihr wie angegossen passte.

»Sei vorsichtig dort draußen«, sagte sie, als sie Millas blauen Schal doppelt legte, damit eine feste Tasche für Iggie entstand, sie ihn Milla umband und auf ihrem Rücken verknotete. »Du kommst doch wieder zurück, oder?«

»Natürlich!«, sagte Milla mit Nachdruck. Sie drehte sich zu ihrer Freundin um. »Wir würden dich nie verlassen, nicht wahr, Ig?«

»Gut.« Tarya umarmte sie vorsichtig, damit Iggie nicht zerdrückt wurde. »Es ist bloß, weil du jetzt Iggie hast. Und Josi. Und deine anderen Freunde.«

»Hör auf damit! Natürlich komme ich zurück. Du und Isak, ihr seid meine Familie.« Doch insgeheim fragte sich Milla, ob Isak das auch noch so empfand. Seit die Drachenjungen geschlüpft waren, schien er immer weiter von ihnen fortzutreiben. Hin zu Herzog Olwar.

21. KAPITEL

Millas neue Kleider machten ihr das Leben leichter: Man hielt sie jetzt für eine angesehene Person. Heute wurde das Palasttor unverzüglich geöffnet.

»Ich werde nicht lange fortbleiben«, erklärte sie den Wachen leichthin, als wäre sie es schon ein Leben lang gewohnt, Befehle zu erteilen.

»Auf bald, gnädiges Fräulein.« Der Wachmann tippte sogar grüßend an seinen Hut, wobei er den Blick respektvoll abgewandt hielt.

Ihre vornehme Kleidung ermöglichte es ihr auch, Iggie zu verbergen, der, eingewickelt in ihren breiten Seidenschal, von einem königsblauen Samtumhang verdeckt wurde. Unter den Stofffalten war nichts von ihm zu sehen. Sie hatte eine Hand schützend auf ihn gelegt und spürte das winzige Pochen seines Herzschlags an ihrer Brust.

Während sie, ihren schlafenden Drachen wiegend, die Hauptstraße hinuntertrug, verzog sich ihr Mund zu einem Lächeln. Die Straßen von Arcosi hatten noch nie so schön ausgesehen:

Das Mauerwerk leuchtete im warmen bernsteinfarbenen Sonnenlicht. Der Herbstwind zupfte an ihren Locken und jagte knisterndes rostbraunes Laub über das Kopfsteinpflaster. In diesem Moment hatte Milla das Gefühl, dass alles möglich war.

Als sie das Gelbe Haus erreichte, hatte Richal Finn Wachdienst am Tor, und sie rief ihm einen Gruß zu.

Aber Finn sah sie nur finster an und ließ das Tor zu. »Was tust du hier?« Er hörte sich wütend an. »Spielst du jetzt die feine Dame?«

»Ich will Josi besuchen.« Mit dieser Begrüßung hatte sie nicht gerechnet. »Keine Angst. Wir sind dort oben keine Gefangenen.« Ihre gute Laune verschwand.

»Weiß der Herzog davon?«, zischte Finn.

»Wenn er es herausfindet, weiß ich, wer es ihm erzählt hat«, fauchte Milla gekränkt zurück. »Lässt du mich jetzt hinein?«

»Sieh dich vor, Milla«, rief Richal Finn, als das Tor aufschwang und sie in den Hof trat.

Lanys kam mit einem Korb auf der Hüfte aus der Küche. Ihre Nase war rot und wund und schälte sich. Sie hielt inne und musterte Milla in ihrer neuen Kleidung eingehend.

»Guten Morgen, Lanys.« Milla blieb höflich, drehte sich aber instinktiv zur Seite und verschränkte die Arme vor der Brust, um Iggie zu verstecken.

Lanys drängte sich wütend an ihr vorbei, wobei sie Milla heftig anrempelte.

Iggie erwachte und stieß ein überraschtes *»Mraaa?«* aus. Er spürte ihre ablehnende Haltung.

»Psst, ist schon gut, Ig«, flüsterte Milla, die Lanys nachsah, als diese sich mit ihrem Korb durch das Tor zwängte. Zu ihrer

Überraschung empfand sie Mitleid mit ihr. Nicht für alles Gold der Welt würde sie mit Lanys tauschen wollen.

Als Milla in der Küchentür stehen blieb, spürte sie eine weitere schwindelerregende Verschiebung, wie damals, als sie mit Thom zusammen auf den Mast der *Delfin* geklettert war und aus einer völlig neuen Perspektive auf ihre vertraute Stadt hinabgeblickt hatte.

Sie atmete die vertrauten Gerüche ihres Zuhauses ein: Bratenduft, aufgehender Teig, die Apfelsinenschale, die Josi gerade auf der Arbeitsplatte zerrieb.

»Ich hab doch gesagt, nicht bevor du –«, rief Josi, ohne sich umzudrehen.

»Ich bin es«, sagte Milla zaghaft und plötzlich unsicher, ob sie noch willkommen war.

»Oh!« Josi wirbelte herum und nahm Milla so schnell in die Arme, dass sie die Köchin nicht wegen Iggie warnen konnte.

»Vorsicht!«, murmelte sie an Josis Brust. »Zerquetsch ihn nicht …« Als sie sich von ihr löste, sah sie, dass Josi vor Rührung feuchte Augen bekam.

»Du hast doch nicht etwa den –« Josi brach ab, sie konnte das Wort nicht aussprechen. Nestan hatte ihr also erzählt, dass die Jungen geschlüpft waren.

Milla nickte mit einem vergnügten Lachen. »Doch!« Sie tätschelte ihren Schal. »Willst du ihn sehen?«

»Warte!« Josi ging zur Küchentür, schloss sie und schob den Riegel vor. »Jetzt!«

»Wo ist Kara?«, fragte Milla. »Ist sie in Sicherheit?«

»Natürlich«, sagte Josi empört. »Was hast du denn gedacht?«

»So habe ich das nicht gemeint … Wo denn?«

Josi wies mit dem Kopf zur Tür der letzten Vorratskammer, die von der Küche abging.

»Wer weiß davon?«

»Der Herr.«

Milla ließ das erst einmal sacken. Natürlich vertrauten Josi und Nestan einander ihre Geheimnisse an, wenn sie ein Paar waren. Sie fragte sich, wer noch von ihrer Beziehung wusste.

»Komm und überzeug dich selbst.« Josi öffnete die Tür und in die kleine, weiß getünchte Kammer strömte Licht. An der Rückwand standen Regale mit Eingemachtem, Ölkrügen und gewachsten Käselaibern und längs eine Pritsche mit einer dicken, ausgebreiteten Wolldecke.

Kara lag regungslos zusammengerollt unter der Decke.

»Guten Morgen«, rief Milla leise auf Sartoli. »Ich bin's. Milla. Ich wollte nach dir sehen. Geht es dir gut?«

Schweigen.

Sie drehte sich zu Josi um, die mit verschränkten Armen und undurchdringlicher Miene hinter ihr stand.

Milla schaute wieder zu Kara. Ihre Augen gewöhnten sich allmählich an das Dämmerlicht, und ihr fiel auf, dass die Wangen der alten Frau tränennass waren.

»Was ist los, Kara? Was ist passiert?« Milla beugte sich über sie und berührte die alte Frau an der Schulter, dabei spürte sie, dass deren ganzer Körper bebte. »Ist es wegen der Drachen?« Blitzschnell fuhr ihre Hand zum schlafenden Iggie.

Kara rollte sich nur noch fester zusammen und drehte sich vollends zur Wand.

»Josiah«, brachte sie mühsam hervor. »Er ist tot.« Dann wurde sie abermals von Schluchzern geschüttelt.

»Wie lange geht das schon so?«, fragte Milla Josi.

»Seit sie es letzte Woche herausgefunden hat ... Ich helfe dir, Kara. Komm.« Josi legte der alten Frau einen Arm um die Schultern und half ihr, sich aufzusetzen. Dann breitete sie ihr zärtlich die Decke über die Knie.

Milla bückte sich und fragte: »Geht es jetzt, Kara?«

Kara wischte sich mit dem Ärmel übers Gesicht. »Nein. Mein Josiah wurde ermordet. Er hat die Eier beschützt.«

Milla biss sich auf die Unterlippe. Sie traute sich nicht, ihr zu gestehen, dass sie dort gewesen war, dass sie es womöglich hätte verhindern können.

»Wir haben sie unser Leben lang behütet und dann wird er hier auf Arcosi ermordet. Beim letzten Schritt.« Kara schloss die Augen.

Milla und Josi wechselten einen besorgten Blick.

»Und jetzt sag mir, ob es das wert war«, verlangte Kara nun, während sie Milla mit einem Funken jener Aufsässigkeit anstarrte, die sie auf dem Ball des Herzogs gezeigt hatte. »Warst du rechtzeitig bei ihnen?«

In diesem Moment bewegte sich Iggie. Obwohl er dafür inzwischen fast zu groß war, nahm Milla ihn vorsichtig aus dem Seidenschal und hielt ihn zwischen ihren hohlen Händen. »Ich möchte dir jemanden vorstellen. Iggie, das sind Josi und Kara.«

Milla öffnete die Hände.

Josi schnappte nach Luft.

Kara richtete sich ruckartig auf. Ihre Wangen glühten, als hätte sie Fieber.

»Prrt?«, fragte Iggie und hob den Kopf. Seine Schuppen glänzten im Dämmerlicht wie Lapislazuli.

»Oh, Milla«, hauchte Josi, »er ist wunderschön!«

Milla schluckte, sie traute ihrer Stimme gerade nicht.

»Du hast es geschafft!« Karas Augen waren wie große schwarze Teiche, in denen Tränen glänzten. Ein wenig steif beugte sie den Kopf über Iggie und wartete. Iggie reckte sich, schnüffelte und berührte mit der Schnauze Karas Nasenspitze.

»Oh, er ist ein zweiter Cato«, hauchte Kara. »Darf ich?« Sie streckte die Hände aus, sodass ihre goldenen Ärmbander klirrten und ihre Tätowierung zum Vorschein kam.

Iggie zirpte und marschierte von Millas Händen zu Kara hinüber. Damit er zwischen ihren faltigen Handflächen nicht das Gleichgewicht verlor, breitete er die Flügel aus und schlug damit. *»Aark?«*

Als Milla sah, wie begeistert Iggie auf andere Leute reagierte, überkam sie ein Anflug von Eifersucht. War sie ihm denn nicht genug? Aber das war lächerlich: Wenn Kara nicht wäre, hätte sie ihren Drachen erst gar nicht.

»Dass ich diesen Tag erleben darf«, flüsterte Kara bewegt. »Und die anderen? Sind sie gut geschlüpft und haben sich gebunden?« Sie gab Iggie an Josi weiter, die geduldig darauf wartete, ihn zu begrüßen.

»Hallo, mein Kleiner.« Josis tiefe Stimme war vor Rührung ganz heiser. Wie zuvor reckte sich Iggie und begrüßte Josi Nase an Nase mit einem leisen *»Prrrt«*.

Milla nickte und musste heftig blinzeln. »Danke, Kara, dass du mich in jener Nacht so zur Eile gedrängt hast.«

»Drachen. Zurück. Auf Arcosi.« Kara ließ ihren Tränen freien Lauf, während sie lächelnd auf Iggie hinabsah, der inzwischen auf Josis Schoß saß. »Hier in der Stadt und nicht eingesperrt im Palast ... Das hast du gut gemacht, Tochter. Seht ihn euch an.«

Iggie rieb seinen Kopf an Josis Handballen und gurrte dabei. Er mochte sie!

»Was meinst du mit *eingesperrt*?«, fragte Milla. »Die anderen sind noch im Palast. Sollten sie denn nicht dort sein?« Das war ihre Chance, zu lernen. »Bitte erzähl mir, was ich wissen muss, um ihn zu beschützen. Du hast gesagt, ihr hättet euer Leben damit verbracht, die Eier zu behüten. Ich will mein Leben damit verbringen, *ihn* zu behüten, aber es gibt so vieles, was ich nicht weiß.«

»Was weißt du?« Karas Stimme klang schwach, doch sie hörte zu.

»Sie brauchen Fleisch, Wasser und Wärme, eine von Liebe erfüllte Bindung – das haben wir inzwischen gelernt. Aber was gibt es noch?«

»Gebt ihr ihnen ausreichend Quellwasser zu trinken?«, fragte Kara. »Das ist das Wichtigste.«

»Natürlich! Sie trinken die ganze Zeit. Aber kannst du mir sagen, was früher war? Was ist den letzten Drachen zugestoßen?«

Kara sah so erschöpft aus, dass Milla ein schlechtes Gewissen bekam, sie so zu bedrängen.

»Sie machen ihre Sache gut, findest du nicht?«, fragte Josi. »Der Kleine hier sieht stark aus, und ich weiß, dass Milla es auch ist.«

Als Milla zusah, wie Josi und Iggie sich miteinander vertraut machten, überkam sie eine Woge der Dankbarkeit.

»Das wirst du in den kommenden Tagen auch sein müssen ...« Kara wurde immer schwächer.

»Was meinst du damit? Was kommt auf uns zu?«, drängte Milla sie.

»Die Drachen gehören ... der Stadt.« Kara sprach jetzt nur noch in abgehackten Sätzen. Sie schien fast am Ende ihrer Kräfte zu sein. »Nicht dem Palast. Das ist der Fehler. Das hätte fast ihr Ende bedeutet.«

»Aber was können wir sonst noch tun? Es tut mir leid, ich will dich nicht bedrängen. Möchtest du dich einen Moment ausruhen?«

»Nein, es geht schon. Deshalb sind wir schließlich zurückgekehrt. Du musst die Geschichte von Karys Sturmreiterin und den letzten Drachen von Arcosi erfahren. Damit ihr nicht die gleichen Fehler begeht.«

22. KAPITEL

Kara setzte sich auf, um ihre Geschichte zu erzählen. Ihre Armreifen klirrten leise, während sie ihre Worte mit eleganten Gesten begleitete.

»Früher schlüpften die Drachen auf dem Markt mitten in der Stadt. Sämtliche Kinder von Arcosi waren zugegen. Jeder konnte ausgewählt werden: die Tochter eines Fischers, ein Kaufmannssohn, der Bäckerlehrling. Aber der königlichen Familie gefiel das nicht.« Karas Stimme gewann beim Erzählen dieser Geschichte ein wenig Kraft, sie wurde tiefer und klangvoller. »Im Laufe der Zeit änderten sie die Regeln zu ihren Gunsten. Bald schlüpften die Drachen ausschließlich im Palast. Und nur die königliche Familie durfte noch anwesend sein.«

Milla hatte ein schlechtes Gewissen. Genau so war es bei ihr und Iggie gewesen. Hätte er sie auch ausgewählt, wenn die ganze Stadt anwesend gewesen wäre?

»Das ist nicht gut für sie. Das darfst du nie vergessen.« Bei diesen Worten nahm Kara Millas Hand und drückte sie. »Es gab immer weniger Dracheneier. Am Ende waren nur noch drei übrig. Und drei Drachenreiter.«

»Drachenreiter!?« Jene sagenumwobenen Gestalten, die auf den Wänden der Drachenhalle zu sehen waren? »Wer waren die letzten Drachenreiter? Und was ist aus ihnen geworden?«

»Es waren Rufus Goldauge und sein Drache Juna; seine Schwester Karys Sturmreiterin und ihr Drache Cato; außerdem ihr Vetter Silvano Wolkengleiter und sein Drache Aelia.« Kara machte eine Pause, um zu Atem zu kommen.

Karys Sturmreiterin. Der Name schien in der Luft zwischen ihnen widerzuhallen. »Erzähl weiter«, flüsterte Milla.

»Rufus war das Ergebnis all dessen, was seine Familie falsch gemacht hatte. Das erstgeborene Kind, grenzenlos verwöhnt, dem jeder Wunsch von den Augen abgelesen wurde und jede Marotte, jeder Spleen erfüllt. Das ist der Grund, warum sich, als er die Ereignisse nicht mehr kontrollieren konnte, sein Geisteszustand ... *veränderte*.«

»Veränderte, inwiefern?«

Kara hustete, ein hohles, rasselndes Geräusch, das ihren ganzen Brustkorb erschütterte.

»Ich bringe dir etwas gegen den Husten«, sagte Josi und gab Iggie behutsam weiter. »Hier, nimm deinen Drachen, Milla.« Warnend fügte sie hinzu: »Uns bleibt nicht viel Zeit. Ich muss die Tür aufschließen, ehe es irgendjemandem auffällt.« Sie ging in die Küche.

Kara nahm den Erzählfaden wieder auf, sprach aber langsamer. »Es kamen schwere Jahre, so wie es oft geschieht. Ernten fielen aus. Die Insel wurde überschwemmt. Schiffe gingen verloren. Die Menschen von Arcosi hungerten. Sie verzweifelten. Rufus überredete Karys zu einem Überfall auf Sartola, ihren alten Feind. Karys willigte ihrem Volk zuliebe ein.«

»Was haben sie getan?«, frage Milla. Die Vorstellung, Iggie im Kampf einzusetzen, war schrecklich. Er lag jetzt in ihrem Schoß. Seine großen, runden Augen blickten schläfrig, aber er hörte ebenfalls zu.

»Die Drachenreiter von Arcosi überzogen Sartola mit Krieg. Sie brannten es nieder und raubten seine Schätze. Karys wurde verletzt, deshalb hat sie das Schlimmste nicht mitbekommen.«

Milla schloss die Augen, um die ungebetenen Bilder zu vertreiben: beißender Rauch, brennende Gebäude. Nach einer Weile sagte sie: »Dann bekamen sie also ihr Gold. War Rufus zufrieden?«

Kara stieß ein kurzes, bellendes Husten aus. »O nein.« Sie hob den Kopf, weil Josi mit einem Tablett voller dampfender Becher hereinkam. »Vielen Dank. – Nein, der Verräter war nicht zufrieden. Sein Drache wurde krank. Rufus behielt das ganze sartolische Gold für sich. Er bezahlte nicht einmal seine Truppen. Er redete sich ein, dass Juna das Gold brauchte, und wenn sie gesund werden wollte, noch viel mehr. Diesmal holte er es sich bei seinen eigenen Leuten, indem er immer höhere Steuern verlangte. Aber die Menschen hatten nichts mehr zu geben.«

»Sind sie deshalb fortgegangen?«, fragte Milla, die an die verlassenen Villen im Schattenviertel dachte.

»Diejenigen, die es konnten, wählten das Exil: die Glücklichen. Die weniger Glücklichen hatten keine Wahl. Als Karys sich von ihren Verletzungen erholt hatte, fand sie Arcosi fast vollständig verlassen vor. Es war eine Geisterstadt, die man den Ratten und streunenden Hunden überlassen hatte. Als sie begriff, was ihr Bruder getan hatte, war es zu spät.«

»Was meinst du damit? Was hat er getan?«, flüsterte Milla.

Kara richtete sich ein wenig auf, als falle es ihr schwer, die Worte auszusprechen. »Er hat sein eigenes Volk in die Sklaverei verkauft. Für Gold. Für seinen Drachen.«

»Nein!« Milla drückte Iggie an ihr Herz.

»Karys hat dem ein Ende bereitet. Das schon. Sie und Cato verbrannten die Sklavenschiffe noch im Hafen, ehe sie weitere Ladungen an Bord nehmen konnten …« Mit einem seltsamen Laut brach Kara ab. »Juna starb trotzdem. Es war also alles umsonst, all das Leid und die vielen Toten.« Sie lachte bitter und freudlos auf.

»Rufus hatte sich geirrt. Drachen brauchen kein Gold. Das ist nur ein Märchen.« Sie beugte sich vor und sprach eindringlich auf Milla ein, wobei die alte Frau sie dicht an sich zog, damit ihr kein Wort entging. »Drachen brauchen ihre Gefährten. Das hast du doch sicherlich schon gespürt? Wie er sich Kraft von dir holt und du von ihm? Und so ist es mit allen Menschen, denen er begegnet. Drachen brauchen den Kontakt zu ihrem Volk: Sie gehören allen.«

»Aber … aber …« Milla schluckte. Sie spürte, dass ihre Wangen brannten.

»Was ist, Kind?«

»Gehört er denn nicht mir?«, fragte sie verzagt.

»Du bist seine Erwählte, seine Gefährtin und irgendwann seine Reiterin. Natürlich! Wie kannst du daran zweifeln? Aber du hast die Brutnester auf dem Markt gesehen, nicht wahr?

Dort gehören sie hin: ins Herz der Stadt. Ohne Freiheit und ohne ihren Gefährten werden sie krank und sterben. Das hat Rufus nie verstanden und dadurch den größten aller Fehler begangen. Die Menschen von Arcosi waren fort: geflohen, verkauft, gebrochen.«

»Du hast gesagt, dass es drei Drachen gab. Und Juna ist gestorben. Also waren noch zwei übrig. Was ist aus ihnen geworden?« Milla wartete, sie musste das unbedingt wissen. Das hier war auch Iggies Geschichte. Es konnte nicht anders sein. Sie beugte sich hinab und berührte seinen Kopf mit ihren Lippen. Wie waren er und diese Drachen verbunden?

»Nach Junas Tod wurde Rufus' Wahnsinn durch seine Trauer noch schlimmer. Die meisten seiner Bediensteten flohen. Alle, bis auf die treuesten. Selbst Karys bekam Angst vor ihm und schmiedete Fluchtpläne.

Eines Abends mischte Rufus Gift unter ihr Abendessen: gerade genug, um Karys und ihren Vetter Silvano in einen tiefen Schlaf zu versetzen. Als sie in der Drachenhalle wieder zu sich kamen, lagen sie in Ketten.«

»Warum?« Milla schnappte entsetzt nach Luft. Sie griff nach dem Becher mit dampfender Flüssigkeit, der vor ihr stand, und trank einen Schluck. Es schmeckte süß und stark, nach Rosinen, Honig und Nelken.

»Rufus wollte, dass sich ein anderer Drache an ihn bindet. Er versuchte es mit Aelia, weil er dachte, bei einem Weibchen wäre es vielleicht leichter, so wie bei Juna.«

»Aber du hast doch gesagt, Aelia wäre Silvanos Drache gewesen?«, fragte Milla mit einem unguten Gefühl.

»Ja, das ist richtig.«

»Ich dachte, die Bindung besteht ein Leben lang?« Milla wurde übel, sie stellte den Becher ab.

»So ist es«, sagte Kara mit grimmiger Miene.

»Das verstehe ich nicht«, murmelte Milla, obwohl sie fürchtete, dass sie es doch tat.

»Rufus hat seinen Vetter Silvano ermordet, damit er versuchen konnte, dessen Drachen an sich zu binden. Und Karys musste alles mit ansehen, ohne dass sie einen Finger rühren konnte.«

»Nein! In der Drachenhalle? Wo ich jetzt lebe?« Milla konnte nicht fassen, dass an diesem warmen, sicheren Ort ein solches Gräuel geschehen war. Sie hob Iggie mit beiden Händen hoch, sie musste unbedingt seinen warmen Pulsschlag fühlen, seine Lebendigkeit.

In diesem Moment hämmerte es an der Küchentür. »Josi? Wo bist du?«, rief Lanys.

Iggie richtete sich auf und stieß seinen Warnruf aus: *»Mraaa! Mraa!«*

»Schhh, schhh!«, besänftigte Milla ihn. »Still jetzt.«

Josi sprang erschrocken auf. »Das ist Lanys, sie ist vom Markt zurück. Bleibt hier. Sie darf Kara nicht finden!«

Milla brauchte eine Weile, um Iggie zu beruhigen und ihm klarzumachen, dass sie nicht in Gefahr waren.

Kara wirkte erschöpft. Sie legte sich ins Kissen zurück und zog die Decke bis zum Kinn.

»Milla?«, fragte sie. Ihre Stimme war so leise, dass Milla sich neben sie kniete, um sie zu verstehen. »Alle Auserwählten der Drachen müssen wissen, was passiert ist. Lernt aus diesen Fehlern, wiederholt sie nicht. Wenn die Drachen erst einmal ausgewachsen sind, dürft ihr sie nicht länger verstecken. Ihr Leben hängt davon ab. Wenn wir die Drachen verlieren, verlieren wir uns selbst und unsere Heimat.«

»Mraa!«, sagte Iggie ein letztes Mal.

Kurz darauf kam Josi zurück. Sie klang erregt. »Du solltest lieber gehen, Milla. Warte, ich binde dir den Schal wieder um.« Sie scheuchte Milla auf und verknotete das Tuch, während Milla Iggie festhielt. »Hast du die Neuigkeiten aus der Unterstadt schon gehört?«, fragte Josie sie so leise, dass nur Milla sie verstehen konnte.

»Nein, was ist passiert?« Milla dachte sofort an Rosa und Thom.

»Gestern Nacht gab es auf dem Markt Explosionen. Durch Feuerpulver. Ein paar Stände der Norländer wurden zerstört.«

»Was?« Milla schnappte nach Luft. »Ist mit Rosa alles in Ordnung? Und mit Thom?« Sie wollte auf der Stelle losstürmen und ihre Freunde suchen. »Ich muss los und ...«

»Denk nicht einmal daran«, erklärte Josi ihr streng. »Du gehst zurück zum Palast. Und bringst diesen Drachen sicher nach Hause. Ich schaue nach deinen Freunden. Dann gebe ich dir Bescheid.«

»Kannst du ihnen bitte eine Nachricht von mir überbringen?«

Dann ging alles ganz schnell: die geflüsterte Verabschiedung, das Verstecken von Iggie und von Kara, und schon wurde Milla wieder aus der Küche geschoben.

Die Straßen von Arcosi wirkten nun nicht mehr ganz so golden. Die Sonne war untergegangen, und während Milla mit ihrem Drachen zum Palast zurückeilte, wurde alles in Schatten gehüllt. Die rätselhaften Worte auf dem alten Pergamentstück hallten Milla im Takt ihrer gehetzten Schritte durch den Kopf:

Wenn die Winde des Passats aus Osten wehen,
kehren die Drachen ein letztes Mal zurück.
Soll das Nest nicht für immer vergehen,
müssen Mauern fallen für Frieden und Glück.

Die Tochter des Sturms, als Dritte geboren,
Trägt das Zeichen der See bei sich verborgen.
Wenn die vierte Jahreszeit ihren Glanz verloren,
Erhält sie den Schlüssel für ein leuchtendes Morgen.

Doch mit der Entschlüsselung dieser Verse war sie noch immer keinen Schritt weiter.

23. KAPITEL

Auf dem Weg zur Drachenhalle grübelte Milla über Karas Geschichte nach und versuchte, das Bild von Silvanos Ermordung zu verdrängen, die in diesen Mauern stattgefunden hatte. Kurz vor der Eingangstür hörte sie Stimmen. Herzog Olwar sprach mit Isak, der Belara gerade zum Schlafen auf die Stange setzte.

Milla wollte sich Olwars prüfenden Fragen nicht aussetzen, nicht solange das Grauen von Karas Worten noch in ihr nachhallte. Also presste sie sich aus alter Gewohnheit an die Außenmauer und lauschte.

»Die Übersetzung, die du mir gezeigt hast, ist interessant«, sagte der Herzog gerade zu Isak. »Über die Geschlechtsreife und den Legezyklus. Bis zur ersten möglichen Brut dauert es gar nicht so lange, wie man meinen könnte.«

»Eine Brut?«, unterbrach ihn Isak überrascht. »Ihr meint, dass sie selbst Eier legen? Aber natürlich. Daran habe ich gar nicht gedacht. Noch nicht. Hörst du das, Bel? Du wirst irgendwann Mutter werden.«

»Das wird sie. Noch dazu recht bald …«, sagte der Herzog, der ohne jeden Zweifel schon daran gedacht hatte. »Und es muss genau hier geschehen, in der Nähe des arcosischen Quellwassers – nur deshalb ist diese Insel der einzige Ort auf der Welt, an dem Drachen heranwachsen können. Wusstest du das?«

Als würden die Stifte eines Schlosses einrasten, machte es bei Milla *klick*. Deshalb war Herzog Olwar so großzügig. Deshalb ertrug er es, die Drachen jeden Tag zu sehen, obwohl sich keiner für ihn entschieden hatte. Er setzte seine ganze Hoffnung auf die nächste Generation. Wenn er die Insel kontrollierte, kontrollierte er auch das Quellwasser und damit alle zukünftigen Drachen.

Milla zitterte am ganzen Leib. Sie floh in die Gärten und bog so schnell um eine Ecke, dass sie fast mit Herzogin Serina zusammenstieß, die aus der entgegengesetzten Richtung kam.

»Alles in Ordnung, Milla?« Serinas Norländisch hatte einen leichten sartolischen Akzent. Ihre lange karmesinrote Robe wischte bei jedem Schritt über die Pflastersteine. Sie trug eine Lilie hinter dem Ohr, und ihre zu einem Knoten aufgesteckten schwarzen Haare sahen so makellos und glänzend aus, dass Milla sich ganz zerzaust vorkam.

»Es geht mir gut, danke, Euer Gnaden!« Sie spürte die Hitze in ihre Wangen aufsteigen und vergewisserte sich mit einem schnellen Blick, dass Iggie gut verborgen war. »Ich, äh, ich gehe gern spazieren … um den Kopf frei zu bekommen.«

Serina ergriff Millas freie Hand. Ihre eigene war sehr zart. »Ich weiß, dass du Iggie da drinnen hast«, sagte sie auf Sartoli. »Und ich weiß auch, dass du heute draußen warst.«

Milla kiekste vor Schreck. »Ich habe nur …« Sie suchte nach

einer Erklärung, aber ihr Quell an Geschichten schien ausnahmsweise versiegt zu sein.

»Schhh, keine Sorge. Ich werde dir keine Vorhaltungen machen.« Serinas braune Augen sagten Milla, dass sie ihr vertrauen konnte. »Beim Herzog ist das anders: Bei ihm musst du auf der Hut sein. Er meint es gut, aber er urteilt mitunter vorschnell.« In ihrem weichen Tonfall klangen die Worte nicht einmal wie Kritik, sie erläuterte nur, was sie wusste.

Und wie haltet Ihr das aus?, hätte Milla sie, fasziniert von dieser plötzlichen Offenheit, am liebsten gefragt.

»Aber jetzt will ich dir etwas zeigen.« Serina hakte sich bei Milla unter. »Hier entlang. Für jemanden wie dich könnte das interessant sein.«

Milla wischte die Fragen beiseite, die ihr durch den Kopf schwirrten. Sie musste zurück in die Drachenhalle, die anderen warteten auf sie. Aber dies war eine Ehre – man sagte zu einer Herzogin nicht Nein. Irgendetwas an Serinas ruhiger Art war hypnotisierend, also ließ Milla sich sanft fortziehen.

Die Herzogin führte sie zu einem ummauerten Garten am äußersten Rand im Norden des Palastgeländes. Es war wärmer dort, weil der Garten vom Wind geschützt war. Insekten schwirrten noch von Blatt zu Blatt und irgendwo sang eine Amsel.

»Dort drüben.« Serina ging zu der Ecke, die am weitesten vom Palast entfernt lag. Milla, die immer noch halb mit einer Rüge rechnete, folgte ihr.

Serina fuhr mit der Hand über die Mauer und zog den darüber wuchernden Efeu wie einen Vorhang beiseite, sodass eine kleine Holztür mit einem eisernen Riegel zum Vorschein kam.

Die Herzogin schob ihn zurück und drückte die Tür gerade so weit auf, dass Milla eine Steintreppe erkennen konnte, die auf der anderen Seite der Mauer klebte und sich steil und endlos weit nach unten zog.

»Wohin führt diese Treppe?«, fragte Milla flüsternd, obwohl sie hier draußen allein waren.

»Ich glaube, auf Norländisch nennen sie es das *Schattenviertel*. Von dort gelangt man hinunter in die Stadt. Deshalb nenne ich die Tür auch die Schattenpforte. Es passt mir gut, dass die Leute diese Gegend meiden. So, wie ich es sehe, sind die Schatten unsere Freunde: Sie bieten uns Verstecke und Schutz, nicht wahr?«

Es war wie ein geheimer Weg in die Freiheit. Milla konnte ins Gelbe Haus zurückkehren, ohne dass jemand davon erfuhr. Milla starrte die Herzogin an. Es war, als hätte diese ihre Gedanken gelesen und ihr das gegeben, was sie am dringendsten brauchte.

»Du musst vorsichtig sein, Milla. Nur wenige Menschen wissen von dieser Pforte und so soll es auch bleiben.«

»Warum zeigt Ihr sie mir?«, fragte Milla, ehe sie hastig hinzufügte: »Ich meine, vielen Dank!« Die Informationen legte Milla zu ihrem Wissensschatz über die Insel. »Ihr könnt mir vertrauen. Ich werde Euer Geheimnis hüten.«

»Das weiß ich«, erwiderte Serina. »Wenn ich unten in der Stadt von meinen Heilkundigen gebraucht werde – für Geburten, Todesfälle oder plötzlich auftretende Krankheiten –, muss ich schnell handeln. Ich kann nicht auf Erlaubnis warten oder auf Wachen, die mir erst das Tor öffnen müssen.«

»Das heißt, der Herzog …?«

»Er weiß nichts davon«, sagte Serina, die sehr ernst geworden war. »Wenn du hier als sein Gast eine reibungslose Zeit verbringen willst, gibt es etwas, das du begreifen musst.«

»Ja, Euer Gnaden?«

»Olwar braucht das Gefühl, die Kontrolle zu haben. Er hat in jungen Jahren einen schweren Schock erlitten, der so schlimm war, dass er sich nie richtig davon erholt hat. Kennst du die Geschichte?«, fragte sie.

Milla schüttelte den Kopf.

»Nun, vielleicht ist ihm das lieber so. Aber ich erzähle sie dir trotzdem, damit du verstehst. Olwar sollte niemals Herzog werden, musst du wissen.«

»Wer dann?« Milla stand ganz still da, sie hörte die Blätter rascheln und atmete den Lavendelduft ein, den der Wind herantrug.

»Ragnar, sein älterer Bruder und sein Vorbild. Ragnar war der perfekte Norländer: mutig und gut aussehend, und er lebte für das Meer, genau wie seine Eltern. Dort sind sie am Ende auch gestorben, alle drei gemeinsam, und viele andere obendrein. Verschollen auf der Rückreise nach einem Besuch in der alten Heimat.«

»Das wusste ich nicht. Wie alt war Olwar?«

»Er war damals vierzehn.«

Milla versuchte sich den Herzog als Knaben vorzustellen, der gerade alles verloren hatte. Vielleicht unterschied er sich gar nicht so sehr von ihr.

»Die Berater seines Vaters regierten mit ihm zusammen, bis er älter wurde«, erzählte Serina. »Als mein Vater diese Insel angriff, leitete Olwar die Verteidigung.« Sie machte eine Pause.

»Anschließend wurden wir als Teil der Friedensvereinbarungen miteinander verheiratet. Seitdem leben Arcosi und Sartola in friedlicher Nachbarschaft.«

»Ist der Angriff der Grund dafür, dass er uns hasst?«, entfuhr es Milla. »All die, die keine Norländer sind.«

»Er hasst uns nicht.« Serina lächelte über Millas skeptischen Blick. »Aber er hat seinem Vater versprochen, das norländische Volk zu beschützen. Dieser Instinkt ist so tief in ihm verwurzelt, dass er gar nicht merkte, wie aus dem Beschützen seines Volkes etwas ganz anderes wurde.« Nach diesen Worten hing Serina einen Moment lang ihren eigenen Gedanken nach.

»Aber was ist mit seinen ganzen Soldaten?«, ließ Milla nicht locker. »Wenn alles so harmlos und friedlich ist, wofür braucht er sie dann?«

Serina zog graziös eine Schulter in die Höhe. »Wie ich schon sagte, er hat gern alles unter Kontrolle. Berechenbar. Ordentlich. Und die Armee sorgt dafür, dass die halbe Insel Arbeit hat, nicht wahr? Wer säubert die Regenkanäle? Wer baut die Mauern wieder auf?«

Das traf durchaus zu. Trotzdem verzog Milla unbefriedigt das Gesicht.

»Ich sage nicht, dass ich damit einverstanden bin! Wie du siehst, ziehe ich es vor, die Wachen zu umgehen. Und das kannst du jetzt auch tun.«

Dann umarmte Serina sie schnell und behutsam, um den schlafenden Iggie nicht zu bedrängen.

»Ich weiß, dass es nicht leicht für dich ist, dich an das Leben hier zu gewöhnen, obwohl du eigentlich in die Stadt gehörst.« Die Augen der Herzogin leuchteten im Sonnenschein in einem warmen Bernsteinbraun. »Ich weiß, wie es sich anfühlt, in diesem Palast eine Außenseiterin zu sein, aber es wird einfacher, glaub mir.«

Milla begriff allmählich, warum Serina eine gute Heilerin war. »Danke.«

»Mir ist aufgefallen, dass du deine Kette verloren hast«, sagte sie dann zu Millas Überraschung.

»Wie das?« Milla starrte Serina an. Unwillkürlich fasste sie an die leere Stelle an ihrem Hals. Dort war ein kleiner, kreisrunder Fleck, der heller war als der Rest ihrer Haut, was auch ihre Frage beantwortete.

»Daher habe ich mich gefragt, ob dir diese hier gefallen würde?« Serina zog eine silberne Kette aus ihrer Tasche. Sie hatte einen filigranen Anhänger in Form eines springenden Fischs, der genauso aussah wie jener, den die Herzogin trug.

»Das Symbol von Sartola«, erklärte die Herzogin. »Es ist zwar nicht so ungewöhnlich wie dein alter Anhänger, aber wenn du sie möchtest, gehört die Kette dir.«

»Sie ist wunderschön«, stammelte Milla, »a-a-aber solltet Ihr sie nicht lieber Tarya geben statt mir?«

»Ich habe Tarya etwas anderes geschenkt. Diese Kette hat meiner Tochter gehört. Nun ja, das hätte sie.« Serina stockte, fuhr dann aber fort: »Wenn sie noch am Leben wäre, würde sie vielleicht ein bisschen so aussehen wie du.«

Fließend, zart und traurig breitete sich Stille zwischen ihnen aus, nur unterbrochen vom Gesang der Vögel.

Auf Serinas Wink drehte sich Milla um und hob ihre Haare an. »V-vielen Dank, Euer Gnaden.«

»Isabella hat nur sechs kurze Wochen gelebt.« Serinas

Stimme klang tief bewegt. Sie schloss den Haken. »Aber sie wäre jetzt etwa in deinem Alter.«

Milla wusste nichts zu sagen, also umarmte sie Serina stattdessen innig.

»Danke, meine Liebe.« Mit einer schnellen Bewegung ihrer langen Finger wischte sich Serina eine Träne aus den Augenwinkeln. »Und jetzt lass uns zurückgehen, ehe jemand uns bemerkt. Falls man dich fragen sollte, sagst du, ich hätte dich gebeten, ein paar Kräuter zu sammeln. Diese hier sind gut für Drachen, glaube ich.« Sie bückte sich, pflückte einige Salbei- und Rosmarinzweige und reichte sie Milla.

Ihr Duft haftete für den Rest des Tages an Millas Fingern.

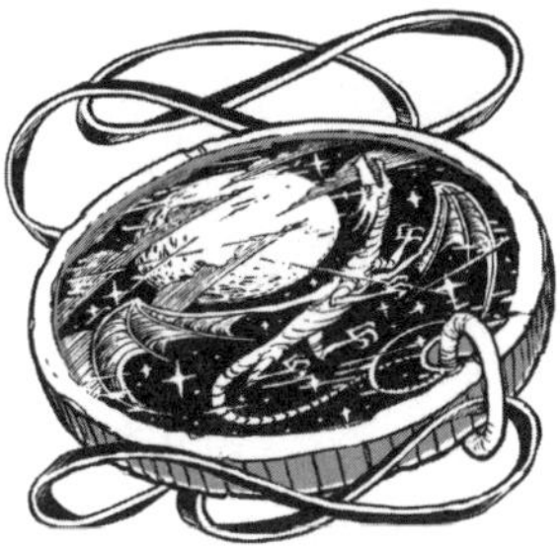

24. KAPITEL

»Also, was hat Kara gesagt?«, wollte Tarya wissen, sobald sie allein waren. Sie vibrierte förmlich vor überschüssiger Energie, ihr Haar umkränzte ihr Gesicht wie ein wilder Glorienschein. Heral klammerte sich nervös und wachsam an ihre Schultern, sein roter Stachelschwanz peitschte hin und her.

»Warte! Lass mich die Tür schließen.« Vigo schob die großen Eingangstüren der Drachenhalle zu und gesellte sich dann mit Petra im Schlepptau zu ihnen auf die niedrigen Sitze in der Nähe des Ofens.

Vigos Vorsicht beunruhigte Milla.

»Es ging ihr nicht gut. Wir haben nicht sehr lange gesprochen.« Milla versuchte sich genau an Karas Worte zu erinnern. »Aber eines ist klar: Die Drachen gehören nicht in den Palast.« Sie legte Schal und Umhang ab und setzte Iggie in die Sägespäne. Er streckte und wälzte sich und stürzte sich dann begeistert auf Belara.

»Ach, wirklich?«, fragte Isak, der sich Mühe gab, die gedehnte Sprechweise des Herzogs nachzuahmen. »Wie praktisch für sie. Ich nehme an, die Drachen gehören dorthin, wo sie ist?«

»Nein!« Milla hatte sofort das Gefühl, Kara verteidigen zu müssen. »Sie sollten in der Stadt sein, bei den Menschen, und nicht im Palast eingesperrt werden.«

»Richtig eingesperrt sind sie eigentlich nicht«, wandte Tarya ein. »Jedenfalls nur, soweit wir es auch sind.« Bei den letzten Worten merkte man Tarya ihre Erregung an. Ihre linke Ferse trommelte nervös auf den Boden.

»Es war doch klar, dass sie das sagen würde! Wenn die Drachen hier drinnen sind und sie dort draußen ist.« Isak klang spöttisch. »Könnt ihr euch den Tumult vorstellen, wenn wir die Drachen auf den Markt hinunterbringen würden? Sie würden zerquetscht werden. Kümmern wir uns denn nicht gut um sie?« Er zupfte jetzt an Belaras goldenen Ohren und sie schloss beseelt die Augen.

»Ich dachte, ihr wolltet wissen, wie die Drachen versorgt werden müssen? Wie wir die alten Fehler vermeiden können? Ihr Leben hängt davon ab«, sagte Milla, der allmählich bange wurde. Wie sollte sie die anderen dazu bringen, ihr zu glauben?

»Das wollen wir auch«, sagte Vigo. »Wir haben den ganzen Tag gelesen, um derartige Informationen zu finden. Erzähl weiter, Milla.«

»Sie ist diejenige, die ihr ganzes Leben damit zugebracht hat, die Eier zu beschützen, versteht ihr? Ihr Freund Josiah ist dafür gestorben. Wir müssen auf Kara hören!«

»Das werden wir, wenn es einen Sinn ergibt«, sagte Isak. »Aber du musst zugeben, dass die Drachen hier am sichersten sind. Herzog Olwar hat gesagt, dass sie hierbleiben müssen, es hat mit dem Wasser zu tun.«

»Aber als sie das letzte Mal im Palast gelebt haben, wären sie um ein Haar ausgestorben!« Milla hasste den Blick, mit dem Isak sie ansah. »Wenn sie ausgewachsen sind, gehören sie laut Kara in die Stadt. Brunnen mit Quellwasser gibt es auf der ganzen Insel.« Sie hatte sich nie heimisch gefühlt im Palast, und jetzt wusste sie, dass sie das auch nicht sollte! Und Iggie ebenso wenig.

»Komm schon, Milla, erzähl weiter«, sagte Tarya, die jetzt ganz ernst war. »Wir hören dir zu.«

Also wiederholte Milla, was Kara erzählt hatte. Als sie zu der Stelle kam, wo es um Rufus' Mord an Silvano ging, rief sie mithilfe ihrer kleinen Melodie Iggie zu sich und strich über seine Schuppen.

Anschließend schwiegen alle. Vigo hatte sich vornübergebeugt und den Kopf auf die Arme gelegt, während Petra ihn anstupste und an sein Gesicht zu gelangen versuchte.

»Oh, Vigo, es tut mir leid.« Milla hatte nicht daran gedacht, wie die Geschichte für jemanden mit sartolischen Wurzeln klingen musste.

»Ist schon gut«, sagte Vigo, der sich sehr langsam aufrichtete. Seine Augen waren gerötet. »Es ist ja nicht so, als hätte ich noch nie davon gehört. Ich weiß, dass sich das zugetragen hat.« Er zuckte die Achseln, als machte ihm das alles nichts aus. »Jedes sartolische Schulkind kennt die Geschichte, wie die Drachenreiter von Arcosi im großen Feuerkrieg unsere Stadt zerstört haben. Und dass sie hinterher wie durch eine geheimnisvolle Strafmaßnahme praktisch vom Erdboden verschwunden sind. Mein Urgroßvater ist in diesem Krieg ums Leben gekommen. Deshalb hat mein Großvater Arcosi angegriffen, wisst ihr? Aus Rache.«

»Aber dein Vater hat den Kampf beendet«, sagte Tarya.

»Ja, und meine Mutter musste Olwar nach dem Krieg heiraten.«

Milla ließ Vigo nicht aus den Augen. Das waren die Fakten seines Lebens und nicht einfach nur irgendwelche Daten aus einem Geschichtsbuch. Sein Problem war das Gegenteil von ihrem – er wusste genau, woher er kam. Sie ging zu ihm und drückte seine Schulter. »Hör mal, wir sind alle müde, lass uns Schluss machen für heute.«

Milla ging zur Sitzstange und hob Iggie hinauf. Er wurde allmählich schwer. »So, Iggie. Zeit zu schlafen, mein Lieber. Ich bin dort drüben.« Er wand sich in ihren Händen.

»Aark!«, sagte er und riss sich los.

»Ich weiß, Ig.« Sie tätschelte seinen Rücken und zog ganz langsam die Hand weg. »Es war ein anstrengender Tag. Aber du musst jetzt schlafen. Wirklich. Und ich auch.« Sie wollte allein sein und in Ruhe über Karas Geschichte nachdenken. »Ich bin gleich da drüben, ja? Schlaf schön!« Sie drehte sich um und ging zu ihrer Koje.

»He!« Urplötzlich landete Iggie auf ihrer linken Schulter und krallte sich fest. »Au! Was soll das?« Sie hob ihn herab, nahm ihn in den Arm und fragte: »Bist du etwa bis hierher gesprungen?«

Iggie war sehr zufrieden mit sich. Er rekelte sich vor Stolz und stupste ihr mit der Nase ins Gesicht. *»Aark! Aark!«* Sie spürte die pulsierende Energie, die von ihm ausging.

Die anderen starrten sie entgeistert an.

»Er ist nicht gesprungen, Milla«, sagte Tarya. »Er ist zu dir geflogen!«

»Ob er das wiederholen kann?« Vigo war dankbar für diese Ablenkung und lief zur Sitzstange der Drachen. »Willst du es auch versuchen, Petra?«

Die anderen Drachen waren nervös und zappelig, sie trippelten auf und ab. Doch als Vigo Petra herunterholen wollte, öffnete sie das Maul und Funken stoben heraus. Sie versengten Vigo, der entsetzt zurücksprang.

»Beim Blut des Drachen!«, fluchte er, als er fortlief, um seine Hand in die Tränke zu tauchen. »Flammen und Fliegen auf einmal? Kann das sein? Ich glaube, ihr seid ein bisschen früh dran. Laut den Büchern solltet ihr doch erst nächsten Monat so weit sein.«

Zur Antwort stieß Petra eine lange orangefarbene Flamme aus.

Die anderen klatschten, während Milla beklommen zusah. Eigentlich sollte sie Iggies neue Fähigkeit feiern. Stattdessen sank sie mit ihm in den Armen auf den Boden.

Er spürte, dass sie unglücklich war. Bedrückt legte er seinen blauen Kopf auf ihr Schlüsselbein. Als er ihr leise ins Ohr krächzte, spürte sie die Hitze, die sich in seiner Brust aufbaute. Er war dazu geschaffen, Feuer zu erzeugen und Dinge zu verbrennen.

»Was ist los, Milla?«, fragte Tarya.

»Es ist bloß ... warum fangen sie ausgerechnet heute an, Feuer zu speien?« Sie hatte Mühe, ihr Unbehagen in Worte zu fassen. »Nachdem wir die Geschichte über das brennende Sartola gehört haben. Dadurch wird das, was damals geschehen ist, noch realer.«

»Wir ziehen mit ihnen aber in keinen Krieg!«, sagte Isak.

»Nein, aber schau sie dir nur an.« Sie musterte Iggie regelrecht beklommen, obwohl er für sie das Schönste auf der Welt war. »Sie können fliegen. Feuer speien. Eines Tages werden sie riesig sein. Und dann werden sie auch in der Lage sein … Schaden anzurichten.«

»Dann bilden wir sie aus«, sagte Vigo bestimmt. »Wir bringen ihnen bei, wann sie aufhören müssen.«

»Unbedingt«, pflichtete Tarya ihm bei, während sie Herals Schuppen streichelte.

»Zu ihrer eigenen Sicherheit«, sagte Milla, »und der aller anderen.«

VIERTER TEIL

25. KAPITEL

Karas Geschichte schwirrte durch Millas Gedanken wie eine lästige Fliege, die sich einfach nicht verscheuchen lässt, doch sie redete sich ein, dass die Drachen im Palast am sichersten waren, solange sie noch wuchsen. Iggies Ausbildung nahm inzwischen ihre ganze Zeit in Anspruch.

Tarya und Vigo waren es gewohnt, mit Pferden umzugehen, sie brachten Milla und Isak bei, wie man die Jungen trainierte: langsam, mit viel Geduld und noch mehr Belohnungen.

»Feuer!« war das Kommando zum Feuerspeien, bei dem sie mit einem Arm nach vorn zeigten.

»Flieg!« befahl dem Drachen, sich in die Luft zu schwingen, wobei der Arm gerade nach oben zeigte, während er bei »Landen!« in die entgegengesetzte Richtung wies.

Und wenn »Halt!« von einer geballten Faust begleitet wurde, war es der Befehl, das Feuerspeien einzustellen.

Es dauerte Wochen.

Kara hatte gesagt, dass Iggie in die Stadt gehöre, aber Milla wagte es nicht, ihn wieder mit hinauszunehmen. Es war einfach zu gefährlich, schließlich wollte sie nicht riskieren, dass die ganze Insel in Brand gesteckt wurde. Iggie war nicht besonders gut darin, seinen Feuerstrahl einzustellen. Begeistert probierte er seine neuen Fähigkeiten aus, flog im Kreis und pustete gleichzeitig kleine Feuerstöße in die Luft.

Milla hatte ein schlechtes Gewissen, weil sie Josi und Kara nicht besuchte, aber zumindest wussten die beiden, was sie fernhielt. In ihren Nachrichten an Thom und Rosa hingegen erwähnte sie Iggie lieber nicht. Sie hatten ihnen geschrieben und gesagt, dass sie Tarya in ihr neues Heim begleite. Jetzt dachten ihre Freunde bestimmt, Milla hätte sie für einen vornehmen neuen Arbeitsplatz im Palast im Stich gelassen. Wenn Iggie erst ein bisschen älter wäre, würde sie ihn dalassen und die beiden besuchen. Aber im Augenblick stand er an erster Stelle.

»Ja, du bist ein kluger Drache. Aber mal im Ernst, Ig. *Halt!*« Sie bückte sich, um seiner Flamme auszuweichen. »Fast hättest du mich angesengt!« Milla seufzte. »Ich frage mich, wie oft sie den Drachensaal wiederaufgebaut haben, nachdem er von begeisterten Jungdrachen abgefackelt wurde?«

»Diese Kacheln an der Decke verbrennen nicht so leicht. Sie wussten schon, was sie taten, als sie das Ding gebaut haben«, rief Isak.

»Hast du etwas abbekommen, Milla?«, fragte Vigo, der ihr einen Krug hinhielt. »Wasser?«

»Nein, danke. Es geht mir gut.« Seine Sorge rührte Milla. Sie blieben bei der Tränke stehen, um Iggie und Petra trinken zu lassen.

»Ich habe über Karas Worte nachgedacht.« Vigo sprach das

Thema leise an, während Isak und Tarya auf der anderen Seite der Halle außer Hörweite waren.

Milla sah überrascht zu ihm auf. Warum flüsterte er? Dann überlegte sie: Isak etwas zu erzählen, war so, als erzählte man es dem Herzog, und Vigo wollte vermutlich nicht, dass sein Vater hörte, was er zu sagen hatte.

»Ich bin sicher, dass sie recht hat«, sagte er. »Die Sartolaner haben ihre eigenen Geschichten, weißt du? Über die alten Zeiten, das goldene Zeitalter von Arcosi und seine Drachenreiter. Als die Drachen in die Stadt gehörten.«

»So, wie Kara es ausgedrückt hat, geht es um mehr als um reine Zugehörigkeit. Es ist das, was die Drachen *brauchen.*«

»Wir könnten es tun. Und die Drachen in die Stadt bringen. Ein neues goldenes Zeitalter schaffen. Nur wäre Sartola diesmal nicht der Feind.« Vigo sprach jetzt schnell und ließ Isak nicht aus den Augen. »Erinnerst du dich an die Prophezeiung? Stand darin nicht etwas über Mauern, die fallen müssen, um Frieden zu schaffen? Wir können dafür sorgen. Wir müssen.«

»Was ist mit deinem Vater?«, fragte Milla. »Er wird das nie zulassen. Er will die Drachen geheim halten.«

»Wir müssen einfach nur abwarten. Du siehst ja, wie schnell die Drachen wachsen. Irgendwann wird er keine Wahl mehr haben. Er hat mich mein Leben lang kontrolliert.« Vigos grüner Drache hatte aufgehört zu trinken und kam herüber, um sich an seine langen Beine zu schmiegen. »Du wirst bald dafür sorgen, dass das aufhört, nicht wahr, Petra?«

Petra hob ihren langen, schlanken Hals, darunter wurden die blassen cremefarbenen Schuppen an ihrer Kehle sichtbar. Sie knurrte zustimmend, dass die Fünkchen nur so stoben.

»Bist du dabei, Milla? Bist du bereit, Karas Weg zu gehen, wenn die Zeit reif ist?«, fragte Vigo drängend.

»Es geht dir aber nicht nur darum, deinem Vater zu zeigen, dass er im Irrtum ist?«

»Nein, es geht darum, das Richtige zu tun – für die Stadt und für die Drachen!«

Heral und Belara kamen auf sie zugeflogen, Tarya und Isak folgten dicht dahinter.

»Ja, dann bin ich einverstanden«, sagte Milla. »Aber wir müssen mit Kara reden und es richtig vorbereiten, ja?«

Vigo nickte.

»Vielleicht sind das die Dinge, die sie eigentlich von ihren Müttern lernen sollten?«, keuchte Isak, der seinem kleinen goldenen Drachen hinterherlief und dabei mit einer Hand seine Augengläser festhielt. »Sich zu putzen, zu jagen, zu fliegen, Flammen zu speien und – *Stopp!* Ich meine: *Halt*, Belara!« Serina hatte für Isak weitere Arznei gebraut, aber er schien sie in letzter Zeit kaum noch zu brauchen.

Tatsächlich war keiner von ihnen krank geworden, seit die Drachen geschlüpft waren, fiel Milla auf.

»Ich weiß nicht. Sie scheinen auch allein ziemlich gut zurechtzukommen!«, erwiderte Tarya, als ihr Bruder atemlos stehen blieb und Heral in der Nähe der Deckenbalken einen Salto schlug. »Vergiss nicht, wie viel sie schon gelernt haben.«

»Komm, wir machen ein Wettrennen«, schlug Vigo mit einem verschmitzten Funkeln in den Augen vor.

»He, ihr habt geübt! Das ist ungerecht«, protestierte Tarya.

»Hast du Angst, zu verlieren? Petra kann Heral jederzeit schlagen!«, forderte Vigo sie heraus.

»Niemals. Pass auf …« Tarya schluckte den Köder. »Heral? *Flieg!*« Sie zeigte in die Luft und rannte mit Heral aus der Drachenhalle. Vigo sauste ihnen mit Petra hinterher, die wie ein grüner Pfeil vorbeischoss.

»Passt auf, dass sie von der Stadt aus nicht zu sehen sind!«, rief Isak ihnen nach. »Denkt daran, dass sie versteckt bleiben müssen. Zu ihrem eigenen Schutz.«

Während Milla den Drachen nachschaute, erkannte sie zum ersten Mal den logischen Fehler in seinen Worten. Wenn die Drachen erst groß genug waren, um über die Stadt zu fliegen, würden sie keinerlei Schutz mehr benötigen.

»Los, weiter, Heral. Du gewinnst!« Aber Tarya war so darauf konzentriert, nach oben zu blicken, dass sie ins Stolpern geriet und kopfüber auf den schlammigen Pfad fiel. Heral hielt mitten im Flug inne und machte dann kehrt, um sich zu vergewissern, dass ihr nichts passiert war.

Vigo hätte vorauslaufen und den Sieg für sich beanspruchen können, doch stattdessen blieb er stehen und half der triefenden Tarya auf die Beine. Lachend spuckte sie den Dreck aus.

»Eigentlich müsste er es besser wissen«, sagte Milla und stupste Isak an. »Schau mal – gleich lernt Vigo, dass er bei Tarya mit Ritterlichkeit nicht weit kommt. Sie ist gnadenlos. Meine Narben sind der Beweis dafür.«

Sie legte sich in die Sägespäne, um Iggie dabei zuzuschauen, wie er um die Deckenbalken der Drachenhalle kreiste. Das Licht spiegelte sich in seinen breiten blauen Schwingen. Milla hatte noch nie etwas so Schönes gesehen. Sie wollte, dass ihr Drache frei war, sah ihn im Geiste über das Meer fliegen. Hatte sie davon nicht geträumt?

»Ha! Stimmt«, sagte Isak. »Sie hat ihn in den Schlamm gestoßen und läuft davon … Aber jetzt holt er sie ein! Oh!«

»Was?« Milla setzte sich auf.

Isak wurde ein wenig rot.

Milla spähte an ihm vorbei, um zu sehen, was dort draußen vor sich ging.

Vigo hatte Tarya umklammert und fest an sich gezogen. Ihre schmutzigen Gesichter berührten sich fast. Und nun lachten beide. Da legte Tarya die Arme um Vigos Hals und küsste ihn.

»Warum auch nicht?«, sagte Milla achselzuckend. »Ich freue mich für sie. Was meinst du? Willst du auch ein Wettrennen?«

Isak ging mit grimmiger Miene ein paar Schritte. »Ich denke, es gibt Wichtigeres, über das wir uns den Kopf zerbrechen sollten, Milla. Die Drachen sind eine Ehre und eine große Verantwortung. Für irgendwelche Spielereien bleibt mir keine Zeit. Ihr findet mich in der Bibliothek.«

Milla sah ihm nach und dachte, dass er sich mit jedem Tag weniger wie er selbst und mehr wie Herzog Olwar anhörte.

Als der Herbst in den Winter überging, besuchte Milla Kara ein weiteres Mal. Sie wählte einen Abend, an dem Isak mit dem Herzog in der Bibliothek war, und ließ Tarya bei ihrem Leben schwören, gut auf Iggie aufzupassen.

Milla benutzte zum ersten Mal die Schattenpforte und schlich durch die verlassenen Straßen des Schattenviertels. Es war dunkel, aber sie orientierte sich am Turm des Gelben Hauses, der sich hoch vor dem Nachthimmel abzeichnete und ihr den Weg wies. Als sie ankam, hörte sie Nestan am Tor mit den Wachen plaudern.

»Halt. Wer da?« Aber dann erkannte Nestan sie und schrie

seine Freude heraus. »Milla! Komm herein, komm herein. Schnell, öffnet das Tor!«

Kaum war sie durch das Tor geschritten, zog er sie fest an sich und wirbelte sie mit seinen starken Armen im Kreis. »Mein liebes Kind. Ist alles in Ordnung?«

Milla war schwindelig, als er sie wieder absetzte. Seine begeisterte Begrüßung hatte sie ein wenig aus der Fassung gebracht. Vermisste er die Zwillinge so sehr? Er kam zwar jede Woche zu Besuch, doch sein Haus musste sich leer anfühlen ohne sie. Sein Bart war grauer geworden und um seine tiefblauen Augen hatten sich neue Fältchen gebildet.

»Wie geht es den Zwillingen?«, fragte er.

»Es geht ihnen gut, Herr«, sagte Milla vorsichtig, weil ihr bewusst war, dass die Wachen lauschten.

»Komm mit, Josi will dich bestimmt sehen.« Er führte sie durch den Hofgarten am Apfelsinenbaum vorbei, auf dem sie sich an jenem Tag versteckt hatte. Darum bemüht, die Drachen auf keinen Fall zu erwähnen, senkte er verschwörerisch die Stimme: »Und deine ... kleinen Freunden?«

»Auch gut, Herr.« Glaubte er, man spionierte ihnen nach? Milla schaute über den leeren Hof zum dunklen Eingang des Haupthauses hinüber. Hier waren sie doch bestimmt sicher!

Die Küchentür war verschlossen. Nestan klopfte mit einem bestimmten, aus sechs Schlägen bestehenden Rhythmus an.

Josi öffnete die Tür und spähte hinaus. Als sie Milla sah, begann sie zu strahlen.

»Schließt du die Tür jetzt immer ab?«, fragte Milla, als sie sich hineinschob, um Josi und Kara zu begrüßen, die sich hinter der jüngeren Frau versteckt gehalten hatte.

»Es ist besser so.« Nestan schloss ab. »Möglicherweise gibt es in meinem Haushalt einen Lauscher.«

»Ich bin heute leider allein, ohne Iggie«, erklärte Milla den dreien.

»Es ist schön, dich zu sehen, Kind.« Kara umarmte sie hastig. Sie trug einen neuen dunkelroten Umhang, der ihre braunen Augen im Licht der Küchenöllampen glänzen ließ.

Überrascht erwiderte Milla Karas Umarmung.

Als Kara sich von ihr löste, entdeckte sie Millas neue Kette. »Woher hast du die?«, fragte sie scharf. »Und was ist mit deiner alten Kette passiert?«

»Mit ihr habe ich mir in der Nacht, als die Jungen geschlüpft sind, Einlass in den Palast verschafft. Also hat Serina mir diese hier geschenkt. Warum?«

»Sie stammt aus Sartola. Es ist das Zeichen des Meeres.«

»Ja und? Das stört mich nicht. Sie ist hübsch, ich mag sie und die Herzogin war sehr freundlich zu mir.«

Kara schaute missbilligend drein, wechselte aber schnell das Thema. »Und Iggie?«

»Er ist richtig groß geworden! Warte nur, bis du ihn siehst. Es fehlt nicht mehr viel und er beherrscht das Flammenspeien.«

»Gut gemacht. Weiter so. Gibst du ihm neben Hühnerfleisch jetzt auch reichlich Eier und Fische zu fressen?«

»Eier? Ich werde darum bitten. Gibt es noch etwas, das er braucht?«

Kara nahm Milla am Arm und führte sie zum Küchentisch, wo sie all jene Dinge aufzählte, die die Drachen jetzt fressen durften.

Während sie mit Nestan, Josi und Kara da saß und Skalla

schnurrend um ihre Knöchel strich, wurde Milla von einer großen Sehnsucht nach ihrem alten Zuhause gepackt. Sie klammerte sich an die Tischkante, bis das Gefühl ein wenig nachließ. Es war merkwürdig, sie alle so selbstverständlich zusammen zu sehen, als wären sie eine Familie.

»Komm, erzähl uns alles. Genug von dem, was die Drachen fressen. Was tischen sie *euch* auf?«, drängte Josi sie, während sie ein wenig arcosischen Wein einschenkte und dazu Brot und Käse schnitt.

»Mmm«, sagte Milla, die kräftig zulangte. »Das schmeckt nach zu Hause. Ich schwöre dir, Josi, ihr Brot ist längst nicht so weich wie deins und ihr Käse nicht so cremig, außerdem haben die Palastköche keine Ahnung, wie man richtig würzt. Du bist und bleibst einfach die beste Köchin der Insel. Hast du noch ein paar eingemachte süße Gurken zum Käse?«

Josi gab ihr einen Kuss auf den Kopf und holte die Gurken.

Dann musste Milla einen Ansturm von Fragen über die Zwillinge, die Drachen und das Leben im Palast über sich ergehen lassen.

Ehe sie auf alle antworten konnte, wurde es laut im Hof.

»Nestan!«, rief ein Mann.

Kara stand augenblicklich auf und ließ sich von Josi in die Vorratskammer helfen, die ihr immer noch als Zimmer und Versteck diente.

Nestan schob einen kleinen Tisch vor die Tür der Vorratskammer und stellte eine Schüssel mit Apfelsinen darauf. Ehe Josi die Küchentür entriegelte, vergewisserte sie sich mit einem schnellen Blick, dass nichts mehr auf Karas Anwesenheit hinwies.

»Ihr werdet am Tor gebraucht, Herr«, rief einer der Wachmänner. »Dort sind irgendwelche Fischer aus der Unterstadt.«

»Thom!«, rief Milla wenig später verblüfft. »Was machst du hier?« Er stand mit seinem Vater Simeon am Tor, wo er von Richal Finn verhört wurde.

»Nestan, ich brauche deine Hilfe, alter Freund«, rief Simeon.

»Es geht um Rosa«, rief Thom durchs Tor. »Sie haben sie verhaftet.«

26. KAPITEL

»Was hat sie getan?«, fragte Milla, als Nestan Thom und Simeon in sein Studierzimmer geführt hatte. Sie erinnerte sich, wie wütend Rosa vor Monaten gewesen war. In der Zwischenzeit musste die Lage für ihre Freundin noch schlimmer geworden sein.

Thom sah sich im Zimmer um, registrierte die holzgetäfelten Wände und die Regale voller Karten und Kontenbücher. Während er erklärte, was geschehen war, drehte er unablässig seine Kappe in der Hand. »Nach der Explosion haben sie die Gebühren wieder erhöht, aber nur für die Stände auf der sartolischen Seite. Rosa und ihre Familie können es sich jetzt nicht mehr leisten, auf dem Markt zu arbeiten.«

»Es war ohnehin schon zu teuer«, sagte Milla.

»Sie können die Miete an einem Tag niemals reinholen«, sagte Simeon. »Das ist einfach nicht gerecht. Sie werden Arcosi verlassen müssen – und genau das beabsichtigt der Herzog. Sie ausbluten, bis sie Arcosi den Norländern überlassen.« Simeon mochte ein Norländer sein, aber seine Frau Livia war sartolischer Abstammung und die Ungerechtigkeit machte ihm sehr zu schaffen.

»Und was hat Rosa angestellt?«, fragte Nestan. Er und Simeon kannten sich seit ihrer Kindheit, auch wenn sie viele Jahren nicht mehr zusammengearbeitet hatten.

»Rosa hat das Marktvolk zusammengetrommelt. Einen Vormittag lang haben sie den Zugang zu den Ständen der Norländer blockiert, damit die mal sehen, wie das ist, wenn man ständig schikaniert wird.«

»Rosa wollte niemandem wehtun«, fügte Thom schnell hinzu. »Sie wollte einfach etwas klarmachen.«

»Und der Herzog hat die Leute verhaften lassen?« Milla war zwar stolz auf ihre Freundin, aber sie machte sich auch große Sorgen.

»Die Soldaten haben alle mitgenommen, jeden Einzelnen«, sagte Simeon. »Und keiner kann sich die Auslösegebühr leisten.«

»Ich wette, die norländischen Händler freuen sich – jetzt haben sie keine Konkurrenz mehr«, sagte Thom aufgebracht.

»Du hast gut daran getan, zu mir zu kommen«, sagte Nestan zu Simeon. »Ich werde die Gebühren bezahlen. Holen wir sie heraus.«

»Ich komme mit«, meldete Josi sich zu Wort.

Von Erleichterung und Dankbarkeit überwältigt, starrte Milla die beiden an. Sie kannten Rosa kaum. Trotzdem waren Nestan und Josi bereit, für sie und eine Schar Fremder ihre Sicherheit aufs Spiel zu setzen.

Josi warf sich einen warmen Umhang um die Schultern, dann überprüfte sie die Falten ihres Rockbunds. Milla entdeckte ein Messer und zwei Fleischspieße, die sie dort versteckt hatte.

Nestan erteilte Befehle. »Finn, ich brauche mein Schwert. Und meinen Stock aus Eichenholz. Josi, nimm die Laterne mit.«

Milla sah ihren eiligen Vorbereitungen zu. »Wartet, ich komme auch mit«, sagte sie.

»Nein. Zu gefährlich. Vergiss nicht, was du alles im Palast zurückgelassen hast«, gab Josi ihr warnend zu verstehen.

Thom warf Milla einen verwirrten Blick zu, aber das war nicht der richtige Moment, ihm von den Drachen zu erzählen.

Milla zögerte. Was würde Iggie denken, wenn er aufwachte und sie nicht da war? Tarya würde sich um ihn kümmern und ihn füttern, aber das war nicht dasselbe. Sie sandte ein stilles Gebet in die Nacht und hoffte, dass er sie verstehen würde: Sie konnte Rosa nicht im Stich lassen.

»Rosa ist meine Freundin«, sagte sie. »Und ich kann euch schneller hinführen als sonst jemand. Ich kenne eine Abkürzung, auf der man die Patrouillen umgeht.«

Nestan sah sie eindringlich an. »Also gut. Aber sei vorsichtig und tu, was ich sage.«

»Herr«, sagte Milla an Newton gewandt, »können Sie klettern? Dann können wir den Schleichweg nehmen und müssen den Wachen nicht Bescheid sagen.«

»Ich mag zwar nicht mehr rennen können, aber meine eigene Gartenmauer kann ich immer noch selbst hinunterklettern.« Nestan nickte. In seinem Blick lag ein neuer Respekt. »Du hast recht – je weniger Bescheid wissen, desto besser.«

»Wo werden sie gefangen gehalten?«, fragte Milla leise, als sie den Hafen erreichten und sich im Schatten des großen Seewalls versteckten. Die Nachtluft war kühl und roch nach dem vertrauten salzigen Aroma von Algen und den verrottenden Abfällen, die die Flut an Land spülte. Milla kannte die Gegend gut. Sie hatte früher öfter Nachrichten zu Nestans Lagerhäusern hinuntergebracht. Weiter westlich befand sich ein flacher Strand, an dem die Kinder von Arcosi schwimmen lernten.

»Da drüben.« Thom wies über die dunkel und verlassen daliegenden Anlegeplätze. »Siehst du das Lagerhaus? Der Herzog hat ein Gefängnis daraus gemacht. Anstatt Gütern bewahrt man jetzt Gesetzesbrecher darin auf. Nur dass es nicht viel braucht, um als einer abgestempelt zu werden.«

»Simeon, Thom«, sagte Nestan. »Ihr bleibt hier draußen und haltet die Augen auf. Pfeift, wenn wir verschwinden müssen.«

»Ich komme mit«, beharrte Milla.

»Dann komme ich auch mit«, sagte Josi.

»Gut, aber überlasst das Reden mir. Zieht eure Kapuzen über den Kopf und folgt mir«, befahl Nestan. Er musste es nicht erst aussprechen: *Lasst sie nicht wissen, dass ihr keine Norländer seid.*

Für Nestan war es ein Leichtes, sich Eintritt zu verschaffen: eine herzliche norländische Begrüßung; ein derber Witz; ein Handschlag, damit eine Münze von einer Hand in die andere wechseln konnte. Milla hoffte, dass der Rückweg ebenso leicht werden würde.

Dann gingen sie hinein. Das Lagerhaus war ein lang gestrecktes, einstöckiges Gebäude, das man mehr schlecht als recht seiner neuen Bestimmung angepasst hatte. In der schmalen Eingangshalle saßen drei Wachen an einer Holzplatte, die auf zwei Böcken lag, und spielten Karten. Sie trugen Schwarz, wie die Garden des Palasts, nur dass ihre Uniformen fleckig und zerschlissen waren. Selbst im trüben Licht ihrer Sturmlaterne erkannte man die feuchten Wände, der saure Gestank von ungewaschenen Körpern schlug ihnen entgegen, und es war unverkennbar, wo sie sich befanden.

Milla verspürte eine rasende Wut auf den Herzog. Er hatte dieses Gefängnis geschaffen. Es war wie ein Symbol für sein ganzes verkommenes System. Hier wurden keine Norländer vor Kriminellen beschützt! Hier wurden die anderen dafür bestraft, dass sie nicht die richtigen Vorfahren hatten. Rosa sollte nicht im Gefängnis sitzen! Erst die Ungerechtigkeit der herzoglichen Vorschriften hatte sie zu den Protesten angestiftet. Aber wenn die Herrschenden im Unrecht waren, hatten die Untertanen dann nicht das Recht, sich zu wehren?

Milla konnte sich nur mühsam beherrschen, dennoch hielt sie sich mit Josi im Hintergrund, während Nestan zum Tisch spazierte.

Er lehnte sich lässig auf seinen Gehstock. »Guten Abend, meine Herren.«

Milla schielte unter ihrer Kapuze zu ihnen hinüber. Im Rücken der Wachen befand sich eine vergitterte Tür. Durch sie gelangte man wohl in das eigentliche Gefängnis. Sie starrte in die dahinterliegende Dunkelheit: An einer mit Haken gespickten Wand hingen matt funkelnde Schlüssel.

»Was wollen Sie? Sind Sie gekommen, um mit uns Karten zu spielen?«, fragte der Oberaufseher, der über sein Kartenblatt hinweg flüchtig zu Nestan hochschaute. Ein dicker blonder

Zopf lugte unter seiner Kappe hervor und sein Gesicht wirkte im flackernden Licht gelb und fettig.

»Wir sind hier, um die Freilassung von Rosa Demarco und den anderen Mitgliedern der Marktgilde sicherzustellen«, sagte Nestan.

»Mitglieder der Marktgilde! Habt ihr das gehört? Ganz schön dick aufgetragen für diesen sartolischen Abschaum.« Der Mann schaute wieder auf seine Karten.

Milla spürte, wie ihre Wut wuchs, doch sie dachte an das Versprechen, das sie Nestan gegeben hatte, und hielt den Mund.

Nestan schlug mit der Spitze seines Gehstocks auf den Tisch, sodass die Wachmänner zusammenfuhren. »Ich habe dich nicht um deine Meinung gebeten. Mach einfach deine Arbeit, oder der Herzog erfährt von dieser Sache, noch ehe die Nacht um ist.«

Der Mann stand auf, rückte seinen Gürtel zurecht und warf sich in die Brust. »Das wird teuer«, sagte er verärgert. Bei jedem anderen hätte er längst das Schwert gezogen. Aber Nestans Reichtum und sein Selbstvertrauen schützten Millas Herrn besser als jede Rüstung.

»Dann addiere auf, was ich zahlen muss.« Nestan fixierte den Mann. »Ich werde die Rechnung prüfen lassen, und wenn du mich betrogen hast, wird der Herzog auch davon erfahren.«

Der Mann saugte die Wangen ein und griff nach einem großen Kassenbuch, wobei er etwas vor sich hin murmelte, das wie *Krüppel* klang. In aller Gemütsruhe blätterte er zur richtigen Seite vor. Er wollte sie möglichst lange warten lassen. Penibel fuhr er mit dem Finger die Zeilen entlang, notierte Namen und die Auslösesumme der Gefangenen.

Während Nestan wartete, klopfte er mit seinem Stock laut auf den Tisch, ignorierte ansonsten aber das Verhalten des Aufsehers.

Schließlich nannte der Mann eine Summe, die so hoch war, dass Milla »Das können Sie nicht bezahlen« hervorstieß.

Josi legte ihr die Hand auf den Arm, damit sie schwieg.

Nestan zog eine Lederbörse hervor und begann, Münzen abzuzählen.

In diesem Moment stieg Milla ein beißender Geruch in die Nase, der nichts mit den ungewaschenen Wachmännern zu tun hatte. Sie schnüffelte. »Was ist das?«

Nestan hob alarmiert den Kopf. »Rauch.«

»Feuer!« Hinter der vergitterten Tür tauchte ein weiterer Wachmann auf und hantierte hektisch am Schloss herum. »Feuer!«, schrie er. »Macht, dass ihr rauskommt. Jensen, der Idiot, hat seine Laterne umgestoßen. *Feuer!*« Er drückte die Tür auf und rannte hindurch. Heftig hustend presste er den Ärmel vor den Mund und drängte sich an Nestan vorbei. Kurz darauf kamen zwei weitere Uniformierte, die nicht älter aussahen als Milla.

Der Wachmann mit dem Kassenbuch bewegte sich schneller, als Milla es für möglich gehalten hätte. »Raus hier!« Die drei verbliebenen Männer ließen ihre Spielkarten fallen, stießen ihre Stühle zurück, schubsten Milla und Josi beiseite und rannten zum Ausgang.

»Wartet!«, brüllte Nestan. »Was ist mit den Gefangenen?«

Der letzte Wachmann drehte sich an der Außentür halb um. »Für die setze ich mein Leben nicht aufs Spiel.«

Dann schlug die Tür zu und sie waren verschwunden.

27. KAPITEL

»Schnell!« Milla reagierte als Erste. Sie warf ihren Umhang ab. »Die Schlüssel.« Die Gittertür schwang auf und sie lief zielstrebig zur Wand.

Nestan drängte sich durch die Tür. »Wir nehmen alle. Komm, beeil dich!«

Ungelenk schnappte Milla sich die Schlüssel und riss sich an den Metallhaken die Haut auf. Vor ihnen lag ein Korridor, von dem auf beiden Seiten Zellen abgingen. Es war dunkler hier drinnen, Nestans Laterne war die einzige Lichtquelle. Ein lang gestreckter, nackter Raum, der lediglich von Gitterstäben getrennt wurde, Männer auf der einen Seite, Frauen auf der anderen. Ohne jede Privatsphäre. Nicht besser als ein Stall.

Rauch kroch ihnen entgegen. Gefangene schrien und brüllten panisch um Hilfe.

Milla entdeckte eine Tür und steckte einen Schlüssel ins Schloss. Er passte nicht. Als sie nach dem nächsten tastete, schoss eine Frauenhand aus der Zelle und packte sie.

»Hilf uns! Mach schnell!«, kreischte die Gefangene.

Milla ließ die Schlüssel fallen. »Das versuche ich ja. Lass los!« Sie riss den Arm zurück und verlor wertvolle Sekunden, als sie auf dem Boden nach den Schlüsseln tastete. Welchen hatte sie schon probiert?

Josi kniete sich hin und knackte ein Schloss mit den Fleischspießen, die sie in ihrem Rockbund versteckt hatte.

Milla liefen Tränen übers Gesicht, der Rauch wurde immer dichter. Die Luft war zum Schneiden dick, sie konnte kaum atmen. Milla schaute lieber nicht ans andere Ende des Gebäudes, aber sie hörte die Flammen knistern und die Hitze wurde immer schlimmer.

Der zweite Schlüssel passte nicht. Der dritte auch nicht.

Bleib ruhig. Versuch es weiter. Alles in ihrem Körper schrie nach Flucht.

Der nächste Schlüssel blieb stecken, aber er bewegte sich nicht. Milla drehte ihn mit aller Kraft – *klick* – das Schloss ging auf.

Milla ließ den Schlüssel ins Stroh fallen und sprang zurück, als die verzweifelte Frau die Tür aufdrückte und ihr fast die Finger einklemmte.

Josi hatte bereits mehrere Zellen geöffnet, die Gefangenen stürmten ins Freie und Josi machte sich an einem weiteren Schloss zu schaffen.

»Rosa! Rosa Demarco! Wo bist du?«, rief Milla hustend, während sie vornübergebeut zur nächsten Tür eilte.

Keine Antwort.

Josi zog sie am Arm. »Bedeck dein Gesicht«, murmelte sie. »So.«

Milla riss einen Stofffetzen aus dem Futter ihres Umhangs

und band ihn sich über Nase und Mund. Dann bearbeitete sie das nächste Schloss, probierte einen Schlüssel nach dem anderen und tauschte schließlich mit Josi.

Aus dem entlegensten, dunkelsten Teil des Gefängnisses drangen schauerliche, angsterfüllte Schreie. Dort war Nestan. Sein Umriss zeichnete sich vor den wütenden Flammen ab, die plötzlich die Wand hinaufschossen.

Vor Millas Augen begann alles zu verschwimmen. Nicht mehr lange und es wäre für sie alle zu spät.

»Milla!« Das war Rosas Stimme, schrill und verängstigt, aber lebendig. Hier, in dieser Zelle.

Frauen streckten ihre Hände durch die Gitterstäbe, packten Milla, schrien um Hilfe.

»Tretet zurück«, bat Milla, die mit den Schlüsseln hantierte, es blieben nur noch zwei. »Ich kann nichts sehen.«

Krachend stürzte ein brennender Deckenbalken herab. Eine Gestalt taumelte an ihr vorbei, sie trug eine andere auf dem Arm. Milla betete, dass eine davon Nestan war.

Die Schreie wurden lauter.

Die Hitze war unerträglich und brannte auf der ungeschützten Haut um die Augen. Aber Milla würde nicht aufgeben.

Sie schloss die Augen, atmete gegen den Stoff und verließ sich auf ihren Tastsinn. Die Welt bestand nur noch aus Atmen. Aus diesem Schlüssel. Und diesem Schloss. Sie schob den letzten hinein. Drehte ihn. Dann sackte sie zu Boden und bekam kaum noch mit, dass Füße an ihr vorbeistürzten. Sie wollte davonkriechen, hatte aber jeden Orientierungssinn verloren.

»Milla«, rief Rosa. »Steh auf!«

Mühsam hob sie den Kopf. Sie musste weiterleben, Iggie zuliebe. Hustend, keuchend, kriechend folgte sie Rosa aus dem brennenden Gebäude. Hoffentlich waren die anderen auch noch dazu in der Lage. Es war zu spät, um nachzusehen. Es war für alles zu spät.

Millas Welt wurde dunkel.

*

»Komm schon, bleib bei mir.« Das war Josi, die sie heiser anflehte. »Milla?«

Milla schlug die Augen auf. Der Nachthimmel war voller winziger gelb-roter Funken, die aussahen wir Glühwürmchen. Jemand kühlte ihr Gesicht mit einem feuchten Lappen.

»Du lebst!«

Milla rollte sich auf die Seite und hustete, bis sie sich übergab. Dann lag sie keuchend da und pumpte die kühle, süße Nachtluft in ihre Lunge.

»Langsam, mein Kätzchen, lass dir Zeit.« Das war wieder Josi, die ihr beim Aufsetzen half.

Milla sah ein Bild der Verwüstung. Josi musste sie vom brennenden Lagerhaus fortgeschleift haben. Es brannte lichterloh. Rauchwolken und Flammen schossen in den Nachthimmel. Ihr Widerschein spiegelte sich im tintenschwarzen Hafenbecken. Menschliche Körper lagen am Kai verstreut. Einige bewegten sich, andere nicht.

»Wir können nicht hier bleiben«, sagte Josi. »Wir müssen fort, bevor die Soldaten kommen und jeden wieder einsperren. Sämtliche Unterlagen wurden im Feuer zerstört. Sie werden einfach alle festnehmen und dann Fragen stellen.«

Milla versuchte zu sprechen, aber ihre Kehle war geschwollen und schmerzte so sehr, dass sie fast wieder das Bewusstsein verlor.

»Da kommt jemand.« Das war Nestans Stimme.

Er lebte. Milla kamen die Tränen und der Himmel verschwamm zu gelb-schwarzen Flecken.

»Ist schon gut«, sagte Josi, »das sind keine Soldaten, schau …«

Als Milla sich mit den Fingerknöcheln die Tränen aus den Augen rieb, sah sie Menschen auf den Kai strömen. Sie zogen Karren, trugen Matten, eine alte Tür. Ganz gewöhnliche Menschen, Männer, Frauen, Kinder, hoben sich als Silhouetten vor dem Feuer ab und halfen. Moment! Serina war auch dort. Die Menschen arbeiteten schnell, luden die Überlebenden auf und brachten sie in Sicherheit.

»Rosa?«, flüsterte Milla heiser.

»Lebt«, krächzte Josi. »Sie ist bei Thom und Simeon. Komm, wir müssen hier weg, bevor die Soldaten kommen.«

Josi bückte sich und nahm einen von Millas Armen. Nestan trat auf ihre andere Seite. Er hatte seinen Stock verloren, aber sie stützten sich gegenseitig und schafften es irgendwie, sich vom Kai fortzuschleppen. Mit gekeuchten Anweisungen lotste Milla sie zur Schmugglertreppe. Jede Stufe kostete sie unendlich viel Kraft. Als sie schließlich durch das Tor des Gelben Hauses taumelten, fühlte es sich an, als wären Stunden vergangen.

Milla schleppte sich geradewegs zum Küchenbrunnen, wo sie zusammensackte. Blindlings tastete sie nach dem Eimer und tauchte ihn tief in das Steinbecken, um sich das köstlich kühle Wasser über den Kopf zu gießen.

»Lass dir helfen«, sagte Josi, die Millas Haare zurückstrich und ihr die Rußflecken von der Haut wischte. Als sie fertig war, sank Josi zurück. Die Beine an den Leib gezogen, saß sie da und zitterte unentwegt. Zum ersten Mal in ihrem Leben sah Milla, dass diese starke Frau nicht unbesiegbar war.

»Jetzt du«, sagte Milla hustend, obwohl auch sie inzwischen vor Kälte zitterte, und goss Josi sauberes Wasser über den Kopf.

Hustend und klatschnass wankten die beiden zurück in die warme Küche, wo sie ihre verqualmten Sachen auszogen. Milla hätte sich am liebsten zum Schlafen neben das Feuer gelegt, doch der Gedanke an Iggie trieb sie weiter.

»Hier. Iss das«, sagte Josi, die ihr eine Schüssel mit kalter Suppe reichte. »Danach bringen wir dich besser zurück zum Palast, bevor sie entdecken, dass du verschwunden bist.«

Müde machten sie sich bald wieder auf den Weg und verabschiedeten sich mit einer stummen Umarmung vor der Schattenpforte.

Um der Aufmerksamkeit der Wachposten zu entgehen, benutzte Milla die versteckte Tür im hinteren Teil der Drachenhalle: jene Tür, durch die Kara vor Monaten entkommen war.

Lautlos schlüpfte sie hinein. Die anderen schliefen, Milla hörte ihre tiefen, gleichmäßigen Atemzüge. Sie ließ sich in ihre Koje fallen. Iggie kroch zu ihr – er brauchte inzwischen mehr Platz als sie – und begann sanft zu glühen, um sie zu wärmen, während sie weinte. Sobald sie Iggie umarmte, ließ der Schmerz in ihrer Kehle nach, als würde er ihn von ihr nehmen.

Millas Tränen galten Rosa und dem gerade durchlittenen Grauen. Sie weinte vor Erleichterung, dass alle ihre Freunde dem Inferno entkommen waren. Sie weinte um die Menschen, denen das nicht vergönnt gewesen war. Und sie weinte um ihre gespaltene, zutiefst verdorbene Stadt, in der solche Dinge möglich waren.

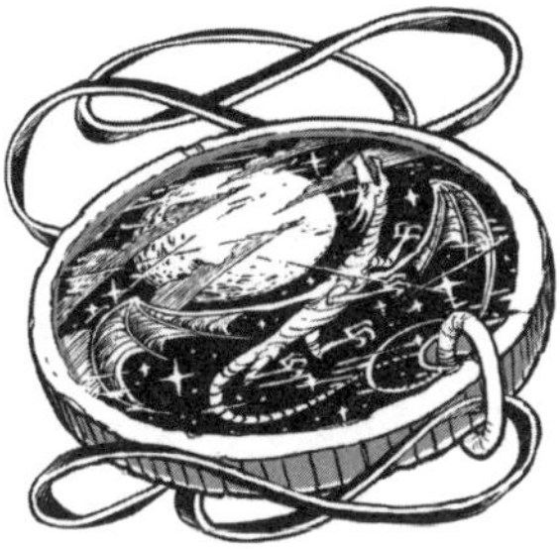

28. KAPITEL

Drei Monate später: Wintersonnenwende

Es war Winter geworden in Arcosi. Draußen fiel Eisregen und der Wind heulte um die Drachenhalle. Die Ausgangssperre des Herzogs betraf die ganze Insel, also auch sie. Rastlos und verdrossen saßen sie hier drinnen fest. Selbst die Balgereien der Drachen wurden allmählich aggressiv.

»Mir ist langweilig«, sagte Vigo.

Milla verdrehte die Augen. »Du hast alles, was du dir nur wünschen kannst.« Sie dachte an ihre Freunde in der Stadt. Auch wenn Nestan weiterhin zu Besuch kam und ihr Neuigkeiten ins Ohr flüsterte, hatte Milla den Palast seit dem Brand kaum noch verlassen.

Die Stimmung in Arcosi war angespannt und gefährlich und kurz davor, zu explodieren. Sechs Menschen waren in jener Nacht ums Leben gekommen. Ihre Beerdigungen lösten Unruhen aus: Zuerst wurden Häuser und Geschäfte von Norländern geplündert, dann aus Rache die von Sartolanern niedergebrannt. Die ersten Bewohner mit sartolischen Wurzeln beschlossen, die Insel zu verlassen. Rosa und ihre Familie weigerten sich zu gehen. Da sie vom Markt verbannt waren, zogen sie in der Unterstadt nun bei Wind und Wetter von Tür zu Tür, um ihre Waren zu verkaufen.

»Du hast mehr zu essen, als du brauchst, ein warmes Heim. Und einen *Drachen*«, sagte Milla bitter. Sie wusste nicht, warum sie ihre Stimmung an Vigo ausließ – all diese Dinge galten auch für sie selbst. Aber vielleicht war genau das der Grund: Sie hatte ein schlechtes Gewissen, und das machte sie gereizt.

»Langweilt sich der kleine Herzog etwa?«, fiel Isak bereitwillig mit ein, wobei in seiner Stimme ein feindseliger Unterton mitschwang. »Diener? Sorgt auf der Stelle für Unterhaltung!«

Die Stimmung zwischen Isak und Vigo wurde immer angespannter. Lag es daran, dass Tarya Vigo ihrem Bruder in letzter Zeit vorzog? Oder daran, dass der Herzog Isak mehr wie seinen eigenen Sohn behandelte als Vigo? Wahrscheinlich beides, überlegte Milla.

Vigo machte ein langes Gesicht. »*So* schlimm bin ich auch wieder nicht.«

Niemand antwortete.

Milla lehnte an der Wand der Drachenhalle. Eingesperrt hier drinnen, wurde sie schwermütig und schnippisch. Immer wieder musste sie an den Mord von Silvano denken. Wo war es wohl geschehen? Sie blickte sich in der warmen, luftigen Halle um. Für einen kurzen Moment sah sie eine Pfütze aus warmem, dunklem Blut. Sie schauderte, zog ihre Jacke enger und schlang die Arme um den Leib.

Nicht einmal die schöne Kleidung konnte sie mehr genießen. Wie viel Geld würde es wohl einbringen, wenn sie alles verkaufte? Diese Jacke? Wahrscheinlich könnte sie Rosa damit einen ganzen Monatsvorrat an Waren finanzieren. Und diese seidene Tunika würde Thoms und Simeons Hafensteuer abdecken.

Wie soll ich es nur aushalten, hierzubleiben?, fragte sich Milla jeden Morgen. Wenn sie und Iggie nicht fortgingen, waren sie Teil des Systems, unter dem ihre Freunde litten. Nur noch ein wenig länger, sagte sie sich jeden Tag. Es war, wie Vigo gesagt hatte: Sie mussten abwarten und Geduld haben. Nur bis zum Frühling, dann wäre Iggie größer und stärker. Und die Dinge würden sich verändern, dafür würde sie sorgen.

Aber was, wenn es bis dahin zu spät war? Die Zeilen des Gedichts gingen ihr nicht aus dem Kopf:

Wenn die Winde des Passats aus Osten wehen,
kehren die Drachen ein letztes Mal zurück.
Soll das Nest nicht für immer vergehen,
müssen Mauern fallen für Frieden und Glück.

Es war nur ein Gedicht, sagte sie sich. Iggie ging es gut, oder etwa nicht?

Im Moment saßen die Drachen auf ihrer Stange und putzten sich, während ihre Gefährten es sich ganz in der Nähe bequem gemacht hatten. Die Stange war bereits zweimal erneuert worden, um mit dem erstaunlichen Tempo ihres Wachstums mitzuhalten.

Alle hatten sich kleine Naschereien schmecken lassen: die Menschen Zuckerkekse, die Drachen knusprige Lammknochen. Iggies Flanken waren mit nicht allzu tiefen Kratzspuren bedeckt. Ihre Kämpfe waren inzwischen ernster. Wenn die Drachen dieser Tage miteinander kämpften, blieb man besser auf Abstand.

Als spürte er ihre Sorgen, sah Iggie mit einem gemächlichen Blinzeln zu Milla.

Sie lächelte ihm zu, und er fuhr fort, seine Flügel zu putzen.

»Bin ich wirklich so schlimm?«, fragte Vigo schließlich.

»Nee, normalerweise nicht. Nicht mehr, jedenfalls. Du könntest fast als Mensch durchgehen, mein Prinz«, erklärte Tarya und reckte sich, um ihn auf die Wange zu küssen. »Außerdem hast du recht: Wir brauchen eine Ablenkung, bevor wir hier noch alle durchdrehen. Wer weiß etwas zu erzählen?«

»Ich habe heute Morgen etwas aufgeschnappt«, sagte Isak. »Jemand hat ein norländisches Lagerhaus in die Luft gesprengt. Der Herzog hat einen ganzen Haufen Unruhestifter verhaftet.«

Milla lief es eiskalt über den Rücken. War Rosa auch darunter? Ihretwegen hatte sie keinem der anderen erzählt, dass sie bei dem Brand im Gefängnis dabei gewesen war. Niemand sprach über die Geretteten, damit die Soldaten des Herzogs nicht auf den Gedanken kamen, sie wieder zu verhaften. Die drei wussten, dass Milla in jener Nacht bei Josi gewesen war, mehr nicht.

Iggie glitt von der Stange, kam zu ihr und stupste sie an. Dankbar für sein Verständnis, streichelte sie seinen großen blauen Kopf. Er war inzwischen riesig, so groß wie ein Pony. Iggie rollte sich zusammen und legte Milla die Schnauze auf den Schoß. Sein Gewicht hatte etwas Tröstliches.

»Welche Unruhestifter? Wovon redest du?« Tarya setzte sich aufrecht hin. »Gibt es weitere Aufstände?«

Heral hob den Knopf und knurrte leise.

»Irgendwelche sartolischen Strolche zerstören norländisches Eigentum«, sagte Isak abfällig.

»Das ist ja schrecklich!«, rief Tarya.

»Hast du gehört, wie sie heißen, diese *Strolche*?«, fragte Milla. »Wohin hat man sie gebracht?«

Iggie fiepte und sie legte die Arme um seinen Hals.

»Ist mit unserem Haus alles in Ordnung?«, fragte Tarya. »Warum machen sie so etwas nur? Fremdes Eigentum zerstören?«

»Ist das dein Ernst, Tarya?« In Milla riss etwas entzwei. »Wenn du nur einen Augenblick lang nachdenken würdest, kämst sogar du darauf.«

Die anderen drei starrten sie an. Milla war nie gemein zu Tarya.

»Milla! Hast du ... willst du damit etwa sagen, dass du diese Leute kennst? Und sie verstehst?«

»Willst du damit sagen, dass du sie nicht verstehst? Wobei, ihr beide seid ja Norländer und du bist der Sohn des Herzogs. Natürlich versteht ihr sie nicht!« Als Milla sah, wie sich ihre Gesichter verschlossen, bereute sie ihre Worte sofort. Sie lehnte sich an die Wand, ließ Iggie los und machte sich auf eine Auseinandersetzung gefasst.

»Dann komm, Milla«, konterte Isak, der ebenso sarkastisch klang wie sie. »Lass uns an deinem überlegenen Wissen über das Leben auf Arcosi teilhaben!« Belara hatte sich jetzt zu ihm gesellt und bekundete mit einem hohen, kehligen Laut ihren Kummer, die goldenen Ohren lagen flach am Kopf.

Iggie warnte Isak mit einem leisen Knurren.

Milla atmete tief durch; sie widerstand dem Drang, ihm Rosas Geschichte ins Gesicht zu schreien. Stattdessen überlegte sie einen Moment, nahm den Teller mit Zuckerplätzchen, der zwischen ihnen auf dem Boden stand, und zählte sie. »Seht ihr diesen Teller? Das ist Arcosi ... Und es gibt zwölf Plätzchen, richtig?«

Menschen wie Drachen sahen ihr gespannt zu.

Milla kippte sämtliche Plätzchen vom Teller und legte dann zwei wieder darauf. »Das hier sind die Norländer, die vor fünfzig Jahren nach Arcosi kamen, eine wunderschöne, leere Insel vorfanden und sich darauf niederließen, in Ordnung?«

»In Ordnung«, sagte Tarya. »Das sind unsere Großeltern, Vater wurde kurz darauf hier geboren.«

Heral ließ sie nicht aus den Augen. Er war wachsam und würde auf ihr Kommando sofort zu ihr fliegen.

Milla legte noch vier Plätzchen auf die gleiche Hälfte des Tellers. »O ja, die Norländer haben sich hier niedergelassen und vermehrt. Und hier kommen die Sartolaner.« Milla legte vier weitere Plätzchen schön eines nach dem anderen auf die andere Hälfte des Tellers. »Sie lassen sich im Laufe der Zeit ebenfalls hier nieder, sie segeln das kurze Stück über den Sartola-Sund zu ihren nächsten Nachbarn, weil Sartola immer noch mit den Folgen des Krieges zu kämpfen hat und es auf Arcosi Arbeit gibt.« Sie fügte noch ein Plätzchen hinzu: »Im Hafen ist Platz für ein weiteres Boot.« Dann noch eines: »Auf dem Markt ist Platz für den Stand von Rosas Familie. Wer hart arbeitet, dem bieten sich hier Möglichkeiten. Richtig?«

»Richtig.«

»Halbe-halbe, mal mehr, mal weniger. Norländer und Sartolaner Seite an Seite. Eigentlich müsste es genug Platz für alle geben. Aber passt auf.«

Sie sahen zu, wie Milla die Norländerplätzchen auf dem ganzen Teller verteilte und dabei die der Sartolaner in eine Ecke schob.

»Aber wer hat die besten Häuser?« Wieder wanderte ein Norländerplätzchen auf die sartolische Seite. »Die besten Arbeitsplätze?« Das nächste. »Die besten Markstände?« Und wieder eines. »Die niedrigsten Gebühren für alles? Dem Herzog ist das recht, weil es seine Leute bevorzugt, schließlich hat er seinem toten Vater versprochen, sie um jeden Preis zu beschützen.«

Isak machte ein böses Gesicht und sah aus, als würde er ihr gleich ins Wort fallen.

»So, und was ist mit den Leuten aus Sartola?«, fuhr Milla fort, bevor Isak den Mund aufmachen konnte. »Ihr könnt euch hier drüben um die Reste prügeln …« Sie nahm die sartolischen Plätzchen, die nun zusammengedrängt auf einem Viertel des Tellers lagen, und stieß sie gegeneinander.

»Ich bin mir nicht sicher, ob das stimmt, Milla«, sagte Tarya verletzt.

»Oh, ich bin noch nicht fertig«, sagte Milla. »Was passiert, wenn es jemand mit sartolischen Wurzeln wagt, den Mund aufzumachen und zu protestieren?«

Die anderen schwiegen.

»Nun, auch dafür hat der Herzog Gesetze erlassen. – Was nehmt ihr euch heraus? Hier kommen die Soldaten! – Und schon landest du im Gefängnis.« Sie hielt eines der sartolischen Plätzchen in die Höhe. »Und die Auslösegebühr setzt Herzog

Olwar so hoch, weil er ganz offensichtlich noch nicht reich genug ist. Und wenn man nicht genug Geld hat, um sie zu bezahlen? Dann war's das!« Sie steckte das Plätzchen in den Mund und zerkaute es, dass die Krümel auf ihre blaue Tunika rieselten.

Taryas Wangen waren gerötet. »Und was willst du uns damit sagen? Dass es in Ordnung ist, wenn Leute durch die Gegend ziehen und Dinge in die Luft sprengen?«

»*Mraa!*«, stieß Iggie hervor.

»Dass es in Ordnung ist, so etwas zu tun?« Tarya stieß von unten gegen den Teller. Die Plätzchen und Krümel flogen in alle Richtungen und der Teller brach klirrend entzwei.

Böse Blicke wanderten hin und her.

Iggie und Heral sprangen zurück und zuckten nervös mit den Schwänzen. Belara schlug mit der Tatze.

»Ich glaube, wir sollten alle einmal tief durchatmen«, sagte Vigo. Er hatte Petra die ganze Zeit über gestreichelt, um sie zu beruhigen. »Die Sache ist ein bisschen komplizierter als ein Teller voller Plätzchen.«

»Ich behaupte ja nicht, dass es *richtig* ist, wenn die Leute mit sartolischen Wurzeln losziehen und randalieren!«, erklärte Milla. »Ich sage nur, dass es *nachvollziehbar* ist. Und ich denke, dass sich einige Dinge ändern müssen. Wärt ihr nicht auch wütend, wenn ihr euer Leben lang für den halben Lohn doppelt so hart arbeiten müsstet?«

»Du scheinst zumindest *sehr* wütend zu sein, Milla«, sagte Isak, ohne darauf zu achten, dass Belara auf seinen Schoß zu klettern versuchte, obwohl sie dafür inzwischen viel zu groß war. »Wer hätte das gedacht? Dabei hat dich eine norländische Familie aufgenommen und dir Arbeit gegeben.«

»Ach, Verzeihung, habe ich mich für die Krümel nicht dankbar genug gezeigt?«, schrie Milla ihn an. »Es geht hier aber nicht um mich. Wisst ihr, worum es wirklich geht?«

»Das wirst du uns sicher gleich sagen«, meinte Isak.

»Es geht darum, ob Norländer und Sartolaner oder wer auch immer ein Recht auf gleiche Behandlung haben.« Sie sah die Bilder vor sich: Wie viele Male hatte sie Norländer dabei beobachtet, wie sie sich ganz selbstverständlich an die Spitze von Warteschlangen stellten, im Hafen die besten Liegeplätze belegten und sich auf dem Markt die besten Stände sicherten. Und das völlig gedankenlos. »Was glaubst du, Isak? Bist du etwas Besseres, nur weil deine Vorfahren Norländer waren?«

Er gab keine Antwort.

»Und falls du das glaubst« – an dieser Stelle hatte Milla Mühe, weiterzusprechen, weil hinter ihrem Zorn Tränen aufstiegen –, »dann gib es wenigstens zu. Und tu nicht so überrascht, wenn Leute anfangen, ihre Wut zu zeigen.«

Iggie schob seinen großen blauen Kopf über ihre Schulter. Sie tätschelte seine lange Schnauze und lehnte die Wange an ihn, um sich zu beruhigen.

»Natürlich sind wir nicht besser, nur weil wir Norländer sind«, mischte Tarya sich ein. »Das habe ich nie behauptet und ich habe auch niemanden wegen seiner Herkunft jemals anders behandelt. Das stimmt doch, Isak?« Sie versetzte ihrem Bruder einen kräftigen Stoß.

»Was hättest du denn getan?«, fragte Isak ein wenig leiser. »Schließlich hat sich keiner von uns die Familie ausgesucht, in die er hineingeboren wurde.«

»Wie meinst du das?«, versuchte Milla ihm Genaueres zu entlocken.

»Sagen wir, du gehörst zu den Norländern, genau wie der Herzog. Oder unser Vater. Du entdeckst eine verlassene Insel und richtest dich auf ihr ein. Du baust dir ein Heim. Du beschützt, was dir gehört. So wie es jeder in seiner Heimat tun würde. Würdest du dir von einem Wildfremden, der gerade hereinspaziert kommt, sagen lassen, was du zu tun hast?«

»Ach, dann geht es also darum, wer zuerst hier war?«, hakte Milla nach. »Ich will nur sichergehen, dass ich dich richtig verstehe.« Sie passte sich seinem Ton an und sprach jetzt ebenfalls sanft und leise. Iggie spürte die Spannung und hob den Kopf. Er funkelte Isak an, weil der Milla aus der Fassung gebracht hatte. Zumindest einer war auf ihrer Seite.

»Warum nicht?«, fragte Isak.

»Das ist sehr dünnes Eis, auf das du dich da als Norländer vorwagst.« Milla konnte sich nicht länger zusammenreißen, sie war einfach zu wütend. »Von Rechts wegen gehört euch diese Insel überhaupt nicht. Fünfzig Jahre sind keine besonders lange Zeit. Was ist, wenn Leute kommen und versichern, dass sie vor euch hier geboren wurden? Steht ihr dann auf und verlasst Arcosi und gebt ihnen alles zurück?«

»Ah, geht es um deine mysteriöse Kara, die alles weiß? Ist sie hier geboren? Natürlich ist sie das!« Isak lachte. »Warum habe ich mir das nicht gleich gedacht? Du bist so naiv.«

»Ich wusste es! Du bist nicht einmal selbst von deinem Argument überzeugt!«, schrie Milla Isak an. »Du wirst deine Privilegien nie aufgeben. Du hast dich viel zu sehr daran gewöhnt, dich mit dem Herzog herumzutreiben!«

»Und du hast dich viel zu sehr daran gewöhnt, dich am Hafen herumzutreiben.« Mit einem höhnischen Lächeln beugte Isak sich vor. »Und vielleicht gehörst du ja auch genau da hin!«

Milla stieß Isak weg und hörte im nächsten Moment, wie mit einem leisen Knirschen seine Augengläser zerbrachen.

»Oh, das tut mir leid, Isak. Das wollte ich nicht«, rief Milla erschrocken.

»Doch, das wolltest du«, erwiderte Isak. »Du hast mehr als deutlich gemacht, wem deine Loyalität gilt, Milla.« Er war knallrot im Gesicht und wirkte ohne seine Gläser viel verletzlicher und jünger. »Und wo deine blinden Flecken sind, weiß ich jetzt auch.« Isak stand vorsichtig auf, las die Scherben von seinem Hemd und verließ die Drachenhalle. Belara folgte ihm unglücklich mit eingezogenem Schwanz.

Milla sah Tarya und Vigo an und brach in Tränen aus.

»Ach, Milla.« Tarya lief zu ihr und nahm sie in die Arme.

Taryas Tränen tropften Milla in den Nacken; Vigo legte seine Hand auf ihre Schulter. Sie schwiegen lange. Worte waren vertrackt und verletzend. Milla war sich nicht mehr sicher, ob sie die richtigen noch fand.

Schließlich setzten sie sich hin und lehnten sich an ihre Drachen. Was sie alle zu beruhigen schien.

»Warum hast du mir nicht gesagt, wie schlimm es steht?«, fragte Tarya schließlich.

Milla schniefte. »Das ist gar nicht so einfach, wie du siehst. Die Leute fühlen sich schnell angegriffen.«

Sie sah, wie Tarya Vigos Hand nahm.

Dieser räusperte sich. »Ich hatte mal einen Hauslehrer. Er stammte von den Seideninseln. Er war der beste Lehrer überhaupt, bis Vater ihn zwang zu gehen. Egal. Auf jeden Fall hat er immer gesagt: Wir kommen auf die Welt und wissen noch nichts – dafür ist das Leben da.«

»Und?« Milla fuhr sich über das Gesicht. Sie war froh, dass Iggie da war und sich mit seinem langen blauen Leib an sie schmiegte. Bei ihm fühlte sie sich geborgen.

»Wenn Tarya nicht wusste, wie es dir mit der Situation ging, war es vielleicht nicht ihre Schuld –«

»Aber meine auch nicht!«

»Das stimmt.« Vigo wirkte sehr ruhig und ernst, Tarya umklammerte seine Hand. »Deshalb müsst ihr euch erzählen, wie es für euch ist.«

Milla zögerte. Isaks Worte schmerzten sie immer noch.

»Hör zu«, fuhr Vigo fort. »Wenn wir auf dieser Insel etwas verändern wollen, müssen wir ehrlich zueinander sein. Wir müssen uns gegenseitig zuhören. Und dürfen uns nicht beleidigt fühlen. Und am besten fangen wir hier und jetzt damit an.«

»Bitte, Milla!«, entfuhr es Tarya. »Sei ehrlich zu mir! Aber sei mir nicht böse, ja?« Ihr Kinn zitterte. »Das halte ich nicht aus.«

Milla sah ihrer Freundin an, sah, wie verletzt sie war und wie aufrichtig. Kein Wunder, denn sie hatte noch nie im Zorn mit Tarya gesprochen.

»Also gut«, sagte Milla mit einem kleinen, unsicheren Lächeln. »Tut mir leid, dass ich so schrecklich war. Es war nicht so gemeint. Ich weiß doch, dass ihr die Gesetze nicht gemacht habt.«

Dann umarmten sie sich, alle drei. Die Drachen knurrten anerkennend und bliesen kleine Rauchwolken in die Luft.

»Wenn wir wollen, dass es auf dieser Insel friedlich zugeht, sollten wir am besten bei uns selbst anfangen«, sagte Tarya. »Wenn ich Norländerin bin, dann bist du halb Norländer, halb Sartolaner …«

»Aber ich weiß nicht, was ich bin!«, klagte Milla.

»Wir sind alle Arcosis«, sagte Vigo. »Darum geht es. Wir leben auf dieser Insel und wir lieben sie. Sie gehört uns allen, richtig?«

»Richtig!«, sagte Tarya.

»Natürlich«, sagte Milla, die sanft über Iggies blaue Schuppen strich. Aber sie würde das Leben ihres Drachen darauf verwetten, dass der Herzog das anders sah.

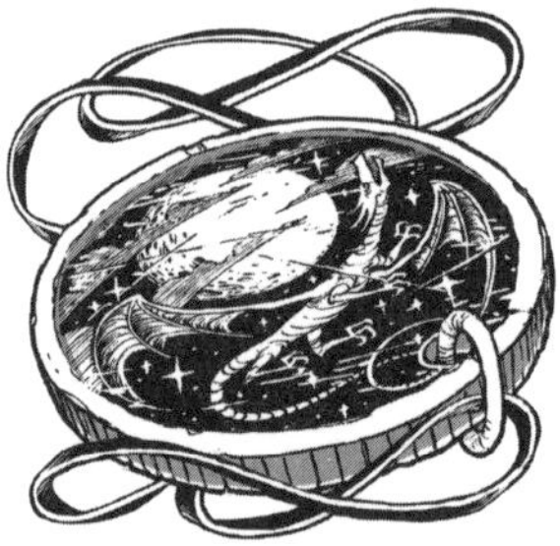

29. KAPITEL

Isak kehrte in dieser Nacht nicht in die Drachenhalle zurück. Ruhelos ging Milla in den dunklen Stunden ihren Streit im Geiste wieder und wieder durch.

Auch Iggie schlief nicht. Schließlich kam er zu ihr und stieß sie mit der Nase an. Er schnaubte und zog an ihrem Ärmel, bis sie aufstand, ihre Jacke schnappte und ihm folgte.

Frische Luft würde ihnen guttun.

Sie schob die Eingangstür der Drachenhalle auf und begrüßte den erschrockenen Wachposten mit einem freundlichen »Guten Morgen! Oder ist es noch gar nicht Morgen?«.

Draußen war es kalt. Milla fischte ihre Mütze aus der Jackentasche und zog sie tief über ihre Locken. Dann wanderten sie gemächlich durch die menschenleeren Palastgärten. Iggie flog tief vor ihr her und kam immer wieder zurück, um sich zu vergewissern, dass Milla ihm noch folgte.

»Wohin gehen wir, Ig?«, fragte sie. Was er wohl vorhatte?

Hinter dem Palast gab es einen Hain aus windschiefen Bäumen und einen kleinen, felsigen Hügel, der den Palast gegen den Nordwind abschirmte. Der Hügel ging in steil abfallende Felswände über, in die sich nur hin und wieder ein paar Seevögel verirrten. Dorthin führte Iggie Milla nun, die atemlos hinter ihm herkletterte.

Als die lange Nacht allmählich verblasste, standen sie schließlich oben auf dem höchsten Punkt der Insel. Richtung Süden überblickte sie die ganze Insel, sie sah die kleinen Lichtpunkte der nächtlichen Feuer und Laternen unten in der Stadt. Hier oben würde sie so schnell keiner entdecken.

Milla wandte sich zu ihrem Drachen. »Was ist los, Iggie? Was machen wir hier?«

Iggie schlug mit den Flügeln. Dann fixierte er Milla mit seinen durchdringenden smaragdgrünen Augen, kam zwei Schritte heran und kniete sich vor sie. *»Kraaak?«* Das war ein neuer Laut, als bäte er sie um etwas. Er legte die Flügel flach an den Körper und hob den Kopf, um zu sehen, ob sie verstand.

»Was?« Sein Verhalten gab ihr Rätsel auf.

Er wies mit dem Kopf über die Schulter.

»Willst du, dass ich aufsteige?«, fragte sie.

Iggie *kraakte* mit einem begeisterten Blinzeln.

»Du willst doch nicht ...?«, fragte Milla ungläubig. »Oder doch? Willst du, dass wir fliegen?«

Milla packte ein wildes, ungestümes Gefühl.

»Das können wir nicht«, sagte sie. »Oder doch?«

Iggie starrte sie einfach nur an.

»Oh, Iggie. Ich weiß, dass du mich nach gestern Nacht aufmuntern willst, aber das ist nicht erlaubt. Herzog Olwar wird vor Wut platzen, wenn er das herausfindet.«

Iggie räusperte sich verächtlich, sodass sie laut auflachte und sich dann erschrocken den Mund zuhielt.

Sie wusste, dass es verboten war, aber das hier war Iggies Idee. Er wollte fliegen. Mit ihr.

Wenn es funktionierte, wäre Milla eine Drachenreiterin von Arcosi. Wie auf den Gemälden in der Drachenhalle. Wie Karys Sturmreiterin.

»Wirklich? Bist du sicher, mein Bester? Was, wenn du nicht stark genug bist? Oder ich zu schwer?« Vielleicht täte sie ihm weh. Was, wenn sie ins Meer stürzten oder, schlimmer noch, an den Klippen zerschellten?

Iggie schnaubte so verächtlich, dass Milla eine Ladung Rauch ins Gesicht wehte.

»Schon gut, schon gut«, prustete sie. »Ich komme ja!« Ganz zitterig war sie jetzt vor Aufregung. Ungeschickt tastete sie nach Halt und versuchte, auf Iggies Rücken zu klettern, ohne ihm die Flügel zu zerquetschen. Am Ende hockte sie sich zuerst seitwärts auf ihn, lehnte sich dann zurück und schwang ein Bein über seine Ohren. Natürlich hatte sie sich bereits früher an ihn gelehnt und auch schon auf ihm gesessen. Aber das hier war etwas völlig anderes. Hier ging es um absolutes Vertrauen.

Milla sah nach unten. Ihre Finger berührten seine schillernden blauen Schuppen. Sie fuhr die gezackten Ränder entlang. Iggie war so blau wie eine Libelle, so blau wie ein Pfau, blauer als der Himmel an einem perfekten Sommertag. Sein starker Rücken trug sie mühelos, schließlich war Milla leicht. Sie presste die Oberschenkel ein wenig fester an ihn, spürte seine Rippen und die starken Muskeln an seinen Flanken.

»Wo soll ich mich festhalten?«, fragte sie. »Tut mir leid, Ig, aber ich habe eben keine Flügel.«

Er hob den langen Hals und wandte den Kopf zu ihr um. Dann legte er die Ohren an und brummte ihr aufmunternd zu.

»Ich weiß, du lässt mich nicht fallen! Aber kann ich mich an deinem Hals festhalten, wenn du fliegst? Kriegst du dann genügend Luft?«

Er nickte und wandte den Kopf wieder ab. Milla beugte sich vor und versuchte, so zwischen seinen Schultern zu balancieren, dass sie seine Flügel nicht behinderte. Sie schmiegte sich an ihn, legte die Arme um seinen starken geschuppten Hals und umklammerte ihre eigenen Unterarme.

»Ich bin bereit«, flüsterte sie. Iggies Ohren zuckten. Sie spürte, wie sein Herzschlag schneller wurde, und ihrer beschleunigte sich gleich mit.

Iggie machte einen Schritt nach vorn, trat an die Kante des Felsens und duckte sich. Milla blickte durch das Dämmerlicht hinab in die Gärten, über denen ein perlmuttfarbener Dunst schwebte. Es war feucht und kalt und sehr still.

Milla spürte die geballte Kraft von Iggies Muskeln, als er sich anspannte. Dann breitete er seine gewaltigen Flügel aus.

Ich vertraue dir, dachte sie zitternd vor Kälte. Wenn sie starben, würden sie es wenigstens gemeinsam tun.

Und dann sprang Iggie. Sie spürte, wie er sich abstieß und sie abhoben. Milla schnappte nach Luft. Kniff die Augen zusammen. Klammerte sich mit eisigen Fingern fest.

Sie stürzten nicht. Sie fielen nicht. Sie flogen!

Milla blinzelte. Nackte Baumkronen, Felsen und Gras blieben unter ihnen zurück. »Da ist die Drachenhalle!« Sie starrte durch den Dunst. Aus dieser Vogelperspektive wirkte alles fremd. »Oh, Iggie, wir haben es geschafft!«

Milla hielt sich fest und spürte, wie jeder Flügelschlag in der starken Muskulatur seines Brustkorbs seinen Anfang nahm.

Sie flogen über den Palast, die vier Türme ragten ihnen staksig und klein wie ein Kinderspielzeug entgegen. Dann passierten sie die Palastmauern und …

»Oh!« Alles in Milla schlug Purzelbäume. »Ohhh!«, rief sie noch lauter.

Unter ihnen breiteten sich die Dächer von Arcosi aus und verschwammen im morgendlichen Dunst zu einem Durcheinander aus roten Ziegeln, Flachdächern, Schornsteinen, Glockentürmen, Wäscheleinen und Kirchtürmen. Da waren die Anleger, die Lagerhäuser und der Markt – lächerlich klein, wie Plätze in einer Spielzeugstadt, und noch menschenleer.

»Sieh nur, der Hafen!« Durch den zarten Dunstschleier sah sie die vor Anker liegenden Boote, die nicht größer waren als die Wasserläufer auf Nestans Lieblingsbrunnen. Ein paar Boote fuhren aufs Meer hinaus – fingernagelgroß überquerten sie das glatte, blasse Wasser. War das Thoms Schiff? Was würde er denken, wenn er nach oben schaute?

Der Wind trieb Milla die Tränen in die Augen. Sie lachte laut auf, verstärkte den Druck um Iggies Hals und schrie: »Iggiiiiie! Du bist unglaublich!«

Dann ließen sie die Insel hinter sich. Die Welt bestand nur noch aus Wind, der ihnen um die Ohren pfiff, Meer und Himmel. Sie waren eins, miteinander verschmolzen wie niemals zuvor. Milla schmiegte sich mit Armen und Beinen an Iggie, spürte seine Kraft, seine Entschlossenheit und seine Freude.

Er brauste mit ausgebreiteten Schwingen dahin und beschrieb einen Bogen. Vor ihnen, im Osten, stieg die Sonne über den Horizont wie ein glühendes Stück Kohle, sie wurde mit jedem Moment wärmer und heller. Der Dunst löste sich langsam auf.

Milla sah sich nach Arcosi um und nahm es zum ersten Mal als Insel wahr. Ein Felsen im Meer: klein und abgeschieden. Jenseits davon erstreckte sich das Festland wie ein angerichteter Fisch, mit Sartola als gezacktem Schwanz, der nach Süden wies.

In Milla machte sich eine merkwürdige, neue Empfindung breit. Sie fühlte sich völlig ruhig, unbeschwert und frei. Sie fühlte sich wie ein Nichts – ein Staubkorn im Wind – und gleichzeitig als Teil von allem. Sie könnte den ganzen Tag so weiterfliegen. Hier oben, wo es keine Probleme gab. Niemanden, dem man Rechenschaft ablegen musste. Nur Iggie und sie und diese perfekten Bewegungen, die immer weitergingen.

Hier fühlte sie sich endlich zu Hause.

Zu Hause in der Luft? Sie lachte wieder und schrie aus vollem Hals: »Ja. Jaaaaa!«

Es war, als würde eine Last von ihr genommen.

So fühlte sich Freiheit an.

Sie spürte Iggies unbändige Freude, die sich mit ihrer deckte.

Allerdings war es bitterkalt hier oben, und Milla zitterte inzwischen so heftig, dass sie sich kaum noch festhalten konnte. Trotzdem tat es ihr leid, als Iggie langsam abdrehte und mit kräftigen Flügelschlägen nach Arcosi zurückflog.

Millas Herz wurde gleich viel schwerer.

Sie wollte nicht zurück. Sie wollte sich nicht Isaks Missbilligung stellen. Sie wollte immer weiterfliegen.

Iggie umrundete die Insel, sie näherten sich von Norden, wo sie schlechter zu sehen waren.

Milla spähte nach unten. Sie hielt Ausschau nach dem Gelben Haus und überlegte, wann sie Kara erzählen konnte, was geschehen war. Sie brauchte ihren Rat.

»Wie landen wir eigentlich?«, fragte sie plötzlich besorgt. Sie vermied es, auf die Felsen zu schauen, die unter ihnen aufragten, oder daran zu denken, was geschehen würde, wenn sie jetzt abrutschte.

Iggie wusste, was zu tun war. Er rauschte zum Schloss, setzte über den Palastgärten zum Sinkflug an und zog immer kleinere Kreise, bis die Palastmauern mit einem Mal wieder über ihnen aufragten. Plötzlich kam ihnen das Gras entgegen, schnell, viel zu schnell. Und dann – »Uff!« – prallte Milla mit solcher Wucht auf Iggies Hals, dass ihr die Luft wegblieb. Sie schlug sich die Wange auf, rutschte nach vorn und landete ausgestreckt vor seinen Füßen.

Keuchend streckte sie die Arme aus und hieß den Erdboden willkommen, auch wenn sie nicht wusste, ob sie sich gleich übergeben musste.

Stattdessen begann sie zu kichern, bis sie irgendwann hemmungslos ins feuchte Gras lachte.

Iggie blies ihr seinen warmen Drachenatem in den Nacken und gab ein besorgtes Schnauben von sich.

»Es geht mir gut. Ich …« Sie hickste, rappelte sich dann mit wackligen Beinen auf und umarmte ihn. »Danke! Du wunderbarer Drache.«

Ihre Beine zitterten jetzt erbärmlich und vor ihren Augen verschwamm alles. »Unser Geheimnis?«, fragte sie ihn. Fliegen war wunderbar! Sie war für das Fliegen geschaffen. Sie und Iggie gemeinsam.

Iggie grollte eine Antwort, während sie aneinandergeschmiegt dastanden.

Erst jetzt fiel Milla der Streit mit den Zwillingen wieder ein. Plötzlich war er nicht mehr so wichtig. Wenn sie und Iggie nur weiter fliegen durften, konnte sie alles ertragen.

30. KAPITEL

Drei Monate später. Das Verlöbnis: Frühling

»Und wenn ich alles vermassle?«, murmelte Tarya an Herals schuppigem Hals. Der große Drache leuchtete scharlachrot in der warmen Frühlingssonne, die durch die offenen Flügeltüren der Drachenhalle hereinströmte.

»Das wirst du nicht«, sagte Milla. »Wir haben es ein Dutzend Mal geprobt. – Geh weg von mir, Iggie.« Sanft, aber bestimmt schob sie den Kopf ihres Drachen fort. »Dreh noch mal den Kopf. Das ist die letzte Nadel, versprochen. Ich will sie dir ins Haar stecken, nicht in Herals Hals.« Milla gab sich Mühe, entspannt zu klingen, aber wenn sie sich nicht beeilten, würde Tarya zur Segnung ihres eigenen Verlöbnisses zu spät kommen.

»Ich verspreche mich ständig«, sagte Tarya. »Ich werde Vigo Schande machen. Und alle werden mich sehen.«

»Und wenn schon. Du siehst fantastisch aus, wenn ich das mal sagen darf.« Milla hatte Tarya noch nie so nervös erlebt. »Fertig! Und jetzt steh auf und lass dich anschauen.«

Sie hatte Taryas dichtes blondes Haar vorn aufgesteckt und

an den Seiten Wachsblumen eingeflochten, während es hinten lose herabhing. Tarya trug eine traditionelle norländische Robe. Im Gegensatz zu ihren sonstigen Kleidern war dieses zwar cremefarben und nicht rot, aber Milla hatte als Geschenk für ihre Freundin das Oberteil mit roten Stickereien versehen. Sogar einen winzigen roten Drachen hatte sie eingefügt, am unteren Rand, wo es keinem auffiel.

»Perfekt!«

Tarya runzelte ängstlich die Stirn.

»Hör mal: Das heute ist alles nur Theater. Du und Vigo, ihr wisst doch, was ihr füreinander empfindet, oder nicht?«

Tarya nickte.

»Das alles, die Zeremonie und der Feiertag, ist für die Stadt. Damit die Menschen etwas zu feiern haben.«

»Wie meinst du das?« Tarya riss ihre blauen Augen fragend auf.

»Du weißt doch, dass es für die meisten Leute in letzter Zeit nicht leicht war. Und jetzt sind sie einfach froh über einen Ruhetag. Das ist alles«, sagte Milla. Die Unruhen in Arcosi hatten den ganzen langen Winter und alle Stürme hindurch unterschwellig weitergebrodelt. »Seht euch beide doch nur an: eine Norländerin und ein halber Sartolaner als Paar vereint. Ihr seid das perfekte Symbol für Frieden und Eintracht. Wenn alle anderen es von nun an genauso halten würden wie ihr, wäre alles gut.« Milla bemühte sich bewusst um einen unbeschwerten Tonfall. Sie verschwieg, dass womöglich das Leben der Drachen davon abhing, zumindest wenn das Gedicht die Wahrheit sagte.

»Ich weiß. Ich habe nicht vergessen, was du darüber erzählt hast, wie die Norländer die anderen behandeln, und ich gebe mir Mühe, einzuschreiten, wann immer ich es sehe. Aber bisher habe ich damit nur den Herzog und Isak wütend gemacht.«

»Sie sind nicht wütend auf dich«, sagte Milla. »Sie lieben dich. Du bist wahrscheinlich der einzige Mensch, dem sie überhaupt zuhören.«

Milla hörte Isak mit Sicherheit nicht zu. Seit ihrem Streit hatte er kaum ein Wort mit ihr gewechselt, und Milla war zu verletzt, um es weiter zu versuchen. »Wenn du und Vigo erst das Sagen habt, werden sich die Dinge ändern. Ich bin mir nur nicht sicher, ob meine Freunde so lange warten können.«

Tarya presste die Hand auf den Bauch, als drehte sich ihr bei dem Gedanken, eines Tages Herzogin zu sein, der Magen um.

»Werden die Leute mich akzeptieren?«, fragte sie nachdenklich. »Was, wenn ich ihnen nicht hübsch genug bin?« Ihr Tonfall klang jetzt ironisch. »Oder nicht graziös genug, wie es sich für eine gute Norländer-Maid gehört?« Und dann, in einer heftigen Gefühlsaufwallung: »Was, wenn ihnen klar wird, dass ich lieber ein Schwert in der Hand halte als eine Nadel?«

»Genau deshalb liebt dich Vigo! Du bist mutig, verwegen und intelligent.« Es rührte Milla, dass Tarya ihr diese Ängste offenbarte. Milla war nicht klar gewesen, dass sich ihre Freundin ebenfalls um solche kleinen Dinge sorgte. »Sei einfach du selbst, dann werden sie dich lieben, versprochen. Genau wie ich.«

Nun drehte sich Heral um und legte mit einem leisen Schnauben seinen riesigen Kopf auf Taryas Schulter.

»Und wie er.«

Tarya lächelte ihren Drachen an. »Es tut mir leid, dass du nicht mitkommen darfst, mein lieber Heral.«

Milla wandte sich zu Iggie und lehnte sich gähnend an seinen Hals. Sie waren wieder viel zu früh aufgestanden, damit sie heimlich ihren morgendlichen Flug übers Meer dazwischenzwängen konnten, ehe alle anderen aufwachten. Milla wusste nicht, wann sie ihren Freunden davon erzählen würde. Hoffentlich wären sie nicht eifersüchtig, dass Iggie als erster Drache außerhalb der Palastmauern geflogen war. Sie wusste nur, dass das Fliegen Iggie guttat und ihr selbst auch. Milla würde sich gegen jeden auflehnen, der sie davon abzuhalten versuchte.

Tarya tätschelte Herals schuppige Schnauze. »Ich weiß, es ist hart, wenn man zurückgelassen wird. Ich habe es immer gehasst, wenn mein Vater aufs Meer hinausgefahren ist. Aber es wird nicht lange dauern, versprochen. Du bleibst hier bei Finn und ich komme nachher wieder.«

»Mraaa«, knurrte Heral leise.

Wie aufs Stichwort erschienen Nestan und Richal Finn im Eingang.

»Vater!« Tarya rannte los und warf sich so ungestüm in Nestans Arme, dass dieser seinen besten Gehstock mit der Silberspitze fallen ließ.

»Schau dich nur an!« Nestans breites Lächeln zitterte ein wenig. »Wunderschön! Wenn dich deine Mutter jetzt sehen könnte ...« Er drückte seine Tochter an sich.

»Vorsicht mit der Frisur. Ich habe Stunden dafür gebraucht!«, schimpfte Milla in gespieltem Ernst, während sie die beiden anlächelte.

»Übrigens, Milla, vielen Dank, du hast ihr einen großen Dienst erwiesen.« Nestan kam herüber und umarmte auch sie.

Als er die Drachen hinter ihr entdeckte, erstarrte er.

»Bei allen Sternen. Wie groß sie sind!«

Nestan hatte die Drachen einige Monate lang nicht gesehen. Er löste sich von Milla und blieb standhaft, als die vier Drachen zu ihm drängten, um ihn eifrig zu begrüßen. Sie ahnten nicht, wie einschüchternd sie inzwischen wirkten. Alle außer Belara waren nun deutlich größer als er.

»Ha-ha-hallo, ihr da. Was seid ihr gewachsen! Kann ich sie immer noch anfassen?«, fragte Nestan nervös.

»Sei nicht albern, Vater. Das ist bloß Heral. Du kennst ihn doch.« Trotzdem schob Tarya Heral ein Stück zurück und sagte: »Lass meinem Vater ein bisschen Platz! Du bist größer als sein Pferd und machst ihm Angst.«

Iggie benahm sich ebenfalls ein wenig seltsam und blies mit einem unterdrückten *»Mraaa«* Rauch in Richtung der Männer.

»Benimm dich, Iggie. Vor den beiden musst du uns nicht warnen«, befahl Milla ihrem Drachen. Sie stellte sich zwischen ihn und die Männer und ignorierte ihr Unbehagen. Auf ihren nackten Armen prickelte eine Gänsehaut. »Das ist Nestan! Und das Finn. Du kennst sie doch. Wir haben das geübt.«

»Wir kommen schon zurecht, Milla. Mach dir keine Sorgen«, versicherte ihr Finn.

Iggie wollte einfach nicht allein gelassen werden, dachte Milla. Er wusste immer, wenn sie ohne ihn ausgehen wollte.

»Komm her.« Sie sah zu ihrem Drachen und weidete sich an seiner Vollkommenheit. Seine Schuppen funkelten im Sonnenlicht wie Juwelen. Sein Anblick raubte ihr den Atem.

»He«, flüsterte sie tröstend. Sie presste die Stirn gegen Iggies Schnauze und griff hinauf, um ihn an den Ohren zu ziehen. So wie jedes Mal, wenn sie in seiner Nähe war, durchflutete sie grenzenlose Liebe. »Ich bin bald wieder zurück, versprochen.«

Dann vergewisserte sie sich, dass ihr keiner zuhörte: »Und bei Tagesanbruch fliegen wir wieder aus, ja?«

Seine Augen waren wie zwei Himmelskugeln aus grünem Feuer, weise und alt. Als er blinzelte, glitt sein unteres Augenlid über die leuchtende Iris und den schmalen schwarzen Spalt der Pupille. Iggie brummte ihr zu, und sie spürte, wie sich in seiner Brust die Hitze aufstaute.

»Wiedersehen, Ig. Ich muss mich beeilen. Die ganze Stadt wartet.«

Aber Iggie streckte gezielt den Kopf nach vorn und packte mit den Zähnen ihren Rock. Das prachtvolle Seidenkleid hatte Milla von Serina bekommen. Das zarte türkisfarbene Gewebe riss in der Taille ein Stückchen ein.

»He! Hör auf damit. Das kannst du doch nicht machen ... Iggie!« Mit den Fingern stupste sie ihn gegen das Maul.

Iggie hielt sie fest.

Sie schob seine Lippen hoch, sodass seine riesigen muschelweißen und rasiermesserscharfen Zähne zum Vorschein kamen. Mit dem Fingernagel klopfte sie gegen seine geschlossenen Zähne. »Komm schon. Lass los.«

»Wir müssen aufbrechen, Milla«, rief Tarya ihr zu. »Die Pferde warten.«

»Ist gut!«, quietschte Milla. »Geh ruhig voraus, ich hole dich ein ...« Mit zunehmender Panik sah sie die anderen davonreiten. Wenn sie an der Feier nicht teilnahm, würde es auf ihre Freunde und deren Familien wie eine Beleidigung wirken.

»Milla?« Richal Finn war am Eingang in Stellung gegangen. »Willst du nicht auch los?«

»Das versuche ich ja«, schnaufte sie, »aber Iggie hat was dagegen.« Sollte sie auf ihn hören? Was, wenn Iggie mehr wusste als sie? Aber heute war sie Tarya und Vigo gegenüber in der Pflicht. Sie musste gehen. »Bitte, Ig!«, flehte sie.

Schließlich ließ er sie mit einem tiefen, unzufriedenen Grollen los, schloss die Augen und legte sich, einen Schwall heißer Luft ausstoßend, nieder.

»Viel Glück, Finn!«, rief Milla, als sie aus der Drachenhalle lief, ohne sich umzusehen. »Pass gut auf sie auf.«

Wenn sie vor Tarya und Nestan ankommen wollte, musste sie sich beeilen. Aber die beiden konnten mit ihren Pferden nur der breiten, gewundenen Straße folgen, und Milla nahm die steilsten Abkürzungen, die sie kannte, bis sie in der Nähe des Hafens herauskam. Fluchend arbeitete sie sich durch die Menge zum Ufertempel vor. Wie Ölsardinen drängten sich die Bewohner von Arcosi in den engen Gassen. Milla hätte am liebsten vor Ungeduld geschrien. Ihr langes Kleid, das in der leichten Brise flatterte, behinderte sie.

»He, was soll die Hast? Heute hat es keiner eilig, Mädchen«, übertönte jemand das Geläut der Glocken, als sie sich vorbeidrängte.

Als Milla eine kurze Verschnaufpause einlegte, entdeckte sie direkt vor sich Rosa und Thom. Die beiden lachten, und Milla spürte plötzlich schmerzlich, wie sehr sie die beiden vermisste. Aber hier war der Beweis, dass sie auch ohne Milla gut zurechtkamen. Sie änderte die Richtung, um nicht mit ihnen sprechen zu müssen. Was sollte sie schon sagen, wenn sie Iggie nicht erwähnen durfte?

Milla gesellte sich zu der kleinen Gruppe, die sich im Ufertempel versammelt hatte. Die Blicke, die man ihr als Nachzüglerin zuwarf, machten sie befangen. Im Tempel war es luftig und kühl, spendete doch eine gewölbte Marmordecke Schatten; außerdem wurde er von drei Seiten vom Meer eingerahmt. Der lange Damm, der den Tempel mit der Insel verband, war von bewaffneten Gardisten gesäumt: Die Soldaten des Herzogs wechselten sich mit einer sartolischen Ehrengarde ab, die Vigos Onkel Carlo mitgebracht hatte.

»Hallo, Milla, ist alles in Ordnung?« Serina drehte sich auf ihrem Platz neben Vigo und dem Herzog um.

»Ja, Euer Gnaden«, erwiderte Milla atemlos. »Sie kommt gleich. Sie müsste jeden Moment hier sein, versprochen!«

Milla schlüpfte neben Josi und die beiden schlangen wortlos einen Arm um die Taille der anderen.

Isak stand auf Josis anderer Seite, begrüßte sie aber nicht. Ihr Streit war Monate her, doch die kühle Distanz zwischen ihnen schmerzte Milla jeden Tag aufs Neue.

Ein hochgewachsener Mann neben Serina schaute neugierig zu ihr. Als er die Kette mit dem springenden Fisch an Millas Hals bemerkte, lächelte er ihr zu.

Das musste Vigos Onkel Carlo sein, überlegte Milla, Serinas Bruder, der von Sartola herübergekommen war. Daher verbeugte sie sich.

Carlo, der König von Sartola, sah aus wie eine ältere, breitere Ausgabe von Vigo, seine funkelnden Augen leuchteten wie Kupfer. Und der gut aussehende junge Mann daneben war bestimmt sein Sohn Luca.

Vigo stand ganz vorn. Milla fiel auf, dass er unruhig von einem Fuß auf den anderen trat. Herzog Olwar stand ein kleines Stück neben Serina und starrte regungslos vor sich hin.

Die Zeit dehnte sich.

Es wurde heißer.

Alle schauten zum Dammweg.

Millas Magen war wie eine verknotete Angelschnur. »Wo bleibt sie nur?«

Josi drückte sie an sich. »Sie macht das schon.«

»Sie kommt zu spät«, murmelte Isak. »Meine Schwester kommt immer zu spät. Daran sollte er sich besser gewöhnen.«

»Meine Schuld ist es jedenfalls nicht«, fauchte Milla zurück.

»Ich habe nicht behauptet, dass es deine Schuld ist«, erwiderte Isak steif.

So stand es also nun zwischen ihnen. Was sah er, wenn er sie anschaute? Eine undankbare Person? Jemand Geringeren? Jemanden ohne norländische Wurzeln? Milla suchte in seinem Profil nach einer Antwort und fand keine.

Die Menge, die sich in beiden Richtungen am Ufer drängte, brach in lauten Jubel aus.

»Da kommt sie!«, rief Milla. Sie hüpfte auf der Stelle und packte Josis Ärmel. »Sieh nur!«

Tarya und Nestan ritten über den Dammweg auf sie zu.

»Wenn doch nur Heral dabei sein könnte! Und Petra! Ich kann einfach nicht glauben, dass sie das verpassen«, zischte Milla Josi zu.

Das Sonnenlicht verwandelte Taryas Haare in gesponnenes Gold, lange Locken tanzten lose im Wind, ihre Augen leuchteten so blau wie das Meer. Als sie Vigo entdeckte, der auf sie wartete, strahlte sie über das ganze Gesicht.

Milla hoffte, dass sie eines Tages jemanden finden würde, der sie ebenso zum Strahlen brachte.

Tarya glitt von ihrer Stute.

Vigo schob sich durch die Reihen der wartenden Gäste im Tempel und schritt hinaus in die Sonne, Tarya entgegen. Mit seinem breiten Lächeln hatte er kaum noch Ähnlichkeit mit dem jungen Mann, dem Milla im letzten Jahr auf dem Ball begegnet war. Jetzt, wo sie ihn kannte, wusste sie um seine Güte, seinen wachen Verstand und seine Unbeholfenheit im Umgang mit Menschen. Er war nie arrogant gewesen – nur schüchtern. Er und Tarya passten gut zusammen. Ihre Gegensätze glichen sich aus, fand Milla, und das Herz quoll ihr über vor Freude.

Tarya und Vigo gingen winkend über den Damm auf den Tempel zu. Alle klatschten und jubelten.

Als die Schreie einsetzten, war es so laut, dass die Menschen einen Moment brauchten, bis sie begriffen.

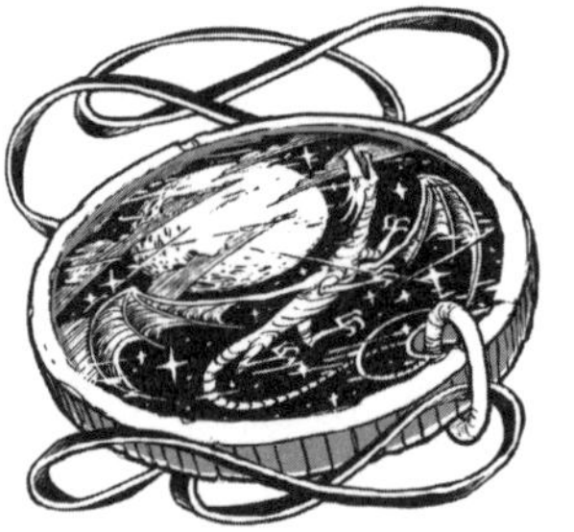

31. KAPITEL

Milla sprang vor und packte Tarya am Arm. »Warte! Hör nur!« Sie zerrte die Freundin unter das Dach des Tempels und suchte nach der Gefahrenquelle.

Die Menschen schrien vor Angst.

Durch die vollgestopften Straßen flohen sie vom Ufer.

Milla sprang fast das Herz aus der Brust, als ein großer, vertrauter Schatten über sie hinwegglitt und die Sonne verdunkelte. »O nein. Nicht jetzt. Nicht hier. Nein, nein, nein.«

Sie starrte zum Himmel, verrenkte sich fast den Hals. Der Drache kreiste und die Sonne blendete sie. Welcher von den vier Drachen war dort oben?

Als er sich in die Höhe schraubte, erkannte sie ihn. Das Sonnenlicht funkelte auf seinen blutroten Schuppen und schien durch die feine Haut der scharlachroten Schwingen.

Es war Heral, der Tarya suchte.

Wie war er entkommen? Wo war Iggie? Schwebte er in Gefahr? Immer mehr Fragen drängten sich in Millas Kopf und einen Moment lang war sie wie gelähmt.

Die Armee des Herzogs wusste von den Drachen. Die sartolanische Ehrengarde dagegen nicht. Für sie war ein Drache ein Feind. Entsetzt sah Milla mit an, wie sie auf Heral zielten und einen Pfeilhagel über das Meer schickten.

»Stopp!«, schrie Tarya.

»Nein!« Vigo sprang auf den Damm und signalisierte mit wedelnden Armen, das Feuer einzustellen.

Es war zu spät. Ein Pfeil bohrte sich in Herals Seite. Der Drache brüllte. Ein Feuerstrahl schoss aus seinem Maul.

Tarya rannte schreiend auf die sartolischen Wachen zu. Ein Pfeil flog nur wenige Zentimeter an ihrem Kopf vorbei.

»Nein, Tarya!«, brüllten Vigo und Nestan gleichzeitig, ehe sie hinterherstürzten.

Milla erwachte aus ihrer Starre und folgte den beiden.

Heral machte kehrt und flog in Schräglage ostwärts. Er kam zurück, schneller, tiefer, und stieß eine weitere Stichflamme aus.

Jetzt schrien die Bogenschützen auf, sie hoben abwehrend die Arme. Bogen brannten und Pfeile verglühten mitten im Flug zu Asche. Ein brennender Mann sprang ins Meer.

»Halt!«, schrie Tarya ihrem Drachen zu.

Es herrschte ein völliges Durcheinander. Die Straßen der Stadt leerten sich. Menschen steckten im Gedränge fest. Einige Leute suchten im Tempel Schutz. Manche stürzten ins Meer, andere rannten über den Dammweg.

»Komm mit!«, rief Milla Vigo zu. »Wir müssen sie aufhalten.«

Sie kletterten auf die steinerne Mauer des Damms und stellten sich in die Schusslinie, während Heral auf der Suche nach Tarya tiefer kreiste.

»Nicht auf den Drachen schießen«, schrie Vigo auf Sartoli, seine laute Stimme übertönte den Tumult. »Stellt das Feuer ein! Ich befehle es euch!«

Herzog Olwar wiederholte die Worte auf Norländisch.

Niemand wollte den Sohn des Herzogs auf seinem eigenen Verlöbnis erschießen. Die Bogenschützen ließen ihre Waffen sinken. Soldaten erstarrten mit dem Schwert in der Hand.

Tarya reagierte schnell. Sie streifte ihre Schuhe ab, raffte ihr langes Kleid und kletterte an der nächstbesten behauenen Säule des Tempels hinauf, wobei sie das spiralförmige Muster als Steighilfen benutzte. Sie erreichte die Kuppel und zog sich hinauf. Dann richtete sie sich auf, hob beide Arme und winkte Heral zu sich.

Die Schreie erstarben. Alle, die noch nicht geflohen waren, hielten staunend inne.

Heral landete ungeschickt auf dem Dach des Tempels, die Flügel weit ausgebreitet, um das Gleichgewicht zu halten. Verwirrt brüllte er vor Schmerz, dunkler Rauch und Funken stoben in den Himmel auf.

Mit ausgebreiteten Armen ging Tarya auf ihn zu.

Den Umstehenden stockte der Atem. Eine Norländerin in einem grauen Seidenkleid fiel in Ohnmacht und sackte zusammen.

Tarya umarmte Heral und sprach beruhigend auf ihn ein.

Heral neigte ihr den Kopf zu und knurrte ein wenig verhaltener, bereit, sich weiter besänftigen zu lassen. Tarya klopfte ihm den Hals und beugte sich vor, um ihm ins Ohr zu flüstern.

Dann ließ sie die Hände nach unten wandern und zog den Pfeil aus seiner Flanke: Es war keine tiefe, aber eine blutige

Wunde. Wieder brüllte Heral auf, schlug diesmal jedoch nicht um sich. Tarya riss ein Stück Stoff vom Saum ihres blutigen Kleides und band ihn um Herals Flanke. Dann beugte sie sich vor und schob ein Bein über seinen Rücken.

»Sie wird doch nicht …?« Die Worte erstarben in Vigos Kehle.

»Doch, sie wird!«, sagte Milla. Es war ein Geniestreich von Tarya – wie sonst sollte sie ihren verletzten Drachen an den panischen Menschenmassen vorbeilotsen?

Der Drache sammelte sich und sprang mit einem gewaltigen Satz vom Dach aufs Meer hinaus. Einen Moment lang sah es aus, als würden sie direkt ins Wasser stürzen. Heral schlug wild mit den Flügeln. Doch im letzten Moment änderte er sein Flugverhalten. Die Flügelschläge wurden langsamer und kraftvoller und er schoss mit mächtigen Bewegungen hinauf und über das Wasser.

»Sie hat es geschafft!«, jubelte Milla.

Sie sah den beiden nach, die in einem lang gezogenen Bogen zum Palast der vier Winde zurückkehrten, der über der Inselstadt thronte.

Tarya hockte tief gebeugt auf dem Rücken ihres Drachen, ihr blasses Kleid hob sich von seiner blutroten Flanke ab. Ihre Haare wehten. Dann flogen sie über den Hügel und verschwanden.

Einen Moment lang herrschte erschüttertes Schweigen.

Mit angehaltenem Atem wartete Milla auf die Reaktion. Bedeutete das, dass sie und Iggie jetzt auch in aller Öffentlichkeit fliegen durften? Kara hatte gesagt, die Drachen gehörten in die Stadt. Nun, jetzt wusste die Stadt über die Drachen Bescheid. Das Geheimnis war gelüftet. Alles würde sich ändern.

Wie aus einem Zauberbann erwacht, sahen die Menschen mit aufgerissenen Augen ihre Nachbarn an. Kurz darauf wurde auf der ganzen Insel hektisch diskutiert, was geschehen war.

»Schnell.« Vigo packte Taryas schwarze Stute und sprang in den Sattel. Während er das Pferd wendete, rief er über die Schulter: »Isak? Milla? Sofort zurück zum Palast!«

Dann galoppierte er über den Dammweg Tarya hinterher.

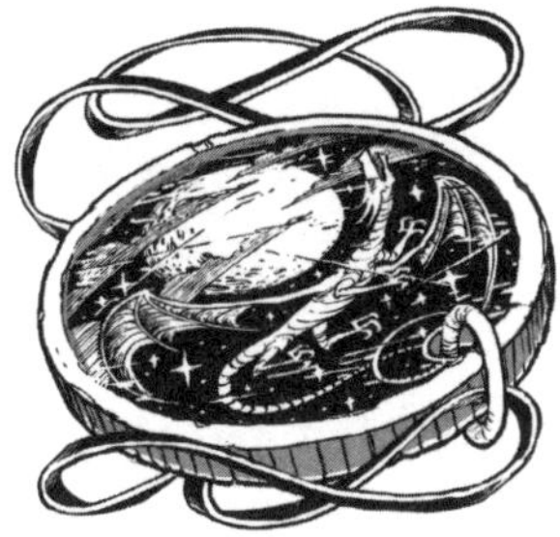

32. KAPITEL

Die versprengten Gäste im Tempel schauten einander fassungslos an.

»Lasst uns auf der Stelle in den Palast zurückkehren«, rief Olwar mit einem leichten Beben in der Stimme. »Bevor sie randalieren. Ich setze eine neue Ausgangssperre an.«

Milla schob sich näher an ihn heran, damit ihr kein Wort entging.

»Warum lässt du den Leuten nicht ihren Feiertag, mein Lieber? Vielleicht gibst du ihnen Zeit, sich an den Gedanken, dass die Drachen zurück sind, zu gewöhnen?«, schlug Serina vor. »Sieh nur, sie sind schon viel ruhiger. Niemand randaliert.«

Carlo wartete in höflichem Abstand, während er den Worten seiner Schwester lauschte.

An jedem anderen Tag hätte Herzog Olwar seiner Armee befohlen, die Straßen zu räumen, war Milla sich sicher, aber die Anwesenheit des königlichen Besuchs hielt ihn zurück.

»Also schön.« Olwars Stimme klang gepresst. »Wachen! Lasst die Leute wissen, dass der Feiertag fortgesetzt wird.«

Milla sah den Soldaten nach.

Die herzoglichen Karossen teilten die Menge und fuhren über die Hauptstraße geradewegs zum Palast hinauf.

»Das wäre erledigt«, lautete Josis trockener Kommentar. »Ich sollte besser zurück zu Kara und ihr erzählen, dass ihre Wünsche jetzt womöglich wahr werden.«

»Ich muss zu Iggie. Aber wir sehen uns bald, ja?« Milla umarmte Josi und Nestan. Um die vollgestopften Straßen zu vermeiden, nahm sie wieder den Weg über die geheime Treppe und die Schattenpforte. Dennoch ging es nur langsam voran, weil sie jedes Mal ins Gedränge geriet, sobald sie die Hauptstraße überqueren musste.

Als sie die Drachenhalle erreichte, waren der Herzog und seine Familie bereits angekommen. Vigo stritt sich laut mit seinem Vater, während Serina sie zu unterbrechen versuchte.

Iggie begrüßte Milla lautstark und kam von der Stange heruntergeflogen.

Sie ging direkt zu ihm, legte beide Hände um seinen Kopf und drückte ihre Stirn gegen seine. »Ist schon gut. Ist schon gut«, sagte sie und hoffte inständig, dass es wahr sein möge.

Iggie antwortete ihr mit einem Knottern. Die Stimmung im Raum verstörte ihn.

»Du kannst doch nicht leugnen, was passiert ist. Das Geheimnis ist aufgeflogen«, schrie Vigo. Er hatte eine Hand ausgestreckt, um Petra neben sich auf Abstand zu halten.

Der grüne Drache hatte sich neben Vigo aufgebaut und bedachte den Herzog mit bösen Blicken, weil dieser ihren Gefährten in Rage versetzte.

»Verstehst du denn nicht?«, nahm Vigo einen weiteren Anlauf. »Es ist *die* Gelegenheit, das Richtige zu tun. Und die Stadt zu vereinen. Das ist es doch, was wir brauchen, oder nicht?«

Heral trug einen frischen Verband, ansonsten schien er seinen Flug über die Insel gut überstanden zu haben. Tarya tastete ihn ab und untersuchte eine Schuppe nach der anderen. Sie trug noch immer ihr blutbeflecktes Verlobungskleid. Isak und Belara kauerten am Ofen. Der goldene Drache saß geduckt und mit angelegten Ohren da, als schmerzten ihn die lauten Stimmen.

Carlo und Luca standen mit einigen sartolischen Wachen eingeschüchtert an der Tür. Sie wirkten erschüttert. Man hatte die Drachen auch vor ihnen geheim gehalten. Als die letzten Drachenreiter in den Lüften gewesen waren, hatte Sartola gebrannt.

»Milla! Endlich«, sagte Vigo und drehte sich zu ihr um.

»Gibt es was Neues?« Ihre Augen huschten zwischen Vigo und seinem Vater hin und her. Das Machtverhältnis schien sich verschoben zu haben.

»Hast du es beim Hereinkommen denn nicht gesehen?«, fragte Vigo.

Sie überging die Frage, denn sie wollte die Schattenpforte nicht zur Sprache bringen.

»Komm mit.«

Während sie Isak bei den Drachen zurückließen, folgte Milla Vigo so schnell sie konnte zu den Palasttoren; die anderen mussten rennen, um Schritt zu halten. Dort bedeutete Vigo ihr, den östlichen Wachturm hinaufzusteigen. Je weiter sie die ausgetretenen Stufen der Wendeltreppe erklomm, desto deutlicher wurden die merkwürdigen Geräusche. Erhitzt trat sie ins grelle Sonnenlicht hinaus, wo der Lärm wie eine Welle über ihr zusammenschlug. Tarya, Vigo, Carlo, der Herzog und die Herzogin standen nebeneinander auf den Wällen.

Milla blickte auf Hunderte Menschen hinab, die auf der anderen Seite der Tore Schlange standen. Ein Meer von arcosischen Bürgern wogte, diskutierte und stritt. Kinder auf den Schultern ihrer Eltern. Ältere Paare auf kleinen Klappstühlen, die sich in der Sonne Luft zufächelten. Händler liefen mit ihren Bauchläden auf und ab und verkauften Essen und Getränke. Sechs Mann breit wand sich die schwatzende, mäandernde Schlange bis hinab ins Herz der Stadt.

Milla dachte daran, wie es gewesen war, als sie dort unten gestanden und das verschlossene Tor angestarrt hatte, während sie darauf brannte, eingelassen zu werden.

Was hatte Kara gesagt? Die Drachen gehörten der Stadt. Und dort war die Stadt: Die Bewohner waren gekommen, um die Drachen zu sehen. Der erste Feiertag seit Jahren, und die Menschen entschlossen sich, in der Hitze anzustehen, um einen Drachen zu sehen.

Milla sog noch ein paar Augenblicke den Anblick in sich auf und eilte dann zu den anderen.

»Was sollen wir tun?«, flüsterte Tarya ihr ins Ohr, damit der Herzog nichts hörte. »Sie sind gekommen, um die Drachen zu sehen. Aber wir können sie unmöglich alle auf einmal hereinlassen: Das sind Hunderte.«

Milla warf einen verstohlenen Blick zum Herzog. Er wirkte erzürnt darüber, dass sein Volk es wagte, ungebeten an seine Tür zu klopfen.

»Lasst uns schnell die Tore öffnen«, sagte Vigo. »Oder willst du einen weiteren Aufstand riskieren?«

Carlo machte ein erschrockenes Gesicht. »Es gab Aufstände? Aber warum? Ich dachte, der Handel floriert?«

Serina wurde blass.

Milla vermutete, dass sie die Folgen der jüngsten Kämpfe bei ihren Heilkundigen in der Unterstadt aus nächster Nähe gesehen hatte.

»Das erkläre ich dir später, Carlo. Mein Sohn hat recht«, sagte die Herzogin. »Wir haben keine Wahl. Wir können hier in unmittelbarer Nähe der Drachen keinen Aufstand riskieren.«

»Wir müssen den Menschen beweisen, dass die Drachen nicht gefährlich sind – damit niemand mehr auf sie schießt«, sagte Tarya entschlossen.

»Was genau schlagt ihr vor?«, fragte der Herzog.

»Wir lassen die Leute rein. Zeigen ihnen die Drachen, damit sie sehen, wie sie wirklich sind.« Tarya fiel noch etwas ein. »Vigo! Wir könnten unser Verlöbnis doch mit den Menschen teilen, nicht?«

»Es in ein Fest der Drachen verwandeln?«, sagte er langsam. »Das gefällt mir.« Er grinste Tarya an.

Milla nickte. Das war die Idee. Endlich! Hier bot sich die Gelegenheit, es richtig zu machen, genau wie Kara es gesagt hatte. Um die Fehler der Vergangenheit zu heilen. »Ja! Lasst die Menschen von Arcosi mit den Drachen zusammentreffen, so wie –« Sie biss sich auf die Unterlippe, beinahe hätte sie Karas Namen herausposaunt.

Herzog Olwar wandte den Kopf und starrte sie scharf an. Er wirkte so groß und dünn, dass Milla unwillkürlich an einen jagenden Reiher denken musste.

»Mach es zu unserem Verlobungsgeschenk«, sagte Vigo zu seinem Vater.

»Es könnte funktionieren.« Serina zählte und überschlug die Menge mit erfahrenem Blick. »Wir können Zelte aufstellen. Eines für Essen und eines zum Erholen. Nicht dass die Leute noch einen Hitzschlag bekommen.«

»Euer Gnaden haben doch sicher einen Plan«, appellierte Tarya an Olwars Kontrollbedürfnis: Er sollte denken, dass alles seine Idee war. Sie wies auf die Wachen entlang der Palastmauern. »Was wäre am besten? Sollte die Wachablösung heute schon nach der halben Zeit erfolgen, damit es niemandem zu heiß wird? Und sollten einige Soldaten Wasser zu den Wartenden bringen? Wären dafür zwei oder drei Kohorten vonnöten? Und natürlich müssten jegliche Kämpfe untersagt werden.«

Milla beobachtete, wie Tarya den Herzog mit ehrfürchtiger Aufmerksamkeit umschmeichelte und ihn so gekonnt manipulierte, wie niemand sonst es vermochte. Ihre Freundin veränderte sich, fand sie.

Es war bestimmt von Vorteil, dass König Carlo zuhörte. Der Herzog wollte sich vor den Augen seines Schwagers keine Blöße geben und sich von seiner großzügigen Seite zeigen.

»Wie ich sehe, überrollen uns die Ereignisse«, seufzte er. »So sei es denn. Öffnet die Tore und lasst die Leute herein.«

»Alle?«, wagte Milla zu fragen.

Der Herzog zögerte.

Carlo räusperte sich und warf ihm einen vielsagenden Blick zu.

Sie warteten. Würde Olwar die Sartolaner vor den Augen des Königs von Sartola beleidigen?«

»Ja, ja, sämtliche Bewohner von Arcosi. Es geht ja nicht anders«, sagte Herzog Olwar und stampfte davon.

Außer Hörweite von König Carlo hörte Milla ihn seine Befehle allerdings leise abändern. »Aber lasst die Norländer als Erste herein. Und wenn sie die Drachen gesehen haben, schafft ihr die Leute wieder aus meinem Palast, bevor wir uns noch irgendetwas holen.«

Sobald die Palasttore geöffnet wurden, zog eine Prozession von mitgenommenen, schweißgebadeten Arcosis im Schatten der Bäume zur Drachenhalle. Arme und Reiche, Junge und Alte, zuerst die Norländer, dann der Rest; alle kamen, um die Drachen zu sehen. Sie traten hintereinander ein und staunten über das, was sie vorfanden: das gewaltige Gebäude mit seinen enormen Ausmaßen, die uralten Wandgemälde und vier echte, riesige Drachen.

Als Milla in die erschrockenen Gesichter sah, ging sie hinüber, um sie zu begrüßen. Sie erinnerte sich noch zu gut, wie sehr diese Pracht sie am Abend des herzoglichen Balls eingeschüchtert hatte. Dabei hatte es damals noch nicht einmal Drachen gegeben.

Iggie glitt zu der provisorischen Holzabsperrung, stand da und schnüffelte.

Hinter dem Zaun wich eine vierköpfige Familie hastig zurück.

Milla stürzte Iggie nach. »Ruhig, Ig, ruhig.« Wie er wohl auf diese Menschen wirkte? Riesig, gewaltig, tödlich?

Sie warf einen Blick über die Schulter: Heral und Petra schauten interessiert zu, während Belara sich auf der anderen

Seite des Ofens zusammengerollt hatte und nichts und niemanden beachtete.

In diesem Moment riss sich ein kleines Mädchen von seiner Mutter los und rannte nach vorn – eine dürre kleine Sechsjährige mit langen Zöpfen und einem breiten Lächeln. Sie zwängte sich mit Kopf und Schultern geradewegs durch die Absperrung und streckte die Arme aus: »Hallo, Drache!«

»Ella, komm zurück!«

Milla erstarrte vor Schreck und machte sich bereit, Ig notfalls sofort zurückzurufen. Warum hatte sie nur geglaubt, ein Zusammentreffen mit den Bewohnern Arcosis wäre eine gute Idee? Ihr Drache könnte dieses Kind mühelos zerquetschen. Was würde dann mit ihm geschehen? Die Stadt würde seinen Tod fordern.

Aber Iggie senkte behutsam den Kopf und schnaufte dem Kind wie ein Pferd in die Handflächen.

»Das kitzelt!«, lachte das Mädchen begeistert.

»Gut gemacht, Iggie. Sehr gut.« Wie um sich selbst zu beruhigen, streichelte Milla ihm die linke Schulter und unterdrückte eine Woge der Eifersucht. Hatte sie nicht genau dafür gestritten? Iggie gehörte ihr nicht allein. Sie musste ihn teilen.

Als Nächstes trat der Bruder des kleinen Mädchens vor. »Bitte, meine Dame ... Darf ich Ihren Drachen streicheln?«, stotterte er höflich. Hoffnungsvoll und ein kleines bisschen ängstlich richtete er seine großen Haselnussaugen auf Milla.

Iggie verbeugte sich spielerisch, dann sprang er ein Stück zurück und schaute, ob die Kinder ihm folgten.

Der kleine Junge stolperte erschrocken davon.

Seine Mutter schrie auf.

»Ist schon gut. Er will nur, dass du ihm nachläufst«, erklärte Milla. »Komm, er wird dir nicht wehtun. Versprochen.«

Der kleine Junge wagte sich langsam wieder vor, und diesmal war Iggie ganz vorsichtig und behutsam, bis der Junge mutiger wurde und Zutrauen gewann.

Der Rest des Tages verging in einem Nebel aus Hitze und Anstrengung. Drei Drachen amüsierten sich. Während Belara den größten Teil verschlief, lernten Iggie, Petra und Heral die Bewohner von Arcosi kennen. Sie gaben an, flogen zu den Dachbalken hinauf und kreisten in der Luft. Sie duldeten, dass Kinder auf ihrem Rücken saßen, jeweils drei auf einmal, brummten zufrieden und sonnten sich in der Aufmerksamkeit.

Es war bereits später Nachmittag, als Milla Thom und Rosa in der Warteschlange entdeckte. Sie waren als Nächste dran. Erschrocken stellte sie fest, wie dünn die beiden in letzter Zeit geworden waren.

Milla hatte Rosa nur ein Mal, unmittelbar nach dem Brand, wiedergesehen. Sie wollte sich vergewissern, ob es Rosa gut ging, und ihre Eltern hatten Milla vor Dankbarkeit fast erdrückt. Mit Essens- und Weingeschenken beladen war sie wieder fortgegangen.

»Also das hat dich ferngehalten.« Thom lehnte an der Holzabsperrung und betrachtete Iggie mit unverhohlener Bewunderung.

Der Blick, den Rosa ihr zuwarf, war komplizierter. Ein wenig Schmerz lag darin, weil Milla sich ihr nicht anvertraut hatte, doch da war noch etwas anderes, vielleicht so etwas wie Ehrfurcht.

Milla umarmte ihre Freunde über den Zaun hinweg. »Es tut

mir leid, dass ich es dir nicht erzählen konnte«, flüsterte sie Rosa ins Haar. »Es war nicht meine Entscheidung, ich schwöre es.« Sie trat zurück und sah ihr ins Gesicht. »Du hast mir gefehlt. Kann jetzt, wo ihr Bescheid wisst, bitte wieder alles so werden wie früher?«

Die Stille währte einen Wimpernschlag zu lang. Milla wünschte, sie hätte ihnen die Wahrheit gesagt, egal was der Herzog befohlen hatte.

»Wie heißt er?«, fragte Rosa schließlich. »Willst du uns nicht vorstellen?«

»Iggie!«, sagte Milla. »Eigentlich Ignatio. Ist er nicht wunderschön? Komm her, komm her und sag anständig Hallo.«

»Aark?«, fragte Iggie, der den Kopf reckte, um Rosas Ärmel zu beschnüffeln.

»Hallo, Iggie, schön, dich endlich kennenzulernen.« Rosa musste den Kopf in den Nacken legen, um ihm ins Gesicht zu sehen, und hob zögernd die Hand. »Ich kann's nicht fassen. Ein Drache? Ich glaube, ich träume.«

Iggie stieß seinen warmen Atem aus und sabberte auf ihre Hand.

»Bäh. Wer hätte gedacht, dass Drachensabber so klebrig ist?«

Alle lachten, was Iggie vor Freude blinzeln ließ.

»Kommt rein, kommt rein«, drängte Milla ihre Freunde, über die Absperrung zu klettern.

Als Thom und Rosa ihre Arme um Iggies geschuppten Hals schlangen, kamen Milla die Tränen. Sie reckte die Arme und ließ die Schultern kreisen, als wäre eine schwere Last von ihr genommen worden.

Als der Tag sich dem Ende zuneigte, sagte Tarya: »Ich glaube, Kara hat recht: Es tut ihnen wirklich gut.« Sie trug wieder ihre normale rote Kleidung: das blutgetränkte Gewand ihres Verlöbnisses war verschwunden. »Seht euch Heral an: Er hat noch nie so glücklich und zufrieden ausgesehen.«

»Mein wilder Drache ist so ein Angeber. Wie konnte mir das entgehen?«, sagte Vigo gähnend zu Milla, als Petra sich vor zwei erschrockenen kleinen Jungen auf dem Rücken wälzte.

»Und Iggie liebt Kinder – wer hätte das gedacht?«, sagte Milla. »Aber was ist mit Belara los?«, fragte sie dann leise, damit Isak es nicht hörte und in den falschen Hals bekam.

Der goldene Drache, der kleinste von allen, hatte sich nicht zu den anderen an die Absperrung gesellt. Den ganzen Tag über hatte Belara sich so gut es ging von den Besuchern ferngehalten. Wenn sich ihr, abgesehen von Isak oder Iggie, jemand näherte, knurrte sie und spuckte Funken.

»So habe ich sie noch nie erlebt«, sagte Vigo. »Wenn ich vorhin nicht zurückgewichen wäre, hätte sie mich glatt abgefackelt.«

»Ich glaube, sie ist krank«, sagte Isak da. Er bot Belara einen Eimer Wasser an, aber sie wandte immer wieder den Kopf ab. Schließlich gab er es auf. »Ich mache mir Sorgen. Sie frisst nicht richtig. Sie trinkt nicht. Es ist, als wollte sie sich verstecken. Vielleicht ist das alles einfach zu viel für sie.« Er wies auf die endlose Menschenschlange, die sich durch das Eingangstor schob. »Vielleicht war das ein Fehler.«

Milla wollte ihm schon widersprechen, als ihr klar wurde, wie besorgt Isak aussah. Er war kreidebleich. Herzog Olwars Beispiel folgend, hatte er seine blonden Locken kurz geschnitten, sodass sie ihm nun vom Kopf abstanden und ihn größer wirken ließen. Einer der Handwerker des Herzogs hatte ihm neue Augengläser gefertigt, deren Drahtbügel bis hinter seine Ohren reichten. Allerdings war es ein dickerer, dunklerer Draht. Dadurch sah er ganz anders aus. Milla vermisste den alten Isak.

»Können wir für heute Schluss machen?«, fragte Isak. »Es geht ihr wirklich nicht gut.«

Inzwischen ging bereits die Sonne unter und malte goldene Lichtstreifen auf die Wände der Drachenhalle.

»Du hast recht«, stimmte Tarya ihm zu. »Alle sind erschöpft, mich eingeschlossen.«

Auf Vigos Befehl traten die Wachen vor, um der enttäuschten Warteschlange direkt vor der Halle die Neuigkeit zu verkünden.

Milla sank zu Boden und legte sich im Sägemehl auf den Rücken. »Uff! Was für ein Tag.« Sie spürte die altvertraute prickelnde Müdigkeit in ihrem Körper, während sich ihre Gedanken überschlugen. »Herzlichen Glückwunsch, ihr beide. Euer Verlöbnis wird so schnell keiner vergessen.«

Tarya lachte. »Du kannst gern ein Lied über Heral und sein dramatisches Auftauchen schreiben, Isak.«

»Sie haben es in vollen Zügen genossen, nicht?«, sagte Milla mit einem Blick zu Iggie, Heral und Petra, die immer noch an der Absperrung standen und hoffnungsvoll nach weiteren Besuchern Ausschau hielten. »Ihr wisst ja, dass Kara gesagt hat, *die Drachen gehören der Stadt*«, sagte sie leichthin, schließlich wollte sie keinen weiteren Streit anfangen. »Glaubt ihr, wir könnten sie hinunterbringen? Sobald alle sie kennengelernt haben, meine ich? Sie könnten dort die alten Nistplätze benutzen.«

»Warum nicht?« Tarya gähnte. »Es lief heute besser, als ich dachte.«

»Ich kann immer noch nicht glauben, dass wir unsere Drachen den Menschen von Arcosi vorgestellt haben.« Vigo schüttelte lachend den Kopf.

»Erinnert ihr euch noch an das alte Gedicht: *Mauern müssen fallen für Frieden und Glück*?, fragte Milla. »Vielleicht ist das der Anfang. Vielleicht können wir es schaffen.«

»Du vielleicht, Milla«, murmelte Isak. »Du denkst ja sowieso nur noch an dich. Aber wir sind auch noch da, Belara und ich. Und falls es euch entgangen sein sollte: Nein, Milla, mein Drache war nicht begeistert von dem Menschenauflauf. Nein, Vigo, mein Drache hat heute niemanden kennengelernt. Und nein, Tarya, es lief schlechter, als ich erwartet hatte. Habt ihr das denn nicht mitbekommen?«

Alle wandten den Kopf. Belaras goldene Schuppen wirkten gräulich. Sie hatte sich fest zusammengerollt, Isak den Rücken zugewandt, und ignorierte all seine Versuche, mit ihr Kontakt aufzunehmen.

»Morgen wird es ruhiger zugehen«, sagte Vigo beschwichtigend. »Ich schätze, der Großteil der Stadt ist heute schon zum Schloss gekommen. Vielleicht geht es ihr dann besser? Ich glaube, die Stadt zu erkunden, würde den Drachen gefallen. Wenn sie alle Einwohner getroffen haben, können wir vielleicht schon morgen anfangen.«

Aber Vigo täuschte sich. Den ganzen nächsten Tag über kamen immer neue Menschen. Und am Tag darauf noch mehr.

Am vierten Tag unternahmen Milla und Iggie wieder ihren frühmorgendlichen Ausflug. Für Milla waren diese Stunden etwas ganz Besonderes. Der einzige Zeitpunkt des Tages, an dem sie ihren Drachen für sich allein hatte, an dem sie sich frei und unbeschwert fühlte, so wie in den Träumen, die sie gehabt hatte, bevor Iggie geschlüpft war.

Aber als sich an diesem Morgen der Nebel auflöste, machte Milla eine Entdeckung. Sie klammerte sich fester an den Hals ihres Drachen. »Schau nur, Iggie! Was ist das?« Milla starrte auf die dunklen Umrisse im Meer: Es waren Dutzende. »Sind das Fischerboote?«

Iggie flog tiefer.

Milla fiel vor Schreck fast von seinem Rücken. Es war eine Flotte. Boote über Boote voller Menschen, allesamt unterwegs nach Arcosi.

War das ein Angriff?

Sie flogen so schnell wie möglich zum Palast zurück und landeten direkt vor der Drachenhalle. Milla beherrschte die Landung inzwischen besser. Als sie von Iggies Rücken sprang und davonstürmte, stieß sie mit Tarya zusammen, die in die entgegengesetzte Richtung wollte.

Beide waren atemlos und platzten fast vor Neuigkeiten, als sie einander an den Armen packten.

»Sie kommen! Boote über Boote, und alle auf dem Weg nach Arcosi!«, rief Milla. »Wir müssen Alarm schlagen!«

»Nein, das ist kein Angriff«, rief Tarya. »Sie haben Nachrichten geschickt. Es sind die alten Bewohner der Insel. Sie kommen zurück. Genau wie Kara gesagt hatte.«

Milla starrte sie an.

»Aber das ist noch nicht alles. Es geht um Belara!«, sagte Tarya. »Sie hat Eier gelegt!«

»Nein!« Milla wusste, dass sie sich eigentlich freuen sollte. Sie wollte, dass sich die Drachen irgendwann vermehrten und ihren Fortbestand hier auf Arcosi sicherten. Sie hatte nur nicht so schnell damit gerechnet.

Wem würden die neuen Drachen gehören? Den Menschen auf den Booten? Waren sie deshalb gekommen? Das konnte kein Zufall sein.

33. KAPITEL

Eine Weile später sammelte Milla in Serinas Garten Kräuter, um einen Trank für Belara zuzubereiten, der brütenden Drachen guttun sollte. Auch wenn Isak kaum noch ein Wort mit ihr wechselte, wollte sie sich dennoch nützlich machen. Sie hatte das Rezept aus einem der Bücher in der Bibliothek herausgesucht.

In diesem Moment kam ein Bote zum Gartentor und räusperte sich laut.

»Werte Dame.« Der junge Mann wirkte völlig verschreckt, als er seine Nachricht überbrachte. »Alle Auserwählten der Drachen werden darüber in Kenntnis gesetzt, dass der Herzog eine Ankündigung zu machen hat. Da die Eier nicht allein gelassen werden dürfen, wird Herzog Olwar Euch mit seiner Gegenwart beehren. In der Drachenhalle. Äh, *jetzt gleich*.«

Milla sprang auf, dass die Fenchelstängel in alle Richtungen flogen, und rannte durch die Palastgärten.

Während sie in die Drachenhalle eilte, machte sich in ihrer Brust ein beklemmendes Gefühl breit.

Tarya, Isak und Vigo waren bereits zusammen mit dem Herzog und der Herzogin dort.

»Mein Entschluss steht fest. Ich habe meinem Volk erlaubt, die Drachen zu treffen«, begann Olwar. »Aber ich habe keine Einladung für ganze Bootsladungen voller Fremder ausgesprochen.«

»Aber es sind die ursprünglichen Bewohner von Arcosi. Ich war unten und habe mit ihnen gesprochen. Sie kommen in Frieden. Sie kommen einfach nur nach Hause!«, rief Serina. »Sind wir ihnen nicht etwas schuldig? Schließlich gehörten die Drachen früher ihnen.«

Genau das hatte Kara vorhergesagt, damals, auf dem Ball des Herzogs. Was genau waren ihre Worte gewesen? Milla versuchte sich zu erinnern.

»Es ist mir egal, wer sie sind: Sie sind hier nicht willkommen.«

Vor ein paar Tagen hatte Olwar sich ein klein wenig geöffnet. Er hatte ihnen vertraut und das Volk in seinen Palast eingelassen. Doch diese Tür war nun einmal mehr verschlossen.

»Wenn wir mit ihnen reden, können wir Dinge in Erfahrung bringen«, argumentierte Serina. »Vielleicht kennen sie sich mit Drachen aus. Sie könnten helfen ...«

»Nein. Es ist bereits entschieden.« Olwar hob die Hand, als Vigo Einwände erheben wollte. »Ich habe eine neue Ausgangssperre erlassen: Nach Anbruch der Dunkelheit darf sich niemand mehr draußen aufhalten. Wir müssen die Ordnung wiederherstellen. Das Ganze ist viel zu weit gegangen. Wir müssen jetzt an die Eier denken. Deshalb verdreifache ich die Wachen rund um die Drachenhalle.«

Die Eier. Natürlich. Das hätte Milla kommen sehen müssen. Selbstverständlich ging es dem Herzog vor allem um die Eier. Sie hatte gesehen, was passierte, wenn der Herzog sein Volk »beschützte«. Wie schlimm würde es erst werden, wenn er einen Drachen beschützte, von dem er glaubte, dass er einmal ihm gehören würde? Milla zog sich der Magen zusammen.

»Die *Ordnung* wiederherstellen?«, spottete Vigo. »Du wirst schon sehen, ob das Ordnung schafft. Ich glaube dir kein Wort!«

»Danke, Euer Gnaden.« Isak sah nervös zu seiner Koje.

Belara hatte sich im ersten Licht des Tages, nachdem alle aufgestanden waren, dort hineingezwängt und in der dunklen Abgeschiedenheit seines Bettes zwei Eier gelegt.

Sobald einer von ihnen zu nahe kam, fletschte sie knurrend die Zähne. Und wenn sie nicht schnell genug fortgingen, begann sie zu glühen und Funken zu spucken, bis sie verschwanden.

»Aber Olwar«, sagte die Herzogin ungläubig, »was ist mit den Menschen, die in ihre Heimat zurückkehren wollen? Sie werden Nahrung, Wasser und eine Unterkunft brauchen. In den Herbergen ist nicht genug Platz für alle. Wie sollen sie die Ausgangsperre einhalten, wenn sie keinen Schlafplatz haben?«

»Das ist nicht unser Problem. Es hat sie niemand eingeladen«, sagte Herzog Olwar kühl. »Die Eier gehen vor.«

Serina zuckte zusammen. »Und was ist mit unseren eigenen Leuten?«, fragte sie leise. »Denjenigen, die draußen immer noch anstehen, um die Drachen zu sehen?«

»Sie haben die Wahl: Entweder halten sie sich an die Ausgangssperre oder sie bleiben und werden verhaftet. Sie haben meine Gastfreundschaft lange genug genossen.«

Milla hatte die schwache Hoffnung gehegt, das alles so weitergehen würde wie in den letzten Tagen: Sie und Iggie würden ihre Zeit mit den Leuten von Arcosi verbringen, und sie könnte Thom und Rosa besuchen, wann immer sie wollten. Jetzt verkümmerte diese Hoffnung wie ein Setzling im späten Frost.

»*Seine* Gastfreundschaft?!«, fragte Tarya und schnalzte leise mit der Zunge. *Serina* hatte die Ruhezelte aufstellen lassen und Essen und Wasser für sämtliche Besucher organisiert.

»Was ist mit den Bedürfnissen der anderen Drachen?«, fragte Vigo. »Petra hat es genossen, den Menschen zu begegnen.«

»Es wird Zeit, dass wir alle zur Normalität zurückkehren«, erklärte Herzog Olwar laut. »Die Leute sollen in ihre Häuser zurückgehen. Sich wieder an die Arbeit machen. Und aus meinem Palast verschwinden.«

Milla hatte Leute davon sprechen hören, dass jeder Mensch eine Grenze hat. Jetzt erlebte sie, wie die Herzogin ihre eigene Grenze erreichte. Serina sprang auf und stellte sich kerzengerade hin. »Ach, auf einmal gehört er nur noch dir?«, rief sie herausfordernd.

Milla wappnete sich für die Antwort des Herzogs.

Vigo starrte seine Mutter an, als hätte er sie noch nie laut werden hören. Womöglich war dem so. Milla konnte sich das nur schwer vorzustellen, denn sie war mit Josi aufgewachsen, die ständig herumschrie.

»*Dein* Palast?« Serinas Wangen waren gerötet und ihre Augen funkelten wütend. »Obwohl er seit zwanzig Jahren auch mein Zuhause ist? Obwohl es meine Mitgift war, die es dir überhaupt erst ermöglicht hat, diese verfluchte Armee aufzubauen?«

Iggie lehnte sich leise fiepend an Milla. Trost suchend strich sie ihrem geliebten Drachen über den Hals und seinen breiten Rücken.

»Beruhige dich, meine Liebe«, sagte der Herzog kalt. »Du kannst nicht klar denken. Wir müssen nur ein Exempel statuieren, dann herrschen hier bald wieder normale Zustände.«

Neue normale Zustände, die beinhalteten, dass der Herzog einen dieser Drachen an sich band, dachte Milla.

»Hast du heute schon einmal nach draußen gesehen?«, fragte die Herzogin. »Ich habe dreißig Boote gezählt! Und das werden nicht die letzten sein. Aber wenn du die heimkehrenden Arcosis nicht hereinlassen willst, dann werde ich Essen und Unterkünfte eben zu ihnen bringen müssen.«

»Warte, Mama«, sagte Vigo, der ihre Hand drückte. »Er meint es nicht so. Nicht wahr?«

Milla sah zum Herzog, registrierte seine angespannten Wangenmuskeln. Sie war sich ziemlich sicher, dass er genau das meinte, was er gesagt hatte. Serinas Auflehnung verstärkte nur seine Entschlossenheit.

»Die Ausgangssperre ist schon in Kraft«, sagte Olwar brüsk. »Die Truppen räumen bereits die Straßen. Und wir werden die Stadttore schließen. Sie sollen unten am Hafen bleiben oder wieder verschwinden.«

»Was?«, rief die Herzogin. »Du willst sie aus ihrer Stadt aussperren? Das ist Wahnsinn.«

»Ich sage dir, was Wahnsinn ist: die Stadt von Fremden überrennen zu lassen, die sich einbilden, sie gehöre ihnen! Hast du nicht verstanden? Hier drinnen gibt es Dracheneier, die beschützt werden müssen.«

»Und da draußen sind Menschen, die beschützt werden müssen!«, hielt Serina ihm entgegen. »Ich kann hier nicht bleiben, wenn die Menschen mich brauchen.« Damit raffte sie ihre Röcke zusammen und marschierte aus der Drachenhalle.

Milla machte Anstalten, ihr zu folgen, fuhr aber zurück, als der Herzog fauchte: »Nun? Wer will da draußen noch das Leben seines Drachen aufs Spiel setzen? Nur zu! Ihr könnt gehen! Niemand zwingt euch zu bleiben.«

»Also, ich lasse Belara nicht allein«, sagte Isak sofort. »Und sie kann ihre Eier nicht im Stich lassen.«

Milla schaute sich in der warmen, luftigen Drachenhalle um. Sie sah die gut gefüllten Futterstellen. Die Tränken voller arcosischem Quellwasser. Die auf Hochglanz polierten Kojen mit den Seidenvorhängen, die bequeme Drachenstange und den ständig beheizten Ofen. Sie sah Taryas und Vigos unglückliche Gesichter und Isaks störrische Miene. Und sie begriff immer deutlicher, wie hoffnungslos sie alle sich in der herzoglichen Falle verfangen hatten.

FÜNFTER TEIL

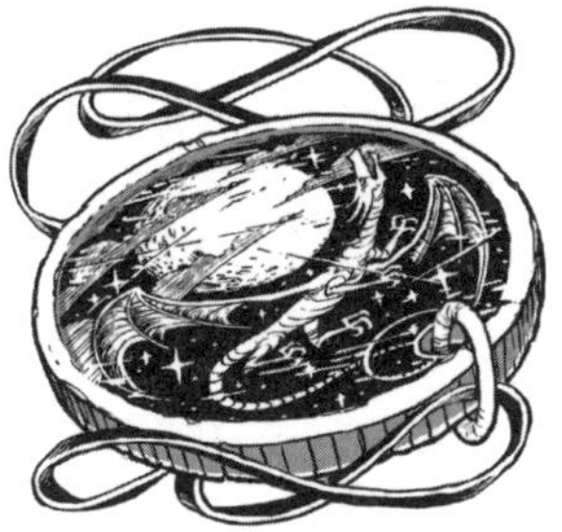

34. KAPITEL

Drei Monate später: Mittsommer

Es war der heißeste Sommer seit Jahren. Als die Sonne über Arcosi aufging, fielen ihre Strahlen auf eine Stadt, die sich bis zur Unkenntlichkeit verändert hatte.

Das Sonnenlicht erhellte den Hafen, in dem Dutzende Schiffe so dicht nebeneinander vor Anker lagen, dass hungrige Ratten auf der Suche nach Futter bequem von einem zum anderen spazierten.

Gemächlich wanderten die Sonnenstrahlen über die Stadttore oberhalb des Kais. Sie waren fest verschlossen und wurden von Dutzenden schwarz gekleideter Soldaten bewacht.

Das Licht fiel auf die Menschen, die in Lagern außerhalb der Stadtmauern kampierten. Zwischen Anlegeplätzen und Markt drängten sich zahllose Reihen aus Zelten und Behelfsunterkünften, die aus Decken, Seilen und kaputten Kisten errichtet worden waren. Ein kleiner Junge schmiegte sich an den gekrümmten Körper seiner Mutter, deren langes schwarzes Haar seiner Wange auf den Pflastersteinen als Kissen diente.

Die ersten Strahlen der Sonne stahlen sich auch in das größte Zelt. Herzogin Serina war schon seit der Dämmerung auf den Beinen, um nachzusehen, wie es um ihre Vorräte bestellt war und wie sie sich strecken ließen, damit sie an diesem Tag fünfhundert Mäuler satt bekam.

Auf der obersten Kuppe der Insel malte die Sonne Streifen auf den Boden der Drachenhalle, wo Schreie den ruhigen goldenen Morgen zerrissen.

»Milla! Wach auf! *Wach auf!*« Vigos Stimme befreite sie aus den Fängen ihres Albtraums.

Zitternd erwachte Milla auf dem Boden der Drachenhalle – sie war geradwegs aus ihrer Koje gerollt.

»Aark!« Auch Iggie war da und stupste sie zärtlich an, doch sein warmer, rauchiger Atem holte nur den Schrecken ihres Traums zurück: Rauchwolken, die zum Himmel aufstiegen. Ein Schiff in Flammen, die Takelage brannte wie Fackeln.

Milla griff nach ihrem Drachen und blinzelte die schrecklichen Bilder fort. »Hab ich wieder geschrien?«, fragt sie Vigo leise. »Tut mir leid, wenn ich dich geweckt habe.«

Isak lag unter einer Decke zusammengerollt auf dem Boden neben seiner Koje und schlief tief und fest. Von Tarya war noch nichts zu sehen.

Milla rappelte sich auf, um sich einen Becher Wasser einzugießen. Iggie folgte ihr besorgt. Wasser war jetzt rationiert, aber in der Drachenhalle hatten sie immer genug und sie trank dankbar davon.

»Alles in Ordnung. Tarya schläft noch. Sie ist erschöpft vom vielen Jagen«, flüsterte Vigo, der sich zu ihr gesellte, nachdem er sich vergewissert hatte, dass Petra und Heral noch zusammengekauert auf der Drachenstange schliefen. »Tarya gibt sich an allem die Schuld – die Überfüllung, das Lager –, nur weil Heral am Tag unseres Verlöbnisses aufgetaucht ist.«

»Das ist doch lächerlich«, zischte Milla zurück. »Sie konnte doch nicht wissen, dass all diese Menschen nach Arcosi zurückkehren würden. Außerdem hat sie die Gesetze nicht gemacht –« Sie brach ab, weil sie Vigos Vater nicht offen infrage stellen wollte.

»Nein, aber wir könnten es. Wir könnten andere Gesetze erlassen.« Vigo hielt inne. »Wir müssen für unsere Ansichten einstehen«, sagte er drängender. »Wenn *wir* es nicht tun, wer dann? Die Drachen sind jetzt ausgewachsen. Sie geben uns Macht. Wir könnten sie benutzen, um den Wahnsinn aufzuhalten.«

»Was genau willst du damit sagen?« Milla wollte es aus seinem Mund hören. »Dass wir uns mit den Drachen zur Wehr setzen sollen?«, flüsterte sie vorsichtig, wohl wissend, dass die ganze Insel bei dieser Hitze einem Pulverfass glich. Es brauchte nur einen Funken und alles ginge in Flammen auf.

Was Iggie wohl dachte? Er hörte ihnen aufmerksam zu, seine riesigen Augen waren wie Seen aus grünem Feuer.

»Ja! Warum nicht? Bestimmt gibt es noch einen anderen Weg. Wir müssen nur mutig genug sein, ihn zu gehen. Die Drachen sind jetzt stark. Meinst du nicht, dass es an der Zeit ist? Wir dürfen nicht zu lange zögern. Bevor die Jungen schlüpfen und mein Vater …«

Er sprach den Satz nicht zu Ende. Das war auch nicht nötig. Herzog Olwar war besessen. Wenn Belara ihn in ihre Nähe ließe, würde er sich selbst auf die Eier setzen.

»Kara sagt, dass die Jungen auf dem Markt schlüpfen sollen«, erinnerte sich Milla, während sie Iggies Flanke streichelte.

»Als ob es dazu kommen würde, mit dreifach verstärkten Wachen rund um die Drachenhalle und einer Stadt unter Ausgangssperre«, fauchte Vigo. »Genau das meine ich: Das alles ist grundfalsch.«

»Was?«, fragte Tarya, die gähnend aus ihrer Koje kletterte. »Wovon redet ihr?«

»Von Albträumen«, sagte Milla, »den geträumten und den echten.«

»Wir reden über die neuen Erlasse meines Vaters«, erklärte Vigo und küsste Tarya.

»Alles, wovor du uns gewarnt hast, ist eingetreten, Milla, nur noch schlimmer ...« Tarya zog an ihrem roten Hemd, auf dem vorn ein kleiner Drachenaufnäher prangte. »Das hier ist ein Zeichen der Schande, nicht der Ehre.«

Der Herzog hatte seit dem Frühjahr viele neue Gesetze erlassen, aber dieses hier war das meistgehasste. Alle, die norländische Wurzeln hatten, mussten ihre Kleidung mit einem kleinen schwarzen Drachen kennzeichnen – dem Symbol des Herzogs. Alle anderen hatten als Erkennungsmerkmal ein Schiff zu tragen, um zu zeigen, dass sie erst später angekommen waren. Das Schiffskennzeichen wurde allen zugeteilt, die keine Norländer waren, egal ob sie seit Jahren hier lebten, wie Josi, oder mit dem letzten Schiff gekommen waren, und es sorgte dafür, dass sie in jeder Schlange ganz hinten standen.

Milla fuhr instinktiv zu der neuen Applikation auf ihrem Hemd. Sie zeichnete die Umrisse des Schiffes nach, das sie dorthin gestickt hatte, obwohl ihr jeder Stich verhasst gewesen war.

»Dann trag es nicht«, sagte Vigo, der zu Tarya hinüberging und sie in den Arm nahm. »Ich tue es auch nicht. Komm, wir reißen es ab, jetzt gleich!«

»Bei dir ist das etwas anderes«, sagte Tarya und lehnte ihre Stirn an seine Brust, als wäre sie noch immer völlig erschöpft. »Dich wird man nicht verhaften.«

»Bist du dir da sicher?«, fragte Vigo, während er ihr übers Haar strich. »Als sie neulich auf den Markt gestürmt sind, haben sie nicht gefragt, wer wir sind. Sie hätten um ein Haar meine Mutter mitgenommen, wenn nicht jemand gerufen hätte, dass sie die Herzogin ist.«

»Meinst du nicht, dass es allmählich Zeit für einen Wechsel ist? Zeit für uns, zu handeln?«, fragte Milla, die spürte, dass Tarya für diese Worte endlich bereit sein könnte.

»Wartet.«

Alle drei zuckten zusammen.

Isak saß von Sorgen gebeugt und weiß wie ein Gespenst da, das Haar stand ihm verklebt und struppig vom Kopf ab. Er hatte abgenommen und seine gelbe Drachenreiterkleidung hing zerknittert und schmutzig an ihm herab. Seine Augengläser waren fettig und verschmiert. »Ich glaube, ihr vergesst Belara und mich«, sagte er. »Mein Drache brütet hier und wird die nächste Drachengeneration heranziehen – oder ist euch das egal?«

»Natürlich ist uns das nicht egal!« Tarya ging zu ihm und hakte sich bei ihm unter, was er zuließ. »Wie geht es dir?«

Isak gab keine Antwort.

Milla ging und holte ein frisches Brötchen aus einem abgedeckten Korb. Sie bot es ihm an.

»Ich habe keinen Hunger«, sagte er lustlos.

»Komm schon, Isak!«, schnaubte sie. Dann bremste sie sich und atmete tief aus. »Ich weiß, dass diese Warterei nicht einfach ist. Aber was nützt es Belara, wenn du nicht isst?«

»Ich lasse mir von euch nicht vorschreiben, was ich zu tun oder zu lassen habe«, sagte Isak schließlich, während er alle drei mit unverhohlener Ablehnung ansah. »Ihr könnt Tag für Tag mit euren Drachen zusammen sein. Könnt mit ihnen ausfliegen und jagen. Was glaubt ihr, wie sich das für mich anfühlt?«

Milla wandte den Blick ab, sie ertrug nicht, wie sehr er litt.

»Du hast keine Ahnung, wie es dort draußen aussieht, Isak«, sagte Vigo. »Die Stadttore sind geschlossen: Niemand darf rein oder raus. Niemand außer den Soldaten des Herzogs und unseren Drachen. Die Zelte sind voll. Der Hafen ebenfalls. Wasser ist rationiert. Selbst wenn wir in doppelten Schichten jagen, reicht es nicht. Irgendwann wird dort unten jemand sterben. Wir müssen etwas unternehmen.«

»Ah, ich verstehe schon – es ist die alte Leier!«, schrie Isak. »Ihr glaubt, ich weiß nicht, was in der Stadt passiert? Dass es mir egal ist?« Er übertrieb, aber Milla wurde klar, wie sehr die Vorstellung, sie könnten ihn verlassen, ihn in Panik versetzte. »Geht ruhig. Geht und zettelt eine Revolution an. Rettet die kleinen Leute. Kümmert euch nicht um mich und meinen Drachen! Macht euch keine Sorgen um die Eier.«

»Ich kann meinen Bruder nicht im Stich lassen.« Tarya sah zwischen Vigo und Isak hin und her. »Zwingt mich nicht zu wählen. Lasst uns warten, bis die Jungen geschlüpft sind und Isak mitmachen kann, ja?«

»Aber dann ist es zu spät.« Vigo lief auf und ab und wies auf das Nest. »Wenn wir warten, bis sie schlüpfen, wird mein Vater vielleicht von einem Drachen erwählt.«

»Und was ist falsch daran?«, gab Isak zurück. »Hat er es nicht auch verdient, sich mit einem Drachen zu verbinden? Nach allem, was er getan hat? Er ist schließlich der Herzog.«

»Du meinst ihn zu kennen, Isak, aber glaube mir, das tust du nicht.« Vigo verstummte und schluckte die nächsten Worte hinunter, weil der Vorhang der gelben Koje von innen auseinanderglitt.

»Belara!«, rief Isak.

Belara schob den Kopf durch den Vorhang und zischte feindselig.

Als würde man eine Kerze ausblasen, machte Isaks hoffnungsvolle Miene Gram und Kummer Platz.

»Ganz ruhig, Belara«, sagte Milla, die sofort zurückwich und dabei die Hände ausstreckte, um der Drachendame zu zeigen, dass sie leer waren.

»Komm weg da, Isak!«, murmelte Tarya, während Vigo sie außer Reichweite des Drachen zog.

Widerstrebend wich auch Isak zurück, und alle sahen besorgt zu, wie Belara herauskam, um zum ersten Mal an diesem Tag zu fressen. Dann trank sie in tiefen Zügen vom Quellwasser und hörte gar nicht mehr auf, als könnte sie ihren Durst einfach nicht stillen.

»Das reicht nie und nimmer!«, sagte Isak besorgt. »Seht nur, wie dünn sie geworden ist. Außerdem ist sie viel zu blass. Wie lange soll das noch gehen?«

Die Eier machten Isak zu einer Geisel, begriff Milla, als Belara wieder auf ihr Nest stieg und die Eier unter ihrem warmen Bauch umdrehte. Isak war hier gefangen, bis die Jungen schlüpften. Und wenn sie ihm die Treue halten wollten, waren sie es auch.

Milla war es so leid, zu warten, zu streiten und sich zu fragen, was sie tun sollten. Außer sich vor Enttäuschung, kümmerte sie sich nicht länger um das, was Isak dachte. Sie musste raus.

»Iggie? Komm, wir haben eine Aufgabe zu erledigen.« Ohne sich noch einmal umzusehen, marschierte Milla aus der Drachenhalle.

Kurz darauf überquerten sie den Sartola-Sund, ließen sich vom Aufwind davontragen und kehrten Arcosi und all seinen Problemen den Rücken. Das Meer lag still und farblos unter ihnen. Der Wind sorgte dafür, dass Milla wieder einen klaren Kopf bekam.

Was, wenn wir einfach weiterfliegen? Sie klammerte sich mit den Beinen fest und hatte die Arme um Iggies Hals geschlungen. Die Augen richtete sie auf den Horizont.

»Da! Dort könnten wir hin ... Wir könnten hin, wohin auch immer du möchtest!«, schrie sie in den Wind. Jetzt, da Iggie erwachsen war, brauchte sie für ihn nur frisches Fleisch und Quellwasser. Sie könnten nach Lust und Laune fliegen, unbesorgt schlafen und ständig in Bewegung bleiben.

»Squaaaak«, gab Iggie zur Antwort.

Vor ihnen erstreckten sich einige Inseln jenseits der Küste von Sartola wie kleine Juwelen im grenzenlosen Blau. »Sollen wir dorthin? Wollen wir nachsehen, was dort ist, Ig?« Wenn sie wollten, könnten sie frei sein. Nur sie beide.

Iggie gab einen rauchenden Huster von sich, dann wandte er den Kopf und warf ihr mit halb geschlossenen Augen einen durchdringenden Blick zu.

Was war mit ihren Freunden? Mit der Stadt? Mit Serina, die auf das Fleisch wartete, das sie jagen sollte? Was war mit den Aberhunderten von Menschen, die auf der Suche nach den Drachen nach Arcosi zurückgekehrt waren? Und Kara, die ihr Iggie gebracht hatte?

Wie kleine Angelhaken zerrte die Pflicht an ihr und zog sie nach Hause.

»Schon gut, Iggie. Hör nicht auf mich«, rief sie. »Lass uns jagen! *Runter!*«

Iggie änderte die Richtung, Millas Magen machte einen Satz, als sie in die Tiefe stürzten. Sie kauerte sich zusammen und klammerte sich mit Armen und Beinen an ihren Drachen, bis sie das Gefühl hatte, eins mit ihm zu sein.

»Da, schau!« Als sie im Tiefflug über die Ebene des Festlands segelten, entdeckten sie eine Herde Wildziegen. Normalerweise sah Milla nicht hin, wenn Iggie tötete, aber heute zwang sie sich dazu.

Iggie stürzte hinab und packte mit seinen Krallen eine zappelnde braune Ziege. Ein schneller Biss und es war um sie geschehen. Kurz darauf flogen sie mit vier leblosen Leibern zurück nach Arcosi. Der warme Wind vertrieb den Geruch des frischen Blutes.

35. KAPITEL

Milla befahl Iggie, das Fleisch in der Nähe des Marktes abzulegen, wo Serina ein Küchen- und ein Heilerzelt errichtet hatte. Draußen bildete sich bereits eine Warteschlange, die auseinanderstob, als der Drache landete.

Sie wurden im Nu von einer Horde Kinder umringt, von kleinen Knirpsen und einem Jungen, der so alt war wie sie. Milla kletterte von Iggies Rücken, streckte sich, um die Steifheit aus ihren Gliedern zu vertreiben, und zerrte dann die schweren Ziegenkadaver aus dem Weg, ehe auf ihnen herumgetrampelt wurde.

Iggie trottete zu einem der verwitterten alten Nistplätze hinüber, die in die Wand des Marktplatzes eingelassen waren, und rollte sich zusammen. Er schnurrte förmlich, als die Kinder auf ihm herumkletterten, und begrüßte jedes einzelne von ihnen mit einem begeisterten »*Prrrt*«.

Milla lehnte sich zum Verschnaufen an eine kühle Steinmauer auf der schattigen Seite des Platzes, fuhr sich über die Stirn und versuchte den Schweiß zu ignorieren, der ihr über den

Rücken lief. Sie war müde und verschwitzt und ihre Kleidung stank nach Blut. Sie hatte keine Kondition mehr und sich zu sehr ans Fliegen gewöhnt.

Thom kam mit ein paar leeren Fischkörben aus dem Küchenzelt.

»Hallo, Thom!« Milla war selbst überrascht, wie sehr sie sich freute, ihren alten Freund wiederzusehen. Jemand Unkomplizierten.

»Milla! Die Drachenreiterin, was?« Sein Lächeln vertrieb die Müdigkeit aus seinem Gesicht. »Ich sehe dich manchmal, wenn du über die *Delfin* fliegst. He, Iggie!«, rief er dem blauen Drachen zu.

Iggie antwortete mit einem freundlichen Schnauben über die Köpfe der Kinder hinweg. Milla reckte sich und umarmte Thom ein wenig umständlich, weil die Körbe im Weg waren. »Wie kommt ihr zurecht?« Thom wirkte größer und noch dünner als beim letzten Mal. Auch er trug ein aufgesticktes Schiffssymbol auf seinem Hemd.

»Es ist hart, da gibt's nichts dran zu rütteln.« Er schnitt eine Grimasse und wies mit dem Kinn auf die leeren Körbe. »Die vielen neuen Schiffe sind uns im Weg – bis wir ausladen können, ist die Ladung mitunter fast verdorben. Trotzdem schlagen sie sich fast die Köpfe ein, um zu uns zu gelangen. Aber wir heben immer einen Teil für die Herzogin und ihr Küchenzelt auf. Wer weiß, wann *wir* dort anstehen werden, wenn es so weitergeht.«

»Sei vorsichtig, ja?« Stirnrunzelnd musterte Milla sein schönes Gesicht, das von den vielen Fangfahrten in diesem Sommer inzwischen tiefbraun war. »Lass mich wissen, wenn irgendetwas passiert, ja?«

»Es wird nichts passieren. Wir sind vorsichtig. Mein Vater weiß, wie man sich bedeckt hält und hart arbeitet. Mach dir keine Sorgen um uns.« Milla kannte ihn gut genug, um aus seinen mutigen Worten die Angst herauszuhören.

»Thom?« Er wollte gerade gehen, als sie ihn am Ärmel festhielt.

»Was ist? Ist bei dir alles in Ordnung?«

»Und wenn wir einfach verschwinden würden? Du und dein Vater mit dem Boot, wir könnten Rosa mitnehmen, und ich und Iggie ...?«

Thoms Blick wurde weich. »So schlimm? Sogar für dich?«

Sie nickte und spürte entsetzt, wie ihr die Tränen in die Augen stiegen. Sie konnte unmöglich vor Thom und all diesen Leuten weinen, die es so viel schwerer hatten als sie. Sie fuhr sich mit dem Handrücken über die Augen. »Tut mir leid. Hör nicht auf mich.«

»Irgendwann ist es vorbei. Es kann so nicht endlos weitergehen«, sagte er. »Arcosi ist doch unser Zuhause. Ich werde es auf keinen Fall aufgeben. Halte durch, Milla.«

Sie schniefte, stellte sich ein wenig aufrechter hin und schenkte ihm ein kleines Lächeln. »Du hast recht. Lass mich wissen, wenn wir etwas für euch tun können.« Sie wies auf Iggie, dem inzwischen mehrere Kinder an den Beinen klebten.

»Bis bald.« Thom verschwand mit einem Winken in der Menge. In diesem Moment erschien Serina, gefolgt von einigen Freiwilligen, im Zelteingang.

»Ich hoffe, den Leuten ist schon wieder nach Ziegeneintopf«, versuchte Milla es mit einem schwachen Scherz und wies auf die toten Tiere.

»Vielen Dank, Milla. Vielen Dank, Iggie. Wir werden gut essen heute Abend.« In ihrem rosafarbenen Seidenkleid und mit der passenden Blume hinterm Ohr war Serina so anmutig wie eh und je, doch ihre fleckige Schürze verriet einen langen, arbeitsamen Tag und ihre warmen braunen Augen waren von Müdigkeit umschattet.

Freiwillige mit schmutzigen Schürzen tauchten auf. Ein stämmiger, grauhaariger Mann hievte sich eine Ziege auf die Schulter; zwei junge Frauen trugen gemeinsam eine weitere fort.

»Tarya macht sich Sorgen um Euch.« Milla blieb bei der Herzogin und behielt die Kinder im Auge, die auf ihrem Drachen herumturnten. »Sie findet, dass Ihr zu hart arbeitet. Ihr und auch Vigo. Ist er direkt hergekommen oder schon draußen auf der Jagd? Iggie und ich können gleich noch einmal hinausfliegen, wenn Ihr wollt.« Sie hoffte, Serina würde Ja sagen, damit sie wieder losziehen konnte.

Doch ehe Serina antworten konnte, zeterte eine Stimme:

»Verräter! Warum gebt ihr denen zu essen? Sie gehören hier nicht her. Nur ihretwegen komme ich nicht in die Stadt und stecke hier unten mit dem Abschaum fest«, beschimpfte eine Norländerin die Freiwilligen. Sie hatte ein verkniffenes Gesicht mit einem spitzen Kinn. Dann wurde sie noch lauter: »Und was machst du? Du bringst *den Fremden* zu essen?«

»*Mraaa!*«, schickte Iggie eine laute Warnung über den Platz.

Milla war fassungslos über diese offene Feindseligkeit. Sie lief zu Iggie hinüber. Er hasste Spannungen.

»Ist schon gut«, beruhigte sie ihn und legte ihre Hand auf seine Brust, damit sie merkte, wenn er zu glühen begann. Sie verscheuchte die Kinder. »Fort mit euch, geht zu euren Eltern.

Der Drache braucht ein bisschen Platz, ja? Fort mit euch!«, drängte sie und die Kinder zogen sich widerstrebend zurück.

An der Mauer lehnten vier junge Männer, aber nun richteten sie sich auf und umstellten die Norländerin. »Wer ist hier fremd?«, fragte einer mit einem starken Akzent.

»Unsere Familie gehört zu den Alten Arcosis. Wir haben also schon lange vor euch hier gelebt. Wir sind nach Hause gekommen«, sagte ein anderer.

»Warum geht *ihr* nicht dahin zurück, wo ihr hergekommen seid?« Der dritte der jungen Männer sah auf die Frau herab. »Wenn die Norlande so etwas Besonderes sind, dann verschwindet doch dorthin!«

Milla sah dem Ganzen mit wachsender Sorge zu. Iggie war inzwischen aufgestanden. Sie strich ihm über den Hals und sprach murmelnd auf ihn ein, damit er Ruhe bewahrte.

»*Mraaa*«, erklärte er wieder, stampfte und trat unruhig auf der Stelle.

»Ich weiß, ich weiß …«

»Arcosi ist *meine* Heimat, nicht eure«, fauchte die Norländerin unbeeindruckt. »Ihr seid diejenigen, die verschwinden müssen …« Einige andere Norländerinnen hatten den Streit mit angehört und murmelten zustimmend.

Nun standen sich zwei Gruppen gegenüber: auf der einen Seite Norländerinnen, die in der Hafengegend wohnten und ihre Einkaufskörbe umklammerten, und auf der anderen die jungen Männer, die um Essen angestanden hatten.

»Verschwindet! Verlasst unsere Insel. Bevor ihr kamt, ging es uns gut«, rief die Norländerin. »Fort mit euch, fort!« Sie wies auf die Schiffe.

»Friede, meine Freundin. In diesem Zelt sind alle willkommen. Das habe ich immer klargemacht.« Serina durchbrach die Trennlinie. Mit offenen Händen ging sie auf die Norländerin zu. »Das Angebot gilt für alle. Man gibt, was man geben kann, oder bleibt, um zu helfen, und am Abend bekommt jeder eine Mahlzeit.«

Auf dem verwitterten Gesicht der Frau spiegelte sich noch immer Wut. Zornig wandte sie sich von der Herzogin ab. »Kein Wunder, dass Ihr deren Partei ergreift …«

»Sie ergreift keine Partei«, rief Milla. »Sie versucht zu helfen.«

»Natürlich ergreift sie Partei. Sie hat sich für das dreckige Rattenpack entschieden, kaum dass sie vom letzten Boot gestiegen waren. Sie hat sich für dich entschieden!«, rief die Norländerin, die mutiger klang, seit sie Gleichgesinnte um sich hatte. »Behaltet euer Essen. Lieber hungere ich, als es mit denen da zu teilen!« Ihr schrilles Lachen erfüllte die Luft.

»Rattenpack!«, fielen jetzt auch einige andere Frauen mit ein. »Werft sie ins Meer.«

»Norländische Radauschachteln, Arcosi gehört uns!«, brüllten die jungen Männer zurück.

Die beiden Gruppen beschimpften sich immer lauter.

Iggie gab ein tiefes, grollendes Knurren von sich, und Milla spürte, wie sich die Hitze in seiner Brust aufstaute. »Schhh, schhh«, machte sie. »Halt! Wir brauchen keine Flamme.«

Doch als sie den Platz im Chaos versinken sah, begann sie an ihren Worten zu zweifeln. Die beiden Gruppen stießen aufeinander und es wurde mal hier und mal dort geschubst und gestoßen. Bald war der ganze Platz eine einzige wogende, raufende Masse von Leibern. Wenn es so weiterginge, würde noch jemand zerquetscht werden.

Milla konnte die Herzogin nicht einmal mehr sehen. »Serina! Wo seid Ihr?«

Milla bekam keine Antwort. Serina war in dem hasserfüllten Mob untergangen.

»Feuer!«, komandierte Milla und streckte den Arm aus. Je mehr Hitze sich in ihrem Drachen aufstaute, desto heißer wurde es in seiner unmittelbaren Nähe. Iggie hob den Kopf und stieß eine lange gelb-rote Stichflamme aus, die er hoch über die Köpfe der Menge lenkte.

Es funktionierte. Die Menschen schrien und warfen sich zur Seite. Sie hörten auf zu kämpfen und zogen sich in ihre ursprünglichen Gruppen zurück.

Milla sah ihre schockierten Gesichter, als sie sich zerstreuten und wieder wie normale Menschen benahmen.

»Serina? Herzogin, wo seid Ihr?«, rief Milla.

Es war, als wäre ein Bann gebrochen. Die Norländerin, mit der alles angefangen hatte, schaute sich benommen um, als hätte sie keine Ahnung, wie sie dorthin gelangt war.

»Was hast du getan?«, schrie Milla die Frau an. »Wo ist die Herzogin?«

»Ist schon gut, ich bin hier«, rief Serina, die sich an den Streithähnen von eben vorbeikämpfte. Ihr Gesicht war aschfahl und ihr rosafarbenes Kleid verrutscht.

»Geht es Euch gut?« Milla lief auf sie zu. »Schnell, sie wird ohnmächtig …«

Noch bevor jemand sie auffangen konnte, kippte Serina nach hinten. Als sie auf ihrem linken Handgelenk landete, knackte es.

»Euer Gnaden? Serina?«

Die Antwort ließ zu lange auf sich warten. Millas Kopf dröhnte schmerzhaft in der Stille, als sie nach ihr griff.

Serina keuchte und versuchte sich aufzusetzen. Ihr Gesicht war kreidebleich. »Es ist nur mein Handgelenk«, sagte sie und drückte es steif an sich. »Wahrscheinlich ist es gebrochen. Ich kann es richten. Dafür brauche ich Binden und Pflaster, aber nicht hier. Unsere Vorräte sind knapp. Im Palast habe ich noch mehr.«

Iggie hob den Kopf und stieß ein schrilles, bekümmertes »*Aaark*« aus.

»Ruhig, Iggie, ruhig«, rief Milla.

Schützend breitete er die Flügel zu einem riesigen Dach über ihnen aus, sodass die Leute die Köpfe einzogen und noch weiter zurückwichen. Dann sank er auf die Knie nieder und wies mit dem Kopf auf die Herzogin. Vertrauensvoll beugte er seinen ungeschützten Nacken und fragte mit schief gelegtem Kopf: »*Prrrt?*«

Milla verstand: Iggie wollte, dass Serina sich auf ihn setzte.

Sie waren bisher noch nie mit einem anderen Menschen geflogen, aber dies war Iggies Entscheidung und die Herzogin war nicht sonderlich schwer.

»Wollt Ihr mit mir auf Iggies Rücken steigen? Wir können zum Palast hinauffliegen. Das ist der schnellste Weg.«

Die Herzogin zögerte eine Weile und betrachtete Iggie. »Vielen Dank, Ignatio. Zeig mir, wie es geht«, sagte sie schließlich.

Milla kletterte als Erste hinauf und demonstrierte der Herzogin, wie sie vor ihr aufsteigen sollte. Anschließend schlang sie die Arme um Serinas Taille. »Haltet Euch mit den Beinen fest!«, erklärte sie ihr.

Iggie schlug mit den Flügeln – fester als sonst –, und Milla hielt den Atem an. Würde es funktionieren? Aber da wurde der Markt unter ihnen bereits kleiner und sie waren in der Luft.

»Ohhh! Das ist wundervoll!«, rief Serina. »Aber lass mich bitte nicht los!«

»Das werde ich nicht«, versprach Milla.

Der Himmel verdunkelte sich. Von Westen rollten blaugraue Wolken heran und schoben sich vor die Sonne. Es war heißer denn je. Die Luft knisterte vor Spannung, und je näher sie dem Palast kamen, desto dunkler wurde es.

36. KAPITEL

Die herzogliche Arzneikammer war ein schlichter, weiß getünchter Raum mit hohen Fenstern und Regalen an den Wänden, die allesamt mit der akkuraten Schrift der Herzogin beschriftet waren.

»Legst du mir den Verband an?«, bat Serina Milla. »Keine Sorge, ich sage dir genau, was du tun musst.«

Milla nickte und hoffte im Stillen, ihr keine weiteren Schmerzen zu bereiten. Sie war immer noch erschüttert vom Hass der norländischen Frauen. Als sie die Enden der Baumwollbinde am Handgelenk der Herzogin verknotete, fühlten sich ihre Finger groß und plump an. Serinas präzisen Anweisungen folgend, strich sie klebrigen grauen Gips darüber.

»Normalerweise macht Vigo das bei mir«, sagte Serina gedankenverloren und unterdrückte ein Stöhnen.

Milla fragte sich, wie viele Knochenbrüche die Herzogin wohl schon erlitten hatte.

Sie erstarrten beide, als laute Schritte durch den Korridor hallten.

»Meine Liebe, es heißt, du seist verletzt! Wie schlimm ist es?« Mit besorgtem Gesicht eilte Herzog Olwar zu seiner Frau, um sie zu begrüßen.

Milla wäre gern zu Iggie in die Drachenhalle geflüchtet. Doch sie blieb, wo sie war, während sie auf weitere Anweisungen von Serina wartete und spürte, wie der Gips an ihren Fingern trocknete.

»Wurdest du gestoßen? Steckt etwa jemand von diesem Gesindel von den Booten dahinter?«

Herzog Olwar klang fast gut gelaunt, dachte Milla. War das hier der Anlass, auf den er gewartet hatte?

»Nein. So war es nicht. Es gab ein Handgemenge. Norländer waren auch beteiligt«, erklärte die Herzogin.

»Das ist der Tropfen, der das Fass zum Überlaufen bringt!«, übertönte der Herzog seine Frau. »Es reicht. Habe ich nicht immer gesagt, dass es so weit kommen würde? Ich habe mir das Ganze lange genug angeschaut. Wir sind nur eine kleine Insel. Wir können nicht alle unbegrenzt durchfüttern.«

Würde der Herzog jetzt seine Vergeltungspläne verkünden? Nicht-Norländer waren bereits gebrandmarkt wie eine Herde Ziegen. Was würde er sich als Nächstes ausdenken?

»Sei gnädig, Olwar.« Serina presste ihr verletztes Handgelenk an die Brust und sagte ganz ruhig: »Es ist genug Platz für alle da. Diese Neuankömmlinge sind ganz normale Männer, Frauen und Kinder. Sie sind so weit gereist, um die Drachen zu sehen.«

»Und das haben sie, oder etwa nicht? Die Drachen fliegen jeden Tag über sie hinweg, weil diese Kinder darauf bestehen, für sie zu jagen …« Herzog Olwars Blick huschte zu Milla hinüber.

»Wenn Ihr die Stadttore öffnen und sie hereinlassen würdet, müssten wir nicht so viel jagen!«, rief Milla. »Sie verhungern sonst.«

»Was erwarten sie denn? Die Drachen gehören nicht ihnen. Also warum gehen sie nicht?« Der Herzog wurde immer wütender und marschierte unruhig am Eingang auf und ab. »Ich sage euch, warum: Sie wollen unser Land. Sie behaupten, es ist ihres!«

Es war einmal ihres, dachte Milla. Sie hatte mit den Familien in den Zelten gesprochen. Sie waren Nachkommen der ursprünglichen Inselbewohner.

»Vielleicht war das ja einmal so«, sprach die Herzogin ihre Gedanken aus.

Milla hielt den Atem an.

»Wie?« Olwar blieb stehen. »Du *glaubst* ihnen?« Sein Ton veränderte sich, wurde misstrauisch. »Ich hätte mir denken können, wem deine Treue gilt. An dem Tag, an dem du hier fortgegangen bist, hast du dich für sie entschieden.«

»Mach dich nicht lächerlich«, rief Serina, die nun ebenso wütend war wie er. »Ich bin die Herzogin von Arcosi und würde mein Leben geben für unser Volk. Aber ich drücke den Menschen keinen Stempel auf. Oder spalte sie. Wie kannst du es wagen, an mir zu zweifeln?«

Sie sah überwältigend aus, fand Milla, mit ihren blitzenden dunklen Augen.

»Wir müssen endlich mit ihnen reden«, mahnte die Herzogin dann in ruhigerem Ton. »Ihnen anständige Unterkünfte geben und keine provisorischen Zelte. Es gibt leer stehende Häuser. Warum überlassen wir ihnen nicht die Ruinen im

Schattenviertel? Mit ein paar Änderungen können wir alle zusammenleben.«

»Zusammenleben?« Der Herzog lachte, doch es war ein hartes, kaltes Lachen. »Und wenn immer mehr kommen? Sollen wir sie dann etwa *hierher* einladen?« Er wies mit einer Geste durch den Raum, wobei er Serina immer näher kam. »Willst du mit diesen dreckigen Bettlern dein Schlafzimmer teilen? Den Horden deine Arzneikammer überlassen? Wer übernimmt dann deine mildtätige Arbeit?«

Die Herzogin starrte ihn entgeistert an.

Milla spähte zur Tür, doch niemand kam zu Hilfe.

»Nein? Da siehst du es. Es will auch sonst niemand teilen. Warum auch. Das. Ist. *Unsere*. Heimat.« Zur Unterstreichung schlug der Herzog bei jedem Wort auf die hölzerne Arbeitsfläche. »Mein Vater war mutig und hat eine lange Seereise auf sich genommen und die Sterne haben ihn hierhergeführt. Arcosi war unbewohnt. Vielleicht hat die Insel ihnen früher gehört, aber sie haben sie verlassen! Sie können sich das jetzt nicht einfach anders überlegen!« Die Wangen des Herzogs glühten feuerrot, als er Serina ins Gesicht brüllte. »Diese Insel gehört uns. Ich bin hier geboren. Wir haben uns diese Heimat verdient.«

»Vielleicht haben diese Menschen sie auch verdient.« Die Herzogin schob eigensinnig das Kinn nach vorn.

Milla war vor dem Zorn des Herzogs zurückgewichen, aber Serina blieb ungerührt.

»Sie haben ebenfalls einen weiten Weg hinter sich«, sagte sie. »Sie mussten eine schwierige Reise überstehen, um hierher zurückzukommen. Heute Morgen wurde im Hafen ein kleiner Junge geboren. Ist er denn jetzt nicht auch ein Arcosi?« In ihrem Eifer, den Herzog zu überzeugen, schien sie ihre Schmerzen völlig zu vergessen.

Es funktionierte nicht.

»Nein!«, zischte der Herzog.

»Worin unterscheidet sich dieses Baby von dir? Als du hier zur Welt kamst, standen deine Leute ebenfalls vor dem Nichts. Sie waren gerade erst angekommen. Du warst genau wie er.«

Erschüttert von ihren Worten, trat er einen Schritt zurück.

»Sie erzählen, Arcosi sei ihnen gewaltsam genommen worden. Sie sind nicht freiwillig gegangen, sondern aus Angst um ihr Leben geflohen.«

»Woher weißt du, ob sie die Wahrheit sagen?«, brüllte der Herzog sie an.

»Woher weiß ich, ob dein Vater die Wahrheit gesagt hat?« Serina verlor die Beherrschung und schrie nun ebenfalls. »Woher soll ich wissen, ob sie die Bewohner von Arcosi nicht im Schlaf ermordet und die Insel gewaltsam erobert haben?«

Der Herzog machte einen Schritt auf sie zu und schlug seiner Frau ins Gesicht.

»Nein!«, rief Milla. Sie stürzte vor, packte die Hand des Herzogs und klammerte sich daran fest, damit er nicht noch einmal zuschlagen konnte.

»Nein, Milla. Bleib zurück«, keuchte Serina, die gesunde Hand an ihre Wange gepresst.

Mit einem Knurren schüttelte Olwar Milla ab. »Scher dich raus! Das hier geht dich nichts an.«

Milla stolperte nach hinten, rappelte sich wieder auf und versuchte, sich zwischen Serina und Olwar zu stellen.

Doch die Herzogin hatte genug. »Lass ihn, Milla. Wir gehen.

Wir haben hier nichts mehr verloren.« Ohne sich noch einmal umzublicken, ging Serina hinaus.

Milla hastete ihr nach.

Die Herzogin lief schnell. »Ich hätte schon vor Jahren gehen sollen. Sobald ich sein wahres Gesicht erkannte. Ich bin nur für Vigo geblieben. Um auf ihn aufzupassen. Wenigstens das habe ich geschafft«, murmelte sie vor sich hin.

Sie liefen die steinernen Stufen hinab und hinaus auf den Palasthof. Der Himmel über ihnen war bleischwer und im Licht des heraufziehenden Sturms fast violett. Die Luft war warm und voller Fliegen.

Als sie das Drachenmosaik überquerte, blieb Serina stehen und richtete den Verband an ihrer Hand.

»Bitte wartet, Euer Gnaden.« Milla holte sie ein. »Lasst Euch von Iggie hinunterbringen – Ihr seid verletzt und die Straßen sind überfüllt.«

Serina schüttelte den Kopf. »Ich schaffe das. Ich nehme die Schattenpforte und schlage mich zum Hafen durch. Ich komme nicht wieder.« Sie streckte die Hand aus und berührte zum Abschied Millas Wange.

»Suche Vigo für mich. Erzähle ihm, was passiert ist. Mein Sohn findet mich bei den Zelten.« Damit drehte sie sich um und machte sich mit schnellen Schritten auf den Weg zur Schattenpforte, wobei ihr langes Kleid bei jedem Schritt raschelte.

Sie hatte recht. Vigo war der Einzige, der jetzt noch eingreifen konnte. Milla rannte zur Drachenhalle. Isak sah kaum in ihre Richtung. Tarya und Vigo waren wohl auf der Jagd.

Iggie kam auf der Stelle herbeigeflogen. Er spürte ihren Kummer und stupste ihr fiepend in die Seite.

»Beeilung, Iggie.« Sie drängte ihn hinaus. »Wir müssen Vigo und Petra suchen. Bestimmt sind sie schon auf dem Rückweg, um sich vor dem Sturm in Sicherheit zu bringen.«

Kurz darauf war sie mit Iggie in der Luft. Unter ihr strömten die Soldaten aus der Kaserne. Wahrscheinlich, um alles wetterfest zu machen, dachte sie.

Als Iggie über der Insel an Höhe gewann, sah Milla den herannahenden Sturm klar und deutlich. Die Wolken hatten die Farbe eines frischen Blutergusses angenommen. Dort, wo sonst die Sonne stand, zog sich ein schmutzig gelber Strich über den Horizont. In der Ferne leuchtete ein Blitz auf. Blendend weiß zerschnitt er die dunklen Wolken.

Dann setzte der Regen ein.

37. KAPITEL

Es war schwer, im strömenden Regen zu fliegen. Dicke Regentropfen nahmen Milla die Sicht und durchnässten ihre Kleider. Sie wusste nicht, wie lange Iggie bei diesem Wetter fliegen konnte, ohne gefährlich auszukühlen. Das Meer unter ihnen war eisengrau und der Himmel noch dunkler. Beim nächsten Blitz sah sie über sich etwas Grünes aufleuchten.

»Da!«, schrie Milla und streckte den Arm aus. »Da ist Petra.«

Iggie musste Petra vorsichtig umkreisen und dann knapp unter ihr fliegen. Kurz darauf sausten sie mit synchronen Flügelschlägen dahin.

Milla reckte den Hals, um zu Vigo hinaufzusehen.

»Was ist los? Ist etwas mit Tarya?«, schrie er besorgt über den Abstand zwischen den beiden Drachen hinweg. Petras grüne Flanken waren wie versilbert vom Regen und ihre Seiten hoben und senkten sich vor Anstrengung. Sie hielt zwei Ziegen in den Klauen, deren Fell sich rosa verfärbt hatte.

»Deine Mutter hat sich das Handgelenk gebrochen«, schrie

Milla an Iggies Hals geklammert, der nun nass und rutschig war. »Bei den Zelten gab es ein Gerangel. Außerdem hat sie sich mit deinem Vater gestritten.«

»Wo ist sie?«

»Wieder bei den Zelten am Hafen.«

Vigo nickte grimmig. Seine kurzen schwarzen Locken klebten ihm am Kopf und seine nassen Sachen hafteten an seinem Körper wie dunkles Moos. Er wies nach vorn und Petra verlor an Höhe. Sie ließ ihre Beute ins Meer fallen, um schneller voranzukommen.

Die beiden Drachen flogen über den Hafen in die Stadt. Das graue Meer donnerte gegen die hohen Mauern, dass die salzige Gischt nur so spritzte. Milla schmeckte sie auf den Lippen. Der Kai im Innern der Hafenmauer sah merkwürdig aus. Milla starrte angestrengt nach unten. Sie wischte sich den Regen aus dem Gesicht und schüttelte den Kopf. Eine wogende schwarzsilberne Masse kroch dahin und schwärmte über die Straßen.

Nach mehrmaligem Blinzeln wurde das Geschehen deutlicher: Der Herzog hatte seine Soldaten bereits ausgeschickt, um seinen Worten Taten folgen zu lassen.

»Vigo, sieh nur!«

Bewaffnete Soldaten trieben eine verängstigte Menschenmenge vor sich her – Neuankömmlinge jeden Alters waren zu einem Pulk zusammengezwängt – und drängten sie zu den Booten.

»Was geht da vor?«, brüllte Vigo.

»Dein Vater! Er hat gesagt, dass es ihm reicht«, rief Milla. »Er schickt sie fort.«

Vigo verschwand hinter Iggies breiten blauen Flügeln.

»In diesem Sturm?«, rief er. »Das ist unmöglich!«

Die Soldaten trieben die Menschen wie verängstigtes Vieh an den Kai. Milla fühlte sich an einen schrecklichen Albtraum erinnert, den sie kürzlich gehabt hatte. Doch diesmal war etwas anders. Sie sah noch einmal hin.

Eine andere Gruppe, eine wild zusammengewürfelte bunte Ansammlung von Männern, verstellte den Soldaten den Weg. Milla entdeckte Menschen, die sie kannte, Thom und Simeon Windlass waren darunter. *Ach, Thom, du hast doch gesagt, ihr würdet vorsichtig sein!*

»Da sind die Seeleute und Fischer. Die Besatzungen sämtlicher Boote!«, schrie sie Vigo zu.

Die Männer scharten sich an der Hafenmauer zusammen und starrten den heranrückenden Soldaten entgegen. Sie bildeten eine Barriere. Jeweils zehn Mann, sechs Reihen hintereinander, in ihren blauen, roten und grünen Alltagstuniken und den typischen Hüten und Jacken der Seeleute.

Die beiden Gruppen würden bald aufeinanderstoßen.

»Schnell!«, schrie Milla. »Sie brauchen uns!« Sie presste sich fest an Iggie, der in den Sinkflug ging. Sie würde Thom nicht allein lassen.

Iggie und Petra flogen steil hinab und hielten direkt auf das schmale Stück Hafenmauer zu, das noch zwischen den Gruppen lag.

Iggie landete und rutschte ein wenig auf den nassen Steinen. Milla glitt herab und streichelte ihn. Dann zeigte sie zum Himmel: »Flieg! Bleib in Bewegung, Iggie. Du darfst nicht auskühlen.«

Aber Ignatio blieb, wo er war. »*Mraaa!*«, knurrte er.

»Flieg! Du musst dich warm halten.«

Iggie schlug widerwillig mit dem Schwanz, schließlich tat er, worum Milla ihn bat.

Milla blickte den beiden Drachen nach. Allein und unbewaffnet fühlte sie sich plötzlich so verletzlich wie ein Insekt, während die Menschenmengen sich von beiden Seiten auf sie zubewegten. Wenn sie das hier nicht aufhalten konnten, würden sie zerquetscht werden.

Vigo übernahm die Führung. Er marschierte zum nächsten Hauptmann.

»Was glaubst du, was du da tust?«, brüllte er.

»Befehl des Herzogs, Euer Gnaden.« Obwohl der Hauptmann hoch aufgerichtet dastand, musste er zu Vigo aufsehen. »Wir sollen die Insel von den Neuankömmlingen räumen.« Er war ein stämmiger Mann mittleren Alters mit blauen Augen und einem kurzen blonden Bart. Hinter ihm stand eine Reihe schwarz gekleideter Soldaten, die mit Schwertern und Schilden bewaffnet waren.

»Und wo wollt ihr sie hinräumen, verdammt noch mal?«, schrie Milla. »An so einem Tag fährt niemand freiwillig aufs Meer hinaus. Er kann unmöglich heute gemeint haben.«

Der Blick des Hauptmanns streifte sie flüchtig, aber er gab keine Antwort.

»Und die da?« Vigo wies über die Schulter auf die zusammengewürfelte Truppe von Seeleuten, die mit allem, was sich als Waffe gebrauchen ließ, heranrückten: Fischmesser, Ruder, Netze.

»Wir werden die Hafenausfahrt blockieren, damit niemand hinausmuss, Euer Gnaden«, rief Simeon Windlass.

»Keiner, der hier steht, fürchtet sich vor schlechtem Wetter«, ergänzte ein grauhaariger Seemann neben ihm. »Aber heute ist kein Tag, um hinauszufahren.«

Milla war unheimlich stolz auf Thom und seinen Vater, die eine Verhaftung riskierten, um die Fremden zu beschützen.

»Allerdings.« Vigo stellte sich noch dichter vor den Hauptmann. »Befiehl deinen Männern, sich zurückzuziehen. In diesem Sturm fährt keiner hinaus. Die Anweisungen sind unmöglich.«

»Aber der Herzog –«

»Ich bin der Sohn des Herzogs und übernehme die Verantwortung!«, schrie Vigo dem Mann ins Gesicht. Er hörte sich plötzlich genauso an wie sein Vater, fand Milla.

Vigo hob den Kopf, der Regen prasselte ihm ins Gesicht. »Mach die Augen auf. Du kannst sie bei dem Wetter nicht hinausschicken.« Dann schlug er eine andere Tonart an, versuchte es mit einer anderen Taktik: »Hast du eine Tochter? Oder einen Sohn?«

Der Mann nickte und der Kampfgeist verließ ihn.

»Würdest du sie fortschicken, um dort draußen zu ertrinken?«

»Nein, Herr.« Der Hauptmann wirkte halb beschämt, halb panisch bei dem Gedanken, einen Befehl zu verweigern. »Aber wenn ich mich widersetze … Ihr kennt die Strafe.«

»Hör mir zu«, forderte Vigo. »Wie lange, glaubst du, könnt ihr gegen zwei Drachen bestehen?«

Alle, die in Hörweite standen, hoben die Köpfe. Petra und Iggie kreisten am Himmel wie hungrige Möwen, die nur auf den Befehl warteten, zu landen. Oder Feuer zu speien.

Milla wurde übel. Sie schluckte. Würde sie es fertigbringen, diesen Befehl zu geben? Ein Leben zu nehmen, um mehr Leben zu retten? Sie ballte die Fäuste und betete, diese Entscheidung nicht treffen zu müssen.

»Nicht lange, Euer Gnaden«, antwortete der Hauptmann.

»So ist es.« Vigos Miene war hart und unergründlich. So hatte ihn Milla noch nie erlebt. »Dann führe deine Einheit jetzt besser zurück in die Kaserne. Sag dem Herzog genau das, was ich dir gesagt habe. Oder ihr verbrennt an Ort und Stelle.«

Niemand rührte sich.

Jede Faser in Milla war zum Zerreißen gespannt. Sie beobachtete die Miene des Hauptmanns und versuchte, in seinen Augen zu lesen, damit sie jederzeit ihren Drachen rufen konnte.

»Geht!« Vigo streckte den Arm aus. Petra fegte herab.

»Rückzug!« Urplötzlich kam Leben in den Hauptmann. »Neuer Befehl. Zurück in die Kaserne. Marsch!«

Nach anfänglichem Widerstreben zogen sich die Soldaten vom Kai zurück und beachteten die verängstigten Exilanten nicht mehr weiter. Die Truppen nahmen wieder Aufstellung. Sie machten kehrt und trabten die Hauptstraße entlang, die zum Palast hinaufführte.

Hinter Milla brachen die Fischer in lauten Jubel aus.

Vigo musterte die durchnässte, zitternde Gruppe der Zurückgebliebenen. »Folgt mir!«, rief er auf Sartoli. »Sehen wir zu, dass ihr euch aufwärmt und etwas zu essen bekommt.« Er lotste sie zurück zu Serinas Zelten.

Milla fror, die nassen Kleider klebten ihr am Leib. Sie wischte sich den Regen aus dem Gesicht, hielt nach Iggie Ausschau und rief ihn zu sich herunter.

»Oh, Ig«, sagte sie, als sie erleichtert auf ihn zu stürzte. Zum Glück hatte sie ihn nicht bitten müssen, sich in eine Waffe zu verwandeln. Jedenfalls nicht heute. »Lass uns schnell nach Hause fliegen. Du musst unbedingt wieder warm und trocken werden.«

Auf dem Rückweg zum Schloss begriff Milla, dass der Sturm auf Arcosi nun endgültig wütete.

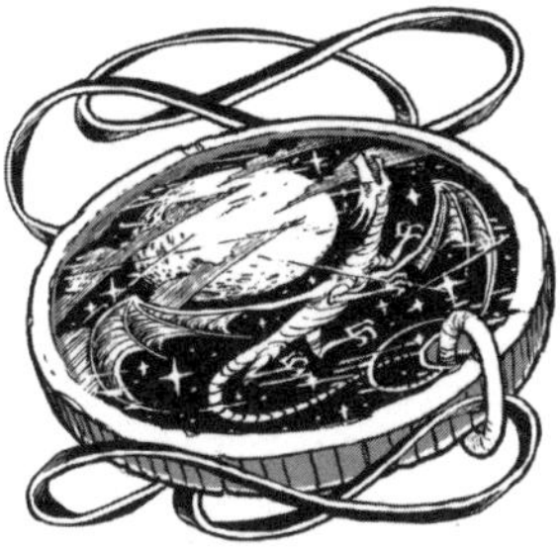

38. KAPITEL

»Wo ist er?«, fragte Tarya zum zehnten Mal. »Ich sollte gehen und nach ihm suchen.«

»Vigo ist bestimmt bei seiner Mutter im Lager«, flüsterte Milla. »Bei den Leuten, die er vor den Soldaten des Herzogs gerettet hat.« Es war fast Mitternacht und keine von beiden konnte schlafen. Sie lehnten an ihren Drachen, die sich wie zwei riesige schuppige Halbmonde Rücken an Rücken zusammengerollt hatten. »Sobald es hell wird, gehen wir los und suchen ihn.«

»Was ist mit Petra? Sie muss zurück auf ihren Schlafplatz, sonst erkältet sie sich.« Tarya fuhr mit der Hand über Herals Nacken und dann hinab zu seiner Flanke. »Du hast ewig gebraucht, um Iggie wieder aufzuwärmen.«

Das war der Grund, warum sie immer wieder zurückkehrten: Mit ihrem endlosen Vorrat an Wärme, Nahrung und Quellwasser hatte ihnen die Drachenhalle bislang Schutz und Sicherheit geboten, aber vielleicht war es an der Zeit, sich nach etwas anderem umzusehen.

»Sie haben große Feuer unten im Lager«, sagte Milla. »Er wird nicht zulassen, dass Petra auskühlt. Komm her …« Sie beugte sich über die Hälse der Drachen und umarmte ihre Freundin. Dann setzten sie sich wieder hin und sahen zu, wie das Feuer im Ofen herunterbrannte.

Milla konnte Iggies Herzschlag spüren, langsam und gleichmäßig und so vertraut wie ihr eigener.

In den kommenden Tagen würde sie voller Dankbarkeit an diese durchwachten Stunden mit ihrem Drachen denken. Sie nahm die Erinnerung an diese besondere Verbindung mit wie einen schützenden Mantel.

Sie mussten beide eingenickt sein, denn ehe Milla sichs versah, hatte sich die Dunkelheit in ein Aschgrau verwandelt, und das Dröhnen von marschierenden Stiefeln riss sie aus dem Schlaf.

»Tarya«, zischte sie, um Isak nicht aufzuwecken. »Wach auf. Irgendetwas geht hier vor.« Sie lauschte mit angehaltenem Atem. Aus der Stadt drangen ferne Schreie. Männerstimmen erteilten Befehle.

»Was ist?« Tarya schüttelte den Schlaf ab und war im nächsten Moment auf den Beinen. Sie schob einen Torflügel auf, die kalte Morgenluft strömte in die gemütliche Halle. »O nein!«

Sowohl Iggie als auch Heral hoben die Köpfe und schnüffelten. Iggie stieß ein tiefes, grollendes »*Mraaa*« aus.

Das reichte. Mehr brauchte Milla nicht zu hören. Sie begann ihre Sachen zusammenzusuchen. Irgendwo tief im Innern wusste sie, dass sie auf diesen Tag gewartet hatte. Als sie sich die Wasserflasche um die Schulter schlang und nach ihren wärmsten Sachen kramte, versuchte sie, das Zittern in ihren Händen zu ignorieren.

Isak richtete sich auf und sah als Erstes nach Belara. »Was ist los?«

»Riechst du das?«, fragte Tarya, als sie sich vom Eingang abwandte. »Die Stadt brennt. Vigo ist irgendwo dort unten. Ich muss gehen.« Sie rief nach Heral und zog ihre rote Jacke an.

»Bin gleich fertig«, rief Milla.

»Ihr lasst mich allein?«, fragte Isak bestürzt. »Alle beide?«

Milla wurde bang ums Herz. Sie beobachtete Tarya. Wie sie wohl diesmal reagieren würde?

»Du und Belara, ihr seid hinter den Palastmauern sicher. Vigo und Petra sind dort unten allein – ich glaube, sie brauchen uns mehr.«

Auch wenn es Isak noch so wehtat, Tarya hatte recht. Sie mussten dorthin gehen, wo sie am meisten gebraucht wurden. Mit einer Handbewegung rief Milla ihren Drachen zu sich.

Tarya schob bereits beide Torflügel weit auseinander und führte Heral hinaus. »Beeil dich, Milla!«

Milla sah sich noch einmal um, nur kurz zwar, doch sie wünschte, sie hätte es nicht getan. Wie eigenartig die Drachenhalle aussah. Bis auf Isak, der an seiner Koje lehnte, während Belara hinter dem gelben Vorhang ihre Eier ausbrütete, war sie nun vollkommen leer.

Milla suchte nach den richtigen Worten. »Sei vorsichtig, Isak«, sagte sie schließlich. »Vergiss nicht, dass der Herzog sich selbst immer an die erste Stelle stellt. Vielleicht solltest du das Gleiche tun?«

Isak starrte Milla an, Schmerz und Verwirrung standen ihm ins Gesicht geschrieben.

»Ich verstehe nicht, warum ihr fortmüsst. Warum setzt ihr eure Drachen so einer Gefahr aus?

»Ich weiß, aber es muss trotzdem sein«, erwiderte sie. »Mach's gut.«

Milla und Tarya sprangen auf ihre Drachen, die sofort abhoben. Sie flogen über die Palastgärten, in denen sich schwer bewaffnete Soldaten drängten. In kleinen Kampfeinheiten warteten sie darauf, dass es losging.

Dann flogen die beiden Freundinnen über die Palastmauern. Die Luft war grau und feucht und Milla spürte die ersten Regentropfen.

Aus der Stadt drangen Geräusche zu ihnen: splitterndes Glas, Schreie, ein Kind, das nach seiner Mutter rief.

Milla drängte Iggie vorwärts. Mit grimmig entschlossener Miene flog sie neben Heral und Tarya her.

Als sie über den Straßen von Arcosi tiefer gingen, breitete sich unter ihnen ein heilloses Wirrwarr aus. Möbel flogen haufenweise auf die Straße und wurden angezündet. Soldaten umringten eine Familie. Eine Frau flehte sie schluchzend an.

»Was tun die da? Sind sie verrückt geworden?«, rief Tarya. »Die Soldaten des Herzogs greifen die Stadt an!«

Milla lenkte Iggie tiefer. »Schau doch! Siehst du, wen sie ins Visier nehmen? Es sind nicht alle Häuser«, schrie sie Tarya zu.

In den tiefer liegenden Straßen, die die Soldaten noch nicht erreicht hatten, waren manche Häuser mit dem schwarzen Symbol des herzoglichen Drachen markiert. Andere Türen waren blank. Und diese Türen traten die Soldaten vor ihren Augen ein.

Die Truppen des Herzogs griffen alle an, die nicht norländischer Abstammung waren.

»Wir brauchen Vigo, Tarya! Wir müssen ihn finden. Er kann sie aufhalten«, schrie Milla. Schließlich hatten sich die Soldaten ihm auch gestern gefügt.

Sie spornten ihre Drachen an und erreichten kurz darauf den Markt.

»Wir kommen zu spät!«, rief Tarya, als sie über dem Platz kreisten.

Der kleine freie Platz vor Serinas Zelten war in wildem Aufruhr. Ein Meer aus dunkel gekleideten Soldaten rückte auf die Zelte vor. Und eine Vielzahl von Menschen verteidigten sie. Sartolaner, einige Norländer und zurückgekehrte arcosische Exilanten kämpften gemeinsam gegen die Armee des Herzogs. Sie kämpften, um die Zufluchtsstätte der Herzogin zu schützen.

Dann entdeckte Milla sie und ihr Herzschlag setzte für einen Moment aus: Vigo und Serina kämpften Seite an Seite. Vigo stritt wie ein Krieger, schnell und tödlich schwang er sein Schwert. Serina hatte nichts mehr mit einer Herzogin gemein und war von jenen, die sie verteidigte, nicht zu unterscheiden. Ihr vornehmes Kleid war durchnässt und zerfetzt, die zarte rosa Seide mit Schlamm bespritzt. Ihr verletztes Handgelenk presste sie an die Brust, auf der Wange hatte sie einen blutigen Striemen und ihre Haare flatterten in schwarzen Strähnen; trotzdem war sie eine Furcht einflößende und schöne Kämpferin.

Milla blieb gerade noch Zeit, sich zu fragen, wo die beiden gelernt hatten, so zu kämpfen, als ein Pfeilhagel in ihre Richtung schwirrte.

Sie schrie Iggie eine Warnung zu, warf sich flach auf seinen Hals, und irgendwie gelang es ihnen, nicht getroffen zu werden.

Sie würde abspringen. Iggie durfte auf keinen Fall etwas passieren. Und dann würde sie später wieder zu ihm stoßen. Milla schwang das rechte Bein auf die linke Seite, glitt von seinem Rücken und kam hart auf dem Boden auf. Sobald sie auf den Füßen stand, befahl sie ihm: »Flieg, Iggie! Flieg!«

Er kreiste über ihr und brüllte: *»Mraaa! Mraaa!«*

Doch es funktionierte: Sobald er außer Reichweite war, verloren die Bogenschützen das Interesse an ihm.

»Flieg hinauf!« Milla wandte sich ab, sie ertrug es nicht, ihn davonfliegen zu sehen, und wäre fast über einen toten Soldaten gestolpert. Ein Mann in der schwarzen Uniform des Herzogs lag auf dem Rücken und starrte leblos in den grauen Himmel. Wie Tränen lief ihm der Regen über die offen stehenden Augen. Milla bückte sich und schloss dem Toten sanft die Augenlider.

Ohne auf seine Wunden zu schauen, nahm sie ihm das Schwert aus den Händen, die bereits kalt und steif waren. »Danke«, flüsterte sie, bevor sie auch seinen Schild nahm, an dem sie fester ziehen musste.

Sie arbeitete sich zu ihren Freunden vor und auf einmal steckte sie mitten im Getümmel und wurde im Kampfgeschehen mal hierhin und mal dorthin geschoben. Ein Schwert krachte mit solcher Wucht auf ihren Schild, dass sie atemlos zu Boden stürzte und sich zur Seite rollte, um dem nächsten Schlag zu entgehen.

Milla sprang sofort wieder auf. Plötzlich war in ihr ein unbändiger Überlebenswille. Sie ließ sich davon durchströmen.

Hoffentlich machten sich die vielen Stunden, die sie mit Tarya und Finn auf dem Übungsplatz verbracht hatte, jetzt bezahlt.

Sie schlug zurück und erwischte den Soldaten am Oberschenkel. Dann rammte sie ihm ihren Schild ins Gesicht, und als er hinfiel, wurde er unter Füßen begraben, die um ihr Leben rannten. Heute war Millas geringe Größe von Vorteil. Mit erhobenem Schild stürmte sie voran, duckte sich unter Schwertern hindurch, wich Stößen aus und schlug nur dann nach schwarz gekleideten Knien, Füßen oder Bäuchen, wenn sie ihr im Weg waren.

Die Zeit verhielt sich merkwürdig. Die Sekunden dehnten sich aus und flossen so langsam dahin wie Wellen, die am Strand über den Sand schwappten.

Milla riskierte einen kurzen Blick zu den Zelten und erschrak, als sie sah, dass sie erst die Hälfte des Weges hinter sich gebracht hatte. Dann blieb die Zeit plötzlich gänzlich stehen.

Da war Vigo. Zusammengesackt stand er an der Mauer und hielt ein großes schmutziges Etwas aus rosa Seide in den Armen, das mit dunkelroten Flecken übersät war.

Irgendetwas schien sich zu verändern, als wechselten die Gezeiten. Die Kämpfe wurden langsamer und verebbten. Menschen zogen sich in die Zelte zurück. Die Soldaten des Herzogs, immer noch mit erhobenen Schwertern, rückten ans andere Ende des Platzes.

Milla spürte einen Luftstrom. Hinter ihr landete ein Drache.

»Nein!« Das war Tarya, ihre Stimme war zum Zerreißen gespannt und kaum wiederzuerkennen.

Durch einen Nebel aus Regen und Tränen sah Milla, wie

Vigo den Körper seiner Mutter an sich presste. Er starrte zum Himmel und wiegte ihn vor und zurück.

»Mama!« Sein Mund verzerrte sich in einem gequälten Schrei, der Regen prasselte auf seine Haare und auf die schlanke, leblose Gestalt in seinen Armen.

Ein Hitzeschwall traf Milla, als Heral kampfbereit den Kopf in die Luft streckte und eine Stichflamme ausstieß.

Es blitzte und nur Sekunden später übertönte ein Donner Vigos Schluchzen.

Plötzlich wurde Milla in den Rücken gestoßen und zu Boden geschleudert. Sie landete auf Schwert und Schild und klemmte sich die Finger ein. Etwas Spitzes stach ihr in den Bauch. Sie versuchte, sich zur Seite zu rollen. Jemand stand auf ihrem Rücken. Sie war wie festgenagelt. Unfähig, sich zu rühren, wurde sie gegen ihre eigenen Waffen gequetscht. Sie wollte den Kopf heben. Um Hilfe rufen. Dann erlosch das Licht, als hätte sich ein Vorhang geschlossen.

Die Dunkelheit hatte gewonnen.

39. KAPITEL

Als Milla in einer Gefängniszelle zu sich kam, tat ihr alles weh. Sie schlug die Augen auf, doch es blieb dunkel.

»Iggie?«, stöhnte sie. »Iggie, wo bist du?« Es kam keine Antwort, und das war schlimmer als alles andere.

Sie rollte herum, keuchte vor Schmerzen und stemmte sich langsam in eine sitzende Position.

»Ig?«

Er war nicht da. Zitternd streckte sie die Hände aus. Mit der einen Hand stieß sie gegen kalte Metallstangen, mit der anderen ertastete sie verklebtes Stroh.

»Iggie!«, rief sie.

Dann kehrte die Erinnerung an den Kampf zurück. Daran, dass sie Iggie fortgeschickt hatte. An Vigo, der seine Mutter im Arm hielt. An Serinas leblosen Körper.

Verzweifelt krümmte sich Milla auf dem schmutzigen Stroh zusammen. »Nein, nein, nein«, schluchzte sie.

War Iggie auch tot? Oder verletzt? Wenn sie ihn zu erreichen versuchte, spürte sie nichts als eine schreckliche Leere.

Sie weinte und weinte, bis ihr geschundener Brustkorb nicht mehr konnte, aber sie hörte erst auf, als sie völlig leer geweint war.

Die Zeit verschwamm in einem Meer aus Schmerz. Wachen ließen sich keine blicken. Wussten sie, wer sie war? War das Olwars Rache? Auf der Insel konnte gerade wer weiß was geschehen. Diese Unwissenheit war quälend.

Milla fasste sich an den Hals. Die Kette mit dem springenden Fisch war verschwunden. Serinas Geschenk an sie. Die Soldaten mussten sie gestohlen und Milla dann mit allen anderen hier eingesperrt haben.

Wie viele mochten es sein? Jetzt, da sie darauf achtete, hörte sie rings um sich herum Menschen, die sich bewegten, flüsterten, husteten. Es waren zurückgekehrte Arcosis: Sie sprachen einen sartolischen Dialekt, den Milla verstand. Die Ausdünstungen der vielen Gefangenen hingen schwer in der Luft: Schweiß, Erbrochenes und Schlimmeres.

In der Dunkelheit wanderten Millas Gedanken zu Iggie. Sie sah seine riesigen grünen Augen vor sich, die voller Leben und Temperament waren, seine im Feuerschein leuchtenden Schuppen und wie er schnell und geschmeidig mit dem Schwanz schnickte, wenn ihn etwas irritierte.

Sei stark. Ich bin am Leben. Ich komme zu dir.

Sie schickte ihr Flehen in die Nacht hinaus und hoffte, dass ihr Drache es irgendwie hörte.

Der nächste Tag wurde noch schlimmer. Die Leere hielt an, jenes klaffende Nichts, wenn sie im Geiste versuchte, ihren Drachen zu erreichen. Der Schmerz über den Verlust vermischte sich mit den Schmerzen ihres Körpers. Milla rollte sich fest zusammen und versuchte, diesen Zustand irgendwie zu ertragen. Die Stunden verstrichen. Sie wusste, dass sie Pläne schmieden, sich mit den anderen Gefangenen verbünden und die Wachen bestechen sollte. Doch sie versank immer tiefer in ihrem Kummer. Iggie zuliebe zwang sie sich, den Becher mit Wasser auszutrinken und die Brotkruste zu essen, die man ihr voller Verachtung durch die Gitterstäbe zuschob. Dann rollte sie sich wieder zusammen und verfiel erneut in eine schmerzerfüllte Starre.

Gänzlich zu Bewusstsein kam sie erst, als sie etwas Ungewöhnliches und Erschreckendes bemerkte.

Stille.

Das war unmöglich. Bei den vielen Menschen in nächster Nähe hustete, redete, zankte, weinte, schnarchte oder nieste immer jemand. Und doch breitete sich in den Zellen plötzlich eine Stille aus und legte sich über die angespannten Gefangenen.

Milla erstarrte genau wie alle anderen, sie lauschte angestrengter als jemals zuvor.

Da war ein dumpfes Poltern, als würde ein Sack Korn zu Boden fallen. Dann gab es einen Schlag, als stürzte ein Stuhl ums.

Das Gesicht an die Gitterstäbe gepresst, versuchte Milla, durch das Gebäude zu spähen. Tageslicht drang herein, und war da nicht eine schnelle, verstohlene Bewegung? Ein Funken Hoffnung keimte in ihr auf.

Milla lauschte mit angehaltenem Atem.

Dann hörte sie das Geräusch, auf das sie gewartet hatte: das Klirren von Schlüsseln. Die Hoffnung wurde zu einer kleinen Flamme.

Sie hörte Stimmen, die sie kannte: Rosa und Josi. Träumte sie etwa?

»Milla?«, rief Josi.

Die Hoffnung loderte.

»Hier! Ich bin hier!«, rief sie mühsam und spürte, wie ihre trockenen Lippen aufrissen und bluteten.

»Wo bist du, Milla?«, rief Rosa zurück.

Ohne auf ihre schmerzenden Rippen zu achten, schob sie die Arme durch die Gitterstangen.

Und da stand Josi mit einem Schlüsselbund. »Dann wollen wir dich mal rausholen.« Sie probierte einen Schlüssel nach dem anderen.

Im Gefängnis brach die Hölle los. Ssämtliche Gefangenen forderten ihre Freilassung. Es war ohrenbetäubend.

»Lasst alle frei!«, sagte Milla. Und dann: »Woher wusstet ihr, wo ihr mich findet?«

»Natürlich lassen wir alle frei, niemand bleibt hier. Wir wussten nicht, wo du warst, wir haben auf der Suche nach dir schon Hunderte befreit«, erklärte ihr Josi gehetzt. »Und wir hätten nicht aufgehört, ehe wir dich finden. Tot oder lebendig.«

»Wie seid ihr reingekommen?«

Rosa antwortete mit einem verschmitzten Grinsen: »Wir haben für die Wachen Leckereien gebacken – eine Extra-Belohnung aus der Kaserne für ihre harte Arbeit, haben wir ihnen erzählt. Sie haben sich unsere Uniformen nicht allzu genau angesehen. Waren zu sehr damit beschäftigt, den Kuchen an sich zu raffen. Was können wir dafür, dass sie nicht nur dumm, sondern auch verfressen sind?«

»Sind sie tot?«, fragte Milla, als Rosa sich mit dem dicken Schlüsselbund davonmachte, um die anderen Zellen zu öffnen.

»Nein. Aber sie werden den ganzen Tag durchschlafen und morgen einen Brummschädel haben. Josi kennt sich aus mit ihren Giften, stimmt's?«

Milla sah Josi in die Augen. Viel Unausgesprochenes lag darin.

»Es gibt eine Menge zu bereden«, sagte diese. »Aber lasst uns zuerst die Leute hier rausholen.«

40. KAPITEL

Sie strömten nach draußen und blinzelten in die warme Nachmittagssonne. Millas Rippen taten höllisch weh, und ihre Beine waren schwach und zittrig, aber die Freiheit war ein mächtiges Heilmittel.

»Wie ist die Lage?«, fragte Milla Rosa, die sie beim Gehen stützte.

Gruppen von befreiten Gefangenen eilten über das Werftgelände zu den Piers.

»Die Insel befindet sich im Krieg: Wir müssen fort«, sagte Josi grimmig. »Tarya ist gestern mit Vigo nach Sartola abgereist. Sie hat mir erzählt, was passiert ist. Sie bringen Serinas Leichnam nach Hause.«

Milla geriet ins Stolpern.

Rosa packte sie am Ellbogen. »Wir schaffen dich hier raus, keine Sorge«, sagte sie. »Simeon und Thom haben versprochen, uns sicher nach Sartola zu bringen.«

»Sie liegen im Hafen«, sagte Josi. »Wir treffen uns dort mit Nestan und Kara.«

»Und Iggie? Ist er auch dort?« Milla konnte die Piers und die Bootsmasten bereits sehen.

In diesem Moment hörte sie im sanften Wind, der von Norden her über die Insel strich, einen schwachen Laut. »Halt. Pst, pst. Was war das?« Eine Hand erhoben, schloss sie die Augen und lauschte.

»Mraaa! Mraaa!«

»Das ist Iggie. Ganz bestimmt.« Milla liefen die Tränen über die Wangen. »Er lebt!« Der Laut war nur schwach, aber unverkennbar. Oben in der Drachenhalle musste er ohrenbetäubend sein.

»Was sagt er? Ist er verletzt?«, fragte Josi. »Niemand hat ihn mehr gesehen, seit …«

»Nein, das ist sein Warnruf. Er lässt mich wissen, dass Gefahr droht.«

»Das will ich meinen. Komm weiter, Milla«, drängte Rosa sie vorwärts. »Wir haben keine Zeit.«

Milla schlurfte weiter. Sie wollte ihre Freunde nicht aufhalten, doch sobald diese sicher auf der *Delfin* waren, würde sie zu Iggie gehen.

Der Hafen war kaum wiederzuerkennen. Die Häuser an der Hafenfront waren rußgeschwärzt, die Fensterscheiben gesprungen oder geborsten. Der alte Markt lag verlassen da. Wo Serinas Zelte gestanden hatten, gab es nur noch Asche und schwarze, verkohlte Trümmer.

Das Hafengelände war eine einzige wogende Masse. Alle drängten zu den verbliebenen Booten. Dort, ganz am Ende, lag die *Delfin*. Milla sah, dass Thom die Laufplanke versperrte und mit Simeon stritt.

»Josi!«, übertönte Nestans Stimme den Lärm.

Auf seinen Stock gestützt, schob er sich durch die Menschen auf sie zu, wobei er Kara mit der rechten Hand halb mitzog, halb abschirmte. Er würde noch vor ihnen am Boot sein.

Doch dann gefror Milla das Blut in den Adern.

Hinter Nestan sprangen drei Soldaten von der Mauer und kämpften sich zu ihm durch. Jemand musste beobachtet haben, wie Nestan mit Kara aus dem Haus gegangen war, und sie verraten haben.

»Soldaten!«, schrie sie Nestan zu. »Hinter Ihnen.«

Simeon reagierte als Erster. Er rannte über die Laufplanke, schnappte sich Kara und schob sie grob an Deck. Dann eilte er zurück an Nestans Seite.

»Fang!« Thom warf Simeon die Bootsstange zu.

Nestan zog sein Schwert, schwankte jedoch, als sein linkes Bein für einen kurzen Moment nachgab.

Die Soldaten spürten seine Verwundbarkeit und kamen näher.

»O nein, ihn bekommen sie nicht«, murmelte Josi neben Milla. »Aufs Boot mit euch. Sofort.« Sie zog zwei Messer aus versteckten Ärmeltaschen und trennte mit einem davon ihren Rocksaum ab, um sich ungehindert bewegen zu können. »Wartet nicht auf uns.«

»Milla! Komm an Bord«, drängte Thom, der die Taue löste.

Milla würde nicht fortgehen. Auf keinen Fall. Sie musste bei Iggie bleiben.

Aber Iggie warnte sie. Er rief ihr mit aller Kraft zu, sich fernzuhalten.

Und es gab ja auch noch Kara, die ganz allein war. Klein und zerbrechlich kauerte sie im Heck.

Wer brauchte sie am meisten?

»Nimm Kara. Und geh!«, schrie Josi, ohne sich umzudrehen.

Milla hörte das Klirren von Stahl auf Stahl, gefolgt von einem Schmerzensschrei. Sie reckte den Hals. Ein Mann lag auf dem Boden. Nestan stand da und umklammerte seinen Schwertarm. Dunkelrot sickerte das Blut zwischen seinen Fingern hervor.

Simeon lieferte sich einen Zweikampf mit einem anderen Soldaten. Statt eines Schwerts benutzte er seine robuste Stake, mit der er Schläge austeilte und abwehrte. Ächzend schwang er sie im Kreis und versetzte dem Mann mit einem Ende einen heftigen Schlag in den Bauch. Als sich der Mann vorbeugte, rammte Simeon ihm das abgeflachte andere Ende der Stake gegen das Kinn. Der Soldat brach bewusstlos zusammen.

Josi war furchterregend. In jeder Hand eine Klinge, wirbelte sie mit erstaunlicher Schnelligkeit herum. Mit einem Tritt zur Seite beförderte sie einen Mann der Länge nach auf den Boden. Er kroch davon und rappelte sich, immer noch das Schwert in der Hand, wieder auf.

»Kommt aufs Boot!«, rief Milla. Doch im selben Moment näherten sich Schritte. Mit pochendem Herzen drehte sie sich um.

Ein Dutzend weitere schwarz gekleidete Soldaten rannten auf die Kämpfer zu.

Milla war wie gelähmt. Sie wusste nicht, was sie tun sollte.

»Geh!«, keuchte Nestan, an die Hafenmauer gelehnt, eine Hand auf seine Wunde gedrückt. Sein Gesicht war ganz grau. »Nimm Kara und geh.«

Sie kämpften für sie. Damit sie fliehen konnten.

»Beeil dich, Milla!«, drängte Rosa.

Es tut mir leid, Iggie. Ich werde zurückkommen und dich holen!

Millas Atem ging stoßweise, als sie zusammen mit Rosa über die ausgetretenen Steine am Rand des Hafens humpelte.

Das Boot legte bereits ab: Der Streifen aus tintenschwarzem Wasser wurde mit jeder Sekunde breiter.

»Jetzt!«, schrie Rosa und sprang aufs Boot.

Als Milla sprang, rechnete sie mit der eisigen Umarmung des Wassers. Doch sie landete taumelnd auf der *Delfin*, das Deck unter ihr schaukelte. Sie ging auf Kara zu, deren Veränderung sie zutiefst erschreckte.

»Vater!«, schrie Thom. »Spring! Du kannst es schaffen!«

Aber Simeon und Josi beschützten den verletzten Nestan und nahmen es zusammen mit dem dritten Soldaten auf.

»Vater! Wir müssen die Flut erwischen.«

»Fahrt los, Thom!«, schrie Simeon. »Wartet nicht auf mich.«

Thom wandte sich mit grimmiger Miene ab. »Also schön.« Seine Augen huschten über den Hafen, erfassten jede noch so feine Nuance von Wind, Licht und Meer. »Wenn ihr mir helft, schaffen wir es vielleicht gerade so. Bringt sie nach unten.« Er wies mit dem Kopf auf Kara.

Milla führte sie in den kleinen, dunklen Raum unter Deck. Dort roch es nach Feuchtigkeit und Fisch, trotzdem baute sie aus drei leeren Kisten ein Bett, auf dem Kara sich zusammenkauerte, ohne ein Wort zu sprechen. Milla hörte, wie Thom Rosa zurief: »Nein, das da! Schnell!«

Die *Delfin* nahm Fahrt auf. Sie verließen Arcosi.

Das musste Milla sehen. Als sie an Deck kam, verschwand

ihre Heimatinsel im Kielwasser der *Delfin*. Schwarzer Rauch hing über der Stadt. Ein Möwenschwarm kreiste am Himmel. Arcosi wurde kleiner und kleiner, bis es nicht mehr war als eine dunkle Erhebung in der endlosen See. Und während Milla das Salz auf ihren Lippen schmeckte, fragte sie sich, ob sie jemals zurückkehren und Iggie wiedersehen würde.

41. KAPITEL

Als Thom allein klarkam, gingen Milla und Rosa nach unten, um nach Kara zu sehen. Sie wirkte fiebrig und verwirrt.

Milla stützte sie mit einem Arm und hob sie vorsichtig an. Rosa hielt ihr eine Feldflasche mit Wasser an die Lippen. »Hallo, ich bin Rosa. Hier, trink.«

Kara gab keine Antwort, das Wasser lief ihr aus den Mundwinkeln wieder heraus.

»Wie lange ist sie schon so?«, fragte Milla leise, während sie Kara die Stirn fühlte.

»Ich weiß es nicht. Josi hat nichts erzählt. Wer ist sie?«, fragte Rosa.

»Kara. Sie ist eine der Alten Arcosis«, erklärte Milla, während sie ihren Ärmel anfeuchtete, um damit Karas Stirn und Wangen zu kühlen. »Aber sie ist schon letztes Jahr hergekommen. Sie war die Frau auf dem Ball des Herzogs – erinnerst du dich?«

»Boah.« Rosa klang beeindruckt. »Das war *sie*?«

»Sie ist eine ganz Wilde, das kannst du mir glauben.« Milla

sah lächelnd zu Kara hinab. »Und das wirst du auch wieder sein, sobald es dir besser geht.«

»Meine liebe Kamilla«, flüsterte Kara, als sie die Augen aufschlug.

»Ich heiße Milla.« Dann drehte sie sich zu Rosa um. »Wie lange brauchen wir bis nach Sartola?«

»Noch Stunden«, sagte Rosa, deren besorgtes Gesicht Millas Ängste zu bestätigen schien.

Milla spähte nach draußen, doch es war kein Land mehr zu sehen: Der Ozean hielt sie in seiner gewaltigen, dunklen Umarmung gefangen. Sie stellte sich das Boot aus der Drachenperspektive vor. Ein einsamer, winziger Fleck im Sartola-Sund, klein und verletzlich, der Iggie mit jeder Sekunde weiter hinter sich zurückließ.

»Haben wir es geschafft?«, fragte Kara drängend. »Haben wir die Eier sicher nach Hause gebracht?«

Rosa hob die Augenbrauen.

»Ja, das habt ihr«, sagte Milla und nickte Rosa zu. »Erinnerst du dich nicht mehr? Du hast Iggie kennengelernt.« Es tat gut, seinen Namen zu sagen, von ihm zu sprechen, weil sie ohnehin permanent an ihn dachte. Sie fragte sich, ob sie wohl so nackt und unvollkommen aussah, wie sie sich fühlte, wie ein Vogel ohne Flügel.

»Ach ja, natürlich. Catos Sohn«, murmelte Kara.

»Ist er das?«, fragte Milla und lehnte sich näher.

»Ich hatte gehofft, dass ich es sein würde«, sagte Kara wie zu sich selbst. »Selbstsüchtig. Mein Leben lang wollte ich diejenige sein, die vom nächsten Drachen erwählt wird. Ich habe die Verbindung zwischen Cato und meiner Mutter gesehen und wollte dasselbe für mich, aber es ist nie dazu gekommen.«

»Deine *Mutter*?« Milla beugte sich über sie. »Bist du die Tochter von Karys Sturmreiterin? Hat sie überlebt?«

»Cato hat sie gerettet.« Kara machte die Augen weit auf und starrte in ihre eigene Welt. »Die Drachen wussten es. Sie wissen es immer.« Ihre Stimme war schwach und heiser. »Cato hat die Absichten meines Onkels erahnt. Er war nicht gefährlich. Er hat es nur getan, um meine Mutter zu beschützen.«

»Was hat er getan?«, drängte Milla. »Hat Cato Rufus aufgehalten?«

»Ja. Beide Drachen waren dabei, als Rufus Silvano tötete. Karys wäre die Nächste gewesen. Aber Cato hat ihn verbrannt. Karys hat mit angesehen, wie ihr Drache ihren Bruder tötete, um ihr Leben zu retten ...« Karas Worte erstarben. »Oh, dieses Grauen.«

Milla schloss die Augen, versuchte die schrecklichen Bilder abzuschütteln, doch ihr Geist war voll von ihnen.

»Mein Vater, Gallus Dorato, war ein Drachenwächter. Er hat Karys danach gefunden. Sie nahmen beide Drachen und flohen. Aelia wäre fast gestorben, aber schließlich hat sie sich doch an meinen Vater gebunden.«

»Wohin sind sie geflohen?«

»Auf die Inseln ... vor der Küste von Sartola.« Milla musste inzwischen fast das Ohr an Karas Mund legen, um jedes kostbare Wort aufzufangen. »Dort haben sie sich versteckt und wilde Ziegen gejagt. Später, als sie alle wieder bei Kräften waren, haben sie abwechselnd nach versklavten Arcosis gesucht und sie mit Rufus' verfluchtem Gold freigekauft.«

»Was ist aus den Drachen geworden?«

»Ich habe als Kind mit Cato und Aelia gespielt. Sie waren so sanft zu mir. Bis zum Schluss haben sie im Exil in Freiheit gelebt. Und dann wurde mir übertragen, ihre nicht ausgebrüteten Eier zu hüten. Mein Lebenswerk …« Karas Stimme versiegte allmählich.

»Das hast du gut gemacht. Du hast sie zum Schlüpfen nach Hause gebracht. Aber eines verstehe ich nicht«, sagte Milla, die Rosas Stirnrunzeln ignorierte. »Warum mussten die Jungen auf Arcosi schlüpfen? Warum konnten sie nicht auf den anderen Inseln bleiben und dort heranwachsen?«

»Das Quellwasser: Habe ich dir das nicht gesagt? Junge Drachen gedeihen nur auf Arcosi. Aber als wir schließlich zur Rückkehr bereit waren, hatten sich andere unserer Insel bemächtigt. Und sie in einen weiteren Krieg gestürzt. Wir haben gewartet, aber uns lief die Zeit davon. Die Eier wurden langsam alt. All die Jahre auf See, in denen wir mit den Männern des Herzogs Katz und Maus gespielt haben … Aber wir haben es geschafft. Ich wünschte, Josiah wüsste davon. Doch wir werden uns bald wiedersehen.«

Die Vorstellung gefiel Milla ganz und gar nicht. Wieder quälte sie die alte Schuld, Josiahs Tod nicht verhindert zu haben. »Es tut mir so leid«, sagte sie. Sie nahm Karas Hand und streichelte sie zärtlich. Kara schloss die Augen. Sie atmete in rasselnden, abgehackten Stößen.

»Du bist wie sie«, sagte sie schließlich, ohne die Augen zu öffnen.

»Wie wer?«, fragte Milla.

»Wie deine Mutter.«

Milla erstarrte. War Kara noch bei sich? Redete sie im Fieber?

»Du kanntest meine Mutter?«

»O ja«, keuchte Kara mit einem Laut, der sich wie ein Lachen anhörte. »*Karys. Kara. Kamilla. Milla.* Verstehst du? Ich habe dich an deiner Kette erkannt. Und am Gesicht. Du bist meine Enkelin, Drachentochter.«

Rosa zog scharf die Luft ein. Alles in Millas Blickfeld wurde plötzlich messerscharf: Das Licht, das durch die Spalten des Holzdecks hereinfiel, das faulige Brackwasser, das um ihre Füße schwappte, ihre Finger, die durch den alten Umhang Karas spindeldürren Arm umklammerten.

»Wo ist meine Mutter?«

»Sachte, Milla«, warnte Rosa und legte ihr die Hand auf die Schulter.

»Wo ist sie?«, fragte Milla noch einmal drängend.

Karas Miene machte jede Hoffnung zunichte.

»Nein«, sagte Milla. »Nein, nein, nein.«

»Sie sind gestorben. Es tut mir leid«, murmelte Kara mit halb geschlossenen Augen. »Du warst noch ein Baby. Wir waren auf See, als sich die Krankheit unter unseren Leuten ausbreitete und die Hälfte dahinraffte. Es war schwer für uns.«

Ihre Eltern waren tot. Es schmerzte sie mehr, als sie nach all der Zeit erwartet hätte.

»Wir haben dich mit deiner Tante nach Arcosi vorausgeschickt.«

»Mit meiner Tante?«, fragte Milla verwirrt.

»Mit Josi.«

Josiah und Josi. Kamilla und Milla. Es war das gleiche Muster.

Erinnerungen drängten sich in ihr Bewusstsein und bestätigten die Wahrheit: die weinende Josi in der Küche, am Tag nachdem ihr Vater, nur wenige Schritte von ihrem Arbeitsplatz entfernt, ermordet worden war. Josis Fassungslosigkeit, als Milla in der Nacht, als die Jungen geschlüpft waren, mit Kara in der Küche auftauchte. Und nun war sie auf Arcosi zurückgeblieben, um zu kämpfen, damit ihre Nichte und ihre Mutter fliehen konnten.

»Warum hat mir das nie jemand erzählt?«, fragte Milla. Sie hatte mit angesehen, wie ihr eigener Großvater vor ihren Augen ermordet wurde. Sie hätte ihn retten können. Tränen liefen ihr übers Gesicht und tropften von ihrem Kinn, ohne dass sie es wirklich merkte. Milla wischte sie geistesabwesend weg. »Ich habe nie etwas geahnt.«

»Es war sicherer so. Für dich. Für uns. Für die Eier. Du wurdest vor aller Augen versteckt, damit du für den Tag bereit warst, an dem wir zurückkehren würden. Josi hat dich liebevoll aufgezogen, nicht wahr? Aber sie hat dir nichts erzählt, damit du auch dann noch geschützt wärst, wenn man sie verraten hätte. Sie konnte Nestan für unsere Sache gewinnen. Die beiden haben dein Geheimnis gehütet.«

Milla saß fassungslos da und versuchte, die Wahrheit zu begreifen. Nach einer Weile spürte sie, wie Kara ihren Griff lockerte und einschlief. Und sie saß einfach nur da und sah zu, wie Kara sich ausruhte, ohne auf ihren angespannten Nacken oder die pochenden Schmerzen in ihrer Seite zu achten, wo Karas Gewicht an ihrer gebrochenen Rippe gelehnt hatte.

Ihre Großmutter! Sie hatte eine Familie.

Nach all dieser Zeit wusste sie endlich, woher sie stammte.

»Du bist eine Nachfahrin von Karys Sturmreiterin? Das glaube ich jetzt nicht!« Rosas Stimme bebte vor Aufregung.

Milla starrte sie sprachlos an.

Im Grunde änderte es gar nichts: Kara war immer noch schwer krank. Und Karys immer noch tot, genau wie Millas Eltern. Josi und Nestan waren immer noch auf Arcosi und kämpften um ihr Leben. Ihre Stadt befand sich immer noch im Krieg. Jede Sekunde, die Milla von Iggie getrennt war, schmerzte sie mehr, als sie für möglich gehalten hätte. Sie segelten immer noch ins Ungewisse und hofften, Vigo und Tarya zu finden.

Und doch … und doch …

Veränderte es alles.

Milla hatte eine Familie, so zerstört sie auch sein mochte. Sie wurde geliebt. Sie war immer geliebt worden. Sie wusste endlich, wer sie war!

Milla krabbelte in die schmale Lücke neben Kara, schmiegte sich an ihre schlafende Großmutter und schlief mit ihr in den Armen ein.

Als sie Sartola erreichten, atmete Kara nicht mehr. Sie war gegangen, bevor die Flut der Ebbe wich.

42. KAPITEL

Sie begruben Kara neben Serina. Vigos Onkel Carlo hielt die erste Grabrede.

»Und so legen wir Zeugnis ab. Und so schließt sich der Kreis«, sagte Carlo auf Sartoli. »Wir ehren Kara, die Tochter von Karys Sturmreiterin. Einst kämpften unsere Ahnen gegeneinander, aber heute bilden wir in ihrem Namen eine neue Allianz.«

»Ruhe in der Erde, Kara Seekind«, sagte Milla als Nächste, wobei sie den Namen benutzte, den sie in Karas Papieren gefunden hatte. Sie schwankte, aber ihre Freunde stützten sie: Tarya hielt Millas linke Hand, Rosa ihre rechte. »Dein Werk ist vollbracht«, fuhr sie fort. »Du hast dein Leben den Drachen von Arcosi gewidmet. Dank dir haben sie überlebt. Wir danken dir für deinen Mut.« Es war nicht genug, aber es war die Wahrheit.

Heral und Petra zogen am blauen Himmel ihre Kreise, doch Milla ertrug ihren Anblick kaum. Die Sehnsucht nach Iggie war erdrückend, sie lastete auf ihr wie ein riesiger Felsbrocken. Mit jedem Moment der Trennung fügte eine unsichtbare Hand einen weiteren Stein hinzu, bis das Gewicht sie irgendwann überwältigen würde.

Sie standen auf einem schmalen, grasbewachsenen Landstreifen, der wie ein ausgestreckter Finger in das blaugrüne Wasser ragte, das an die Küste von Sartola schwappte. Die Sonne brannte hell und warm, die Farben waren so leuchtend, dass es fast in den Augen wehtat. Rings um sie herum standen die reich verzierten Marmorgrabsteine der Edelleute von Sartola und die bildeten eine Stadt der Toten. Kleine gelbe Blumen markierten die Ränder der Grabreihen, orangefarbene Schmetterlinge flatterten von Blüte zu Blüte und in der Ferne rauschten die Wellen. Ein friedlicher Ort. Milla hoffte, dass er Kara gefallen würde.

Sie starrte über das Wasser, wo Arcosi in der Ferne gerade eben noch als blasse Erhebung am Horizont erkennbar war. Winzige Rauchwolken verdunkelten darüber den Himmel. Wie klein und verwundbar die Insel doch aussah. War Josi noch am Leben? Und Nestan?

»Es geht ihnen gut«, flüsterte Tarya, die ihre Gedanken erriet. »Josi ist eine Überlebenskünstlerin. Und mein Vater ein Kämpfer. Isak und Belara braucht der Herzog noch. Ihnen wird so schnell nichts geschehen.« Und dann, fast unhörbar: »Ich muss das glauben. Es ist das Einzige, was mich davon abhält, sofort mit Heral zurückzufliegen und den Palast noch heute abzufackeln …«

Als die Trauerfeier vorüber war, ging Milla zu Vigo. Sein Gesicht spiegelte ihren eigenen Schmerz. »Es tut mir leid, dass ich nicht da war, als ihr deine Mutter beerdigt habt.« Sie nahm ihren Freund behutsam in die Arme und war erstaunt, wie fest er sich an sie klammerte.

»Ich kann es immer noch nicht glauben«, flüsterte er in ihr Haar. »Ich kann nicht glauben, dass sie dort unten liegt. Ich weiß, das ist verrückt. Ich habe ihren Leichnam gesehen. Sie getragen. Wir haben sie vor zwei Tagen beerdigt. Trotzdem denke ich immer noch, dass ich jeden Moment aufwachen werde und alles nur ein schlechter Traum war und dass sie mir dann wie früher über den Kopf streicht.

»Ich weiß.« Milla löste sich von ihm und sah voller Trauer in sein tränenüberströmtes Gesicht.

»Das hier ist für dich«, sagte Vigo, legte etwas in ihre Handfläche und schloss ihre Finger darum. »Sie hat sie immer getragen. Es ist die gleiche Kette wie die meiner Schwester, die sie dir gegeben hat.«

»Sie wurde gestohlen.«

»Ich weiß, deshalb würde sie auch wollen, dass du ihre bekommst.«

Milla sah nach unten. In ihrer Hand lag eine silberne Kette mit einem Fisch als Anhänger: Sie sah genauso aus wie jene, die Serina ihr geschenkt hatte.

Sie wollte sich bedanken, doch sie brachte kein Wort heraus.

»Für dich tut es mir auch leid, Milla. Deine Großmutter an dem Tag zu verlieren, an dem du von ihr erfahren hast ... Wir werden meinen Vater dafür büßen lassen«, sagte Vigo, als er sich über die Augen fuhr. »Onkel Carlo hat fast ebenso viele Männer unter seinem Kommando. Und mein Vater hat keinen eigenen Drachen. Noch nicht. Wir dagegen haben zwei. Vier, wenn wir Belara und Iggie retten.«

Millas Herz machte bei seinen Worten einen Satz.

Es war das Erste, was sie zu Tarya und Vigo gesagt hatte: Wann können wir Iggie retten?

Die anderen Drachen hatten ihre Ankunft gespürt. Kaum hatte die *Delfin* angelegt, brachten Petra und Heral Vigo und Tarya bereits zum Hafen, in dem es von geflohenen Arcosis nur so wimmelte. Sie fanden Milla in Tränen aufgelöst über Karas Leichnam gebeugt.

Tarya versuchte, Milla von Kara zu lösen.

»Lass sie in Ruhe! Siehst du denn nicht, dass sie trauert?« Rosa zog Taryas Hand von Millas Schulter und schob sich zwischen die beiden.

»Wer bist du denn?«, wollte Tarya wissen.

Rosa baute sich angriffslustig vor ihr auf. »Ihre Freundin Rosa«, fauchte sie. »Und wer bist du?«

»Ihre Freundin Tarya.«

Millas Freundinnen standen sich in nichts nach: Beide waren groß, stark und unbeugsam.

»Was uns zu Verbündeten macht …« Tarya trat mit einem gezwungenen Lächeln zurück. »Komm, lass uns alle sicher ins Haus bringen, dann kann Milla in aller Ruhe trauern …«

Rosa zögerte eine Weile und musterte Tarya von Kopf bis Fuß. »Also gut«, sagte sie schließlich. »Aber ich bleibe bei ihr.«

Milla hielt neben dem Leichnam ihrer Großmutter die ganze Nacht über Totenwache. Rosa und Tarya blieben, einen wackligen Waffenstillstand einhaltend, bei ihr.

Ihrer Mutter Karys und deren Drachen Cato zu Ehren wickelten sie Kara in feinste blaue Seide. Anschließend wurde sie, von Lilien und Kerzen umgeben, in einer kühlen Marmorgruft unter dem Palast von Sartola aufgebahrt.

Milla hielt Karas Habseligkeiten in der Hand, die sie in ihrem Umhang versteckt hatte: Sie hatte ihre Geheimnisse die ganze Zeit über bei sich getragen. Eine stattliche Anzahl Goldmünzen, die in den Stoff eingenäht waren; eine Karte, die zeigte, wo der Rest von Rufus' Gold in einem verborgenen Keller der Villa Dorato lag. Und den Schlüssel dazu. Milla drehte ihn wieder und wieder in den Händen, erspürte so lange Form und Gewicht, bis er ganz warm geworden war.

»Dort hast du letztes Jahr die Münze gefunden«, sagte Tarya. »Weißt du noch? Wahrscheinlich stammte sie aus dem Versteck.«

»Die Villa Dorato! Deshalb hat Kara dort Zuflucht gesucht. Natürlich. Das Haus muss ihrem Vater Gallus gehört haben. Wahrscheinlich haben sie das Gold dort versteckt, bevor sie Arcosi verließen. Karys und Gallus hatten immer vor, zurückzukehren.«

Millas Augen ruhten auf der mit Seide verhüllten Gestalt, die vor ihr aufgebahrt lag. Sie wirkte so klein. Wie konnte das Kara mitsamt ihrer Energie und Widerständigkeit sein?

»Was hast du mit dem Gold vor?«, wollte Rosa wissen. »Es gehört jetzt dir. Du bist die Thronerbin von Arcosi.« Ihre Augen waren dunkel und undurchdringlich. »Eigentlich müsste ich Euer Gnaden zu dir sagen.«

»Sei nicht albern«, sagte Milla hastig, weil es ihr unangenehm war, wie die beiden sie anschauten. »Außerdem gehört das Gold nicht mir.«

»Doch, tut es«, widersprach Tarya. »Lass mich nach Arcosi fliegen und es holen. Ich kann heute noch aufbrechen, wenn du magst.«

»Es ist sartolisches Gold«, sagte Milla. »Im Feuerkrieg gestohlen und für Rufus' Münzschatz eingeschmolzen. Schmutziges Blutgeld.« Sie wollte nichts damit zu tun haben.

»Es fühlt sich verflucht an und ich will kein Unglück über uns bringen.«

»Dann kannst du es jetzt wiedergutmachen«, sagte Rosa.

»Carlo sagt, dass er sich keinen Krieg leisten kann. Aber du kannst es«, pflichtete Tarya ihr bei, indem sie das Argument aufnahm. »Benutze das Geld, bezahle seine Soldaten, dann können wir Arcosi zurückgewinnen. Und Iggie. Und meinen Bruder. Und die Eier. Hat Kara nicht gesagt, dass die Drachen in der Stadt leben müssen? Lass es uns für die Drachen tun ...«

Milla starrte in die flackernden Kerzen. Die Idee war verlockend. Es gab nichts, was sie sich mehr wünschte, als Iggie zurückzubekommen. Sie grübelte jede freie Minute darüber, wie sie in die Drachenhalle eindringen und ihn befreien könnte. War der Vorschlag ihrer Freundinnen der richtige Weg? Sie war es nicht gewohnt, Entscheidungen zu treffen, die Auswirkungen auf Hunderte, vielleicht sogar Tausende von Menschen hatten.

Was würde Kara sagen? Im Grunde war es ihr Gold.

Plötzlich wusste Milla, was Kara sich wünschen würde. Sie würde wollen, dass die Drachen von Arcosi der Stadt gehörten. Dass alle zukünftigen Jungen auf dem Marktplatz schlüpften, so wie früher.

Die Worte der Prophezeiung stiegen in ihr auf.

Die Tochter des Sturms, als Dritte geboren,
Trägt das Zeichen der See bei sich verborgen.
Wenn die vierte Jahreszeit ihren Glanz verloren,
Erhält sie den Schlüssel für ein leuchtendes Morgen.

Karys Sturmreiterin, ihre Urgroßmutter. War sie die Tochter des Sturms? Kara. Kamilla. Milla. Als Dritte geboren. Und das Ende des Sommers nahte. Damit waren es vier Jahreszeiten, seit Iggie geschlüpft war. War dies der leuchtende Morgen, auf den sie warteten? Sie umklammerte den Schlüssel.

Mit einem Schaudern spürte sie, wie sich etwas in ihrem Innern verschob. Sie traf eine Entscheidung, und als Milla sie aussprach, klang es wie ein Schwur: »Ich werde das Gold verwenden, um unseren Krieg zu bezahlen. Und Carlo bekommt seinen gerechten Anteil. Lasst uns unsere Heimat zurückgewinnen. Aber nur unter einer Bedingung ...«

»Wann brechen wir auf?«, fragte Milla jetzt und blinzelte ins grelle Sonnenlicht, als sie sich von Karas Grab abwandten. »Ich halte es ohne Iggie nicht länger aus.«

»Bevor der nächste Tag anbricht. Du hast gesehen, was mein Vater für ein Unheil anrichtet«, sagte Vigo. »Wenn wir nicht bald handeln, wird nicht mehr viel von Arcosi übrig bleiben.«

Sie machten sich auf den Rückweg zum sartolischen Palast und durchquerten die Gärten, die sich ebenso weit erstreckten wie der Friedhof. Hohe Palmen überschatteten die Wege und zu ihrer Rechten sprudelte frisches Wasser aus einem runden Brunnen – es schmeckte rein und klar, doch ihm fehlte der typisch metallische Geschmack des Wassers von Arcosi.

So vieles hier war anders: Alles war weitläufig auf die üppigen Bergkämme und die darunterliegenden Ebenen verteilt. Sie näherten sich den Gebäuden des Palasts, den man hoch über der Stadt und den umliegenden Dörfern errichtet hatte, um heranrückende Gefahren rechtzeitig zu erkennen. Die hellen, gewölbten Dächer reflektierten das Sonnenlicht – einige trugen immer noch alte Brandspuren –, und eine leichte Brise wehte zu den verschnörkelten Fenstern hinein, die aussahen wie Stein gewordene Stickereien.

»Es ist wunderschön hier«, sagte Milla.

Rosa drückte ihren Arm. »Hab ich es dir nicht gesagt?« Sie sah auf die Stadt hinab, in der ihre Eltern bei ihren Verwandten Schutz gesucht hatten.

»Möchtest du bleiben?«

»Ich muss gestehen, dass es eine Wohltat ist, an einem Ort zu sein, an dem alle so aussehen und reden wie wir und einem niemand irgendwelche Kennzeichen ansteckt. Aber nein, Milla. Arcosi ist mein Zuhause und dafür werde ich kämpfen.«

»Das gilt auch für mich«, rief Thom, der gemeinsam mit Luca hinter ihnen stand. »Da brauche ich gar nicht lange nachzudenken! Ich muss zurück zu meinem Vater. Ich komme mit euch. Ich fahre nach Hause.«

»Ja, da sind auch Tarya und ich uns einig. Auch wenn meine Mutter von hier stammt«, sagte Vigo, »und Sartola seit Tausenden von Jahren die Heimat ihrer Vorfahren ist.«

Millas frisches Wissen um ihr eigenes Erbe fühlte sich noch immer heikel an. Sie näherte sich ihm mit großer Vorsicht. Aber wenn sie diesen Kampf gewinnen sollte, würde sie sich eines fernen Tages in die Palastbibliothek setzen und jedes Buch, jeden

Satz, jedes Wort lesen, das je über Karys Sturmreiterin und ihre Familie geschrieben worden war.

»Mein Vater hat es gehasst, dass meine Mutter ihre Wurzeln kannte und stolz auf sie war. Wenn es niemand hören konnte, hat er sie dafür unentwegt niedergemacht.« Vigo war voller Wut. »Tief im Herzen wusste er, dass er kein Herzog ist. Er hat nicht mehr Anspruch auf die Herrschaft als irgendjemand sonst. Deshalb hat er diese Armee aufgebaut. Er hatte immer Angst, jemand würde kommen und ihm alles wegnehmen.«

»Na, dann lasst uns seinen schlimmsten Albtraum wahr machen«, erwiderte Tarya.

Milla sah in die Gesichter von Thom, Luca, Carlo, Rosa, Tarya und Vigo.

»In gewisser Weise hat Olwar recht«, sagte sie. »Keiner von uns hat ein *Recht* darauf, zu herrschen. Wie kann mich irgendjemand ›Euer Gnaden‹ nennen? Ich bin immer noch die, die ich war, als ihr mir Befehle zugerufen habt.«

»Was willst du damit sagen?«, fragte Vigo.

Alle warteten gebannt.

Erstaunlich, wie häufig das in letzter Zeit passierte.

»Nur so viel: Falls wir gewinnen«, sagte sie jetzt mit grimmiger Entschlossenheit, »müssen die Drachen allen gehören. Wenn die nächsten Jungen schlüpfen, sollen alle dabei sein. Wir müssen es anders machen. Welchen Sinn hätte es sonst, zu kämpfen?«

43. KAPITEL

»Wach auf!«, zischte Tarya und rüttelte Milla wach. Das Licht ihrer Lampe strahlte ihr Gesicht von unten an.

Milla schlüpfte in ihre geliehenen Kleider, die allesamt blau waren. Endlich ging die Zeit der Trennung zu Ende. Wenn dieser Tag vorüber war, würde sie entweder wieder mit Iggie zusammen oder beim Versuch, zu ihm zu gelangen, gestorben sein. Seine Farben wollte sie dabei in jedem Fall tragen.

»Bist du bereit?«, fragte Tarya, die ihr einen ledernen Harnisch umschnallte. Da ihre Verletzungen noch heilten, war Milla für eine volle Rüstung, wie Tarya sie trug, noch nicht ausreichend bei Kräften.

»Ich bin bereit, seit ich Iggie zurücklassen musste«, sagte Milla, der klar wurde, dass sie Tarya noch nie so ruhig und konzentriert erlebt hatte. Sie war für so etwas geboren.

»Eure Werkzeuge, Euer Gnaden«, sagte Tarya mit einem Lächeln, als sie Milla einige lange Metalldietriche und einen scharfen Dolch überreichte, den diese sich an die Hüfte schnallte.

»Hör auf mit dem Quatsch«, sagte Milla und schubste ihre

Freundin. »Ich bin Milla; dieselbe, die ich immer war.« Sie verstaute die Werkzeuge. Milla hatte Iggie im Traum in Ketten gesehen. Sie konnte es zwar nicht recht glauben, wollte aber auf das Schlimmste vorbereitet sein.

»Komm her«, sagte Tarya und umarmte Milla ein wenig unbeholfen, weil ihre Rüstungen im Weg waren.

»Kümmerst du dich um Iggie?«, fragte Milla, »falls mir etwas zustößt? Suchst du einen guten Menschen, an den er sich binden kann? Rosa scheint ihm zu gefallen.« Sie brachte es kaum über die Lippen.

»Schhh. Das wird nicht passieren. Aber ja. Natürlich. Tust du das Gleiche für Heral?«

Milla trat zurück und sie blickten sich im warmen Lampenschein in die Augen. »Du weißt, dass ich das tun werde. Du bist meine Schwester.«

Sie sahen sich lange an.

Dann wurde es Zeit.

Sie trafen Heral auf einem flachen Dachabschnitt des Palasts. Der Vollmond umgab sie mit milchig weißem Licht. Tarya ging als Erste zu ihrem Drachen, streichelte ihn und betrachtete ihn von oben bis unten. »Milla?«, rief sie schließlich.

Milla hatte gewusst, dass dieser Moment kommen würde. Sie nahm ihre ganze Kraft zusammen und ging zu ihnen hinüber.

»Hallo, Heral«, sagte sie, während sie ihm die ausgestreckte Handfläche zum Beschnuppern hinhielt. Er konnte nichts dafür, dass sie und Iggie getrennt worden waren. Er konnte nichts dafür, dass sie ihn unentwegt mit Ig verglich und ständig die Unterschiede bemerkte: Er hatte einen größeren Kopf, einen stärker gebogenen Hals und besaß ein ruheloseres Temperament.

Der rote Drache stieß einen Schwall heißer Luft aus und berührte mit der Schnauze Millas Stirn.

Er verstand. Heral zeigte Milla so, dass er Bescheid wusste.

»Danke.« Sie hatte das Gefühl, die Sehnsucht nach ihrem Drachen würde sie zerreißen. Aber sie blinzelte die Tränen fort und kletterte hinter Tarya auf Herals Rücken, wobei sie einen Köcher Pfeile beiseiteschob, damit sie nicht abbrachen.

Milla flog mit Tarya auf Herals breitem Rücken. Sie ließen die Lichter des Palasts hinter sich, und schon bald bestand Sartola nur noch aus einigen winzigen Lichtpunkten, die nicht heller waren als Sterne. Der Vollmond wies ihnen den Weg, seine Strahlen schimmerten hell und klar auf dem unter ihnen liegenden Meer.

Anfangs unterhielten sie sich noch leise, um sich abzulenken, doch als Arcosi vor ihnen größer wurde und sie die Hafenlichter zählen konnten, verstummten sie.

Milla sah angestrengt aufs Meer hinab und entdeckte auf den Wellen dunkle Konturen. Da! Carlos Schiffe. Die schlanken Umrisse eilten wie Schatten durch die Dunkelheit auf den Hafen zu.

Im Osten wurde der Himmel fahl.

Vigo und Thom würden mit Petra auf der Hafenmauer landen. Während Petra die Wachen in Schach hielt, sollte Thom mit einer kleinen Kohorte von Carlos besten Männern die Stadttore in Angriff nehmen. Der Rest würde unter Rosas Leitung darauf warten, zum Palast zu stürmen. Sie kannte die geheimen Wege auf der Insel fast ebenso gut wie Milla.

Während sie auf die Insel zuflogen, leuchteten auf der Hafenmauer mehr und mehr Lichter auf. Daran war an sich nichts Ungewöhnliches. Doch dann begannen sie schnell hintereinander zu blinken. Drei Mal. Das war das vereinbarte Signal! Carlos Soldaten waren an Land.

Bislang verlief alles genau nach Plan. Stundenlang hatten sie in der Nacht über den Karten von Arcosi gebrütet, die Milla und Rosa einschließlich der versteckten Pfade bis hinauf zur Schattenpforte gezeichnet hatten.

Tarya ließ Heral mit dem Wind nach Westen treiben und flog den Palast dann in einem Halbkreis von Norden an. Ihr Drache sank tiefer, kam direkt über den Klippen herein und landete mit einem letzten kraftvollen Flügelschlag in den Palastgärten.

Milla drückte Taryas Hand und flüsterte: »Viel Glück«, ehe sie von Herals Rücken sprang und dieser sich wieder in die Luft schwang.

Milla rollte sich ab und versteckte sich hinter einigen Büschen. Sie wartete, lauschte nach Gefahren. Ihr Herz klopfte so laut, dass sie sonst nichts hören konnte. Doch für Furcht war jetzt keine Zeit. Irgendwo hier wartete Iggie auf sie. Der Gedanke an ihn trieb sie an. Milla wurde zu einem weiteren Schatten in der kühlen, blauen Morgendämmerung und schlüpfte zur Geheimtür der Drachenhalle, um die Wachen zu umgehen.

Milla zog die Tür einen Spalt weit auf und quetschte sich hindurch. Mit angehaltenem Atem blieb sie auf der Rückseite des Wandteppichs stehen und lauschte …

Schließlich spähte sie hinter dem schweren Gewebe hervor.

Nur ein einziger Drache saß zusammengekauert auf der Drachenstange.

Sein Kopf war gesenkt. Die blauen Schuppen glänzten stumpf.

Iggie.

Er war hier!

Ihr Drache war am Leben.

Unbändige Freude überkam sie.

Dann brach in der Drachenhalle ein höllischer Lärm los, ein lautes Klirren und Greinen. Iggie hatte sie entdeckt. Ihr Drache geriet außer Rand und Band und versuchte verzweifelt, zu ihr zu gelangen, doch irgendetwas hielt ihn auf. Eines seiner Hinterbeine schien an der Stange befestigt zu sein.

Er war angekettet, die Fußschelle an seinem Hinterbein mit einem riesigen Schloss gesichert.

Millas rasendes Herz geriet ins Stocken.

»Pst! Ruhig, Iggie! Ich bin es, ich bin hier.« Milla trat aus dem Dunkeln und bewegte sich wachsam und mit ausgestreckter Hand auf ihn zu.

Im trüben Feuerschein des Ofens sah sie, wie das Metall durch die äußeren Schuppen in sein Fleisch schnitt und Blut an seinem Fuß hinabrann. Auch wenn sie sich auf alles Mögliche gefasst gemacht hatte, schmerzte sie sein Anblick mehr, als sie für möglich gehalten hätte.

Iggies Schuppen waren zu fahl. Seine grünen Augen, die jeder ihrer Bewegungen folgten, hatten von ihrem Feuer verloren. Seine Rippen traten hervor. Aber er war am Leben.

Dann stürzte sie auf ihn zu, schlang die Arme um seinen Hals und presste endlich seinen geliebten Kopf an ihren. Sie atmete seinen typischen Geruch nach Rauch und Asche ein, in den sich der nach frischem Blut mischte.

»Oh, mein Lieber. Mein Iggie. Mein Drache.« Sie hatte die Augen fest zugekniffen, aber die Tränen flossen dennoch.

»Aaaark!« Iggies Begrüßung war der schönste Laut auf der ganzen Welt. Er warf sie fast von den Füßen, als er seinen Kopf an ihrem rieb, sie anstupste und vor Begeisterung am ganzen Körper zitterte.

Sie ließ die Hände über seine Schuppen gleiten, seinen Hals, seinen Rücken und seine hervorstehenden Rippen. »Geht es dir gut? Ach, Iggie. Du musst fressen. Du musst am Leben bleiben.«

»Aaark, aaark, aarrrk«, antwortete er ihr.

»Ich habe dir so vieles zu erzählen. Aber jetzt halt still.« Sie zog die Metalldietriche aus ihrem Hosenbund und fuhr ihm klopfend über Flanke und Bein, damit er begriff, was sie vorhatte. Milla unterdrückte all ihre Gefühle und kniete sich hin, um die üble Kette von seinem Hinterbein zu lösen. Vorsichtig schob sie den Dietrich in das Schlüsselloch und machte sich an den Stiften des Vorhängeschlosses zu schaffen. Mit einem satten metallischen Klicken sprang es auf und die Kette rollte sich auf dem Boden unschuldig zusammen.

Iggie war frei! Die Fußschelle hinterließ eine schreckliche Wunde, aber er war frei!

»Kannst du laufen?«, fragte sie Iggie, als sie zurücktrat und sich das Blut an den Kleidern abwischte.

Iggie warf den Kopf zurück und brüllte seinen Schmerz hinaus. Humpelnd machte er einen Schritt nach vorn und wäre fast gestürzt.

Milla stemmte sich gegen ihn und versuchte, ihn trotz seines gewaltigen Gewichts ein wenig zu stützen. »Was haben sie dir angetan?« Sie verfluchte sich dafür, nicht früher gekommen zu sein. Neben ihm wurde alles andere unwichtig.

Plötzlich sagte eine Stimme hinter ihr: »Milla. Du bist zurückgekommen.«

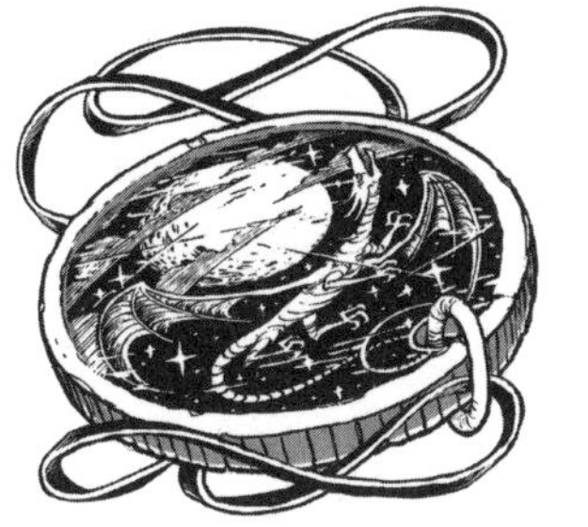

44. KAPITEL

»Isak!« Milla fuhr herum, ließ aber Iggie nicht los.

Einen Moment lang starrten sie sich einfach nur an.

Isak stürmte auf sie zu.

Milla machte sich auf alles gefasst.

Doch im nächsten Moment umarmte er sie. »Oh, Milla! Du bist am Leben. Ich hatte ja keine Ahnung. Als Serina getötet wurde, dachte ich ... Niemand hat mir etwas gesagt.«

Milla drückte ihn an sich, ihre Beine waren mit einem Mal ganz wacklig vor Erleichterung.

Isak trat zurück und musterte ihr Gesicht. »Und Tarya? Vigo? Ist mit meiner Schwester alles in Ordnung?«

»Es geht ihr gut.« Im trüben Feuerschein des Ofens sah Milla, wie fleckig und zerrissen Isaks Kleider inzwischen waren. Von seinen neuen Augengläsern hatte eines einen Sprung, aber auch sein Gesicht wirkte verändert. Wieder lebendig.

»Mehr als das«, verbesserte sie sich. »Sie ist auf einer Mission. Du wirst schon sehen. Wir sind gekommen, um uns die Insel zurückzuholen.«

»Gut«, sagte Isak mit Nachdruck. »Es tut mir leid, Milla. Ich habe mich geirrt, was Herzog Olwar angeht.«

Milla erstarrte. Zum ersten Mal fiel ihr Belara ein. Ihr Blick fuhr zum hinteren Teil der Drachenhalle, wo Isaks Koje stand. Sie war leer und verlassen, der gelbe Vorhang hing zerrissen herab.

»Was hat er getan? Wo ist sie?«, fragte sie.

Isak stiegen Tränen in die Augen, aber er sah gefasst aus. »Weißt du noch, was du uns über den verrückten König von Arcosi erzählt hast?«, fragte er hastig. »Den, der seinen Vetter ermordet hat?«

»Rufus?«, hakte Milla verwirrt nach.

»Der Herzog hat sein Tagebuch gefunden«, berichtete Isak. »Er hat es mir gezeigt.« Isak suchte nach Worten. »Es war grauenhaft ... dieses blutrünstige ... Gestammel ... schrecklich. Ich kann gar nicht ...«

Milla rief sich den letzten Teil von Karas Geschichte in Erinnerung. Sie schauderte. »Was stand dort?«

»Mit Herzog Olwar ist etwas geschehen, seit du ihn das letzte Mal gesehen hast. Möglich, dass die Lektüre dieses Tagebuchs es verschlimmert hat. Die Eier sind spät dran: Die Jungen sind immer noch nicht geschlüpft. Er ist ... *seltsam geworden.*« Isak fuhr sich mit der Hand durch die ungewaschenen Haare, die ihm wild vom Kopf abstanden. »Er isst nicht mehr. Schläft nicht mehr. Lässt sich nicht mehr zur Vernunft bringen.«

»Sag es mir, Isak. Was hat er mit Belara gemacht?«, drang Milla in ihn.

»Olwar hat in Rufus' Tagebuch einige Anleitungen gefunden. Giftmischungen. Zur Anwendung bei Menschen.« Isak zögerte. »Und bei Drachen.«

Milla schlug die Hand vor den Mund. Ihr Herz lag auf einmal wie ein Stein in ihrer Brust. Als sie sich an Iggie lehnte, taumelte dieser zurück.

»Er hat Belara vergiftet.« Isaks Stimme kam in abgehackten Stößen. »Über das Wasser. Und als sie von den Eiern aufgestanden ist, um zu trinken …«

»Sie ist doch nicht –?« Milla konnte das Wort nicht aussprechen.

»Tot? Nein.« Isak schüttelte verbittert den Kopf. »Noch nicht. Er braucht sie noch, das darfst du nicht vergessen. Das Gift hat nach einem halben Tag nachgelassen. Belara ist im Palast: im großen Festsaal. Sie liegt in Ketten.« Beschämt senkte Isak die Augen. »Das Gleiche hat Olwar auch bei Iggie getan, Milla. Ihn komplett betäubt – es war die einzige Möglichkeit, ihn in Ketten zu legen.«

Iggie vergiftet? Das erklärte die schreckliche Leere, die sie im Gefängnis überfallen hatte. Als sie ihn und ihre Verbindung gesucht und nichts gespürt hatte.

Sie drehte sich um, legte den Kopf an die breite geschuppte Brust ihres Drachen und schlang die Arme um seinen Hals. »Ach, Iggie. Es tut mir so leid.« Die Tränen liefen immer schneller, trockneten aber, als er sanft zu glühen begann und sein rauchiger Atem über Millas Haare strich. »Ich war im Gefängnis. Ich konnte nicht zu dir kommen. Und dann hat Kara mich gebraucht. Aber, ach, ich hätte dich nicht verlassen dürfen. Es tut mir so leid.« Sie erzählte ihrem Drachen alles, was geschehen war, wisperte immer weiter, bis sie spürte, wie seine Vergebung über sie hinwegflutete und alles wiedergutmachte.

Schließlich wandte sie sich zurück zu Isak. »Wie kann er so was nur tun?«, fragte sie.

Ihre Stimmung war umgeschlagen. Wie heiße Lava brodelte die Wut in ihr auf. »Komm, Iggie, bringen wir dich in Sicherheit.« Sie wollte auf seinen Rücken klettern und von diesem Ort verschwinden. Sie nahm ihn von oben bis unten in Augenschein und suchte nach weiteren Verletzungen.

Iggie fixierte sie mit seinen durchdringenden grünen Augen, senkte den Kopf und breitete die Flügel aus. Immer noch stolz, immer noch vollkommen, glitten sie wie raschelnde Seide auseinander. Iggie schlug zweimal kräftig, sodass eine blasse Wolke aus Sägespänen aufwirbelte und Milla niesen musste.

»Verstehe«, sagte sie. »Du kannst zwar nicht laufen, aber fliegen kannst du!«

Iggie knurrte, dass Funken flogen.

»Dann lass uns verschwinden.«

»Bitte, Milla«, flehte Isak. »Du musst mir helfen. Ich muss meinen Drachen zurückholen. Du ahnst ja nicht, wie das in den letzten Wochen gewesen ist.«

Milla spürte, wie sich etwas in ihr sperrte. Doch sie biss sich auf die Lippe und wartete.

»Ich darf nicht in Belaras Nähe kommen. Ich darf ihr nicht einmal helfen«, erklärte Isak. »Die Jungen hätten inzwischen längst schlüpfen müssen. Und wenn sie es nicht tun, wird er Belara dafür die Schuld geben. Wenn sie nicht schlüpfen, braucht er sie nicht mehr.«

»Der Herzog würde einem Drachen sicherlich nichts antun …«, sagte Milla langsam, doch ihre Finger waren noch klebrig von Iggies Blut. Sie wusste, dass das nicht stimmte.

»Wir müssen Belara dort rausholen. Mit deiner Hilfe könnten wir es schaffen. Der Herzog glaubt immer noch, dass ich ihm ergeben bin. Bitte, Milla. Hilf mir!«

Milla legte für einen Moment den Kopf an Iggies Brust und bat ihn um Verständnis, dass sie nicht sofort von diesem Ort flohen.

»Also gut«, sagte sie schließlich. »Aber es gibt da noch etwas, das du wissen solltest. Der Herzog ist nicht der Einzige, der Geheimnisse aus der Vergangenheit herausgefunden hat. Kara ist tot. Bevor sie starb, hat sie mir etwas Wichtiges gesagt.«

Milla und Isak hörten sich seit Langem wieder zu und ersannen in aller Eile einen neuen Plan.

45. KAPITEL

Isak ging als Erster. Als Milla durch die Geheimtür der Drachenhalle hinausschlich, war es heller Tag und sie konnte den Schrecken der Schlacht nicht mehr entrinnen.

Sie blieb im Verborgenen und sah tatenlos zu.

Das hier war ihr Werk. Sie hatte ihr Versprechen gegenüber Serina gebrochen und das Wissen um die Schattenpforte weitergegeben.

Nacheinander strömten die grün gekleideten sartolischen Soldaten zur Pforte herein und huschten leise und unbemerkt durch die Gärten. Die Männer des Herzogs waren alle am Haupttor versammelt, wo sie einen Angriff von der Stadt aus erwarteten.

Dumpfe Flügelschläge näherten sich aus der entgegengesetzten Richtung.

Milla hob den Kopf und sah Heral mit glühender Brust über sich hinwegfliegen.

»Feuer!«, schrie Tarya.

Heral öffnete das Maul und spie einen Feuerstrahl auf das

Tor. Es ging in Flammen auf. Dann stieg er kreisend wieder auf.

Das Feuer verzehrte die hölzernen Torflügel. Milla spürte die Hitze selbst von ihrem Versteck aus.

Die Männer des Herzogs flohen von den steinernen Wachtürmen auf das Palastgelände.

Tarya erwartete sie.

Die Strahlen der aufgehenden Sonne glänzten auf ihrem Helm und Brustpanzer und auf Herals blutroten Schuppen. Schneller als je zuvor feuerte Tarya ihre Pfeile ab. Kaum hatte der erste sein Ziel gefunden, packte sie schon den nächsten und spannte ihn ein. Tarya kämpfte mit einem leichten sartolischen Bogen und weiß gefiederten Pfeilen, an Herals Schultern waren zusätzliche Köcher befestigt. Unterstützt von seinen Feuerstößen, gab es kein Entkommen.

Als Nächstes kam Vigo auf Petra von den Kämpfen in der Unterstadt herauf. Zusammen mit den Drachen waren er und Tarya nicht aufzuhalten, sie kämpften in tödlichem Einklang. Sie schlugen eine Schneise durch die Truppen des Herzogs und hinterließen eine Spur aus Asche und schwarz gekleideten Leibern, sodass Carlos Armee freie Bahn hatte.

Dann folgte eine Welle aus Fußsoldaten, die sowohl innerhalb als auch außerhalb der Palastmauern angriffen. Der Lärm schwoll an und wieder ab. Der Blutgeruch, die Schreie und das Stöhnen ließen Milla an Schlachtfeste denken, nur dass es sich hier um Menschen handelte.

Sie beugte sich vor und übergab sich.

»Schließt euch uns an! Wendet euch von Olwar ab und kämpft für die Allianz der Arcosis und Sartolaner!«, rief Tarya, die grüne Armbänder für all jene hinunterwarf, die bereit waren, die Seiten zu wechseln.

Tarya ging davon aus, dass Milla Iggie in Sicherheit gebracht hatte und auf das Zeichen der Entwarnung wartete. Aber Milla hatte Isak ihr Wort gegeben. Sie würde ihren Drachen in Gefahr bringen, um seinen zu retten.

Sie stahl sich davon und bat Iggie, ihr zu folgen. »Bist du bereit, Ig? Kannst du fliegen?« Als sie auf seinen Rücken stieg, spürte sie, wie viel Muskelmasse er in den vergangenen Tagen verloren hatte.

Sie hielt den Atem an. Ihr Drache sammelte sich, drückte sich mit seinen mächtigen Hinterbeinen ab und schwang sich mit gewaltigen Flügelschlägen mühsam in die Luft.

»Gut gemacht, Iggie«, lobte sie ihn. »So ist es gut.«

Als sie über das Kampfgeschehen flogen, wurden sie bemerkt.

»Runter!«, schrie sie und duckte sich unter einem schwarzen Pfeil weg.

Sie neigten sich abrupt nach links. Millas Magen zog sich zusammen, aber sie klammerte sich verbissen fest, während Iggie gegen eine Windböe ankämpfte. »Komm, mein Iggie«, schmeichelte sie ihm, denn sie spürte, wie schwach er war. »Du bist Catos Sohn. Du schaffst das. Wir sind fast da!«

Iggie nutzte einen Aufwind und glitt auf das Hauptgebäude des Palasts mit seinen stolz aufragenden Türmen zu. Sein Mauerwerk erinnerte an die geschwungenen Rippen eines riesigen Drachen.

»Lande«, bat sie Iggie und zeigte auf den Innenhof mit dem schwarzen Drachenmosaik.

Er landete so ungeschickt dass er aufbrüllte.

Milla zuckte vor Schmerz zusammen, seinen empfand sie genauso stark wie ihren. Als sie von seinem Rücken rutschte, fragte sie: »Kannst du mit mir kommen?« Dabei ließ sie den Haupteingang nicht aus den Augen. Doch alles blieb ruhig.

Iggie legte gequält die Flügel an. Mit gesenktem Kopf humpelte er neben ihr her, wobei er bei jedem Schritt Rauch durch die Nasenlöcher blies.

»Ich weiß, ich weiß«, tröstete ihn Milla. »Aber du kennst den neuen Plan. Wir werden Belara retten.« Sie griff hinauf und presste ihre Stirn an seine, um ihn ihre ganze Liebe und Kraft fühlen zu lassen.

Iggie knurrte leise.

Milla ging zu der großen, doppelflügeligen Eingangstür des Palasts und drückte dagegen. Sie schwang auf. Die riesige Eingangshalle mit der eleganten Treppe lag dunkel und verlassen da. Die Diener waren geflohen, genau wie Isak vermutet hatte.

»Hier entlang, Ig.« Es war schrecklich, mit anzusehen, wie ungelenk Iggie sich dahinschleppte.

Milla blinzelte, um sich an das Dämmerlicht zu gewöhnen.

Isak war bereits da.

»Bereit?«, fragte er leise, als er ihnen entgegeneilte.

Zusammen standen sie in der Eingangshalle des Palasts. Milla schaute Isak in die Augen und hoffte inständig, dass es richtig war, ihm zu vertrauen, und dass sie Erfolg haben würden.

Sie nickte. »Schnell, nimm meine Hand.«

Isak gehorchte.

Dann legte sie ihre freie Hand auf Iggie.

»Und jetzt konzentriere dich auf unseren Plan«, flüsterte

Milla. »Auf alles, was wir besprochen haben. Schicke Belara deine Gedanken – wir sind nah genug. Ich erzähle es Iggie und er wird es Heral und Petra erzählen. Vier Drachen sollten ausreichen, um sie aufzuhalten.«

»Bist du sicher?« Isaks Gesicht wurde vom Dämmerlicht halb geschluckt.

»*Die Drachen wussten es. Sie wissen es immer.* Genau so hat Kara es gesagt. Außerdem sind Petra und Heral auf Sartola zu mir gekommen, um mich zu begrüßen. Wir sind alle miteinander verbunden. Und das machen wir uns zunutze!«

Milla schloss die Augen und richtete ihre Gedanken auf Iggie. Auch wenn sie diese innere Verbindung noch kaum in Worte fassen konnte, wusste sie, dass sie bereits bestanden hatte, als er noch nicht einmal geschlüpft war. Ein unsichtbarer seidener Faden verband sie ihr Leben lang. Über diese innere Verbindung schickte sie ihm nun all ihre Liebe, ihren Mut und sämtliche Einzelheiten ihres Plans. Sie vertraute darauf, dass er Heral und Petra zu Hilfe rufen würde.

Iggie gab einen ungeduldigen Laut von sich und scharrte mit den Klauen.

Milla schlug die Augen auf und wusste, dass ihr Drache sie verstanden hatte. »Dann los. Du versteckst dich hier, bis wir dich rufen, ja?«

Iggie stieß ein kehliges Jaulen aus, legte dann jedoch die Flügel eng an den Leib, schlurfte durch die Eingangshalle und rollte sich unter der großen Treppe zusammen.

Isak nickte und winkte Milla weiter.

Ohne auf das plötzliche Zittern in ihren Beinen zu achten, atmete Milla tief durch und folgte ihm.

»Ich habe Milla!«, rief Isak, als er die Tür zum großen Saal aufstieß.

Hier hatte für Milla und Iggie alle begonnen. Würde es hier auch enden?

Wie in jener Vollmondnacht brannte ein großes Feuer im Kamin. Jetzt aber strömte Morgenlicht durch die hohen Fenster. Ein purpurroter Teppich lag auf dem Boden. In der Mitte des Raums, dort, wo vorher der Tisch gestanden hatte, befand sich nun ein gewaltiges Himmelbett. Mit seinen dicken schwarzen Samtvorhängen war es das perfekte Nest für Belara und ihre Eier.

»Ah, Milla«, drang eine Stimme zu ihr. »Wir haben uns schon gefragt, wann du dich uns anschließen wirst.« Herzog Olwar trat vom Nest fort und kam auf sie zu.

Sobald er sie ansah, verließ Milla der Mut. Sie kam sich wie eine Betrügerin vor. Sie mochte eine Nachfahrin von Karys Sturmreiterin sein. Sie mochte ein goldenes Vermögen geerbt haben. Aber wenn Herzog Olwar sie so von oben herab ansah, fühlte sie sich klein und unbedeutend. Wie das verängstigte Kind, das sich im Apfelsinenbaum versteckt und sich nicht zu rühren gewagt hatte.

Urplötzlich wurden ihr die Arme auf den Rücken gedreht. Isak schubste sie vorwärts, ihre verletzten Rippen brannten vor Schmerz.

»Lass mich los!«, zischte sie. Schwarze Flecken tanzten vor ihren Augen und sie kämpfte gegen eine Ohnmacht. Sie spürte, wie er ihr den Dolch abnahm und zu Boden warf. Sie dachte an Iggie, der sich draußen vor der Tür versteckte, und schickte ihm einen beruhigenden Gedanken nach dem anderen. Sie konnte nur hoffen, dass er alles verstand: Das hier war nur vorgetäuscht und Isak noch immer ihr Freund.

»Ich habe sie. Konzentriert Euch auf das Nest, Euer Gnaden.« Isak lockerten seinen Griff ein wenig. »Gib auf ...«, knurrte er ihr ins Ohr, als er sie in die Mitte des Saals schob.

Er klang so überzeugend, dass sie sich ernsthaft fragte, ob sie in eine Falle getappt war.

In diesem Moment kam Richal Finn mit großen Schritten in den Saal, nahm den Helm vom Kopf und salutierte vor dem Herzog. »Ich bringe Neuigkeiten, Euer Gnaden.«

Isak hatte Milla erzählt, dass Finn dem Herzog diente. Und zwar schon immer. Jetzt schob sie Schreck und Zorn beiseite und widerstand dem Drang, ihre Erinnerung nach weiteren Spuren seines Verrats zu durchforsten.

»Finn?«, rief sie, und tat so, als wüsste sie nichts von seinem Verrat. »Was machst du hier?«

Er achtete nicht auf sie. »Hört mich an, Euer Gnaden. Eure Truppen sind überwältigt«, berichtete er. »Wir müssen auf der Stelle fort.«

»Sei kein Narr!«, fauchte Olwar. »Nach alldem geben wir jetzt nicht auf. Wir müssen warten, bis die Jungen schlüpfen.«

»Die Situation hat sich verändert, Euer Gnaden: Euer Sohn und die Sartolaner werden bald hier sein.«

»Der Zeitpunkt könnte nicht schlechter sein«, sagte der Herzog. »Wir können jetzt keine Ablenkung gebrauchen, nicht am Tag, an dem sie schlüpfen.« Seine blassblauen Augen waren rot umrandet und seine Haare klebten ungewaschen am Kopf.

Seine Stimme klang so angespannt und gepresst, dass Milla

noch mehr Angst bekam. Wie viele Nächte hatte er nicht mehr geschlafen?

»Die Jungen hätten längst schlüpfen müssen. Letzte Nacht war Vollmond. Vielleicht waren unsere Berechnungen falsch, Isak?« Olwar lief vor dem Himmelbett auf und ab.

»Nein, nein, das kann nicht sein, Euer Gnaden«, beteuerte Isak. »Wir sind den Kalender durchgegangen. Haben die Berechungen zweifach überprüft.«

»Ich habe sie picken hören! Sie werden jeden Moment schlüpfen.« Herzog Olwar sah zu den Samtvorhängen, als könnte er das Schlüpfen mit seinen Worten heraufbeschwören. »Das ist unser großer Moment. Und ich werde nicht davonlaufen. Wir müssen warten.«

»Aber wie lange, Euer Gnaden?«, fragte Finn. »Die feindlichen Truppen werden bald hier sein. Und dann gehören die neuen Drachen Euren Feinden. Ihr habt so lange gewartet. Diese Eier gehören Euch – wollt Ihr sie jetzt noch verlieren?«

Milla sah, dass die Worte auf fruchtbaren Boden fielen.

»Natürlich nicht!«, erwiderte Olwar. »Aber welche Wahl bleibt uns? Ich werde sie nicht verlassen.«

»Wir könnten die Eier mitnehmen, Euer Gnaden. Sie warm halten.«

»Das könnte funktionieren, wenn wir auch Quellwasser mitnehmen ...« Olwar klammerte sich an die Worte wie ein Ertrinkender. »Wir werden eine Geisel brauchen.« Er wies mit dem Kopf auf Milla. »Damit fordern wir freies Geleit – für uns und die Eier.«

Als Antwort zog Finn sein Schwert.

»Sie werden Euch kein freies Geleit gewähren!«, sagte Milla.

Und Iggie würde sie erst gar nicht fortlassen. *Nur noch ein klein wenig länger*, beschwor sie ihn in Gedanken.

»Halt den Mund!«, blaffte Isak sie an. Doch er lockerte den Griff um ihre Arme und hielt sie nur noch ganz sacht fest. »Bereit?«, flüsterte er ihr ins Ohr.

Es war so weit. Milla spannte jeden Muskel an. Sie mussten den richtigen Moment abpassen.

»Uns läuft die Zeit davon, Euer Gnaden!«, rief Finn.

»Du kümmerst dich um den Drachen«, befahl ihm Olwar. »Ich nehme die Eier.«

»Kein Problem«, erwiderte Finn. »Ich lenke ihn ab. Euer Gnaden können die Tasche verwenden!«

Finn meinte die wunderschöne seidene Packtasche, die einmal Iggies Ei und die seiner Geschwister enthalten hatte. Sie hing in der Nähe des Feuers an einem Stuhl.

»Hör zu, Finn.« Olwar war auf dem Weg zur Tasche. »Die Mutter wirst du töten müssen. Um das Mädchen kannst du dich später kümmern.«

»Den Drachen *töten*?« Finn, der mit erhobenem Schwert auf dem Weg zu Belaras Nest war, hielt entsetzt inne. Doch dann sagte er: »Jawohl, Euer Gnaden.«

Olwar nahm die Tasche und näherte sich dem Nest.

»Jetzt!«, zischte Isak.

Jetzt!, rief Milla Iggie in Gedanken zu.

Isak sprang vor und stellte dem Herzog ein Bein. Mit der Tasche in der Hand fiel Olwar ausgestreckt zu Boden.

Milla packte einen Stuhl, zielte damit auf Richal Finns Schwerthand und warf.

Finn strauchelte, blieb aber auf den Beinen.

In diesem Moment stürzte Iggie zur Tür herein. Er holte aus und beförderte Finn mit einem kräftigen Schwanzhieb zu Boden.

Fluchend setzte Finn sich zur Wehr, er hielt immer noch sein Schwert umklammert, kam gegen Iggie aber nicht an, der ihn mit seinem massigen Körper zu Boden drückte.

Milla stürzte sich auf ihn. Sie zog ihre Dietriche heraus und schlug damit nach Finns Schwerthand. Die dünnen Metallspieße bohrten sich in sein Fleisch und entwaffneten ihn.

Milla packte Finns Schwert, das sich schwer und fremd anfühlte, und rappelte sich auf.

»Glaubst du etwa, du könntest kämpfen?«, sagte Finn verächtlich. »Du vergisst, dass ich dich kenne.« Er trat wild um sich und erwischte Iggie am verwundeten Bein.

Die Verletzung klaffte jetzt bis zum blassen Knochen auf, Milla wurde übel.

Iggie brüllte vor Schmerz und rollte sich instinktiv zusammen, was Finn die Gelegenheit gab, aufzuspringen.

Mit zitterndem Arm hob Milla das Schwert an, doch ihr Arm zitterte. Sie würde sich bis zum letzten Atemzug verteidigen.

Aus dem Augenwinkel sah sie, dass Olwar wieder auf den Beinen stand und Isak entgegentrat.

»Du hältst mich nicht auf«, sagte der Herzog. »Ich bekomme meinen Drachen.«

In Milla machte sich wilde Verzweiflung breit und drohte sie zu überwältigen. Ihr Plan war fehlgeschlagen. Die anderen Drachen hatten Iggie nicht gehört. Wie hatte sie bloß glauben können, dass sie gegen den Herzog eine Chance hatte?

46. KAPITEL

Plötzlich verdunkelte sich der Raum, als hätte sich eine Wolke vor die Sonne geschoben.

Mit einem gewaltigen Knall verwandelte er sich in ein Chaos aus Lärm und Licht. Die riesigen Glasfenster zerbarsten. Alle gingen in Deckung. Milla ließ das Schwert fallen und rollte sich unter das Himmelbett. Dann hob sie den Kopf.

Durch die zerstörten Fenster sah sie Heral mit erstaunlichem Geschick durch die Luft wirbeln. Wie ein Raubvogel brach er mit den Klauen voran durch die Fensterfront, zerknickte die Rahmen, als wären es Zweige, und landete. Heral schlug mit seinen riesigen Flügeln und brüllte.

»Zurück!«, rief Tarya auf seinem Rücken, den gespannten Bogen auf Herzog Olwar gerichtet. »Tretet von meinem Bruder zurück!« Ihr Gesicht war voller getrockneter Blutspritzer. Vermutlich nicht ihre eigenen, dachte Milla.

Sie kroch auf allen vieren zu Iggie hinüber. Die Glasscherben, mit denen der Teppich übersät war, zerschnitten ihr Handflächen und Knie.

»Ig«, stöhnte sie und tastete nach den harten schwarzen Klauen und den geschuppten blauen Füße, die glitschig waren von der blutenden Wunde. Sie zog sich an seinen knotigen Knien und dem breiten Brustkorb hoch und arbeitete sich Stück für Stück hinauf, bis sie die heißen Stöße seines rauchigen Atems spürte.

»*Aark*«, sagte Iggie, um sie wissen zu lassen, dass es ihm gut ging.

Milla lehnte sich dankbar an ihn.

»Es ist aus«, rief Tarya.

Das Blatt hatte sich gewendet. Milla stand Seite an Seite mit ihren Freunden: neben Isak, der dem Nest am nächsten war, und Tarya und Heral am zerbrochenen Fenster.

Olwar erstarrte. Die leere Eiertasche hielt er noch immer in der Hand.

Finn war wieder auf den Beinen. Er machte einen Schritt auf das Nest zu, die Glasscherben unter seinen Füßen knirschten, blieb jedoch stehen, als Tarya stattdessen auf ihn zielte.

Ein merkwürdiges Geräusch ließ alle zusammenfahren und löste die Anspannung. Es kam aus dem Himmelbett.

Ein zartes *Tapp-Tapp-Tapp*, als würde eine Katze einem Vogel nachstellen.

Alle lauschten.

Dann hörten sie ein sanftes Knacken von Eierschalen.

Herzog Olwar rührte sich als Erster. Er schoss zum Bett, stieß Isak zur Seite und riss die Samtvorhänge auf.

Belara war genau wie Iggie mit einer langen Kette gefesselt. Geschwächt von der langen Brutzeit, lag sie zusammengerollt auf der Seite, damit ihre Eier genügend Platz hatten. Sie schimmerten im Sonnenlicht: Eines war zartorange wie eine Aprikose, aber mit grünen Pünktchen, das andere cremeweiß wie Pergament und mit feinen Linien bedeckt, als hätte jemand daraufgekritzelt.

»Belara!«, rief Isak ihr zu.

Doch die goldene Drachendame war am Ende ihrer Kräfte und sah nur auf ihre beiden Eier.

Herzog Olwar fiel vor dem Ei auf die Knie, das ihm am nächsten war, dem aprikosenfarbenen. Wenn sie nicht eingriffen, würde das Drachenjunge bald einen Menschen suchen, mit dem es sich verbinden konnte.

»Nein«, rief Milla. »Das dürft Ihr nicht. Nicht nach allem, was Ihr getan habt.« Ihre Verzagtheit war wie weggeblasen, sie fühlte sich mutiger als jemals zuvor. »Eure Männer haben Serina getötet. Kara ist tot. Und die halbe Stadt zerstört ... Ihr verdient keine Belohnung.«

Aber Olwar hörte sie nicht. Auf diesen Moment hatte er sein Leben lang gewartet.

Ein großer Riss teilte das Ei in zwei Hälften. Das Junge würde jeden Moment schlüpfen.

»Scher dich weg da!«, rief eine neue Stimme vom Eingang. Es war Vigo mit Petra, gefolgt von einer Gruppe grün gekleideter sartolischer Soldaten.

»Verhaftet meinen Vater!«, befahl Vigo.

»Nein!«, flehte Olwar auf Knien. »Lasst mich den Drachen sehen. Bitte! Ich will ihn nur sehen ...«

Mit einem Mal dachte Milla an die Nacht, in der Iggie geschlüpft war. Mit Unbehagen begriff sie, dass die Rollen dieses Mal genau vertauscht waren. Hatte sie nicht auch darum gebettelt, bleiben zu dürfen, weil sie sehen wollte, wie Iggie schlüpfte? Hatte der Herzog es nicht zugelassen? Ausgerechnet jetzt, wo sie stark sein musste, empfand sie Mitleid mit ihm.

Vigos Männer kamen näher.

Und mit einem Schlag wurde alles anders.

Olwar sah seine letzte Chance dahinschwinden. Sein Gesicht verzog sich vor abgrundtiefem Hass.

»Nein! Wenn ich es nicht haben kann, bekommt es auch kein anderer!« Er schnappte sich das Schwert, das Milla auf den mit Glassplittern übersäten Boden fallen gelassen hatte, stand auf und holte aus.

»Nein!«, schrie Milla.

Isak stand am nächsten.

Mit seinem ganzen Gewicht stürzte er sich auf Olwar und stieß ihn zur Seite. Die Klinge fuhr tief in das Holz des Bettpfostens. Herzog Olwar versetzte Isak einen Stoß, dass dieser rückwärts taumelte. Dann zerrte der Herzog mit beiden Händen an dem Schwert.

Milla befand sich am Rand des Festsaals. Was sich vor ihren Augen abspielte, war wie ein wiederkehrender Traum, in dem alles furchtbar langsam ablief und sich mit schrecklicher Zwangsläufigkeit entfaltete. Sie musste etwas unternehmen.

Sie rief in Gedanken nach Iggie, nach ihren Freunden und deren Drachen, sie spürte die Bande, die sie aneinanderschweißten, lebendig und stark. Plötzlich sah sie von jedem Drachen und jedem Gefährten bunte Ranken aus Licht aufsteigen – blau, gelb, rot und grün. Alle Farben verschmolzen miteinander und verbanden die acht zu einem Regenbogen. Milla sandte eine Woge der Liebe und des Schutzes aus und verfolgte, wie sie als leuchtend blaues Feuer von ihr auf Iggie und Belara, Heral und Petra überging.

Herzog Olwar hatte das Schwert gelockert, zog es heraus und holte erneut aus.

»*Mraaa!*«, brüllte Iggie.

Die Drachen wussten es. Sie wissen es immer.

Mit neuer Kraft richtete Belara sich auf und begann zu glühen ... Ihre goldene Brust färbte sich vor Hitze rot.

»Zurück!«, schrie Milla. »Zurück!«

Alle bis auf Olwar und Finn gehorchten.

Dann tat Belara, was sie tun musste, um ihre Brut zu beschützen. Sie richtete einen gewaltigen Feuerstrahl auf Herzog Olwar. Dieser bekam den größten Teil ab, doch auch Finns Kleider fingen Feuer. Mit einem entsetzlichen Schrei stürzte er zu Boden.

Milla packte das Ende des dicken purpurroten Teppichs, warf ihn über Finns brennenden Leib und rollte ihn vor und zurück, um die Flammen zu ersticken.

»Du hast verhindert, dass sich das Feuer ausbreitet«, sagte Vigo, als er Milla in der Drachenhalle später die verbrannten Hände verband. »Woher wusstest du, was du tun musstest?«

»Wenn man in einer Küche arbeitet, lernt man, Feuer zu löschen«, sagte Milla. »Und dein Vater?«, fragte sie, obwohl sich ihre Kehle wund und roh anfühlte.

Sie lehnte an Iggie, dessen Bein zuerst behandelt worden war. Milla brachte es nicht fertig, ihren Drachen auch nur eine Sekunde lang zu verlassen.

Vigo schüttelte den Kopf.

Milla war wie betäubt. »Und Finn?«

»Möglich, dass er überlebt. Er war der Spion in Nestans Haushalt«, sagte Vigo. »Mein Vater hat an Nestans Loyalität gezweifelt und Finn für seine Spitzeldienste bezahlt. Als der Mann die Eier brachte, war Finn bereits zur Stelle, um zuzuschlagen und sie zu stehlen. Nur dass der Mann die Eier vorher versteckt hatte. Wie du ja weißt.«

Dann hatte also Finn ihren Großvater Josiah getötet, begriff Milla, als sie die Puzzleteile zusammensetzte. Finn war der vermummte Angreifer gewesen. Danach musste er um das Gelbe Haus herumgeschlichen und die Mauer zum Übungsplatz hinaufgeklettert sein, wo er Tarya als Alibi benutzte. Nur Milla und Tarya wussten, dass er an jenem Tag zu spät zur Schwertkampfstunde gekommen war. Milla überlief es eiskalt, als ihr klar wurde, dass er die ganze Zeit über da gewesen war, ganz in der Nähe der Menschen, die sie liebte, und wie eine Schlange auf seine Beute gelauert hatte. Sie hatte sogar Iggie in seiner Obhut gelassen.

Erschöpft lehnte sie sich an ihren Drachen und streckte die verletzten Hände von sich. »Hast du das gesehen?«, murmelte sie. »Hast du das Licht gesehen? Die Verbindung zwischen uns. Wie ein Regenbogen hat es geleuchtet!«

»Welches Licht?« Vigo runzelte die Stirn. »Meinst du das Feuer?«

Warum hatte er es nicht gesehen? Es war so hell gewesen. Aber sie murmelte nur »Egal« und nahm sich vor, später Tarya und Isak danach zu fragen.

»Es ist vorbei«, sagte Vigo bestimmt. »Jetzt kann uns nichts mehr passieren.« Sanft verknotete er die Enden der Verbände.

Milla musste daran denken, was Serina erzählt hatte: Ihr Sohn hatte sich viele Male um ihre Verletzungen gekümmert. Damals hatte Milla Serina nicht gefragt, woher die Verletzungen stammten. Inzwischen wusste sie es.

»Was machen wir jetzt?«, fragte sie ihren Freund. Die vor ihnen liegende Aufgabe schien ihr überwältigend.

»Komisch, ich wollte dich gerade das Gleiche fragen …«

In diesem Moment wurde die Tür zur Drachenhalle aufgestoßen und Tarya kam Arm in Arm mit Isak herein. Ihr Gesicht zeigte keine Kampfspuren mehr. »Es gibt Nachricht von unserem Vater: Er und Josi sind am Leben. Sie werden bald hier sein. Rosa und Thom sind bei Simeon: Er ist verletzt, aber nicht lebensbedrohlich.«

Milla stellte fest, dass Erleichterung noch überwältigender sein konnte als Furcht. Sie sank zu Boden und drückte ihr Gesicht gegen Iggies geschuppten Rücken, um ihre Tränen zu verstecken.

»Wir waren gerade bei der großen Frage angekommen«, hörte sie Vigo den anderen mitteilen, »was wir jetzt tun sollen.«

»In Bezug auf die Drachenbabys oder die Insel?«, fragte Tarya unsicher.

»Beides.«

»Belara wird sich gut um die Jungen kümmern, aber sie brauchen einen Gefährten. In den Büchern steht, dass sie sich innerhalb einer Woche binden sollen«, sagte Isak. »Die Kleinen können damit länger warten als unsere Drachen, weil sie eine Mutter haben. Also, hast du Lust, eine Bindungszeremonie vorzubereiten, Milla?«

Milla sah mit verweinten Augen zu ihm. Dann schniefte sie,

setzte sich auf und fuhr sich mit dem Oberarm übers Gesicht. Hatte Tarya ihm alles erzählt?

»Unten auf dem Marktplatz, meine ich natürlich«, fügte Isak schnell hinzu. »So wie Kara es gesagt hat.«

Iggie bekundete grollend seine Zustimmung, und Milla spürte, wie sich ein Teil ihrer Angst auflöste. »So wie in den alten Zeiten?«

Isak nickte und wurde rot. »Diesmal laden wir die ganze Insel ein.«

»Es wird Zeit, die Dinge anders anzupacken«, sagte Tarya.

»Lasst uns den Ablauf gemeinsam überlegen« – Vigo hakte sich bei Tarya unter – »und uns an den alten Büchern orientieren.«

Abwartend standen die drei nebeneinander.

Iggie knurrte ungeduldig, und das so tief und laut, dass Milla es bis in ihren Brustkorb spürte.

Sie lächelte ihre Freunde durch einen Tränenschleier an, das Salz brannte auf ihrer gereizten Haut.

»Also gut. Machen wir uns an die Arbeit.«

EPILOG

Eineinhalb Jahre später

Die zweite Schlüpfzeremonie fiel auf einen warmen Frühlingsmorgen. Die Luft war frisch und klar und in allen sechs Eiern wurde emsig gepickt. Unter den wachsamen Augen von Petra und Heral, begleitet von einer kompletten Abteilung Gardisten in brandneuen Uniformen, wurden die Eier in einer speziellen Kutsche gemächlich zum Marktplatz hinuntertransportiert.

Milla stand mit Iggie erwartungsvoll in der ersten Reihe. Sie hatte Vigo bei seiner Rede geholfen, dennoch blätterte er jetzt hektisch in den Pergamenten. Obwohl sie unter den gewählten Ratsmitgliedern seine engste Vertraute war, empfand sie immer noch eine Mischung aus Nervosität und Aufregung. Ruhelos spielte sie mit der goldenen Kette an ihrem Hals. Der Anhänger war eine Kombination der beiden Anhänger, die sie verloren hatte: auf einer Seite ein springender Fisch, auf der anderen ein Drache und ein Vollmond.

Milla holte tief Luft und legte eine Hand auf Iggie. Seine pfauenblauen Schuppen glänzten – Milla hatte sie den ganzen Morgen über poliert. Als sie seinen funkelnden Rücken streichelte, drang die Sonnenwärme durch den Stoff ihrer blauen Jacke.

Der junge Herzog betrat den weiten Platz, auf dem die Eier auf ihren Kissen lagen. Die sechs Drachen Arcosis standen um sie herum und waren ihrerseits von einer großen Zuschauerschar umgeben.

»Bürgerinnen und Bürger von Arcosi, liebe Gäste aus Sartola« – Vigo nickte in die Runde –, »ich möchte euch auf das Herzlichste zu unserer Schlüpfzeremonie willkommen heißen.«

Milla endeckte ihre Tante Josi und Nestan in der Menge.

Josi hob Joe in die Höhe, ihren quirligen kleinen Sohn, damit er etwas sah. Seit er laufen konnte, gab es für ihn kein Halten mehr. Er hatte die leuchtend blauen Augen seines Vaters Nestan und eine dichte schwarze Mähne, die ihm vorn wie der Bürzel einer Ente vom Kopf abstand.

»Ei?«, fragte Joe laut. »Ei?«

Froh darüber, dass ihr kleiner Vetter die Spannung löste, lachte Milla auf. Sie hatte einen Vetter! Joe war das Bindeglied zwischen ihrer Familie und der von Tarya und Isak und sie vergötterte ihn.

»Runter!« Joe sprang Josi förmlich vom Arm. Dann tapste er auf unsicheren Beinen zu seiner Halbschwester Tarya hinüber, die ihn hochhob.

»Ja«, flüsterte Tarya. »Du hast recht. Da sind Eier! Und heute schlüpfen die Jungen. Deshalb sind wir alle hier.« Sie hielt Joe in die Höhe und zeigte ihm die versammelte Menge, die in Dutzenden Reihen hintereinanderstand und die Straßen oberhalb des Marktes als eine Art Amphitheater nutzte, damit alle etwas sehen konnte. »Siehst du die großen Jungen und Mädchen?«

Tarya zeigte zu der Schlange aus nervösen Teenagern in ihren besten Kleidern. Die Hälfte von ihnen waren Arcosis, die andere Hälfte Sartolaner. Alle waren zwischen elf und achtzehn Jahre alt. Jedes Kind, das im richtigen Alter war und aus einer der beiden Städte stammte, durfte teilnehmen. Für heute bedeutete das dreißig Teilnehmer, Rosa und Thom waren auch darunter.

Rosa wirkte angespannt. Milla winkte und Rosa antwortete mit einem kurzen, nervösen Lächeln. Thom hielt den Blick auf die Eier gerichtet.

»Viel Glück«, formte Milla tonlos mit den Lippen.

»Das sind die Anwärter. Sechs von ihnen – wer, wissen wir nicht – werden heute einen Drachen für sich gewinnen.«

Nach der Zeremonie würden die sechs Jungen mit ihren auserwählten Gefährten in die neue Drachenhalle in den Palastgärten zurückkehren. Sobald die Drachen flügge wurden, wartete ein weiteres Gebäude auf sie – im Augenblick roch es dort noch nach Sägemehl und frischer Farbe –, die Drachenschule von Arcosi, wo die Drachenreiter die sechs Neulinge unterrichten würden.

»Eier?«, sagte Joe wieder.

»Ganz genau, Joe. Dracheneier! Wenn die Drachenbabys geschlüpft sind, wählen sie einen Gefährten. So wie bei Heral und mir.« Tarya drehte sich im Kreis und zeigte dabei auf jedes einzelne Paar. »Wie bei Vigo und Petra. Isak und Belara. Milla und Iggie. Luca und Caithas. Lanys und Ravenna.«

Milla erinnerte sich an die Bindungszeremonie, hier unten

auf dem Marktplatz, inmitten all der Trümmer. Wie nervös sie gewesen waren, alle einzuladen. Und wie erleichtert Vigo gewesen war, als die kleinen Drachen, Caithas und Ravenna, zwei Menschen verschiedener Herkunft gewählt hatten: der eine Sartolaner, die andere Norländerin. Es war hilfreich für den Wiederaufbau der Stadt und den Versöhnungsprozess.

Wenn Milla ehrlich war, konnte sie es immer noch nicht fassen, dass sich Ravenna für Lanys entschieden hatte. Von allen auf der Insel ausgerechnet für sie? Milla seufzte. Jetzt konnte sie ihr nicht mehr aus dem Weg gehen, dafür sorgten die Drachen. Also gerieten sich Lanys und Milla in regelmäßigen Abständen weiter in die Haare. Milla gab sich große Mühe, zu respektieren, dass Lanys und ihr kleiner schwarzer Drache Dinge anders machten, das tat sie wirklich. Aber es schien nichts zu nützen.

Milla beobachtete, wie Isak einen Blick mit seinem neuen Freund, Vigos Vetter Luca, wechselte; erstaunlich, welche Wärme und Ruhe sie einander schenkten.

Alle harrten schweigend aus. Sie hatten lange auf diese Brut gewartet – im letzten Jahr waren überhaupt keine Eier gelegt worden –, doch als es schließlich so weit war, gab es eine stattliche Anzahl. Milla betrachtete es als gutes Omen, dass der Friede auf der Insel von Dauer sein würde.

Milla streichelte Iggie, um ihn ihre Zuneigung spüren zu lassen. Er hob den Kopf und erkundigte sich mit einem leisen *»Aaark?«*, ob es ihr gut ging.

»Ja, danke«, flüsterte sie. »Wir sind bereit.«

Sie war an diesem Morgen mit verweintem Gesicht aus einem lebhaften Traum erwacht. Sie vermutete, dass es ihr letzter Traum von Karys Sturmreiterin gewesen war. Es hatte sich wie ein Abschied angefühlt, und Milla war dankbar für die Gelegenheit, Lebewohl zu sagen.

Karys saß im trockenen Sand am oberen Rand des Strandes und grub die Zehen in die warmen goldenen Körner. Mit zusammengekniffenen Augen sah sie aufs Meer hinaus, wo ihr Boot, das dort vertäut lag, auf dem glitzernden Blau tanzte. Wie sehr sie diese Bucht liebte. Der Abschied würde ihr nicht leichtfallen. Noch nicht, sagte sie sich. Lass die Drachen heilen. Lass uns heilen. Nur noch für eine kleine Weile.

Aelia und Cato lagen in der Nähe der Höhlen in der Sonne. Sie würden in der Dämmerung jagen, wenn niemand sie sehen konnte.

Karys schloss die Augen und genoss die warmen Sonnenstrahlen, während sie mit einer Hand träge über ihren Bauch rieb. Sie hob das Hemd und ließ die Sonne auf seine runde Wölbung fallen. Dann spürte sie, wie als Reaktion darauf gegen ihre Handfläche getreten wurde. Es war, als würden sie sich berühren: Sie kannte dieses Kind schon jetzt.

»Ha! Fühl nur, Gallus. Das Kind ist stark. Hier – leg deine Hand hin. Fühlst du es?«

Als er tat wie geheißen, breitete sich auf seinem Gesicht ein ungläubiges Lächeln aus.

»Ich habe sie gespürt! Karys, ich habe sie gespürt! Das ist unglaublich. Unsere Tochter ist stark.«

»Woher willst du wissen, dass es eine Tochter wird? Es könnte auch ein Sohn sein!«, neckte sie ihn, doch sie wusste,

dass er recht hatte. Es war eine Tochter. Drachentochter. Sie würden sie Kara nennen. Karys schloss die Augen und betete für den Tag, an dem Kara auf ihrem eigenen Drachen nach Arcosi zurückkehren konnte.

Milla wünschte, Kara könnte das alles sehen. Zum Glück war bei ihr keine Menschenmenge zugegen gewesen, als sie sich mit einem Drachen verbunden hatte. Aber womöglich hätte es in jenem Augenblick keinen Unterschied gemacht. Milla musterte die Gesichter der Anwärter: Einige waren ruhig, andere sahen verängstigt aus, ein oder zwei grinsten vor Stolz und winkten ihrer Familie in der Menge zu.

Kn-a-a-ck! Das erste Ei brach entzwei.

Eine kleine Schnauze kam zum Vorschein. Dann fielen die beiden Schalenhälften auseinander und zurück blieb ein kleines, feuchtes Wesen.

»*Ohhh!*«

Hunderte hielten gleichzeitig den Atem an.

Trotz aller Vorbereitung stürzten die Kinder nach vorn.

Petra knurrte, sie würde jederzeit eingreifen, und die Kinder zogen sich zurück. Sobald die Zeremonie vorbei war, würde sie die Jungen unter sich schieben, um sie weiter zu wärmen und zu schützen. Die neuen Drachengefährten würden in den neuen Quartieren ganz in ihrer Nähe wohnen.

Isak winkte den Kindern. »Tretet vor, Anwärter. Ruhig und gemächlich. Denkt an das, was wir geübt haben, sonst werdet ihr ausgeschlossen.«

Milla sah zu, wie die jungen Leute einer nach dem anderen vortraten und ihren Blick auf das gerade geschlüpfte Drachenjunge richteten. Sie setzten sich alle in gleichem Abstand in einem perfekten Kreis rund um die Schlüpfkissen.

Wen würde das Drachenbaby wählen?, fragte sich Milla, während sie von einem Gesicht zum nächsten blickte und hoffte, dass es Rosa oder Thom treffen würde.

»Ihr dürft jetzt leise rufen. Oder singen. Oder pfeifen. So wie euer Herz es euch sagt«, erinnerte sie Isak. Mit seiner ernsten, aber freundlichen Art war er bestens geeignet für das Amt des ersten offiziellen Drachenwächters von Arcosi und bildete bereits mehrere junge Lehrlinge aus. Er und Belara flogen jetzt zusammen, aber er hatte sehr deutlich gemacht, dass er niemals kämpfen wollte.

Das Drachenbaby reckte sich gähnend und holte tief Luft. Dieses hier war wie Lucas aprikosen- und limonenfarbener Drache Caithas ebenfalls zweifarbig. Es hatte einen roten Rücken und einen gelben Bauch.

Isak beugte sich vor und warf ihm ein kleines Stück Hühnerfleisch hin.

Das Junge knurrte und biss in das Fleischstück, schüttelte es wie ein Terrier eine Ratte.

Ein kleines Mädchen lachte lauter als die anderen. Sie musste um die elf Jahre alt sein und hatte zwei glänzende kastanienbraune Zöpfe, die ihr über den Rücken fielen. Wenn sie lächelte, bildeten sich Grübchen und in ihren Augen blitzte der Schalk.

Lass *sie* es werden!, dachte Milla. Das Mädchen erinnerte sie an sich selbst, als sie nichts hatte und alles wollte.

Das Mädchen zog eine kleine Flöte aus ihrem Kleid und blies darauf einen aus drei Tönen bestehenden Triller. Dann hörte sie auf und horchte.

Der Drache hob den kleinen Kopf und flötete die Töne zurück.

Milla sah die Verbindung zwischen ihnen wachsen: Ein Band aus gelbem und rotem Feuer schlängelte sich von jedem der beiden empor. Die beiden Stränge trafen sich in der Luft und wanderten, nun doppelt so stark, von einem zum anderen.

Niemand sonst schien die Verbindung mit einem Drachen so wahrzunehmen, wie Milla es tat, das zumindest hatten ihre vorsichtigen Nachfragen ergeben. Da sie nicht wusste, was das bedeutete, behielt sie es einstweilen für sich.

Das Mädchen streckte die Hand aus und rief: »Charo?«

Der kleine Drache trippelte unbeholfen zu ihr hinüber und kletterte auf ihren Schoß. Mit Tränen in den Augen beugte sich das Mädchen über ihn und flüsterte ihm zu.

Der Rest der jungen Leute sank enttäuscht auf die Fersen zurück.

»Lasst den Kopf nicht hängen!«, sagte Isak zu ihnen. »Es kommen heute noch fünf weitere. Seid geduldig und hört auf euer Herz. Die nächsten Eier werden nicht lange auf sich warten lassen. Die Drachenschule wird schon bald wieder voll sein.«

Milla dachte an Kara und flüsterte: »Du hast es geschafft. Die Drachen sind endgültig zurückgekehrt.«

Iggie stimmte ihr knotternd zu.

DANKSAGUNG

Dieses Buch zu schreiben, hat fast fünf Jahre erfordert, und ihm sind viele, viele Entwürfe vorausgegangen. Daher schulde ich vielen Menschen Dank:

Meiner brillanten Lektorin Rosie Fickling, die hart mit mir daran gearbeitet hat. Hättest du die Geschichte nicht so geliebt und so fest an sie geglaubt, hätten wir die Ziellinie nie erreicht.

Außerdem allen anderen bei David Fickling Books (in alphabetischer Reihenfolge): Bronwen Bennie, Cecilia Busby, Jasmine Denholm, Phil Earle, Caro Fickling, David Fickling, Alison Gadsby, Anthony Hinton, Sabina Maharjan, Simon Mason, Carolyn McGlone, Bella Pearson. Ich schätze mich glücklich, dass ich mit euch arbeiten durfte.

Ich danke Angelo Rinaldi und Paul Duffield für die grandiosen Illustrationen auf dem Cover und den Innenseiten des Buches. Euer Talent ist atemberaubend.

Ich danke meinem Agenten Ben Illis für die jahrelange Unterstützung.

Ein großes Dankeschön geht an Tara Guha, die die Schreibklausur arrangierte, bei der diese Geschichte ihren Anfang nahm, und Dutzende Entwürfe gelesen hat. Und an meine anderen Freundinnen der Schreibgruppe – Sally Ashworth, Brianna Bourne, Sarah Smith –, danke für eure Einblicke und die Ermutigung.

Ich danke Sophie Anderson und ihrer Tochter Nicky für ihre Lektüre und Anmerkungen, als es darauf ankam, und für das wunderbare Empfehlungsschreiben! Danke, Francesca Chessa, für das Testlesen und die Ratschläge im Hinblick auf italienische Namen: *Grazie mille!* Meinen Schriftstellerkolleginnen bei der Ben Illis Agency Lu Hersey, Karen Minto und Kirsten Wild: Danke für die Lektüre meines Textes und eure klugen Rückmeldungen. Tiffany Murray, danke, dass du es gelesen hast: als Es endlich so weit war!

Ich danke meinen Kolleginnen an der Newcastle University, besonders Ann Coburn und Tara Bergin; es ist eine Ehre, mit ihnen zu unterrichten und sich übers Schreiben zu unterhalten; außerdem Dr. Lucy Pearson und Dr. Aishwarya Subramanian, die sich bereit erklärten, mein Manuskript zu lesen.

Und der wundervollen und talentierten Chloe Daykin – danke für deine Freundschaft, deine Unterstützung, die vielen lebensrettenden E-Mails und Telefonate. Du warst auf dieser Schreibreise eine wundervolle Gefährtin.

Ich danke allen meinen Freunden und Freundinnen, besonders Angela, Helen, Jennie und Kirsty, für ihre jahrelange Unterstützung und die Mittagspausengespräche am Freitag. Ich danke meiner geliebten Familie: besonders Molly für ihre wunderschöne Zeichnung von der Insel Arcosi, und Hanna, die diesen Text wieder und wieder gelesen, mir unermüdlich offen und ehrlich ihre Meinung gesagt und mir eine *Minecraft*-Version der Insel gebaut hat. Danke an CK für alles, bis hin zur Geologie dieser Welt. Was täte ich nur ohne dich.

Liz Flanagan liebt Tiere über alles und würde am liebsten selbst einen Drachen haben, muss sich zurzeit aber mit ihrem Hund, ihrer Katze und einem Stall voller Hühner begnügen. Sie hatte das Glück, weit reisen zu können, und hat ihre gesammelten Eindrücke von verschiedenen Ländern und Städten, die sie besuchte, in ihre Erfindung der Insel Arcosi einfließen lassen. Liz lehrt kreatives Schreiben und lebt mit ihrer Familie in Hebden Bridge, England.

Bettina Münch wurde 1962 geboren. In die englische Sprache verliebte sie sich, als sie mit 15 für einige Monate in England zur Schule ging. Anschließend studierte sie in Deutschland, England und den USA Germanistik und Anglistik/Amerikanistik. Sie lebt mit ihrem Mann und ihrer Tochter in der Nähe von Frankfurt am Main und arbeitet seit 1993 als freie literarische Übersetzerin und Autorin.